터치터치 그대 1

터치터치
그대 1

이달아 장편소설

| 1권 |

| 2권 |

Chapter 1

너, 나랑 결혼할래?

햇살 좋은 4월의 어느 날, 한 남자가 작은 여자아이의 손을 잡고 한적한 산책로를 걸으면서 말했다.

"별장이 몇 개 있지만 그중에서도 이곳은 특별히 우리 아들이 제 목숨처럼 아끼는 곳이란다."

"왜요? 제일 예뻐서요?"

"제 어미와의 추억이 어려 있는 곳이거든."

아이를 향해 웃는 남자는 두 사람이 부녀 사이라고 해도 믿을 만큼 다정해 보였다.

"근데 이 숲까지 다 아저씨 거예요?"

"숲이 아니라 그저 아담한 산책로란다."

깡충깡충 뛰는 아이의 작은 발에 밟히는 흙이 부드러웠다.

잘 정돈된 흙길 양쪽으로 촘촘히 들어선 푸르른 나무들이 뿜어내는 싱그러움이 여자아이의 앙증맞은 콧방울을 들썩이게 했다.

"이게 어떻게 아담한 거예요? 이렇게 긴데? 이렇게 예쁜데?"

여자아이, 준희가 믿을 수 없다는 표정을 지었다.

푸르른 하늘 끝에 걸려 부드럽게 휘어진 산책로는 끝이 보이지 않을 만큼 아득하기만 했다.

"여기 엄청 비싸겠다."

"싸다고 할 순 없지."

"아저씨는 이 비싼 델 왜 산 거예요?"

"글쎄, 아저씨는 그냥……."

잠시 말을 멈춘 석훈은 누군가의 얼굴을 연상시키는 작고 여린 얼굴을 애틋하게 바라보며 잔잔히 웃었다.

"이 길을 걷는 사람이 누구에게도 방해받지 않았으면 해서."

"그게 누군데요?"

"지금은 우리 준희라고 해두자. 어이쿠, 전화가 왔구나."

석훈이 휴대 전화 액정을 보여주자 준희가 웃었다.

"할아버지는 어떨 때 보면 나보다 더 애 같아요."

"심심한 걸 못 참으시는 거지."

폐 쪽에 문제가 있어서 큰 수술을 한 근석의 요양을 위해 이 별장을 선택한 건 석훈의 배려였다.

"준희가 이준이 좀 데려와줄래?"

"저 혼자서요?"

"겁이 나니?"

겁이 나지 않는다면 거짓말이었다. 오랫동안 봐온 석훈과 달리, 그의 아들은 단 한 번도 본 적이 없었다.

"강이준 오빠는 몇 살이에요?"

"준희보다 10살 많으니까 22살이겠지?"

22살이면 완벽한 어른 남자잖아?

"산책로 끝까지 가면 호수가 나올 거야. 아마 거기 벤치에 앉아 있을 거다. 할 수 있지?"

아저씨 아들이라면 분명 좋은 오빠일 거야.

"네!"

씩씩하게 대답한 후 혼자 걸어서 산책로 끝에 다다른 준희의 초롱초롱 빛나던 눈동자가 몽롱하게 풀렸다.

흐드러지게 핀 벚꽃에 둘러싸인 호수 앞 벤치에 그림 같은 남자가 앉아 있었다.

양팔을 벤치 등받이에 올린 채 하늘을 올려다보는 남자에게로 새하얀 벚꽃이 눈처럼 내려앉는 모습은 아름다운 영화의 한 장면 같았다.

눈동자에 콕 박혀버린 아름다움에 홀린 듯이 작은 발이 당겨졌다. 한 걸음, 두 걸음, 세 걸음…….

인기척을 느꼈나 보다. 긴 속눈썹에 걸린 나른한 눈동자가 소리 없이 준희에게로 날아드는 순간, 여린 심장이 벅찰 만큼 뛰어댔다.

"우와……."

화사한 경관까지도 무채색이 되어버린 시야 속, 유일하게 유채색을 띠고 있는 존재는 마치 섬세하게 조각된 예술품 같았다. 새하얀 피부와 대비되는 깊고 짙은 눈매와 부드러운 흑발.

그를 처음 보는 순간, 준희는 강렬한 욕심에 사로잡혔다.

이 오빠, 갖고 싶어. 너무너무 갖고 싶어. 내 오빠였으면 좋겠어.

석훈이 끔뻑 죽는 살인 미소를 장전한 준희는 성미 급하게 제 본론을 끄집어냈다.

"난 올해 12살 된 백준희라고 해요. 내 오빠 할래요?"

당돌한 질문이 귀여웠을까? 남자는 희미하게 올라간 입꼬리처럼 섬세한 눈매를 곱게 휘더니 살살 눈웃음을 흘렸다. 흐릿한 미소인데도 너무 해사해서 눈이 풀릴 것만 같았다.

"싫은데."

하지만 미소와 다르게 붉은 입술은 짓궂었다.

"……네?"

"거절한다고, 꼬맹아."

거절도 모자라서 '꼬맹이'라는 표현까지 쓰자, 준희의 주먹이 바르르 떨렸다.

"왜요?"

"손 가고 귀찮은 존재는 딱 질색이거든."

"저 손 가고 귀찮게 하는 스타일 절대 아니거든요?"

"어린애는 다 귀찮고 손이 가."

눈웃음과 해사한 미소는 여전했다. 하지만 내뱉는 말은 짓궂고 야박했다.

"여자 나이 12살이면 더 이상 어린애도 아니고 클 만큼 큰 거거든요?"

생리까지 하는 어린애가 어디 있단 말인가. 하지만 그 말까진 할 수 없는 노릇이었다.

"꼬맹아."

벤치에 기대었던 상체를 스윽 기울이며 그가 눈높이를 맞추어 왔다. 낮아진 상체만큼 낮고 은밀해진 그의 음성에 준희의 온몸에 소름이 확 돋았다.

"어른은 그만 귀찮게 하고 가서 마시던 우유나 더 마시지 그래?"

우유를 마신 건 사실이지만 30분도 더 전이었다. 그런데 어떻게! 이 오빠, 생긴 거와 달리 개 코인가 봐!

"저 우유 엄청 싫어하거든요?"

최대한 차분하게 말했지만 처음으로 해보는 거짓말에 목소리가 덜덜 떨렸다.

"그럴 리가."

그가 몸을 기울여왔다. 그의 얼굴이 가까워지자 준희는 두 눈을 질끈 감았다.

꺄악, 난 몰라!

귀 바로 옆, 그의 입술이 있었다. 따스하고 부드러운 숨결이.

"지금도 이렇게 우유 냄새가 진동하는데."

친구들과 수도 없이 했던 귓속말이었다. 그런데 이건 차원이 달라도 너무 달랐다.

솜털이 곤두설 만큼 아찔한 느낌에 손으로 귀를 감싸고 뒤로 물러난 준희는 그를 노려보았다.

"진짜 못됐어요!"

"꼬맹이 너도 착해 보이진 않아."

예쁜 눈으로 눈웃음을 살살 흘리면서, 고운 입술에 미소를 매단 채, 그는 어린애한테 한 치도 안 져주는 못된 심보를 발동하고 있었다.

"난 오빠가 엄청 싫어요!"

"나도 네가 좋진 않은데?"

그 순간 너무 화가 나서 씨근덕거리던 동그란 눈이 휘둥그레졌다. 나이는 어려도 눈치는 귀신같이 빠른 준희였다.

"지금, 지금 나 놀린 거죠! 그렇죠?"

"이래서 애라니까."

눈과 입술에 더 짙어진 매혹적인 미소가 곧 대답이었다. 그는 지금 이 상황을 즐기고 있었다. 그것도 아주 제대로.

"완전 재수 없어요!"

꽥, 소리를 지른 준희는 혼자 왔던 산책로를 다다다 다시 달려갔다.

심장이 미친 듯이 쿵쾅거리는 이유가 가슴까지 차오른 숨 때문인지, 강이준 때문인지는 알 수 없었다.

으리으리한 별장 안으로 들어가자 근석과 석훈은 바둑을 두고 있었다.

석훈의 부탁은 기억도 나지 않았다. 준희의 머릿속은 온통 한 가지 생각뿐.

"아저씨! 헉헉, 우리…… 헉헉…… 고스톱 쳐요!"

"갑자기?"

"쳐요, 네? 아저씨이이이!"

준희가 뭔가 원하는 게 있을 때마다 고스톱을 치자고 한다는 걸 알기에 석훈은 조심히 근석의 양해를 구했다.

"어르신, 바둑은 잠시 후에 두는 게 어떨까요?"

물론 근석이 마다할 리가 없었다. 손녀에게 타짜의 노하우를 전수한 게 바로 자신이었으니까.

"고스톱이 원래 보는 재미도 쏠쏠한 거라네."

근석이 흔쾌히 허락하자 두 사람의 고스톱 판이 벌어졌고, 광박에 피박으로 석훈은 준희에게 제대로 지고 말았다. 그럼에도 석훈의 얼굴엔 웃음이 한가득이었다.

"우리 준희가 갖고 싶은 게 뭐지?"

"아저씨 아들 갖고 싶어요!"

딱 보아도 좋은 감정으로 하는 말이 아니었다. 짓궂은 아들 녀석이 어린 준희를 놀린 게 분명했다.

"아저씨도 주고 싶다만, 지금은 준희가 어려서 안 될 것 같은데 어쩌지?"

"그런 게 어디 있어요? 다 주신다면서요!"

"네가 어른이 되면 그때 허락하마. 그럼 안 될까?"

석훈의 말에 갑자기 메고 온 가방을 뒤진 준희가 노트와 볼펜을 꺼내 열심히 무언가를 적었다.

"그럼 여기 사인해주세요."

새하얀 종이, 가장 위에 있는 '계약서'라는 글씨는 얼마나 꾹

꾹 눌러 썼는지 종이가 푹푹 파여 있었다.

계약서

강석훈은 어른이 된 백준희에게
아들 강이준을 줄 것을 맹세합니다.
그 약속을 지키지 않을 시엔 '준희 님'이라고
존칭을 써서 부를 것이며,
양평의 별장을 줄 것을 맹세합니다.

"준희야, 별장은 그렇다 쳐도 아저씨가 널 '준희 님'이라고 부르는 건 좀……."

석훈이 무슨 말을 해도 지금 준희에게는 아무 소리도 들리지 않았다.

"약속 지키실 거면 신경 안 쓰셔도 되잖아요. 어린애와의 약속이라고 무시하지 말라고 쓴 거예요."

"아저씨는 준희 무시한 적 없는데?"

"어른들 사이에서는 이게 손가락 걸고 하는 약속이나 마찬가지라면서요. 가까운 사이일수록 조심해야 한다고 알려주신 것도 아저씨구요."

부모 없이도 야무지게 자란 손녀딸을 지켜보는 근석은 흐뭇한 미소를 지었다.

"이런, 사인을 안 할 수가 없구나."

애꿎은 제물이 된 아들은 안중에도 없다는 듯 석훈은 흔쾌히 볼펜을 집었다.

10년 후.

한 달 중 신내림 받는 며칠만 문을 연다는 아주 유명한 선녀 보살 집.

석훈의 도움으로 겨우 예약을 하긴 했지만 근석의 표정은 탐탁스럽지 않아 보였다. 보다 못한 석훈이 나직하게 속삭였다.

"어르신, 이 무당 덕에 제가 아들을 낳았습니다."

근석이 마지못해 내민 사주를 건네받은 선녀 보살이 덤덤히 첫 운을 떼었다.

"손녀딸, 이번 년도 지나기 전에 결혼시켜야 해."

"내 손녀딸이 올해 겨우 22살인데……."

근석의 말이 끝나기도 전에 선녀 보살이 부채를 내리쳤다.

"옛날 같았으면 애 두셋 낳고도 남았어. 알 거 다 알고 영악할 나이야!"

"결혼을 안 시키면…… 어떻게 됩니까?"

"몇 년을 못 넘기고 비명횡사할 거야."

섬뜩한 말에 오히려 불신감을 얼굴 가득 드러내는 근석에게 무당이 차갑게 말을 이었다.

"제 어미처럼 미쳐버리면 명이 더 길어지긴 하겠지. 비어 있는 관 하나 더 땅에 묻고 싶나 보지?"

주름이 자글자글한 근석의 눈이 치떠졌다.

"그, 그걸 어떻게……."

"보기도 좋고 향도 좋은 꽃들이 왜 단명하는 줄 알아? 그 향이 구천까지 흘러서 떠도는 영혼까지 끌어들이기 때문이야."

무당 집을 나온 근석이 쓴웃음을 지었다. 건들기만 해도 피고름이 터지는 오랜 상처를 무당이 칼날로 후벼 판 것이다.

"사람이란 게 참 묘하단 말이지. 무시를 할 수가 없구먼."

그의 인생에서 유일하게 후회되는 것이 있다면 바로 딸인 정윤에 대한 일이었다. 휑한 묘지보다 더 가슴에 사무치는 건 시신조차 수습 못한 빈 관을 땅속에 묻은 거였다. 근석도 이제 완고한 고집을 부리기에는 너무 늙고 지친 나이였다. 불쌍한 딸이 유일하게 남긴 피붙이만은 어떻게든 지키고 싶을 뿐.

맘 같아선 무시하고 싶지만 만약 보살의 말이 사실이라면……?

준희야…… 준희야……!

근석의 입에서 나직한 한숨이 새어 나왔다.

"요즘 시대가 워낙 각박해. 부모 없이 자란 그 아일 어느 집에서 예쁘게 봐줄까."

"유서 깊고 존경받았던 가문입니다. 제가 괜히 어르신께 이러겠습니까?"

"자네 같은 사람이 어디 흔한가. 세상이 변했네. 옛날 같지 않단 말이지. 정 안 되면 그거라도 팔아서 우리 준희 시집보내야지 별수 있나."

"그 문서 말입니까? 집안의 가보라고 절대 안 판다고 하지 않으셨습니까?"

"어차피 끊길 대, 가보가 무슨 소용인가. 우리 준희만 시집 잘 보낼 수 있으면 뭐든지 할 거네."

잠자코 듣고 있던 석훈이 잔잔하게 웃으며 말을 꺼냈다.

"어르신, 제가 준희 선 한번 주선해도 될까요?"

─할아비 처음이자 마지막 부탁도 못 들어줘? 내가 살면 얼
 마나 살겠누. 다신 이런 부탁 안 할 거다.

무섭고 엄하던 근석이 이빨 빠진 호랑이가 된 걸 볼 때마다 가슴 한구석이 두려움으로 그득 차오르는 준희였다. 철이 들 었을 때부터 각오는 했지만 들이닥칠 현실은 훨씬 더 끔찍할 것이다. 이 세상에 철저하게 혼자만 남겨진다는 건.

"마지막이라는 말 쓰는 거 완전 치사해."

약속 장소에 도착한 준희는 레스토랑의 야외 흡연실로 향 했다.

긴장하거나 스트레스 받거나 신경 쓰이는 일이 있을 때마다 버릇처럼 우유를 찾았다.

결과가 뻔한 선 자리인데 이상하게 불안했다. 무슨 일이 일 어날 것만 같았다.

화단에 걸터앉아 봄바람을 맞으며 마시는 우유의 맛은 훨씬 더 담백했다.

"이 맛있는 걸 왜 끊으려고 했지?"

우유를 마실 때마다 떠오르는 건 바로 재수탱이 왕자님이었다. 그의 한마디에 이 맛있는 우유를 끊을 뻔했으니까. 그 남자가 뭐라고, 그럴수록 더 보란듯이 먹어줘야 하는 건데. 잠깐, 내가 지금 그 남자 생각할 때가 아니잖아?

사실 준희는 오늘 나올 맞선남에 대해 아는 게 아무것도 없었다. 어차피 거절할 거라 굳이 들을 필요도 없었지만.

"변태가 분명해. 22살짜리랑 맞선을 보는 거 보면."

"불 좀 빌려주시겠습니까?"

뒤에서 불쑥 들려오는 남자의 목소리는 매혹적인 중저음이었다. 하지만 준희는 귀찮다는 듯 손을 휘이 저어 보였다.

"저 비흡연자라 불 없습니다."

"흡연 구역에 비흡연자라."

"남 일에 신경 끄고 할 거 하고 가시죠?"

"흡연 구역에서 우유 마시는 게 흔치 않아서 신경을 끌 수가 있나."

놀리듯이 느릿하게 말을 끄는 게 묘하게 신경을 건드렸다.

"그것도 상대가 맞선녀라면."

……맞선녀?

마지막 말에 화들짝 놀란 준희가 화단에서 껑충 뛰어내렸고, 그 순간 바로 뒤에 서 있던 남자를 피하느라 발이 꼬여버렸다.

"으악!"

다행스럽게도 남자가 그녀를 잡아준 덕분에 넘어지는 참사는 면할 수 있었다. 똑바로 섰는데도 단단한 가슴팍이 보일 만큼 남자와 키 차이가 꽤 났다.

고개를 들어 남자의 얼굴을 확인한 준희의 동공이 격하게 확장되었다.

새하얀 피부를 돋보이게 하는 검푸른 눈동자와 결 좋은 흑발, 날렵한 얼굴선과 이목구비.

하지만 10년 전의 기억을 떠올리게 해준 건 바로 그의 눈웃음이었다.

"오랜만이다, 꼬맹이."

한결 짙어지는 남자의 미소에 귀신이라도 본 것처럼 준희의 얼굴이 파리해졌다.

"재, 재수탱이!?"

준희에게 재수탱이라 불린 남자 강이준. 그는 제 눈앞에 있는 작은 여자를 차분하게 살펴보았다.

짧은 머리칼 때문에 도드라지는 가늘고 긴 목, 실핏줄이 비칠 만큼 여리고 투명한 피부, 작은 얼굴에 꽉 들어찬 오밀조밀한 이목구비.

'나는 백준희예요.'라는 이름표를 달고 있는 것처럼, 백준희는 놀라울 만큼 예전 그대로였다. 키만 조금 자랐을 뿐, 10년 전과 다를 게 없는 앳된 외모가 반갑기까지 했다.

"우리 10년 만인가?"

"당신이 여기 왜 있어요?"

믿을 수 없다는 듯 가까이 다가서는 준희에게서 산뜻하고 담백한 향이 났다.

"너랑 선보려고."

"당신이 진짜 내 맞선남이라구요? 말도 안 돼!"

"서서 대화하는 건 별로인데. 자리 먼저 옮기는 게 어때?"

"전 할 말 없어요. 특히 제 맞선남이라면 더더욱!"

발톱 세운 고양이처럼 앙칼진 것도 여전했다.

"내가 너한테 할 말이 있어."

"그럼 그냥 여기서 해요."

"정말 여기서 듣고 싶어?"

"네."

단호한 모습을 보이는 준희에게 이준은 씩, 의미심장하게 웃어 보였다.

"후회할 텐데."

"제 걱정은 접어주시고 그냥 할 말 하시죠?"

봄바람에 흩날리는 가는 머리칼이 밤톨처럼 곤두섰다.

앞으로 밤톨이라고 부르면 되겠네.

"어이, 밤톨."

"지금 나보고 밤톨이라고 했어요? 백준희라는 멀쩡한 제 이름……."

"준희야."

"왜, 왜요."

그가 너무 쉽게 이름을 불러주자 신경질적인 표정이 방황하는 어린양처럼 변했다.

"너, 나랑 결혼할래?"

느닷없이 들이닥친 그의 청혼에 준희는 제 귀를 의심했다.

"설마 그거 지금 청혼? 내가 잘못 들은 거죠?"

"제대로 들은 것 같은데."

준희의 초롱초롱한 눈망울이 이준의 얼굴에 박혔다.

"혹시 미쳤어요?"

"너한테 청혼하면 미친놈인가?"

"그런 걸로 장난치지 마세요."

"그런 걸로 장난칠 만큼 한가한 몸이 아니야 내가."

"혹시 나한테 첫눈에 반했어요?"

"안타깝지만 넌 내 취향이 아니야."

진지한 그의 말투에 자존심이 상했지만 준희는 내색하지 않았다.

"잘됐네요. 그쪽도 내 스타일이 아니니 결혼 안 하면 되겠다. 그죠?"

"결혼은 해야 할 것 같은데."

뭐야, 이 남자 진짜.

"죄송하지만 이유 불문 거절하겠습니다."

특히 당신 같은 남자는.

"만나서 반가웠습니다."

우리 다시는 보지 말아요.

꾸벅 고개를 숙이고 출입문으로 돌진하던 준희의 발걸음에 아슬아슬하게 브레이크가 걸렸다. 훤칠한 그의 몸이 짙은 향을 풍기며 그녀의 앞을 불시에 막아선 것이다. 어른 남자 향수가 이런 걸까. 농밀한데 여심을 간질이는 무언가가 있었다.

"안 비켜요?"

"대화를 마저 해야지."

협박이 분명한데도 나긋나긋한 말투는 고막에 착착 잠겨들었다.

"정 할 말 없으면."

고집 부리듯이 악착같이 버티는 준희에게 그가 스윽, 상체를 기울여왔다.

"내가 있게 만들어주지."

짙어지는 그의 눈웃음에 심장이 쿵쾅거리던 그때, 그녀의 눈앞에서 종이 한 장이 살랑거렸다.

"어르신께서 예담에 끌어다 쓴 해성의 투자금이 20억이 좀 넘지."

레스토랑 안 깊숙한 곳에 자리한 라운지 밀실.

준희가 무릎을 굽히는 정확한 타이밍에 이준이 의자를 밀어 넣어주었다.

"……감사합니다."

"이제 본격적으로 대화를 나누어볼까?"

사람들이 중요한 거래가 있을 때 외모에 신경 쓰는 이유를 준희는 이준 때문에 알 것 같았다.

딱 떨어지는 완벽한 슈트발을 자랑하는 훤칠한 키와 딱 벌어진 체격, 여유로운 미소를 머금은 귀족적인 마스크.

그의 외모는 상대방을 설득하는 압도적인 무기나 마찬가지였다. 하지만 그에게 설득당하지 않고 이 상황을 모면해야 하는 게 지금 그녀가 해결해야 할 미션이었다.

"아저씬 할아버지 부탁에 마지 못해서 이런 자리를 마련한 게 분명해요."

어렸을 때는 몰랐지만 지금은 너무도 잘 알고 있었다. 그들이 그녀로선 감히 손 뻗을 수조차 없는 높은 곳에 사는 이들이라는 걸. 단기간 안에 대기업 반열에 든 해성 그룹은 국내에서 입지를 탄탄하게 굳히고 있었다.

"그래서?"

준희의 말에 이준이 흥미롭다는 듯 눈썹을 치켜세웠다.

"근데 강이준 씨는 아저씨 말 한마디에 결혼할 만큼 효자도 아니잖아요. 다 큰 어른이기도 하고요."

"미안하지만 내가 생긴 것과 달리 많이 효자야. 그리고 클수록 효도해야지."

말도 안 되는 능청스러운 대답에 부아가 치밀어 오른 준희는 결국 이성을 잃어버렸다.

"그래도 10살 어린 저랑 결혼하려는 건 좀 아니지 않나요?"

말해놓고 준희는 아차 했다. 하필이면 스스로 애 취급하는 말을 해버린 것이다.

"22살이면 클 만큼 컸지. 너 정도면 그렇게 나쁘지도 않은 것 같고."

"뭐, 뭐가 나쁘지 않아요!? 전 됐거든요? 꿈 깨시죠?"

"……쿡."

급기야 웃음을 터뜨린 그는 널찍한 어깨까지 들썩일 정도로 즐거워 보였다. 후회했지만 이미 반응은 해버렸고.

한참을 웃던 그가 웃음을 지우곤 준희를 진지하게 불렀다.

"어이, 밤톨."

"내가 그렇게 부르지 말랬죠!?"

"빚도 갚고 결혼도 피할 수 있는 방법, 내가 알려줄까?"

"그게 뭔데요?"

"어르신이 애지중지하는 문서, 그걸 나한테 가져와."

이준이 말하는 게 뭔지 그녀도 알고 있었다. 그건 가문의 가보나 다름없는 문서였다. 하지만 20억이라는 빚과 맞먹을 만큼 비싼 몸값이 나가는 문서도 아니었다.

"그럼 내가 우리 결혼 막을 테니까."

그때 노크 소리와 함께 여직원이 들어왔다. 여직원은 향긋한 티를 올려놓으며 이준을 힐끗거렸다. 고맙다는 표시로 이준이 살짝 고개를 까딱이자 여직원의 얼굴이 새빨개졌다.

물론 이준은 여직원에게 눈곱만큼의 관심도 없었다. 10년 만에 만난 꼬맹이를 보는 그의 시선은 더 깊고 집요해졌다.

마냥 앳되어 보였는데 자세히 보니 그것도 아니었다. 커다란 눈매가 짙고 입술이 새빨갰다. 밤톨처럼 하늘거리는 갈색 머리칼은 만져보고 싶을 만큼 부드러워 보였다. 고전 무용을 오래 해서인지 자세가 반듯하고 미미한 몸짓 하나하나가 여성스러웠다.

예쁘게 성장했다. 결혼해도 될 만큼.

무의식적으로 스치는 생각에 그는 화들짝 놀랐다. 10살이나 어린애를 상대로 내가 지금…….

이준은 자리에서 일어났다.

"당장 대답을 원하는 건 아니니 급하게 생각하지 마."

긴 손가락이 테이블 위를 스치고 간 곳에 명함이 놓였다.

"충분히 생각해보고 전화해."

그가 사라지고 한참 후에야 준희는 정수리 위까지 뻗쳐오른 화를 폭발했다.

"전화할 일 없거든요, 이 재수탱이야!"

어떻게든 해결책을 찾고 말리라. 이대로 호락호락 당하지만은 않으리라.

준희는 그의 명함을 확 구겨서 쓰레기통에 처박아버렸다.

두 어른은 또다시 선녀 보살 집을 찾았다. 이번에는 따라온 이가 근석이고, 석훈이 고객이었다.

독립을 선언한 이준이 호텔에서 생활한 지 벌써 4년째. 신경 정신과도 끊었다고 했고, 이제 멀쩡하다는 아들의 말을 믿었다. 목에 칼이 들어와도 거짓말은 못하는 녀석이었으니까.

하지만 며칠 전 박 실장에게 전해 들은 소식은 아들의 말과는 달랐다. 이준이 여전히 불면증과 악몽에 시달린다고 했다. 마음에 들진 않았지만 채송화라는 여배우와 연애하는 것까지 눈감아주었는데 알고 보니 그것도 완벽한 비즈니스 관계였단다. 여자 관계에 있어서 바람 같던 아들 놈이 수도승이 되어버린 것도 모자라 안정된 삶마저 깨져버린 것이다. 윤은서의 죽음 이후로.

현대 의학의 힘으로는 해결이 되지 않으니 석훈은 이곳을 다시 찾을 수밖에 없었다.

"아들 녀석한테 손각시가 붙었어. 그것도 한 맺힌 처녀 귀신이. 누군지는 자네가 더 잘 알 것 같은데."

무당의 말에 석훈의 얼굴은 사색이 되었다.

"돈은 얼마가 들어도 좋습니다. 제발 어떻게 좀 해주십시오!"

"원귀 중에서도 가장 무서운 게 손각시야. 내 부적도 굿도 소용이 없어."

"보살님!"

"그렇게 잘난 제 남자를 두고 젊은 나이에 죽었는데 쌓인 한이 오죽할까. 여자 만나긴 글렀어. 아들이 마음 준 여자나 아들한테 마음 준 여자냐. 둘 다 명을 재촉하는 지름길이야."

"아들이라곤 그 녀석 하나뿐입니다!"

석훈이 체면까지 다 버리고 넙죽 엎드리자 선녀 보살이 침묵했다. 그의 옆에 있던 근석조차 석훈을 안타깝게 바라볼 뿐이었다. 휴, 자식 놈이 뭐라고.

선녀 보살의 화살은 느닷없이 근석에게로 향했다.

"그쪽 손녀딸 사주 한번 다시 불러봐."

"그건 왜……."

"부르라면 부르지 말이 많아!"

마지못해 근석이 준희의 사주를 부르자, 이준과 준희의 사주를 번갈아 보던 무당이 웃음을 터뜨렸다.

"남자는 너무 잘난 제왕 사주에, 여자는 양귀비보다 더 지독한 도화살로 제 남자 잡아먹을 사주. 기가 막히네, 아주."

웃음을 멈춘 선녀 보살의 입에서 그녀의 형형한 눈빛 같은 한마디가 흘러나왔다.

"둘이 결혼시켜."

"……예?"

"……예?"

"사주 센 남녀끼리 알아서 지지고 볶게 둘이 붙여놓으라고. 철천지원수가 되거나 천생연분이 되거나, 모 아니면 도겠지."

자신의 말을 이해하지 못하는 두 사람을 보며 선녀 보살이 혀를 쯧쯧 찼다.

"둘 다 머리가 이렇게 나빠서야 원. 철천지원수가 되어도 둘

다 손해 볼 것 없는데 뭘 망설여?"

"무슨 말씀이신지."

"여자가 손각시를 쫓아내줄 테니 남잔 손해 볼 것 없을 테고. 강한 음기를 감당할 남자를 만나면 여자도 제 명만큼 살 테고. 그럼 된 거 아냐?"

"부적도 소용없는 귀신을 내 손녀딸이 어떻게 쫓아줍니까?"

"죽은 자는 산 자를 못 이기는 법이야. 당신 손녀딸이 그 귀신보다 음기가 더 강한데 지라고 별수 있겠어?"

듣고 보니 나름 명쾌한 해결책이었다.

불효라는 걸 알면서도 근석에게 독신주의를 선언한 준희였다. 고등학교를 졸업하자마자 시집보낼 생각부터 하는 근석 때문에 어쩔 수가 없었다. 어린 나이가 문제가 아니었다. 결혼에 관심도 없었지만 자신도 없었기 때문이었다.

막중한 책임과 의무가 따르는 결혼. 그러나 그녀의 존재 자체가 무책임한 결혼의 결과물이었다.

그녀는 제 아버지가 누구인지도 모른 채 세상에 태어났다.

어린 시절 기억 속의 엄마는 제 딸을 알아보지 못했고 그저 방치했다. 할아버지 말로는 충격적인 일 때문에 정신이 온전치 못했다고 했다. 그렇게 그녀는 부모의 사랑이 뭔지도 모르고 자랐다. 사랑도 받아봐야 할 줄 아는 법. 아내가 될 자신도 없었지만 엄마가 될 자신은 더더욱 없었다.

"그렇지. 결혼은 절대 안 되지."

특히 그 상대가 부와 권력을 모두 갖춘 남자라면. 어디 그뿐인가, 생긴 건 왜 그렇게 생겨서는. 페로몬을 제멋대로 흘리고 다닌다. 그러니 레스토랑 여직원도 넋을 놓지. 그렇게 아쉬울 것 하나 없는 남자가 청혼을 했다는 건…….

"날 만만히 본 거야. 그게 아니면 다른 이유가 없잖아."

십중팔구 강이준은 바람둥이일 것이다. 좋은 집안 여자들이 그 꼴을 봐줄 리도 없을 테고. 결론을 냈다. 왜 이준이 자신과 결혼을 하려는 건지. 20억이라는 빚을 구실 삼아 그녀를 제 입맛대로 휘두를 생각인 것이다. 게다가 석훈까지 그녀를 예뻐하니 결혼에 장애물도 없을 테고.

오랜만에 근석의 집으로 향하던 준희의 손이 휴대 전화를 만지느라 바빠졌다.

"스캔들 하나만 떠봐라."

그런데 작정하고 검색해봐도 강이준은 스캔들 하나 없이 깨끗했다. 요식업을 시작한 지 3년 만에 요식업 분야에서 3위를 기록했고, 올해를 빛낸 최연소 기업인으로 3년 연속 뽑혔다. 해성 코리아 전무이사 강이준은 성격만큼이나 사업에도 저돌적으로 덤벼들어 대박을 터뜨리는 신화 그 자체였다.

트집을 찾아내지 못해 한숨을 내쉬던 준희의 눈이 별안간 휘둥그레졌다.

"……결혼?"

7년 전에 올려진 어느 블로거의 게시 글.

부패한 한국의 정경 유착을 대표할 세기의 결혼식

광장히 자극적인 제목이었다. 궁금함에 클릭해봤지만 안타깝게도 삭제된 게시물이었다. 더욱더 검색에 열을 올렸지만 작정하고 지운 것처럼 깨끗했다.

"왜 이런 고생을 해? 당사자한테 직접 물어보면…… 으악!"

미련 없이 휴대 전화를 가방에 넣던 준희의 머리 위로 물벼락이 떨어졌다. 파란색 물통을 든 옆집 아주머니가 2층에서 미안한 눈으로 내려다보고 있었다.

"어이쿠, 준희였구나? 이를 어째? 사람 지나가는 줄 모르고 물을 뿌려버렸네."

결국 화도 못 내고 비 맞은 생쥐 꼴로 근석의 집에 들어선 준희는 갈아입을 옷도 준비하지 않고 바로 욕실로 향했다. 빨리 씻고 싶기도 했었지만 그만큼 머릿속이 복잡했기 때문이었다. 샤워가 끝나고 나서야 깨달았다. 아무것도 가지고 들어오지 않았다는 걸. 하는 수 없이 타월을 몸에 두르고 욕실 밖으로 내딛던 작은 발이 어느 순간 멈추어 섰다.

현관문 밖, 인기척이 느껴졌기 때문이었다.

"할아버진가?"

하지만 근석이 올 시간은 아니었다. 그때 현관문이 아닌 베란다 유리 창문이 벌컥 열렸다. 그걸 본 준희는 다시 욕실 문을 닫았지만 이내 얼굴에 절망이 어렸다.

"할아버지……."

고장이 나서 잠기지 않는 문고리 좀 고치라고 수십 번 말했는데 근석은 노인 혼자 사는 데 뭐 어떠냐며 고치지 않은 것이다. 아무리 찾아봐도 무기가 될 건 핑크색 바가지뿐이었다. 아쉬운 대로 바가지를 손에 움켜쥔 준희는 바짝 숨을 죽였다. 마룻바닥을 울리는 느릿한 발자국 소리가 이렇게 무섭게 들린 적은 처음이었다. 문만 열어봐라. 머리통을 작살내주리라. 그런데, 맙소사! 문고리가 돌아가고 있었다.

"당황하지 말자, 백준희. 기습 공격하면 돼."

도둑 네놈이 열기 전에 내가 먼저 문을 열어서 공격을……. 벌컥 문을 연 준희는 새처럼 날아올랐다.

"야, 이 도……."

……둑놈아? 잠깐, 잠까아안!

하지만 몸은 이미 날린 뒤였고, 정신을 차리니 어느새 도둑놈의 품에 안겨 있었다. 그것도 지나치게 깊이, 포옹. 기습을 행한 자는 준희 자신이고, 당한 자는 도둑놈이다. 하지만 맞닿은 가슴 사이 요동치는 심장은 제 것이었다.

"가, 강이준?"

도둑놈은 다름 아닌 강이준이었다. 그가 서늘한 눈빛으로 준희를 내려다보고 있었다.

"계속 안겨 있으면 위험할 텐데."

울림 좋은 독특한 저음이 정수리 위로 내려앉는데도 준희는 그의 품에서 벗어날 수 없었다. 사적인 욕심 때문이 아니었다. 그의 품에서 벗어나면 태초의 이브가 되어야 하는 지금 모습 때문이었다.

"저도 간절하게 품에서 떨어지고 싶은데요. 근데 그게 조금 곤란한……."

허공에 떨어져 있던 그의 손이 피아노 건반을 두드리듯 빠르게 준희의 등을 타고 올랐다. 난생처음 맨살에 스며든 낯선 손길에 놀란 그녀는 튕기듯이 그의 품에서 벗어났다.

"뭐 하는 거예요!?"

"이런 걸 원해서 품에 안긴 거 아닌가?"

"이봐요!"

"아니면 말고."

발끈하려는 준희에게 손을 들어 보인 그가 대수롭지 않다는 듯 희미하게 웃었다. 그런 모습에 묘한 이질감이 느껴졌다. 엉큼한 늑대 같은 짓은 마치 경고 같았다. 그러니까 남자한테 함부로 안겨들지 말라고.

"밤톨, 팁 하나 줄까?"

탁탁, 제 품을 털어내는 결벽증 같은 그의 손짓이 신경에 거슬렸다. 설마 저거, 내 흔적 털어내려고 저러는 건 아니겠지?

"먼저 덮치는 여자는 매력이 반감되는 법이야."

"덮친 게 아니라 덤빈 거거든요? 소리 없이 들어오니까 당연히 도둑인 줄 알았다구요!"

"거짓말이 너무 어설퍼."

"이게 뭔 줄 알아요?"

준희는 그의 눈앞에서 나름 위협적으로 핑크색 바가지를 휘둘러댔다.

"당신 머리통 깨버리려고 했던 바가지예요."

"이걸로 나를 공격하려고 했다고?"

재밌어 죽겠다는 듯 그가 한쪽 입꼬리를 비틀어 올렸다.

"머리통 안 깨진 걸 감사하게 생각하세요."

"내 머리에 그게 닿으려면 키가 한참 더 커야 할 것 같은데."

이거 지금, 내 키…… 디스한 거? 그렇지 않아도 작은 키가 콤플렉스인데. 제대로 자극당한 준희는 아슬아슬한 제 모습도 잠시 잊은 채 바가지로 삿대질을 하는 데 열을 올렸다.

"이거 엄연한 가택 침입이에요. 주인 없는 집에 함부로 막 들어와서 절 변녀 취급하는 것도 비매너고요!"

그런데 듣는 태도가 영 불량했다.

"어라? 이젠 내 말도 듣기 싫다 이거예요?"

"너 말이야. 그만 움직여야 할 것 같은데."

묘하게 가라앉는 표정도 모자라 그의 트레이드마크인 희미한 웃음기까지 증발하고 없었다.

"내 몸 내가 움직이는데 무슨 상관……? 그 눈빛…… 뭐예요?"

툭 떨어진 이준의 눈이 어딘가를 뚫어지게 응시하고 있었다. 각도 계산을 해보니 분명 가슴이었다.

"설마 지금 보고 있는 게……."

말이 채 끝나기도 전에 커다란 손이 볼록 솟은 가슴을 눌러 왔다.

"꺄악! 이, 이 변태 새끼야! 당장 그 손 안 떼?"

웃음기 없는 건조한 음성과 함께 그가 다른 손으로 버둥거리는 작은 손을 잡았다.

"내가 손 떼면 너 큰일 난다."

씩씩거리며 손을 빼려 했지만 소용이 없었다. 그는 그녀의 손을 더 꼭 잡고 무례한 손이 있던 위치로 가져갔다.

"꽉 잡아. 안 흘러내리게."

시선을 내린 준희의 얼굴이 달아올랐다. 맙소사, 타월의 매듭이 거의 풀려 있었다. 그가 잡아주지 않았다면 타월이 바닥에 흘러내렸을지도 모른다.

무례한 손이 매너 손이었다는 걸 깨닫자 민망함은 더해졌다. 이러지도 저러지도 못한 채, 새하얀 살결을 온통 붉게 물들이며 발가락만 꼼지락거리는 게 지금 그녀가 할 수 있는 전부였다. 몸이 헐벗으니 뇌도 헐벗은 듯 아무 생각도 나지 않았다. 그런 준희를 빤히 응시하던 그가 갑자기 재킷을 벗었다.

"이거라도 입고 도망가."

그가 사르르 흘러내리는 눈웃음을 장착하고 말했다.

"내가 또 착각해서 무슨 짓 하기 전에."

준희는 살며시 미간을 구겼다. 또다, 또. 말로는 엉큼한 척은 다 하면서 하나도 안 엉큼한 저 눈빛. 뭐가 진짜 모습인지 헷갈릴 만큼 알쏭달쏭한 남자 같으니라고.

"······감사합니다."

그런데도 바보같이 심장이 떨려버렸다.

품이 큰 재킷이 안정감 있게 작은 몸을 가려주자 발에 모터라도 달린 듯 준희는 제 방으로 내달렸다.

방에서 제대로 옷을 갖춰 입은 준희는 작게 중얼거렸다.

"뭐가 진짜야."

늑대 같으면서도 수도승 같고, 수도승 같으면서도 늑대 같고. 여자 꼬이게 하는 수법 중 하난가?

"아무리 봐도 바람둥이야."

유혹하는 듯하다가도 어느새 밀어내는 것 같고, 밀어내는 듯하다가도 또 유혹하는 것 같고. 밀당의 귀재가 따로 없었다.

"그런데 왜 난 심장이 떨린 거냐고!"

또다시 애꿏은 머리칼을 쥐어뜯는 그때······.

똑똑─.

느닷없는 노크 소리에 준희는 눈살을 찌푸렸다. 강이준, 그 남자가 분명했다.

"좀 기다리지 왜 자꾸 귀찮게······ 아저씨?"

문 앞에는 근석처럼 일주일 내내 연락이 되지 않던 석훈이 서 있었다.

"어르신 모셔다드린 김에 들렀다. 며칠 집 비워서 어르신 드실 게 없을 거 같아서 김 실장한테 심부름 좀 시켰는데 여간 불안해서 말이지. 베란다 앞에 두고 갔다는데 상할까 걱정도 되고."

석훈의 말을 듣고 나서야 이준이 현관문이 아닌 베란다로 들이닥친 이유를 알게 되었다. 슬그머니 시선을 틀자 이준은 거실에서 근석과 대화를 나누고 있었다.

"어이쿠, 새우장이랑 전복장을 또. 됐다니까 비싼 산삼까지 또 가지고 왔나?"

"어르신이 직접 하지 마시고 도우미분께 정리하라고 하세요."

한두 번 와보고 한두 번 대화해본 솜씨가 아니었다.

"준희랑 이야기 좀 하고 싶은데, 잠시 들어가도 되겠니?"

"아, 네!"

석훈은 책상 의자에 앉았고, 준희는 얌전하게 침대 위에 앉았다.

"준희가 할아버지를 눈 빠지게 기다렸다고 하던데. 이유가 뭔지 아저씨한테 먼저 말해줄 수 있을까?"

대화의 주제가 불편했지만 피할 수 있는 주제도 아니었기에 준희는 선선히 대답했다.

"예담 정리하라고 할아버지를 설득하려고요."

"왜지?"

"할아버지가 아저씨한테 20억이나 빌려 쓴 줄은 몰랐어요."

"준희 너까지 알 필요는 없는 거였는데."

"그 정도로 투자했는데도 적자라면 그 회사는 정리해야 한다고 생각해요. 요즘 누가 전통 공예품을 사요. 밑 빠진 독에 물 붓기 하는 거잖아요. 가업 잇는다고 밥 먹여주는 것도 아니고."

"50명이 넘는 가족 같은 직원들 생계가 걱정돼서 그런 거라는 생각은 안 들고?"

"그 이유로 20억이라는 빚까지 졌으면 직원들한테는 할 만큼 한 거 아니에요? 지금 접는다고 욕하면 그 직원이 이기적인 거죠."

회사 사정이 어렵다는 걸 잘 알고 있었기에 대학 등록금까지 스스로 충당했고, 지금까지 근석에게 손 한 번 벌린 적이 없었다.

그런데 근석이 20억이나 빌려서 직원들을 위해 밑 빠진 독에 물 붓기를 하고 있을 줄은 몰랐다. 처음으로 할아버지가 원망스럽기까지 했다.

"예담 정리한 돈은 아저씨가 가져가세요. 그리고 남은 돈은……."

떠올릴 때마다 기함하게 하는 엄청난 액수에, 심장이 터질 것만 같았다.

"기한만 길게 주시면 제가 꼭 갚을게요."

"얼마나 주면 되겠니?"

"최대한 많이요."

함부로 약속할 수 없는지라 준희의 목소리가 기어들었다.

"준희야."

다정하게 부르는 소리와 함께 꼭 움켜쥔 그녀의 주먹 위로 따스한 온기가 내려앉았다.

"이준이가 너한테 겁을 많이 줬나 보구나. 그렇지?"

준희는 인자한 미소를 짓고 있는 석훈을 보니 괜히 눈물이 핑 돌았다.

"20억은 돌려받을 생각 없이 예담이 좋아서 내가 투자한 거다. 어르신이 나 몰래 은행에서 빌린 돈도 좀 있지만 그것까지 내가 다 알아서 할 테니 넌 걱정하지 마라."

"할아버지가 은행에서도 돈을 빌렸다구요?"

이건 해도 너무하잖아?

발끈해서 일어나려는 준희를 석훈이 다시 앉혔다.

"준희 너한테 하려던 말은 따로 있어. 놀라지는 말고 들어라, 응?"

미소를 거둔 석훈은 준희가 들을 준비도 채 하기 전에 덤덤히 말을 이었다.

"어르신께 치매가 왔다. 물론 초기라 아직 걱정할 단계까진 아니고."

그 한마디에 그녀의 머릿속은 표백제라도 뿌려진 듯 새하얘졌다.

바쁘게 살아온 만큼 연세보다 훨씬 정정하던 근석이었다. 종종 과한 건망증을 느낀 적은 있지만 나이 때문이라고 무심코 넘어갔었는데.

"넌 지금처럼 모른 척하는 게 좋을 것 같구나. 자신이 그런 병에 걸렸음을 알게 되면 고고하신 어르신 성격에 절대 못 버텨. 나쁜 생각 안 하시면 다행이지."

"……언제부터 그런 거예요?"

"결과가 나온 건 몇 달 되었지만 언제부터인지는 잘 모르겠구나."

"흑, 흐윽!"

결국 준희는 울어버렸다. 독하게 버티던 오기가 떨어지는 눈물과 함께 무너져버리고 말았다.

"유명한 요양 병원도 알았고, 내가 다 알아서 할 테니 넌 지금처럼만 하면 돼. 잘 웃어주면서 열심히 살면 된다."

뚝뚝 떨어진 눈물이 손등을 적셨다. 하지만 그 손을 더 꼭 잡아주는 석훈의 배려가 걷잡을 수 없이 눈물을 범람하게 만들었다.

"지금 네가 하고 있는 일도 어르신께서 아시면 안 되겠지? 작은 충격이라도 받으시게 해서는 안 돼."

그 한마디에 눈물이 쏙 들어가버렸다.

"……알고 계셨어요?"

우연히 시급 센 아르바이트를 알아보다가 시작하게 된 바텐더. 준희는 술이 좋았다. 아니, 정확히는 술 만드는 게 좋았다.

칵테일을 만드는 게 재밌었고, 그게 적성에 맞아 아예 그쪽으로 진로를 잡았다. 하지만 고지식한 근석에게는 그 사실을 털어놓을 수가 없었다.

"어르신을 대신해 지금껏 널 보살핀 세월만 10년이 넘었다."

준희는 고개를 푹 숙여버렸다. 바라는 것 없이 무한한 사랑을 베푸는 석훈을 어떤 표정과 눈으로 봐야 할지 알 수 없었기 때문이었다.

감히 혼자 감당할 수 없는 일들이 소나기처럼 쏟아지고 있었다. 20억이라는 빚, 할아버지의 치매, 이 세상에 홀로 남는다는 두려움까지.

"앞으로도 널 내 딸처럼 보살필 생각이고."

감히 어느 누구도 넘지 못했던 방어벽을 석훈은 너무도 쉽게 넘어버렸다.

"아저씨를 위해서 전 뭘 하면 돼요? 아니, 제가 할 수 있는 게 있긴 해요?"

보잘것없지만 조금이라도 보탬이 되고 싶었다. 지금까지 조건 없이 받아온 과분한 보살핌에.

"준희야."

석훈의 진지한 음성에 준희는 침을 꼴깍 삼켰다.

"내 아들 이준이와 결혼해주겠니?"

결국 또 돌고 돌아 원점으로 돌아온 것이다.

Chapter 2

15센티, 키스하기 좋은 거리감

선선한 봄바람이 부는 백제 호텔 야외 라운지 바 '타임'.

입구에 들어서는 이준을 발견한 지혁이 손을 들어 보였다.

"강이준!"

흐트러짐 없는 자태로 소파에 앉는 이준에게 모든 이들의 시선이 집중되었다.

"중국 쇼핑몰 입점 계약 건은 체결 잘했고?"

"그러니까 들어왔지."

"이 시기에 그걸 따냈다고? 징그러운 자식."

중국에 있던 한국 기업들도 내몰리고 있는 판국에 입점 계약을 체결한 이준을 모두가 괴물 보듯이 바라보았다.

"근데 너, 결혼하냐? 지금 소문이 파다해. 어느 집 귀한 여식이냐, 응? 말 좀 해봐, 인마."

절친인 지혁이 서운하다는 표정으로 질문을 퍼부었지만, 이준은 그저 대답 없이 희미하게 웃을 뿐이었다.

결혼이라, 이번엔 진짜 결혼 한번 해봐?

사실 맞선 자리에 나갈 때까지만 해도 문서만 받아내자는 생각이었다. 그런데 막상 백준희를 보고 나니 결혼도 나쁘지 않을 것 같다는 생각이 들었다.

"확정된 건 아니라서."

"또네. 네가 싫다고 버티고 있는 거네."

"그 반대야."

이유는 오로지 하나. 다른 여자들과 달랐기 때문이었다. 백준희는 그를 이성으로, 정확히는 남자로 보질 않았다.

"청혼녀한테 아직 답을 못 들었거든."

시끌벅적하던 주위가 삽시간에 침묵으로 잠겨들었다. 그 자리에 있던 여자들의 눈빛은 어둡게 변했고, 남자들의 눈빛은 기대감으로 환해졌다.

"네가 청혼을 했다고? 대체 어떤 여자냐? 얼마나 대단하길래."

"하나는 정확해. 나를 굉장히 싫어한다는 것."

자존심이 상하긴커녕 그게 마음에 든다는 듯 씩 웃는 이준을 지혁이 이상한 눈으로 바라보았다.

"오랜만에 컴백한 기념으로 오늘 계산은 내가 할게."

노는 데 빠지면 강이준이 아니었다. 화끈한 그의 선언에 가라앉았던 분위기가 다시 달아올랐고, 그를 향한 관심은 모닥불처럼 꺼져갔다. 그 틈을 타 지혁이 목소리를 잔뜩 낮추어 물어왔다.

"그럼 채송화는? 드디어 정리하는 거냐?"

"정리할 것도 없는 사이야."

"둘이 진짜 사귀는 사이 아니었어? 그럼 6년간 둘이 대체 뭐 한 건데?"

"너까지 그렇게 오해하고 있었냐?"

"네가 변명 한 마디 안 하는데 오해 안 하게 생겼냐?"

소문에 일일이 변명하기 귀찮기도 했지만, 무엇보다 또 진실이 아니라서 방관했다. 국민 여배우 채송화라는 방패막이 있으니 여자들이 쉽게 접근하지 않아서 침묵했다. 그게 전부였다.

"오해할 게 없으니 안 했을 뿐이야."

"잠깐, 그럼 너 6년 동안 여자를 아예 안 만났다는 거야? 여자랑 섹스한 적도 없고?"

"섹스에 환장했냐."

"야, 인마. 그건 환장하고 안 하고의 문제가 아니야! 너 당장 병원 가서 거기 검사부터 해봐! 정상적인 남자가 어떻게 6년을 독수공방하냐?"

이준은 호들갑을 떠는 지혁을 가뿐히 무시했다. 6년 동안 섹스 안 한 게 뭐 대수라고. 이성에 대한 관심과 함께 성욕도 사라졌을 뿐이다. 깊은 숙면을 취해야 하는 밤을 잃어버렸을 뿐이다.

"와아, 윤은서가 사람 하나 병신 만들었네."

"섹스 안 해서 병신이면 신부님과 스님도 병신이냐?"

"그건 말이 틀리잖아! 그래서 그분들은 도를 닦고 기도를 하고 그러잖아. 그런데 이준이 넌 아무것도 안 하잖아!"

"그냥 여자한테 질렸어. 그게 이유야."

약혼녀였던 윤은서 때문에. 그녀는 약혼식 날까지 단 한 번도 흐트러진 모습을 보인 적이 없었다. 항상 우아했고 고결했으며 차분했다. 하지만 사고 당시, 눈이 뒤집어져서 달려들었던 윤은서는 제정신이 아니었다.

─차라리 같이 죽어! 같은 날, 같은 장소, 같은 시간에 죽으면 영혼이 묶인다잖아? 그럼 우리는 영원히 함께할 수 있어.

숨조차 제대로 잇지 못하고 울컥울컥 피를 토해냈고.

─거짓말이라도 좋아. 사랑한다고 한 번만 말해줘, 응? 제발……. 오로지 나만 봐줘.

낙인이라도 찍듯 힘없이 뻗은 손으로 새하얀 와이셔츠에 핏자국을 남겼다.

─난 너 죽어서도 양보 못해.

생명이 꺼져가던 눈동자에 끝까지 담아낸 건 광기에 가까운 소유욕이었다.

그렇게 죽은 이후로 그녀는 밤마다 그를 찾아왔다.

그가 여자를 품을 수 없게 만들어버렸다. 모든 여자들이 윤은서처럼 보이게 만들었다. 여자들의 눈빛을 광기 어린 것처럼 보이게 했고, 손길도 피 묻은 낙인처럼 섬뜩하게 만들었다.

다시 떠오르는 끔찍한 기억에 두통이 찾아오려던 그때…….

"칵테일 놔드릴게요."

탄산수처럼 톡 쏘는 듯한 하이톤의 음성이 이준을 현실로 돌아오게 만들었다.

"맥주가 들어간 칵테일인데 맥주 좋아하시는 분 있으세요?"

"화이트 와인이 들어가서 달콤한 키르예요. 이건 어느 분 드릴까요?"

"보드카 드세요? 그럼 이거 한번 드셔보세요. 푸스 카페 스타일로 만든 B52라는 칵테일인데 달달한 맛과 달리 도수가 아주 세답니다."

립서비스가 상당히 좋은 바텐더였다. 칵테일만 두고 가도 될 것을, 듣기 좋은 낭랑한 음성으로 설명을 덧붙이니 모두의 관심이 집중되었다.

"이야, 여기 바텐더들 몸값이 괜히 비싼 게 아니네."

지혁마저도 바텐더의 설명이 주는 즐거움에 빠진 눈치였다.

"레이첼, 이 친구한테도 잘 어울리는 칵테일 좀 권해줘 봐."

쓸데없이 왜 나까지 끌어들여. 이준의 신경질적인 눈빛이 지혁에게로 향하는 순간, 가는 손가락이 커피 빛깔의 칵테일을 그의 눈앞에 내려놓았다.

"손님 칵테일은, ……입니다."

곧이어 숨죽인 환호성이 폭발하듯이 잡음처럼 터져 나왔다.

"와, 세네."

"죽이는데."

"끝내준다. 겁도 없이."

아주 발칙하고 맹랑한 바텐더였다. 그녀의 얼굴이 궁금해질 만큼.

"못 들으셨으면 다시 말해드릴까요, 손님?"

고개를 든 이준의 눈이 흔들렸다. 빤히 응시해오는 짙은 시선을 피하지 않는 당돌한 눈동자.

"오, 르, 가, 즘, 이요."

또 한 번의 환호성이 터져 나왔지만 이준의 귀엔 아무것도 들리지 않았다. 앳된 얼굴과 당돌한 눈빛만이 그의 눈을 가득 채웠다.

"레이첼, 그걸 추천한 이유는?"

지혁의 질문에 준희가 이준에게서 눈을 떼지 않은 채 말을 이었다.

"때와 장소에 상관없이 여자들이 소리를 지를 만큼, 황홀함을 선사해줄 수 있는 남자분이신 것 같아서요. 참고로 강렬한 이름과 달리 맛은 꽤 부드러워요. 그래서 여자들도 무척 좋아하구요."

사람 뒤통수를 제대로 때려놓고선, 제 할 말 다했다는 듯 핑그르르 돌아서는 얄미운 뒤통수에 이준의 시선이 무섭게 박혀 들었다.

오랜만의 재밋거리에 방탕한 재벌가 자제들의 관심이 전투적으로 끓어올랐다.

"야, 나 쟤 찜했다."

"갑자기 왜? 너 '타임'에 쟤 있는 줄도 몰랐잖아?"

"다시 보니까 매력 쩌네."

"근데 좀 어리지 않냐. 삐쩍 말라서 더듬는 맛이……, 으악!"

두 남자의 입에서 나오는 듣기 거북한 음담패설을 끊어버린 건 별안간 날아온 불붙은 담배꽁초였다.

"내가 더러운 건 태워버려야 직성이 풀려서."

나른한 웃음을 흘리는 이준의 음성은 여유로웠다. 아무 일도 없었다는 듯.

"근데 안 탔네?"

픽, 웃기까지 했다.

씩씩거리는 현태를 향해 이준이 다가섰다.

"10분 만에 꼬실 수 있다고 했지? 그럼 한번 해보던지."

막상 그가 눈앞에 다가오자 현태는 눈을 내리깔았다. 이유 없이 죄인이 된 기분이었다.

"성공하면 네 아버지 회사가 해성의 하청 업체로 선정되도록 힘써줄게."

그 말을 마지막으로 이준은 유유히 그 자리를 벗어났다. 하지만 그의 속은 부글부글 끓고 있었다. 오랜만이었다. 이런 감정을 느낀 건.

"빌어먹을, 백준희."

네가 왜 여기 있는 거냐고!

　　　　　　　●

　강이준을 향해 무모한 도발을 한 지 정확히 10분 만에 호출이 떨어졌다. 그 호출이 떨어지기까지 준희는 석훈에게 했던 대답을 끊임없이 되풀이했다.

　―이준 오빠랑 결혼할게요.

　따지고 보면 손해 볼 일 없는 결혼이었다. 석훈은 빚 탕감뿐 아니라 준희가 자신의 꿈을 펼칠 수 있도록 전폭적인 지원도 해준다고 했다. 할아버지 소원도 이루어드리는 거니까. 하지만 이것 하나만큼은 꼭 가지고 와야 한다.

　결혼의 주도권. 이준이 쥐고 있는 것을 빼앗아 오고야 말리라.

　준희는 주차장으로 향하면서 작게 중얼거렸다.

　"내가 그렇게 호락호락하지가 않거든요?"

　주도권을 뺏어 오려면 그럴 만한 무기가 있어야 했다. 그래서 이준 모르게 석훈과 공모를 했다.

　이준이 목숨처럼 아끼는 양평 별장이 걸린, 10년 전에 장난스럽게 작성한 계약서.

　석훈을 통해 공증이 된 그 계약서로 인해 양평 별장은 지금 준희의 것이 되었다.

─이 계약서가 효력을 발생할 수 있도록 만들 수 있어요?

석훈은 흔쾌히 아들의 약점을 준희의 손에 넘겨주었다. 치사하긴 해도 어쩔 수가 없었다. 정면 승부는 불리하니까.

주인을 닮아 매끈하게 빠진 검은 세단이 눈에 들어오자, 준희는 심호흡을 했다.

1차전 스타트.

그녀는 조수석에 오르자마자 태연하게 선제 공격을 날렸다.

"바빠 죽겠는데 왜 불렀어요? 그것도 차 안으로."

오르가즘 운운할 땐 언제고. 순진무구한 표정을 짓고 있는 준희를 보니 이준은 기가 막힐 뿐이었다. 저 안에 꼬리 아홉 달린 여우가 있는 게 분명했다.

"여기서 뭘 하는 거지?"

"보면 몰라요? 일하잖아요."

"학업에 정진해야 될 학생이 왜 여기서 칵테일을 만들고 있느냐 묻는 거야."

"내 꿈이 믹솔로지스트니까요. 칵테일도 만들고 개발도 하고. 어? 그런 눈빛 하지 마요. 이거 엄연히 전도유망한 전문 직종이에요."

"여기서 일하는 거 어르신은 아시고?"

준희가 고집스러운 눈썹을 치켜떴다.

"미쳤어요? 할아버지 알면 쓰러지시거든요?"

"그럼 쓰러지시기 전에 관둬."

"내가 왜요? 싫어요."

"그럼 여기서 계속 일하겠다고?"

"강이준 씨만 모른 척하면 되는 거잖아요. 설마 입 가벼운 남자처럼 고자질할 건 아니죠? 네?"

"어이, 밤톨."

"고자질만 해봐요. 콱 물어버릴 테니까."

"백준희."

"뭐요! 왜 자꾸 불러요!?"

뻔뻔하게 태연함을 유지하던 준희가 갑자기 돌변하자 당황스러운 건 이준이었다.

"보자마자 기분 나쁘게 어린애 취급하더니 대뜸 청혼하질 않나. 20억으로 협박하질 않나. 그것뿐이에요? 우리 집에 말도 없이 들어와서 내 몸은 홀라당 다 봐놓고 막 더듬기까지 하고! 그러곤 말도 없이 또 한 달 동안 잠수 탄 남자가 뭐가 잘났다고 간섭질이에요?"

잔뜩 흥분한 채로 숨도 쉬지 않고 속사포처럼 잔소리를 쏟아내느라 작은 콧구멍이 벌렁거렸다. 열변을 토한 준희를 빤히 보던 이준이 느릿하게 입을 열었다.

"내 전화를 기다렸다는 말로 들리는데."

"웃기시네요. 내가 왜요? 기가 막혀서. 그리고 전화는 아쉬운 사람이 하는 거거든요?"

"내가 아쉽다는 건가?"

"청혼한 건 내가 아니라 그쪽이잖아요."

준희의 당당함에 이준은 살며시 미간을 구겼다.

"말 나온 김에 더 해봐요? 청혼을 했으면 기본 예의는 지켜야죠. 근데 보니까 여자들이랑 아주 잘 놀더라구요. 아주 할 건 다 하고 다니면서 나한테 오지랖까지 떨고. 여자들한테 멋져 보이려고 골든 벨도 울리시고. 그게 아니면 오늘 매출 올렸다고 박수 보내드려야 해요?"

"내가 언제 멋져……."

변명을 하려던 이준은 말을 멈추었다.

내가 왜 그래야 하지? 얘랑 나랑 뭐라고?

"오지랖 떤 건 사과하지. 하지만 네 꿈을 무시한 건 아니야. 단지 바에서 일하는 걸 어르신께서 안 좋아하실 것 같아서 한 말이었어. 바 아니어도 일할 곳은 많으니."

친구들이 쏟아냈던 음담패설은 똑똑한 그의 머리로도 필터링이 불가능했다. 이걸 어떻게 돌려서 설명해야 하나 고민하던 그때 준희가 다시 반격을 시작했다.

"그거 알아요? 우리 바 '타임'보다 일반적인 회사에서 성추행이나 성폭행이 더 빈번하게 일어난다는 거. 술 취해서 진상 부리는 손님도 있지만 그런 손님은 쫓아내요. 그리고 바텐더 꼬시고 싶어하는 남자들은 오히려 대부분 바텐더의 비위를 맞추느라 바쁘거든요."

"……."

"'타임'은 양주보다 칵테일로 유명해요. 남자보다 여자 손님이 더 많고 커플들도 많이 오구요. 강이준 씨는 아직도 여기가 회사보다 더 위험한 곳이라고 생각해요?"

그녀의 말은 의외로 설득력이 있었고, 목소리에도 확고한 의지가 느껴졌다.

"칵테일 만들고 새로운 맛을 개발하는 게 내 주 업무예요. 그리고 예쁜 언니들이 그렇게 많은데 화장도 안 한 나한테 집적거리는 놈이 미친놈이지."

준희의 말에 이준의 시선이 자연스럽게 그녀의 얼굴에 가 닿았다. 바지 유니폼을 입은 준희의 얼굴은 정말 화장기가 없었다. 그래서 냄새가 좋은 건가. 그런데 백준희가 모르는 게 있었다. 혼자 화장 안 하고 꾸미지 않아서 더 도드라져 보인다는 걸. 풀 메이크업을 한 여자들 틈에서도 꽤 봐줄 만한 외모라는 걸. 아니, 내 눈에만 그런 건가.

그때 준희가 이준의 코앞으로 얼굴을 들이밀었다.

"……뭐 하는 짓이야."

"자세히 봐봐요. 내 말이 틀렸어요?"

"볼 것도 없는데 뭘 보라는 거야."

이준은 못 볼 걸 봤다는 듯 고개를 휙 틀어버렸다. 커다랗고 맑은 눈동자가 그의 심장을 울렁이게 만든 것이다.

"청혼에 대한 대답이나 하지 그래?"

"거절할게요."

"문서를 주겠다는 거야?"

"그것도 안 줄 건데요?"

"도대체 어디서 나오는 자신감이지?"

"미안하지만 20억 그 빚, 석훈 아저씨가 갚아준다고 했어요. 그럼 강이준 씨랑 결혼할 이유도 없고, 문서를 줄 필요도 없잖아요."

그의 눈빛이 묘해졌다.

"그렇다면 우리가 다시 볼 일은 없겠군."

"그건 모르죠."

"내려."

차가운 그의 한마디에 준희는 얼른 차에서 내렸다. 거칠게 출발하는 차를 보며 준희는 생긋 웃었다.

"이를 어쩌죠? 우리 조만간 또 만나게 될 텐데."

일주일 후.

―마지막으로 선 한 번만 더 봐라. 이번에도 싫다고 하면 다 신 결혼 이야기 안 꺼내마.

준희를 며느리로 끝까지 고집할 줄 알았던 석훈이 이준에게 또다시 맞선을 제안해왔다. 이준으로선 그걸 거부할 이유가 없었다.

약속 장소에 20분 빨리 도착한 이준은 자리를 안내받아 느긋하게 기다렸다. 하지만 정각이 되었는데도 맞선녀는 나타나지 않았다. 그가 원하던 대로. 미련없이 자리에서 일어난 이준이 계단을 오르려 하던 그때였다.

또각또각―.

매끈한 돌계단과 마찰하며 생기는 경쾌한 여자의 킬힐 소리가 고막을 울려왔다. 끌리듯이 시선을 들자 여자가 보인다.

검은 시스루 블라우스와 짧은 길이감의 강렬한 레드 스커트. 도발적인 옷차림과 다르게 그를 내려다보는 여자의 얼굴이 묘하게 낯이 익었다. 작고 새하얀 얼굴에 번지듯이 피어난 유난히 붉은 입술.

"……백준희?"

그가 부르자 붉은 입술에 환한 미소가 어렸다.

"강이준 씨 매너 죽이네요. 20분이나 빨리 오다니."

네가 왜 여기 있느냐고 묻고 싶지 않았다. 똑똑한 머리는 상황 파악을 하는 데 30초도 채 걸리지 않았으니까.

이준과 눈높이를 맞춘 준희가 생긋 웃었다.

"그때 나한테 제안한 내 몸값이 20억이었죠, 아마?"

뭔가 쥐고 있는 게 있으니 저렇게 자신만만하게 웃는 것이리라.

"그래서?"

그건 분명 자신의 아버지인 석훈이 쥐여준 걸 테고. 레퍼토리가 뻔했지만 그는 신이 나 보이는 준희에게 우선 맞장구를 쳐주기로 했다. 맞장구를 쳐준 후, 눌러주는 것도 나쁘진 않을 테니까.

"내 몸값이 20억이면 강이준 씨 당신 몸값은 얼마예요?"

"내 몸값은 알아서 뭘할까. 감당할 자신도 없으면서."

그는 쓸데없는 일에 시간 낭비하는 걸 끔찍하게 싫어했다. 하지만 백준희에게 하는 시간 낭비는 꽤 괜찮았다. 예측 불가능한 탄산수처럼 톡톡 튀는 성격 때문에 지루할 틈이 없었다.

"계속해봐."

"당신 몸값 34억으로 쳐주면, 나랑 결혼할래요?"

"아버지가 지원해주겠다고 했나 보지?"

"뭐 비슷하긴 해요."

그렇다고 흔들릴 그가 아니었다. 이준은 느긋하게 벽에 몸을 기대며 준희를 서서히 압박하기 시작했다. 넌 내 상대가 안된다는 걸 보여줘야 했다.

"미안하지만 재력은 차고 넘쳐서 말이야. 내 구미가 당기게 다른 걸 제시해봐."

조금도 밀리지 않고 여유롭게 분위기를 주도하는 그는 사람을 다루는 데 능숙했다.

"더 제시할 게 없다면 굳이 자리를 옮길 필요도 없겠군."

재밌다는 듯 더욱더 짙어지는 그의 눈웃음에 준희의 눈꼬리가 치켜 올라갔다. 그래, 있을 리가 없지. 그는 상황을 마무리하는 의미로 커다란 손으로 준희의 머리를 어루만져주었다.

"만나서 반가웠다, 밤톨."

나름대로 꽤 발칙했고 귀여웠으니. 그렇게 승자의 여유를 만끽하며 돌아서던 그때, 준희는 기다렸다는 듯 그의 눈앞에 종이 한 장을 흔들어댔다. 데자뷔도 아니고, 첫 맞선 날 이준 자신이 준희에게 했던 행동이었다.

"그럼 이건 어때요?"

종이에 박혀 있는 새까만 글씨를 읽는 눈에서 웃음기가 서 시히 증발하고 있음을 준희는 알지 못했다. 그저 예상과 완벽 하게 맞아떨어지는 이 상황이 마냥 즐거울 뿐.

"이래도 구미가…… 악!"

쾅—!

그녀의 등이 벽에 부딪혔다. 잠깐 눈을 감았다 뜬 사이, 그 녀는 이준과 벽 사이에 갇혀 있었다.

"생각보다 영악해. 칭찬해주고 싶을 만큼."

마치 무슨 일이라도 저지를 것처럼 짙어지는 야한 눈웃음과 위험스럽게 잠겨드는 새까만 눈동자.

"그렇게 나랑 결혼하고 싶었어?"

다정하게 묻는 입술이 너무 가까이 다가왔다.

"이럴 거면서 튕기기는 왜 튕겨."

그 입술에 숨결이 닿을까 봐, 숨도 제대로 쉬지 못할 만큼 온몸이 바짝 경직되었다.

"15센티."

더 바짝 다가드는 입술, 그리고 숨결.

"첫 키스하기 딱 좋은 거리감이지."

뜨거운 숨결의 아찔함이 입술 사이로 밀려드는 순간, 준희 는 눈을 감아버렸다. 하지만 그게 전부였다. 어떤 일도 일어나지 않았다. 짧은 시간이 미치도록 느릿하게 흘러갔다. 결국 답답함에 준희는 살그머니 눈을 떴다. 짙고 촘촘한 속눈썹 밑으로 이준이 그녀를 내려다보고 있었다. 반응을 관찰하는 듯 면밀하게, 재밌어 죽겠다는 듯 짓궂게.

"쿡."

그걸 증명이라도 하듯 입술을 비집고 나온 숨결이 그녀의 여린 입술 점막을 간질였다. 또 당했다. 키스할 것처럼 다가온, 위험하면서도 아찔한 그의 가짜 유혹에.

"……좋은 말할 때 당장 비켜요."

분노감에 파르르 속눈썹을 떠는 준희의 눈꼬리가 확 치켜올라갔다.

"진짜 키스라도 해줘야…… 윽!"

고통 어린 신음과 함께 이준이 뒤로 물러났다. 뒷꿈치가 까지는 걸 감수하고 하이힐을 신고 온 보람이 있었다.

"그러게, 비키라고 할 때 비켰어야죠."

어느새 눈웃음이 사라진 그의 눈은 고통으로 가득했다.

"경고하는데, 진짜 키스할 거 아니면 막 입술 들이대지 마요. 사람 엄청 가벼워 보이거든요."

일그러진 그의 얼굴을 보니 아찔한 쾌감이 등줄기를 소름 돋게 훑었다. 준희는 가슴 위로 팔짱을 낀 채 생글생글 웃었다.

"자리 옮길 거예요, 말 거예요?"

"얼씨구?"

"우리 끝내야 할 이야기가 있잖아요. 아니에요?"

결국 이준은 벗어난 지 5분도 안 되어서 다시 제자리로 돌아왔다. 백준희와 함께.

그의 손에 들린 서류는 총 세 장이었다.

하나는 공증을 받아 법적 효력이 발생하는 계약서로 둔갑한 10년 전 어린애의 장난질. 또 하나는 양평에 있는 별장의 소유자를 확인해주는 등본. 그리고 마지막은 그녀 스스로 작성한 계약 결혼의 요구 사항.

"너와 결혼을 하면 이 모든 걸 다 포기하시겠다?"

"네."

"데자뷔가 따로 없군."

"데자뷔는 아니죠. 지금은 내가 '갑'이고 강이준 씨가 '을'이니까."

이때만을 기다렸다는 듯 생글생글 웃는 준희의 해맑은 미소 위로 아버지인 석훈의 미소가 겹쳤다.

"거절한다면?"

"별장을 헐값에 팔아넘기거나 거길 밀고 상업적인 건물을 지을까 생각 중이에요."

"그럴 만한 돈은 있고?"

"위치가 그렇게 좋은데 투자 받으면 되죠."

너무도 쉽게 대답하는 준희를 바라보는 이준의 눈매가 서늘하게 굳었다. 양평 별장은 작은 여자애의 입에 오르내리며 그렇게 쉽게 취급당할 곳이 아니었다. 그의 어머니를 위해 만들어진 곳이었다. 그걸 아무렇지 않게 준희에게 내주었다는 건 석훈이 단단히 마음을 먹었다는 의미였다.

"아버지보다 내가 더 많이 줄 수 있어."

나긋나긋한 음성으로 회유에 들어갔지만 백준희는 생각보다 셌다.

"전 재산 주면 생각해볼지도 모르죠."

"스케일이 크군."

"그 정도는 돼야 오랫동안 절 보살펴준 아저씨를 배신할 수 있지 않겠어요?"

"전 재산을 준다는 계약서를 써주면 되나?"

너무도 쉽게 흘러나온 대답에 당황한 준희는 꽥 소리를 질렀다.

"진지한 표정으로 장난치지 마요! 진짜 못돼먹었어!"

"다시 한 번 말하지만 난 장난 같은 건 안 치는 사람이야."

"전 재산을 주겠다는 그 말을 지금 나한테 믿으라고요?"

"나한테 돈은 아무것도 아니야. 버는 것도 쉽고 쓰는 것도 쉬운 게 돈이니까. 무에서 유를 창조해내는 것도 내겐 별로 어려운 일이 아니지."

"똑똑하고 능력 좋고, 부족한 것도 하나 없고. 모든 걸 다 가져서 좋겠네요, 강이준 씨는."

그를 빤히 응시하며 준희가 또렷한 음성으로 말을 이었다.

"근데 왜 당신은 행복하지 않아요?"

뒤통수를 세게 맞아도 이 정도는 아닐 것이다. 그 정도로 뇌가 얼얼했다. 난 행복해. 차마 그렇게 대답할 수가 없었다.

"그러는 넌, 행복한가 보지?"

"저요, 강이준 씨보다 10년이나 덜 살았지만 힘든 일 많이 겪었어요. 가진 것도 얼마 없어서 뼈 빠지게 고생하고 있구요. 근데 행복하기도 해요. 없으니까 있는 것의 행복을 알거든요."

작은 여자애의 말 한마디가 펀치가 되어 그를 강타했다.

뇌가 아닌 가슴을, 심장이 아닌 마음을.

"돈이요? 있으면 편하지만 없어도 잘 살 수 있어요. 그리고 세상에는 돈으로 안 되는 것도 아직 많아요. 물론 강이준 씨는 절대 모르겠지만. 나한텐 돈보다도 아저씨가 베풀어주신 은혜가 더 중요해요."

눈은 그 사람의 마음을 비추는 거울이라고 했다. 그래서 준희의 눈이 티끌 하나 없이 맑았나 보다.

"무슨 말인지 알겠어요? 강이준 씨가 전 재산을 준다고 해도……."

그 눈으로 시꺼먼 이준의 눈을 빤히 바라본다.

"나 양평 별장 포기 안 해요."

벌이라도 주려는 듯 가차 없이 채찍질을 한다.

"석훈 아저씨한테 따질 생각도 하지 마세요. 10년도 지난 이 계약서 내밀면서 별장 달라고 요구한 건 나니까. 그리고 아저씨가 그만큼 강이준 씰 사랑한다는 증거잖아요."

준희의 장황한 연설이 드디어 끝나자 무섭도록 침묵을 고수하고 있던 그가 차분하게 입술을 열었다.

"아버지가 왜 평범한 집안의 널 해성의 며느리로 골랐을 것 같지?"

"귀신 막아줄 사람 방패라고 대답하면 마음에 들까요?"

아버지가 그것까지 말했을 줄은 몰랐다. 그런데도 결혼하자
고 덤벼드는 백준희가 이해되지 않았다.

"그런 허무맹랑한 말을 듣고도 결혼하고 싶은 생각이 드나
보지?"

"못 할 건 또 뭐예요. 방패가 되어줄 수 있으면 해주면 되지.
그거 해준다고 내 몸이 닳는 것도 아니고."

겁도 없는 맹랑한 대답에 이준은 할 말을 잃었다는 듯 고개
를 내저었다.

"아버지가 위자료를 크게 챙겨준다고 하셨나 봐?"

"정말 답정남이네요. 한 번만 더 날 돈에 환장한 여자 취급
하면 멀쩡한 다른 쪽 발까지 힐로 밟아줄 거예요."

힐을 벗어 눈앞에서 휙휙 휘두르는 준희의 행동에 그가 웃
음을 터뜨렸다.

"쪼그만 게 성질머리하고는."

"성질나게 한 게 누군데요?"

다다다 쏘아붙이려던 준희는 천천히 눈을 깜빡였다. 눈을
깜빡일 때마다 그가 점점 더 가까워지는 건 내 착각인가? 아
니, 착각이 아니었다. 새까만 눈동자가, 날렵한 콧날이, 감각적
인 입술이 지나치게 가까이 와 있었다.

"기억해, 밤톨?"

느릿하게 뻗은 이준의 손끝이 준희의 작은 턱을 잡아당겼다.

"15센티."

또다시 키스할 듯 다가온 그의 입술, 나른한 눈빛과 야릇하게 틀어진 턱선의 각도.

"키스하기 좋은 거리감이요? 근데 그게 뭐요."

하지도 못할 거면서 또 겁주기는.

"키스도 못 할 거…… 읍!"

입술이 순식간에 집어삼켜졌다. 고작 입술이 맞닿은 것뿐인데도 심장이 터질 것처럼 쿵쾅거렸다. 어느 순간에 숨을 내쉬고 들이마셔야 할지를 알 수 없었다. 눈꺼풀이 파르르 떨리고 입술이 덜덜 떨렸다. 그런데도 옴짝달싹할 수가 없었다.

"이제 숨 쉬어."

나직한 속삭임과 함께 마법이 풀렸다. 태연하게 자리에 앉은 그를 노려보며 준희는 꽥 소리를 질렀다.

"진짜 해버리면 어떻게 해요!?"

준희가 버럭거리든 말든 이준은 길게 뻗은 손가락으로 제 입술을 느릿하게 쓸었다. 마치 입술에 잔류하는 감각을 다시 음미하듯이. 보고 있는 준희가 얼굴이 확 달아오를 만큼. 천천히.

"나한테 흑심 품으면 귀신이 널 잡아먹는다고 해서 확인 좀 했어."

"……?"

"밤톨, 넌 나와 결혼해도 꼭 살아야 한다. 알았지?"

장난스럽게 내뱉는 말의 의미는 의외로 섬뜩했다.

"누군가 죽는 꼴, 다신 보고 싶지 않아서 말이야."

이준은 느긋하게 웃고 있었다. 그런데도 그 웃음이 웃음 같지가 않았다. 눈빛은 차갑고 미소는 슬퍼 보였다.

"결혼하자, 밤톨."

이준이 머물고 있는 호텔 1층 로비.

한참을 엘리베이터 앞에서 기웃거리는 준희에게 호텔 직원이 다가왔다.

"도와드릴까요?"

"저기, 1501호 가려면 어떻게 가야 하죠?"

엘리베이터 버튼 안에 '15'라는 숫자는 존재하지 않았다. 그래서 당황하고 있던 차였다.

"1501호는 VIP 객실로 전용 엘리베이터를 이용하셔야 합니다. 안내해드릴게요."

친절한 직원의 안내를 받아 엘리베이터에 오른 준희는 빛의 속도로 15층에 도착했다. 엘리베이터에서 내린 준희의 미간이 확 구겨졌다. 15층에는 객실이 하나뿐이었다. 그런데 객실 문 앞에서 이준과 어떤 여자가 마주 보고 서 있었다.

"……뭐야, 저건."

묘한 분위기, 모호한 대치 상황. 딱 봐도 평범한 사이는 아니었다. 이준은 평소와 같았지만 여자가 흘리는 분위기는 아니었다. 뭔가 애틋하고 끈끈하고 뜨겁고.

"……어쩐다?"

후퇴냐, 전진이냐, 결정을 해야 하는 순간, 준희는 손목시계를 확인했다. 약속 시간까지 남은 시간은 10분. 저 여자와의 관계가 공적인 것이든 사적인 것이든 상관없었다. 계약 결혼을 하기로 했지만 그게 외도를 눈감아주는 바보 아내가 되겠다는 의미는 아니었다. 그렇다면 다시 내려가야 할 이유는 없었다.

"그럼 당연히 전진이지."

뇌의 명령을 받은 발걸음엔 거침이 없었다. 하지만 폭신한 카펫은 운동화의 발걸음마저 흡수해서 기척을 죽였다. 문 앞에 다다랐을 때에야 두 남녀의 시선이 준희에게 날아들었다. 하지만 준희가 바라본 건 이준이 아니라 여자였다. 이유 없는 라이벌 의식을 불태우긴 했지만 보는 순간 후회했다.

강이준의 그녀는 눈이 부시도록 아름다웠다.

"예쁘다."

순수한 감탄사가 절로 나와버렸다. 준희는 아무렇지 않은 듯 여자에게서 시선을 떼지 않은 채 또랑또랑한 음성으로 해맑게 물었다.

"강이준 씨, 내가 자리 피해줘야 하는 거예요?"

그녀와 나, 둘 중 한 명을 선택하라고.

몇 초의 정적 후, 이준이 선택을 했다.

"안 가고 뭐 해."

설마 지금 나보고 꺼지라는 건 아니겠지? 나직하게 들려오는 음성에 준희는 놀란 눈으로 이준을 보았다.

하지만 이준은 준희가 아닌 여자를 보고 있었다.

"……이준아."

여자가 얼굴처럼 촉촉하게 젖은 목소리로 말했다. 여자는 목소리마저 고혹적이었다. 저 목소리로 저렇게 부르면 반칙이다. 남자들 심장이 움직이지 않을 리가 없어. 준희는 직감했다. 내가 쫓겨나겠구나.

이 결혼, 확 깨버려, 말아?

고민하던 그때, 어깨가 확 끌어당겨지더니 준희의 정수리 위로 이준의 턱이 놓여졌다. 우씨, 내 머리가 무슨 턱받이인 줄 아나!

"불청객은 그만 사라져주라잖아."

그가 다정하게 머리까지 쓰다듬으니 마치 애완견이 된 듯한 기분이었다.

"나의 예비 마누라님이."

하아, 참 나. 언제부터 날 마누라 취급해줬다고!

차가운 그의 한마디에 축 처진 여자의 어깨가 안쓰러웠다.

"알았어…… 전화해."

그들을 스쳐 지나가는 여자에게서 짙은 장미향이 날렸다. 모델 워킹하듯이 엘리베이터로 향하는 여자의 뒷모습을 준희는 홀린 듯이 바라보았다.

"이야, 방패 끝내주는데?"

재밌어 죽겠다는 목소리였다. 그제야 잠시 잊고 있던 무게감이 다시 느껴졌다. 준희는 있는 대로 뛰어올라 이준의 턱을 받아버림과 동시에 품에서 빠져나왔다.

"……윽!"

그가 아파하든 말든, 준희는 공격적으로 물었다.

"연인 사이 맞죠?"

"지금 네 표정, 바람피운 남편 잡은 마누라 같아. 알아?"

"찔리긴 한가 봐요?"

"결혼도 안 했는데 벌써부터 찔릴 필요 있나."

"누구냐고 묻잖아요."

"벌써부터 나한테 집착하면 곤란한데."

이준이 눈웃음을 살살 흘리며 또다시 매끄럽게 넘어가려했지만, 어림도 없었다.

"계약 결혼이라도 지켜야 할 매너는 있어요. 그리고 내가 죽은 귀신 방패 노릇해준다고 했지, 구연인이라는 산 사람까지막아준다는 말은 안 했거든요?"

"연인 아니라니까."

과장될 만큼 억울한 표정을 짓는 이준을 보며 준희는 중얼거렸다.

"연인 맞네, 맞아."

"아니라니까?"

"그럼요?"

"그냥 뭐, 책임져야 할 여자."

너무 담백하고 태연하게 흘러나온 대답은 무방비하게 듣고 있던 준희에겐 청천벽력이었다.

"혹시…… 저 아리따운 여신님이 강이준 씨 아이를…… 아얏!"

톡 튀어나온 이마를 잘도 겨냥해서 이준이 가볍게 손가락을 튕겼다.

"밤톨만 한 머리로 쓸데없는 생각 좀 하지 말지?"

"남자가 여자를 책임질 이유가 그거 말고 더 있어요?"

"경제적으로 후원한다는 뜻이야. 스폰서, 오케이?"

스폰서라면…….

준희가 지금까지 들었던 말 중에서 '스폰서'라는 단어가 쓰이는 직업은 몇 가지 없었다.

"설마 저 여자, 연예인이에요?"

"쟤 누군지 몰라?"

"누군데요?"

"채송화."

채송화, 채송화라…….

준희의 머리가 빠르게 돌아갔다. 바쁜 삶에 치여 TV를 제대로 보진 못했지만 대한민국에서 '채송화'라는 이름을 모르는 사람은 없었다. CF 스타, 한국을 대표하는 거물급 여배우.

"악! 진작 좀 말해주지 그랬어요! 사인이라도 받을걸!"

바람피운 남편 잡은 마누라는 무슨. 유명 연예인 사인을 못 받았다는 안타까움에 준희는 발까지 동동 굴렀다.

"근데 잠깐! 혹시 스폰서면 채송화 씨랑……."

말은 맺지 않았지만 음흉한 늑대 보듯 동그란 눈이 가늘어졌다.

"자꾸 늑대 보듯이 하면 네 이마 불날 거다. 쓸데없는 생각 그만하고 들어오기나 해."

이준이 거대한 몸으로 막고 있던 문에서 비켜서자, 끝도 없이 펼쳐진 고급스러운 객실 내부가 공개되었다.

이준은 준희가 객실로 들어가 소파에 앉자 우유와 함께 서류를 내밀었다. 준희는 그걸 받아 들며 다짜고짜 물었다.

"채송화는 강이준 씨 좋아하는 거 맞죠?"

"뭐, 날 싫어하는 여자는 없지."

아후, 저 왕재수. 구시렁거리면서도 궁금한 것 못 참는지라 준희는 다시 물었다.

"진짜 둘이 아무 사이도 아니에요?"

"아니라니까."

"진실을 말해달라고요."

"일방통행이야. 내가 보기와 달리 철벽남이잖아?"

"그 철벽 저한테도 좀 해주실래요? 일방통행인 터치 좀 자제해주세요, 제발."

"넌 여자가 아니라, 애잖아."

해사하게 웃는 저 매끈한 민낯을 손톱으로 확 긁어버리고 싶은 욕구가 치솟았다.

"그러니까 강이준 씨 말은 우리처럼 순수한 관계라는 거예요?"

준희의 질문에 이준이 갑자기 은밀하게 눈을 빛내며 목소리를 낮추었다.

"결혼하는 사이가 어떻게 순수할 수 있지? 다 큰 성인 남녀가 결혼하는 건데."

"쯧쯧."

준희는 한심하다는 듯 혀를 찼다. 첫 만남에서 '너, 내 스타일 아니야.'라고 확인 사살까지 시켜주고선 또 시작이다.

내가 한 번 속지 두 번 속나?

그러다 불현듯 석훈이 했던 말이 떠올랐다.

─정확한 건 아닌데 말이다, 우리 이준이가 남자로서 문제가 좀 있는 것 같구나.

─원인을 모르겠다. 정신의 문제인지, 몸의 문제인지. 본인이 괜찮다고 딱 잘라버리니 검사해보자고도 못하겠고.

맙소사, 그래서였어?

준희는 제 무릎을 탁, 쳤다. 그가 왜 일부러 늑대 흉내를 내는지 깨달은 것이다.

세상 부러울 것 없이 다 가졌다 해도 무슨 소용이 있나? 남자의 자존심인 그거, 그렇게 중요한 거기에 문제가 있는데.

갑자기 눈앞의 이준에게 측은지심이 일어났다. 준희는 최대한 그의 자존심을 건드리지 않으려 조심히 말을 꺼냈다.

"강이준 씨, 저한테는 그런 연기 안 해도 돼요. 전 충분히 이해할 수 있어요. 아니, 이미 이해했어요."

"대체 뭘 이해했다는 거지?"

이준은 정말 이해할 수 없다는 표정을 짓고 있었다.

"그러니까 저기…… 처녀 귀신 때문에요. 그러니까 음…… 강이준 씨 그 시크릿 있잖아요."

이걸 어떻게 돌려 말해야 하나. 그에게 몸을 기울인 준희는 머뭇머뭇 작게 속삭였다.

"남자 구실 못한다면서요."

"……뭐?"

자신의 말에 그렇게 건고하던 남자가 흔들리는 걸 보자 준희의 의심은 곧 확신으로 바뀌었다. 지금 무척 창피하고 부끄러울 것이다. 10살이나 어린 제게 들켜버렸으니 오죽할까. 우선 자리를 피해줘야 할 것 같았다.

"아저씨가 서류에는 함부로 사인하는 거 아니랬어요. 신중히 읽어보고 나서 도장 찍고 나중에 줄게요. 급할 것 없으니까 그래도 되죠?"

서류를 가방에 넣은 준희는 살그머니 일어나 출입문으로 향했다. 그러다가 문득 생각났다는 듯 조심히 돌아와서 그의 앞에 섰다.

"또 왜?"

준희는 불퉁하게 쏘아붙이는 이준에게 최대한 너그럽게 미소를 지었다.

"제가 최대한 노력해볼게요."

그러고는 너른 어깨를 토닥토닥해주었다.

"그 처녀 귀신을 꼭 떼어내서 강이준 씨가 심신 건강한 남자가 될 수 있도록. 파이팅."

손짓 제스처까지 날린 준희는 이준이 미처 반박할 틈도 없이 입구로 내달렸다. 문이 닫힌 후에도 이준은 한참 동안 움직이지 못했다. 10살이나 어린 여자애한테 들은 기가 막힌 한마디가, 처음 받아보는 동정심이, 처음으로 넋이 나가버리는 이질적인 경험을 하게 해주었다. 헛웃음만 픽픽 새어 나왔다.

"아무것도 모르는 애한테 뭘 설명해줄 수도 없고."

이미 단단히 오해를 하고 있는 터라 말한다고 믿을 백준희도 아니었다.

"그냥 확 한번 쓰러뜨려줘?"

이유 없이 억울한 하루였다.

Chapter 3

내겐 너무 귀여운 그녀

탁탁, 쪼르륵, 톡톡.

후추와 타바스코 소스, 우스터소스, 적당량의 보드카와 토마토 주스가 은색 셰이커에 차례대로 들어갔다. 능숙하게 움직이는 손과 달리 준희의 머릿속은 온통 강이준에 대한 생각뿐이었다.

석훈에게 듣긴 했지만 직접 맞닥뜨리니 기분이 이상했다. 세상 여자는 전부 다 유혹할 수 있을 것처럼 섹시하게 생긴 외모에 하자가 있다니. 이거 웃어야 하나 말아야 하나.

"뭐, 둘이 있어도 긴장할 필요 없으니 좋네."

그는 맘껏 바람을 피우고 싶어서 허수아비 아내가 필요한 게 아니었다. 절대 들켜서는 안 되는 시크릿을 위해 아내가 필요했던 것이다. 그렇다면 그녀가 적임자이긴 했다. 부부가 된다고 해도 육체적인 관계도 원하지 않을 뿐더러 의리 하나는 끝내주니까.

결론은 둘의 결혼이 꽤 합리적인 결합이라는 것. 준희의 입장에서는 20억이라는 빚과 함께 석훈에게 은혜를 갚을 수도 있고, 이준의 입장에서는 시크릿을 지켜줄 아내도 얻고 아버지가 예뻐하는 며느리를 들임으로써 효도할 수 있으니. 이제야 뭔가가 딱딱 맞아떨어지는 느낌이었다. 그와 내가 왜 결혼을 해야 하는지.

준희가 생각에 잠겨 있던 그 순간, 느끼한 남자의 목소리가 불쑥 끼어들었다.

"우리 레이첼은 칵테일을 만들 때 가장 예쁘다니까."

핏빛 액체가 하이볼 칵테일 잔에 따라지자 얼큰하게 술기운이 오른 남자가 박수를 보냈다.

"가만히 보면 손가락도 참 예쁘……."

"오늘의 추천 칵테일은 '피투성이 메리'라는 뜻을 가지고 있는 블러드 메리예요."

타악─.

바에 칵테일 잔이 놓였다.

"우리 레이첼이 테이크아웃 칵테일 아이디어도 냈다면서? 허브 티 칵테일도 레이첼이 먼저 제안해서 메뉴판에 내놓고. 22살치곤 능력이 좋아."

"칭찬 감사합니다."

"여기선 얼마 받지?"

"제 나이와 경력치고는 많이 받는 편이에요."

"오빠가 가게 하나 차려줄까? 레이첼이 원하면 이만한 가게 정돈 차려줄 능력 있는데."

"죄송하지만 가게를 차려도 제 능력으로 차릴 거예요. 마음만 감사히 받을게요."

가식적으로 생글생글 웃는 입가가 경련을 일으켰다.

지금까지 내내 본체만체하던 놈이 왜 갑자기 집적대나 몰라. 오르가즘이란 칵테일로 이준을 도발한 이후부터 눈앞의 남자가 줄기차게 그녀에게 작업을 걸고 있었다.

"대학교 등록금을 벌기 위해 이걸 하는 거라고 들었는데. 등록금 마련하고 가게 차릴 돈은 언제 모으려고?"

"제 사적인 부분까지 걱정 안 해주셔도 돼요. 아까 말씀드렸다시피 제가 생각보다 꽤 많이 벌어서 등록금 대고도 충분히 남습니다."

그녀가 철벽을 팍팍 치는데도 남자는 끈질겼다.

"우리 레이첼 지름길로 가자, 응? 오빠 돈 많다니까?"

저 요망한 주둥이를 어떻게 막지?

"토마토가 숙취에 좋은 음식이라 영국에선 이 칵테일로 숙취 해소를 한대요. 오늘은 영국 스타일로 해장하시고 앞으로는 국밥 집 가서 해장해주시면 제가 무척 고마워할 거예요."

"이렇게 날 걱정해주는 여잔 레이첼이 처음이야. 나 지금 엄청 감동받은 거 알아? 사실 너도 나한테 관심 있지?"

주제를 돌려보려고 무던히도 애를 썼지만 또다시 원점.

으아아악! 준희는 소리 지르고 싶은 걸 겨우 참았다.

"레이첼은 오늘 몇 시에 끝나?"

이런 집요함은 처음이었다.

74

"죄송하지만 약속이 있어서요."

"누군데? 남자야? 애인?"

여유롭던 남자의 눈빛이 순식간에 변하자, 준희의 머릿속에서 기가 막힌 아이디어가 떠올랐다.

내가 왜 그 생각을 못했지? 아주 끝내주는 절대 지존 방패가 있는데.

"남자예요, 그것도 엄청 멋지고 능력 있는."

어쩌면 당신도 알고 있을.

"그분이 제가 다른 남자 만나는 걸 싫어해요."

강이준은 허락도 없이 산 사람에게까지 그녀를 방패로 썼다. 그럼 나도 그를 방패로 한 번 쓸 수 있는 거 아닌가? 이 세상에 공짜가 어디 있어.

"그래도 나보단 못할걸?"

"글쎄요."

묘한 준희의 미소가 남자의 라이벌 의식을 자극했다.

"불러봐. 나보다 괜찮으면 내가 깨끗이 포기할 테니까."

샤워를 끝내고 나온 이준은 문득 떠오른 기억에 제 턱을 어루만졌다.

허락 없이 안았다고 제 턱을 소처럼 들이받은 백준희.

"하여간 앙칼지다니까."

생각할수록 신기한 캐릭터였다. 그를 본 여자들은 반응이 모두 비슷했다. 대부분 반한 듯한 표정으로 그에게 잘 보이려 했다. 그런데 준희만은 달랐다. 고양이처럼 털을 곤두세우고 경계했다. 남자가 아니라 원수처럼 대했다. 여자에게 막 다루어진 건 단언코 처음이었다. 오히려 백준희가 그를 남자로 대하지 않으니 다른 여자들에게 느꼈던 경계심이나 거부감이 들지 않았다. 오히려 이준 쪽에서 준희를 건들고 싶었다. 빛과 같은 속도로 보이는 반응이 재밌고 신선했다.

"뭐, 방패 역할은 나름 하는군."

채송화라는 산 사람까지 제대로 막아준 걸 보면.

베란다에 서서 어둠에 잠긴 세상을 바라보는 이준의 눈살이 찌푸려졌다. 반갑지 않은 사람에게서 전화가 온 것이다.

"전화하지 말랬지. 나 임자 있는 몸이라니까?"

[내가 그렇게 갔는데 어떻게 전화 한 통 안 할 수 있어? 입국하자마자 쉬지도 못하고 너 보러 간 거야. 그런 날 어린애 앞에서 창피까지 주면서 쫓아내놓고!]

송화의 애처로운 목소리에 이준은 문득 생각했다. 이것도 혹시 연기인가.

"결혼할 여자가 1순위인 건 당연한 거야."

[겨우 그런 애랑 결혼하려고 날 밀어낸 거야? 그것도 메일 한 통으로? 너랑 함께한 게 자그마치 6년이야!]

"말은 바로 하자. 난 6년 동안 널 후원했을 뿐, 너와 나 아무 관계도 아니잖아."

[나한테 조금도 감정을 못 느꼈다는 거야?]

"너와 내 관계는 단순해."

휴대 전화 너머에서 짙은 기대감이 전달되었지만 이준은 깨끗하게 무시해버렸다.

"동정심으로 시작해서."

방당하게 놀던 그 시절, 그 당시 가장 막나갔던 재벌가 자제들 간의 친목 모임에서 연예인 지망생이던 송화를 만났다. 모임 멤버들은 스폰서를 받기 위해 나타난 그녀를 짓궂게 대했고, 동창이 그런 꼴을 당하는 게 보기 싫어서 스폰서를 자처한 것뿐이었다. 돈은 어차피 넘쳐났으니까. 그녀가 얼마나 아름답든 도도하든 상관없었다. 이성에 대한 관심은 조금도 없었다. 오로지 동정심뿐이었다.

"책임감으로 유지하고 있는 관계."

그 동정심이 그녀에게 목숨을 한 번 구원받은 후 책임감으로 바뀌었을 뿐이다. 끊어내고 싶어도 끊어낼 수 없는 관계.

[그럼 그 책임감, 계속 유지해. 잊지 말라구! 나 아니었으면 너 그때 죽었을지도 몰라. 잊었어?]

잊을 만하면 반복되는 레퍼토리.

[윤은서처럼 죽지 않아서, 그래서 나한테 이렇게 모질게 대하는 거야? 6년 만에 벌써 질렸어?]

창가로 떨어지는 이준의 눈빛이 창밖의 어둠보다 더 짙게 가라앉았다.

"약속은 지켜. 네가 내 뒤통수치는 짓만 안 하면 후원은 계속할 거야. 단, 앞으로 박 실장 통해서 진행이 될 거고."

[강이준!]

"처신 잘해. 함부로 찾아오거나 연락하지 말라는 뜻이야. 내가 이제 곧 유부남이 될 몸이라 조심해야 하거든."

[흐윽.]

"그 말 하려고 전화 받은 거야."

일방적으로 끊은 휴대 전화는 곧 쓰레기통에 처박혔다. 내일부터 이 번호는 존재하지 않을 것이다. 그런데 이번엔 다른 휴대 전화가 울렸다. 양반은 못 되는지 백준희의 메시지였다.

"잠시도 가만두질 않는군."

투덜거림과는 달리, 그의 손은 이미 휴대 전화를 들어 메시지를 확인하고 있었다.

지금 '타임'으로 와줄 수 있어요?

"밤톨만 한 게 누굴 오라 가라야."

어림도 없는 소리였다. 다시 눈을 감으려는데 또 휴대 전화가 울렸다. 무시하면 될 것을, 전원을 꺼버리면 될 것을 자꾸만 신경이 쓰였다.

준희가 보낸 두 번째 메시지를 확인한 순간이었다.

"빌어먹을, 백준희!"

히스테릭한 반응이 바로 튀어나왔다. 그러면서도 그는 나갈 채비를 하고 있었다.

근석에게서 전화가 오자 준희는 얼른 테라스로 나갔다. 그 순간만큼은 준희의 머릿속에 강이준은 존재하지 않았다.

"할아버지, 나 이번 학기 등록금 내고도 돈 많이 남았어. 그러니까 갖고 싶은 거 있으면 하나만 말해봐. 저번 달에 또 월급 올려줬거든, 사장님이."

술을 그렇게 좋아하면서도 손녀딸에게는 술 한 번 따르게 한 적 없는 근석이었다. 그만큼 고지식한 옛날 사람이기에 차마 바에서 일한다고 털어놓을 수는 없었다. 언젠가는 말해야지, 하고 다짐만 계속할 뿐.

그런데 갑작스러운 할아버지의 치매 때문에 죽을 때까지 비밀로 하게 생겼다. 석훈의 말이 맞았다. 하루가 다르게 지워지는 기억과 함께 건강까지 쇠약해지는 분께는 작은 충격도 독이 될 수 있었다.

[이 나이에 갖고 싶은 게 뭐 있겠냐. 하나뿐인 손녀딸 결혼하는 거 보는 게 유일한 내 바람이지.]

작은 것조차도 문득문득 잊어버리는 할아버지였기에 준희는 항상 조심스럽게 확인을 했다.

"할아버지 손녀사위 누구게?"

반은 장난처럼, 반은 진심처럼.

[뗵. 할아비를 치매 취급하고 있어! 잘난 손녀사위를 내가 왜 몰라?]

안도의 미소가 허무한 한숨과 함께 섞여 나왔다. 그래도 이런 건 안 잊네.

[준희 너 이준 군한테 성질 좀 부리지 말고. 성질 사나운 여자 좋아하는 남자 없다.]

"그런 내숭 안 떨어도 되거든요, 난? 손녀사위 꽉 틀어쥐고 있으니 걱정 딱 붙들어 매세요."

[준희 네가 말이냐?]

못 미덥다는 듯한 할아버지의 말에 눈매에 힘을 빡 주며 밑을 내려다보던 준희의 눈이 토끼처럼 동그래졌다. 저 남자…….

갓길에 멈추어 선 롤스로이스에서 내리는 남자를 발견한 준희의 입가에 싱그러운 미소가 어렸다.

"그럼. 지금 나 보고 싶다고 알바 하는 곳으로 달려왔는걸?"

[할아비한테까지 거짓말하든 못 쓴다.]

준희는 살포시 눈살을 구겼다.

이런 건 또 안 믿어, 어떻게 된 게.

길고 단단한 손가락이 머리칼을 거칠게 쓸어 올릴 때마다 흑단처럼 새까만 머리칼이 반듯한 이마 위로 쏟아져 내렸다. 그 바람에 길게 뻗은 눈매를 꽉 채운 새까만 눈동자가 유독 강렬해 보였다.

동탠가 현태인가 하는 친구분이랑 내기했어요.
그 내기에서 지면 나 이분이랑 사귀어야 할지도
몰라요. 그러니까 방패 좀 보내주세요.

친구분보다 잘난 남자를 보내주든지,
아니면 강이준 씨가 직접 와주든지.
딱 한 시간입니다.

이준의 입술 선이 시니컬하게 비틀렸다.

"밤톨만 한 게 내기는 왜 이렇게 좋아하는 거야."

10년 전에도 자신의 아버지인 석훈과 고스톱 내기를 하질
않나.

가게 안으로 들어서자마자 맞닥뜨린 장면은 그의 심기를 불
쾌하게 만들었다.

침을 질질 흘리는 늑대 한 마리와 아무것도 모르는 순진한
양 한 마리.

순진한 양이 그와 결혼할 백준희라는 게 문제였다. 이준을
발견한 준희가 휴대 전화를 집어 만지작거리자, 그의 재킷 안
에서 진동이 울렸다.

직접 행차해주시다니 영광인걸요?
결혼할 사이라고까지는 안 밝혀도 되니까 적당히
처리만 좀 해주세요. 나한테 빚진 거 있잖아요.

내가 왜 어린애 장난질에 휘말려 여기까지 온 건지. 자신이 이해가 안 되면서도 이준은 성큼성큼 바로 다가가 의자에 앉았다.

"레이첼, 가장 자신 있는 칵테일 한 잔 부탁해."

"……강이준? 네가 여긴 웬일이야?"

느닷없는 그의 등장에 놀란 건 현태뿐이었다.

"가장 자신 있는 메뉴는 아니지만 새롭게 메뉴에 추가될 블루베리 허브티 칵테일이에요. 아직 정식 메뉴 출시 전이라 서비스로 드리는 거예요. 단골이시잖아요."

준희가 찡긋 윙크를 날리자 이준은 미간을 좁혔다. 가만히 보면 여우가 따로 없단 말이지.

"내가 공짜는 좋아하지 않아서. 서비스를 받았으니 팁을 줘야겠군."

테이블 위로 십만 원권 수표 한 장을 놓은 이준이 바 의자를 삐딱한 각도로 틀어 현태를 향했다.

"그런데 레이첼의 손님이 두 명이군."

드디어 시작된 것이다. 강이준의 오징어 몰이가.

"둘 중 하나는 양보해야 할 것 같은데 말이야."

이준은 느긋한 음성으로 경고하고 있었다. 네가 꺼지라고. 이준에 이어 준희가 바통을 넘겨받았다. 그녀는 보란 듯이 이준이 바 위에 올린 팁을 받으며 나직하게 속삭였다.

"아무래도 손님이 지신 것 같은데, 다른 바텐더 불러드릴까요?"

돈 자랑은 입이 아니라 손으로 하는 거다, 이놈아.

자리에서 벌떡 일어난 현태가 이준을 노려보았다.

"천하의 강이준을 누가 이겨. 아무도 못 이기지. 근데 말이야……."

자격지심이 끓어오르는 소심한 눈과 다르게 입술은 비죽비죽 기분 나쁜 웃음을 흘리고 있었다.

"해성 부회장님이 잘나도 너무 잘난 아들 걱정에 앓아누우셨다면서? 네 사주 넣는 집안마다 더러운 것 피하듯이 다 피하니 그럴 만도 하겠네."

악담을 퍼붓든 말든 이준은 놀라울 만큼 우아한 자태로 남은 칵테일을 음미할 뿐이었다.

"하긴, 어느 집안에서 미쳤다고 귀한 딸을 너한테 주겠어? 남자가 아무리 잘나도 자기 딸 잡아먹는 괴물이면 절대 안 되지. 안 그래?"

정작 답답한 건 준희였다. 저런 못난 놈한테 왜 아무 반박도 하지 않는 건지.

"그러니 어쩌냐. 이런 애라도 내가 양보를 해줘야지. 잘 꼬셔봐라. 누가 아냐? 네 외모에 홀려서 아무것도 모르는 레이첼이 결혼해줄지. 그래도 대는 이어야 할 거 아니겠…… 으악!"

승리를 만끽하며 위로하듯 어깨를 치려던 현태의 손이 이준의 손짓 한 번에 가볍게 꺾여버렸다.

"아아악! 이 새끼야, 이거 안 놔?"

고통에 찬 비명을 내지르는 현태는 미세한 반항조차 하지 못했다.

"술맛 떨어지게. 말 진짜 많네."

준희는 그런 이준을 놀란 눈으로 바라볼 뿐이었다. 여자 홀리는 재주만 있는 줄 알았는데 저런 기술은 또 어디서 배운 거야?

"남 걱정은 그만하고 이만 사라져주는 게 어때?"

그가 손을 놓자 비틀거리면서 가까스로 바를 잡고 중심을 잡은 현태는 미친놈처럼 다시 큭큭거렸다.

"왜, 무섭냐? 쟤까지 너에 대한 소문을 알게 될까 봐?"

이준이 핑그르르, 바 의자를 돌렸다. 단순한 동작인데도 신체 어느 한구석이 잡혀서 비틀릴까 봐 겁이 났는지 현태는 몇 걸음 뒤로 물러났다.

"이번에 뽑은 차, 꼬박 넉 달 기다렸다고 했나?"

"갑자기 무슨……."

"저 차, 네 차 맞지?"

이준의 친절한 안내에 현태의 눈이 창가로 향했다.

"불법 주차로 견인되네. 이런, 스크래치 장난 아니겠는데?"

"으아악!"

현태는 비명과 함께 튀어나갔다. 그가 사라지자마자 이준이 손목시계를 확인했다.

"10분 걸렸군."

"난 5분도 안 걸렸던 것 같은데요."

"그럼 뭘 더 해줄까? 널 위해 골든 벨이라도 울려줘?"

그는 단단한 가슴 위에 팔짱을 떡하니 낀 채 장난스럽게 이죽거렸다. 그런 그를 준희는 대놓고 감상했다. 급하게 나왔는지 이마에서 찰랑거리는 머리칼이 촉촉하게 젖어, 그의 눈동자처럼 더 까매 보였다.

"샤워하자마자 달려왔나 봐요."

그의 눈매가 일그러졌다. 지금 그게 중요한가. 그런 이준을 모른 척하며 생긋 미소를 날린 준희가 말을 이었다.

"골든 벨은 됐구요, 30분만 기다려주세요."

이준이 '타임' 맞은편 건물에 위치한 커피숍에서 기다린 지 정확히 29분 30초 만에 헐레벌떡 뛰어온 준희가 그의 앞에 털썩 앉았다. 그리고는 뭐가 그리 급한지 가방에서 서류를 꺼내 그에게 내밀었다.

"저도 원하는 게 있어서 몇 개 추가로 적었어요. 생각해보니까 가장 중요한 계약 기간을 명시 안 했더라구요. 계약 기간은 5년으로 잡았는데, 불만 없죠? 특별한 일 없는 한 5년 후에 깔끔하게 이혼, 괜찮죠?"

"어이, 밤톨. 계약은 쌍방 간에 이루어지는 거야. 너처럼 일방적으로 요구하는 게 아니라."

"일방적으로 요구할 자격, 나한테 있는 걸로 아는데요?"

"그 자격이 뭔지 좀 들어보자."

"제가 이 계약 결혼의 '갑'이잖아요. 강이준 씨 몸값도 34억이나 쳐줬지. 또 그 문서도 준다고 했지."

"그럼 너도 위자료 받아."

"됐어요. 그건 내 자존심이 허락하지 않아요."

20억 탕감이면 충분했다. 석훈이 베풀어준 은혜를 조금이라도 갚을 수 있으면 된 거다.

"근데 그 문서는 왜 달라는 거예요? 할아버지한테나 가보지, 별 볼일 없는 옛 문서일 뿐인데."

근석은 그 문서를 비싸게 팔라는 제안을 몇 번이나 거절했다고 자랑스럽게 말하곤 했었다. 하지만 준희는 그 말을 믿지 않았다. 그게 진짜였으면 진작 팔아서 예담 운영 자금으로 썼겠지. 그러지 못했다는 건 문서가 그만한 값어치를 못한다는 뜻이었다.

"회장님께서 조선 시대 문서들을 모으는 고고한 취미가 있으셔."

"아, 회장님. 중국에 계시다는?"

"나도 얼굴 한 번 본 적 없는 분이야."

"그 회장님이 뭐가 아쉬워서요? 누군지도 모르는 이의 노비 문서일 뿐인데?"

준희는 이해가 되지 않는다는 듯 고개를 갸웃했다.

"……누군가에게는 중요한 의미가 있겠지. 그건 내 알 바 아니고."

"나 하나 더 물어봐도 돼요?"

이걸 물어봐야 해, 말아야 해.

"물어보지 말라면 안 물어볼 거야?"

"……제가 궁금한 건 못 참아서 계속 물어볼 것 같긴 한데."

"그럴 거면서 무슨 허락을 구해? 그냥 물어보지."

이준의 말에 준희는 얼른 두 번째 질문을 던졌나.

"혹시 결혼한 적 있어요?"

"아버지가 너한테 그런 말도 해줬어?"

"아뇨. 우연히 포털 검색하다가……."

잠깐, 저렇게 묻는다는 건?

"강이준 씨…… 설마, 돌싱?"

"이혼 경력 없어."

"그럼 설마 지금도 유부남……?"

그가 모호한 표정을 짓자 준희는 숨도 쉬지 못한 채 속삭이듯 중얼거렸다.

"상대가 그때 그 여신, 채송화……?"

"참 신기해."

턱을 괸 그가 정말 신기한 눈으로 준희를 빤히 응시했다.

"어떻게 그렇게 생각하는 것마다 쓸데가 없지?"

"그럼 뭔데요! 알아듣게 제대로 대답을 좀 해주던지요!"

"약혼을 한 번 했었어. 결혼까지 가진 못했고."

"파혼 당했어요? 그 시크릿 때문에?"

"너 진짜……."

준희의 기가 막힌 추리에 두통이 왔나 보다. 이준이 손으로 관자놀이를 꾹꾹 눌렀다.

"쓸데없는 상상 좀 그만하면 안 되나."

"그럼 왜 약혼녀랑 결혼까지 못 했는데요?"

"이것도 대답 안 해주면 끝까지 물고 늘어질 거야?"

"당연하죠!"

그가 건조한 눈빛을 창밖으로 던지며 입술을 움직였다.

"약혼녀가 죽었거든."

사람의 죽음은 함부로 입에 오르내리는 게 아니다. 그래서 왜 죽었는지 차마 물을 수가 없었다. 그저 입만 뻐끔거릴 뿐.

"진짜 중요한 건 왜 안 물어보지?"

그런 준희를 주시하던 그가 테이블에 팔을 대고 몸을 가까이 가져왔다.

"약혼녀가 왜 죽었는지, 안 궁금해?"

"왜…… 죽었는데요?"

"날 너무 사랑해서."

그 한마디에 가출했던 그녀의 정신이 돌아왔다.

"우씨, 장난치지 말랬죠, 진짜!"

준희가 발끈하자 그가 웃었다. 그 미소가 너무 아찔해서 그녀를 헷갈리게 만들었다. 진짜라는 거야, 아니라는 거야? 평소에도 장난스럽게 말을 잘해서 분간이 되질 않았다.

"그러니까 넌 나 사랑하지 마."

돌처럼 굳어버린 준희에게 시선을 고정한 채 이준이 몸을 일으켰다. 테이블 위로 상체가 넘어오고 숨 막히도록 아찔한 거리감으로 두 얼굴이 가까워졌다.

"지금처럼. 내가 뭘 해도."

"……."

"심장이 두근거려서도 안 되고."

부드럽게 찰랑이는 그의 짙은 흑발 아래, 데일 듯 뜨거운 눈동자와 입술 점막을 간질이는 숨결의 기분 좋은 따스함에 얼어붙었던 그녀의 심장이 순식간에 녹아들며 미친 듯이 뛰기 시작했다. 그걸 꿰뚫어 보듯 이준이 느릿하게 말을 이었다.

"설마, 심장이 뛰는 건 아니겠지?"

도둑이 제 발 저리듯 준희는 벌떡 일어나 그를 노려보았다.

"그렇게 불쑥불쑥 들이미는데 심장 안 뛰는 사람이 어디 있어요? 놀라서라도 뛰죠! 그러니까 그 버릇 좀 고쳐요! 허락도 없이 다가오고 막 막지고 그러는 거!"

"확인하기엔 그보다 좋은 방법이 없으니까."

"무슨 확인을 그딴 식으로 해요?"

"거짓말을 잘하는 머리와 달리 몸은 솔직하거든. 너도 동감할 것 같은데."

그의 한마디가 그녀의 가슴을 예리하게 찔렀다. 속을 꿰뚫린 기분이었다. 얼굴이 확 달아올랐다. 그의 말이 맞다. 머리는 분명히 아닌데도 심장은 자꾸만 그에게 반응을 했다. 지금껏 누구에게도 뛰지 않던 심장이 그를 보면 뛰었다.

그 심장의 두근거림이 준희에게 속삭였다. 너도 여자야. 매력적인 남자를 보면 설레고 두근거리는.

강이준이 그걸 깨닫게 해준 것이다.

"어려운 요구 사항이 아니니 계약서는 수정해서 다시 주도록 하지."

이준은 아무 일도 없었다는 듯 자리에서 일어났다. 그의 뒷모습을 멍하니 응시하던 준희의 눈이 어느 순간 갑자기 동그래졌다. 마치 엄청난 걸 발견한 사람처럼. 하필이면 내리깐 눈에 그의 엉덩이가 보인 것이다.

"우와."

걸을 때마다 타이트하게 조여지는 슈트 덕분에 그대로 드러나는 탄력 있는 힙 라인. 준희는 그의 눈에 띄지 않게 살그머니 엄지 척을 해 보이며 외쳤다. ……브라보!

한국전문대학교 교양 수업 시간.

"비약적인 발전을 거듭해서 응용 심리학의 하나로 확고한 전문성을 갖게 된 게 상담 심리학입니다."

강단에서 열변을 토하고 있는 교수는 더 이상 눈에 들어오지도 않았다. 누가 보면 짝사랑한다고 착각할 만큼 머릿속은 강이준으로 가득 차 있었다. 가벼운 듯 무겁게, 뜨거운 듯 차갑게. 유혹하듯 밀어내고 당기는 듯 거리감을 벌리고. 기가 막히게 밀당을 하니 정신을 못 차릴 지경이었다. 그의 말이 맞았다. 머리는 아니지만 심장은 쿵쾅대며 솔직한 반응을 보이고 있었다. 눈치 빠른 그 남자가 그걸 모를 리가 없었다.

"그래서 자꾸 겁을 주는 거야."

그래서 장난스럽게 경고를 하면서 확인하는 거였다. 나한테 심장 뛰지 말라고, 날 사랑하지 말라고. 그렇게 결론을 내고 나니 갑자기 속이 부글부글 끓어올랐다.

"생각해보니 열 받네."

다른 덴 눈치가 빨라도 남녀 관계에 대해선 아무것도 모르는 그녀였다. 내버려두었으면 그냥 넘어갔을 것이다. 그런데 자꾸 자극해서 기어이 심장을 뛰게 만든 건 그였다. 이런 적이 처음인지라 어떻게 해야 할지 알 수가 없었다. 앞으로 그를 어떻게 대해야 할지, 이런 감정을 어떻게 받아들여야 할지. 준희는 연애 초짜에 사랑 초짜였던 것이다.

"시간이 좀 더 필요해."

그의 매력이 더이상 침투하지 않도록 면역력을 기를 시간이 필요했다. 그렇게 준희가 강의 시간에 머리를 쥐어뜯고 있을 때, 이준은 준희의 학교에 도착했다.

차에서 내리는 이준에게 박 실장이 조용히 말을 했다.

"30분 안에 공항으로 출발하셔야 합니다."

짧게 고개를 끄덕인 이준은 건물 안으로 발을 들였다.

─결혼식은 석 달 후로 잡아놨으니 준희한테 잘 말해주고.
　22살이라고 해도 아직 애다. 순진한 아이니 잘 다독여서
　결혼 진행 무리 없게 잘 도와줘야 해.

어차피 결혼식 준비는 그가 해외 출장을 가 있는 동안 담당 웨딩 업체가 착착 진행해줄 것이고, 계약서 수정도 끝이 났으니 서류 전달만 하면 되는 일이었다. 그런데 백준희가 전화를 받지 않아 직접 찾아올 수밖에 없었다.

"밤톨만 한 게 하여튼 손이 많이 간다니까."

수업이 끝났는지 파릇파릇한 대학생들이 강의실에서 우르르 몰려 나오고 있었다. 그 인파 틈에서도 이준은 기가 막히게 백준희를 찾아냈다. 괜한 관심을 끌고 싶지 않아 전화를 했지만 확인한 준희가 인상을 확 썼다. 그걸 지켜본 이준은 처음으로 메시지라는 걸 보냈다.

> 내 전화를 받긴커녕 인상을 써?

메시지를 확인한 준희가 휘둥그레진 눈으로 주변을 두리번거렸다. 그러다가 뒤쪽 벽에 비스듬히 기대어 있는 그와 눈이 딱 마주쳤다. 그를 발견하자마자 준희가 빠른 걸음으로 다가왔다.

"스토커예요? 누가 학교까지 쫓아오래요!"

순식간에 스토커로 몰린 이준도 지지 않고 인상을 팍 썼다.

"누군 오고 싶어서 온 줄 알아? 전화는 왜 안 받아서 바쁜 사람 오가게 만들어."

"……왜 전화했는데요."

"계약서 수정했으니 도장 찍어야 할 거 아냐."

서류를 받아 드는 준희에게 그가 다음 말을 이었다.

"그리고 3개월 정도 출장 가서 연락이 잘 안 될 거야."

"네."

"결혼식은 3개월 후야. 무더위가 지나가는 좋은 시기지."

"네."

"이 명함에 적힌 번호로 전화하면 담당자가 자세히 알려줄 거야. 결혼식 진행은 알아서 해줄 테니 특별히 네가 할 건 없을 거고."

"……네."

이준은 눈을 가늘게 뜨고 눈앞의 백준희를 관찰했다. 여자들에게 결혼식은 굉장히 중요한 이벤트라고 알고 있는데 준희는 이래도 시큰둥, 저래도 시큰둥 시선조차 부딪치질 않았다. 빛의 속도로 반응하던 밤톨은 어디로 가출한 걸까. 처음 보는 백준희의 모습에 이유 없이 가슴이 답답해졌다.

"밤톨."

"……"

"나 좀 봐."

"……"

"사람이 말을 하면 눈을 봐야지."

최대한 다정하고 부드럽게 불러봤지만 준희는 돌부처처럼 꼼짝하질 않았다. 감정을 고스란히 드러내던 그녀의 눈은 고개를 숙이고 있어 보이지 않았다. 뭐, 안 보여주면 내가 직접 보는 수밖에. 허리를 기울여 눈높이를 맞추고 고개를 비틀어 눈을 맞추었다. 이제야 보인다. 티끌 하나 없이 맑고 옅은 다

갈색 눈동자가.

"불만 있으면 말로 하자. 답답하게 이러지 말……."

"이게 바로 불만이에요!"

앙칼지게 소리 지르는 준희 때문에 이준이 더 놀라버렸다. 언제 피했느냐는 듯 준희는 너무도 쉽게 그의 턱 밑까지 파고들었다.

"멀쩡한 사람 자꾸 건드는 거!"

그녀는 똘망똘망한 눈으로 이준을 노려보며 거친 숨을 토해냈다.

"저 강이준 씨한테 손톱만큼도 관심 없거든요? 그런데 왜 자꾸 건들고 자극하냐구요!"

그런 준희가 무섭긴커녕 귀여워 보이다니, 내가 미친 건가?

"그러니까 나 좀 냅두라구요. 첫 키스 도둑맞은 것도 억울해 죽겠는데!"

이 순간 흥분하고 억울하고 열 받는 건 준희뿐이었다. 흥미롭게 그녀를 지켜보던 이준이 담담히 대답했다.

"말은 바로 하자. 난 네 첫 키스 훔쳐간 적 없어."

어라라라라? 기가 막힘에 준희의 눈이 더 동그래졌다.

"대박. 지금 나보다 10살이나 더 먹은 어른이…… 시치미 떼는 거예요?"

"어려서 뭘 모르나 본데."

"저 알 거 다 아는 22살 어른이거든요?"

"그럼 말해봐. 뽀뽀와 키스가 뭔지."

"뽀뽀가 영어로 키스죠."

"사전적인 의미 말고."

블랙홀 같은 눈동자가 은밀하게 깊어졌다.

"네가 그토록 강조하는 어른답게 대답해보라고."

"입술로만 하는 게 뽀뽀. 혀도 이용하는 게…… 키스?"

"너와 내가 혀를 섞었어?"

"……아니요."

강이준 나쁜 놈. 너무 적나라하게 대놓고 물어보니 열이 오른 얼굴이 터져버릴 것만 같았다. 머리 위에 뚜껑이 있다면 아마도 연기가 술술 나고 있을 것이다.

"그럼 대답해봐. 내가 너한테 한 게 뽀뽀야, 키스야?"

감정 없이 무미건조하게 입술을 맞대었던 기억. 그건 키스가 아닌 명백한 뽀뽀였다.

"……뽀뽀요."

틀린 말은 아닌데 뭔가 억울했다. 미치도록. 뻔뻔한 그의 태연함이. 학생을 가르치는 것 같은 엄함이.

"알았으면 그 작은 머리에 잘 입력해놔. 네 첫 키스를 무례하게 훔쳐간 도둑놈 취급할 생각은 하지 말고."

조목조목 짚어내서 딱 박아버리니 열이 받는다. 백 원을 훔치든 일억 원을 훔치든 모두 똑같은 도둑이듯, 입술이 닿았으면 그게 키스지 뭐야!

"그럼 저도 진짜 마지막으로 말할 테니 그 똑똑한 머리에 입력 좀 잘 시켜주실래요?"

지지 않고 쏘아붙이는 준희를 보는 이준의 눈이 흥미롭다는 듯 가늘어졌다.

"내 감정 내가 알아서 잘 할 테니까 이래저래 확인하면서 간섭하고 자극하지 좀 마요. 알았어요?"

가만히 두면 절대 당신한테 관심 가질 일 없다구요! 그러니까 나 좀 내버려두라구요!

"내가 아무리 당신보다 어려도 남자 보는 눈은 있어요."

"……."

"무슨 말인지 알아요? 당신 같은 남자가 별짓을 다 해도 안 좋아할 거라구요. 강이준 씨 당신, 내 스타일도 아니라구요. 아니, 내가 제일 싫어하는 스타일이 바로 강이준 씨 당신이라구요! 손끝이 스치는 것만으로도 끔찍하다구요!"

물론 준희는 꿈에도 몰랐다. 지금 하는 말들이 그의 자존심에 확확 스크래치를 내고 있다는 것을. 어느새 얼굴에서 여유롭던 눈웃음이 사라진 그가 소리 없이 강하게 타들어가고 있다는 것을.

"그럼, 전 먼저 갈게…… 으악!"

그의 몸에 밀린 그녀가 때마침 열린 엘리베이터 안으로 얼떨결에 들어갔다. 하필이면 텅 비어 있는 엘리베이터. 엘리베이터 벽과 이준의 품 사이에 갇혀버린 준희는 숨을 헐떡였다. 단단한 몸이 뿜어내는 폭발적인 에너지가 압사할 듯이 눌러왔다. 조금이라도 움직였다간 그의 입술에 눈꺼풀이 닿을 것만 같았다.

"솔직하게 대답해봐."

미세하게 다가온 그의 얼굴이 내리깐 시야로 밀물처럼 밀려들어왔다.

"제일 싫어하는 스타일의 남자한테 왜 심장이 반응하는지."

도발적인 그의 말이 준희의 오기를 자극했다. 아찔한 거리감에도 준희는 대담하게 그의 눈을 바라보았다.

"당신이 자꾸 날 유혹하잖아요."

아주 쿨하고 아주 무미건조하게, 확 키스해버리면 믿겠지.

"지금 당장 나한테 키스하라고."

내리깐 시선에 금욕적으로 매어진 이준의 넥타이가 보였다.

"그래서 확 해버리려고요."

그걸 잡아당기자 입술의 거리감도 그만큼 가까워졌다.

"셋 셀 동안 피하든지 말든지 알아서 해요."

그의 눈을 빤히 바라보며 그가 했던 것처럼, 입술을 좀 더 가까이 가져갔다.

"하나."

감정 한 자락 비치지 않고, 오로지 메시지만 강렬하게 담는 거다.

"두울."

숨 막힐 듯 거리감이 조여들었는데도 그는 피하지 않았다. 오히려 협조하듯이 날렵한 턱선을 틀어주었다. 할 수 있으면 해보라는 듯이. 눈을 가늘게 뜬 채 오히려 준희를 관전 중이었다.

'네가 할 수 있나 두고 보겠어.'

그 느긋함과 여유로운 눈빛이 메마른 심지에 불을 확 붙였다. 보여주고 말리라. 강이준 당신이 그랬던 것처럼 나도 무미건조하게 입술을 맞댈 수 있다는 걸. 절대 심장이 뛰지도, 가슴이 설레지도 않을 것이다. 젖 먹던 힘까지 발끝에 모은 준희는 마지막 카운트다운을 외쳤다.

"셋!"

눈을 질끈 감고 발꿈치를 있는 대로 들어 올렸다. 제대로 된 키스를 해보이겠다는 의지를 불태우며. 그런데 입술에 눌러지는 감촉이 이상했다. 살그머니 눈을 뜬 준희는 흡, 격하게 숨을 들이쉬었다. 지극히 미세한 각도 차이. 입술이 아닌 입꼬리에 선사한 버드 키스. 그런데도 심장이 터질 것처럼 쿵쾅거렸다. 저지른 건 나이고, 당한 건 이 남자인데. 또 내 심장만 미친 듯이 뛴다. 쪽 팔리게, 창피하게.

"그거 함부로 막 잡는 거 아니다."

나직한 음성과 함께 그가 시선을 내렸다.

"넥타이 좀 놓지 그래?"

"흠흠, 한 번만 더 테스트해봐요. 그땐 진짜 확 키스해버릴 테니까!"

으름장만 오지게 놓고 돌아섰다. 진짜 제 명에 못 살겠다. 만날 때마다 밀당이라니. 열 받는 것도 모자라 기가 팍팍 빨리는 기분이었다. 이래서 나이에 맞게 만나야 하나?

엘리베이터에서 먼저 내린 준희가 그에게로 돌아섰다.

"인천공항 바로 가시는 거면 중간에 저 좀 내려주세요."

"내가 왜?"

"강이준 씨 때문에 소중한 내 시간이 날아갔어요. 그 말인
즉슨, 버스 시간을 놓쳤다는 뜻이기도 하구요. 일분일초에 쫓
겨 바쁘게 살아가는 사람끼리 야박하게 그러지 말아요. 우리
결혼까지 약속한 사이잖아요?"

"흐음."

"제가 이 결혼에 34억 썼다는 거 잊었어요?"

"네 말을 듣고 보니……"

가느스름해진 눈꼬리가 부드럽게 휘며 예쁘게도 웃는다.

"내가 정말 죽을죄를 진 것도 같군."

"아니 뭐, 죽을죄까지는……"

확 꼬리를 내리며 부드럽게 기분을 맞추는 이준의 능수능란
함에 준희의 말꼬리가 소심하게 사라졌다. 그 모습에 그가 작
게 웃음을 터뜨렸다. 청량함이 톡 터지는 것 같은 그 미소에
그녀의 동그래진 눈동자 가득, 그가 차올랐다. 이 남자 왜 이
렇게 웃는 게 예뻐. 사람 정신 못 차리게.

"나를 위해 34억이나 쓰신 예비 신부님."

이건 분명 버릇이다. 허리를 기울여 눈높이를 맞춘 후 눈웃
음을 살살 흘리는 거. 당해본 사람은 진짜 미치게 설렌다는
걸 아나 몰라.

"어디까지 모셔다드리면 되지?"

"차에 타서 말할게요. 차 어디 있어요?"

그가 가벼운 손짓으로 어딘가를 가리키자 다갈색 눈동자가

따라갔다.

"그럼 저 먼저 저기 가 있을게요."

"같이 가면 되지 굳이 왜?"

"진짜 몰라서 묻는 건 아니죠?"

"모르겠는데?"

하여간 독고다이다. 오로지 자신밖에 모르는.

"강이준 씨랑 다녀봐요. 시선 집중 완전 제대로 받죠. 저는 조용히 살고 싶어서요."

'그러니 저만치 떨어져서 걸어오세요.'

휘휘 젓는 손짓으로 마지막 메시지를 날린 후 가볍게 발걸음을 옮기는 준희의 가는 머리카락이 봄바람에 부드럽게 휘날렸다. 손을 뻗어 그 부드러움을 느껴보고 싶을 만큼. 준희를 따라 걸음을 옮기며 이준은 손가락으로 입술을 더듬었다.

여기였던가. 백준희가 입술로 콕 찍었던 곳이. 키스도 아니고 뽀뽀도 아니었다. 입술도 아니고 뺨도 아니었다. 그런데도 진하게 스며들어버렸다. 백준희의 입술 감촉이.

두 사람이 뒷좌석에 오르자 시동이 걸린 차가 부드럽게 출발했다. 차 안에 있는 사람은 운전 기사와 비서를 포함해 모두 넷이었다. 그런데도 숨소리마저 들릴 만큼 차 안은 고요했다. 괜한 민망함에 시선을 튼 준희의 시야에 그가 보였다. 무언가를 생각하는 듯 눈을 내리깐 그는 제 입술을 만지작거리고 있었다. 아니, 정확히는 입술이 아닌 입술 옆. 잠깐, 저기는…….

그가 만지는 곳이 제 입술이 닿았던 곳임을 떠올린 준희의 입가에 미소가 피어났다. 그래도 자극이 좀 되었나 보지?

"강이준 씨가 무슨 생각하는지 나 알 것 같아요."

찬찬히 고개를 튼 이준에게 입술을 뺑긋거리자 그가 미간을 확 구겼다. 마치 못 볼 걸 봤다는 듯.

"그 표정 뭐예요? 기분 나쁘게. 먼저 키스해달라고 유혹해놓고 일방적으로 당한 사람처럼?"

반응은 바로 나왔다. 앞에 앉은 부하 직원을 의식했는지 이준이 쓸데없이 헛기침을 해댔다.

"흠흠, 백준희."

"솔직히 나니까 뽀뽀로 끝냈지, 다른 여자 같았으면 그렇게 가볍게 안 넘어갔다구요."

차마 돌아보진 못하겠고, 박 실장의 어깨가 움찔하는 게 보였다.

"그러니까 저한테 감사하게 생각하세요. 제가 본능보다 이성에 충실한 냉철한 성격이라는 것에요."

"누가…… 본능보다 이성에 충실하다고?"

이준이 기가 막힌다는 듯 반문했다.

"저요. 딱 보면 몰라요? 강이준 씨의 도발에 정말 차분하고 냉철하게 대응했잖아요. 아니에요?"

급기야 웃음을 참지 못한 박 실상의 이깨가 가늘게 떨렸다. 살짝 험악해진 눈빛으로 준희를 쏘아본 이준은 애꿎은 운전기사만 재촉했다. 준희라는 존재를 얼른 떨쳐버리고 싶다는 듯이 말이다.

"김 기사님, 아직 멀었습니까? 좀 서두르시죠."

조금도 져주지 않던 그의 입이 꾹 닫히자 속이 시원했다. 지금껏 그가 왜 짓궂게 놀렸는지 이해할 수 있을 것 같았다. 반응을 보는 게 이렇게 즐거울 줄이야. 그는 생각보다 주위 이목을 신경 쓰는 남자였다. 그만큼 가진 게 많고 높은 곳에 있어서 잃을 게 많아서인지도 모르지만. 어찌 되었든 그건 그녀가 알 바 아니었다. 간파한 그의 약점을 빠르게 머리에 입력만 하면 끝.

그를 이기고 싶다면 무조건 둘만 있는 걸 피하자.

주위의 이목을 이용하자.

첫 승리를 거둔 흐뭇한 눈빛으로 준희는 여유롭게 창밖을 응시했다. 풍경 참 아름답네.

"다 왔습니다."

차가 큰 도로 갓길에 멈추어 서자마자 준희가 기다렸다는 듯 물었다.

"마지막으로 하나만 물어볼게요. 웨딩 촬영할 거예요, 말 거예요?"

"안 해."

"알겠어요."

신부의 입장에서 웨딩 촬영을 안 하겠다는 신랑의 대답에 물고 늘어질 말은 무한대로 많았다. 그런데도 준희가 토 하나 달지 않고 쿨하게 대답을 하자 오히려 놀란 건 이준이었다.

"……그게 끝이야?"

"네."

준희는 그가 안중에도 없다는 듯 차에서 내려 메고 있던 가방을 뒤적이느라 바빴다.

"두 분께 드릴 게 이것밖에 없네요."

그녀가 이준이 아닌 앞 좌석에 앉은 두 사람에게 내민 건 바로 흰 우유였다.

"공항으로 바로 가면 시간이 어중간하잖아요. 혹시 점심 못 챙겨드실까 봐."

지금 시각은 정확히 1시 30분. 점심시간은 지났고, 도착해서 챙겨 먹기에도 애매한 시간이었다.

"우유만큼 배를 든든하게 해주는 게 없거든요."

"……감사합니다."

이준은 마냥 애 같다가도 이럴 땐 또 나이답지 않게 생각이 깊은 백준희에게서 시선을 떼지 못했다. 빤히 쳐다보는 그의 시선에 준희가 다시 가방을 뒤져 우유팩을 하나 더 꺼냈다.

"강이준 씨도 우유 드려요?"

"난 됐어."

대체 우유가 몇 개나 있는 건지. 커다란 저 가방에 뭘 넣고 다니나 했더니 그게 다 우유였나 보다.

준희는 앞 좌석의 두 사람에게 애교 넘치는 미소를 마구 던졌다.

"제 예비 남편님 공항까지 보필 잘 부탁드리겠습니다!"

저 구김살 없는 애교와 눈이 부실 만큼 밝은 미소에 아버지인 석훈이 넘어간 게 분명했다.

준희가 사라지고 나서야 박 실장이 조심스럽게 말을 했다.

"전무님께서 왜 백준희 양과의 결혼을 결심했는지 알 것 같습니다. 밝고 귀여운 아가씨네요."

6년이 넘게 그를 모셔온 박 실장이었다.

사람을 굉장히 깐깐하게 고르는 부회장이 고른 며느리는 보기 드문 원석이었다. 다듬지 않아도 자체적으로 빛을 발하는.

"너무 귀여운 짓만 골라 해서."

버릇처럼 이준의 손가락이 또다시 입꼬리를 매만졌다.

"골이 다 당길 지경입니다."

Chapter 4

도대체 왜, 예뻐 보이지?

해성 코리아의 대표 한정식 브랜드인 '소담'을 중국에 이어 유럽에 선보이기 위한 출장 일정은 3개월이었다.

비용이 많이 들고 리스크가 높은 직접 투자 방식에서 벗어나 호텔 내에 입점시키고 빌려주는 위탁 경영 방식을 선택한 만큼 시일이 꽤 소요되는 계약 건이었다.

그런데 계약 성사 직전, 호텔 대표 마리의 갑작스러운 제안으로 이준은 몇 주 만에 다시 한국 땅을 밟게 되었다.

"당신이랑 같이 한국에 가겠어요. 직접 가서 '소담'을 내 눈으로 보고 느끼고 맛본 후에 결정할 생각이에요. 물론 당신이 직접 밀착 에스코트해줘야 하구요."

사업 감각을 타고난 호텔 상속녀다운 생각이었다.

그런데 한국에 들어와 소담에 도착한 그녀는 180도 변신을 했다. '소담'의 음식은커녕 '소담'에서 개발한 전통주마저도 입에 대지 않은 것이다.

경영 능력이 뛰어난 테일라 호텔의 사장은 사라지고 매력적인 금발의 미녀가 그를 유혹하고 있었나.

그 유혹을 덤덤히 지켜보던 이준은 잠시 룸에서 나왔다.

머리가 지끈지끈 아파왔다.

유럽 진출을 위해선 테일라 호텔과의 사업 계약은 무조건 따내야만 하는 일. ……어떻게 한다?

이준은 차분하게 총괄 매니저를 불러 새로운 음식을 다시 준비하라고 지시를 했다. 그러고는 룸에 들어가자마자 마리에게 일방적으로 선언했다.

"이번 계약 건, 저희 쪽에서 먼저 없던 일로 하죠."

이준의 선언에 새파란 눈동자가 흥미롭다는 듯 그를 응시해 왔다.

"지금 테일라 호텔을 거절하는 건가요?"

"내가 거절한 건 마리 당신이지, 테일라 호텔이 아닙니다."

"뭐라구요?"

"테일라 호텔에 '소담'을 입점시키고 싶다는 제 계획은 변함 없습니다."

그럴 줄 알았다는 듯 콧방귀를 날린 마리가 붉은 입술을 열었다.

"그렇다면 나한테 잘 보여야지. 무슨 뜻인지 알겠어요? 당신은 테일라의 사장인 내 대답을 애타게 기다려야 한다는 거예요."

네가 날 받아들이느냐 여부에 따라 결정을 하겠다는 의미였다.

"한국은 예를 중시하는 동방예의지국이라고도 하죠. 그래서 난 마리 당신이 해성의 제의를 거절해도 예의를 지키고자 합니다."

"이봐요, 이든 씨."

"우리의 계약은 어긋날 것 같지만 마리 양이 출국하기 전까지 최고의 서비스로 모시라고 지시해놓죠."

"내 도움 없이 '소담'의 유럽 호텔 입점, 가능할 것 같아요?"

"내 사전에 불가능은 없습니다. 다만 시간이 좀 더 걸릴 수는 있겠죠."

그의 당당함에 마리가 할 말을 잃자 이준은 덤덤히 말을 이었다.

"한국까지 날 쫓아온 테일라 호텔 여사장의 흑심 때문에 내가 이 계약을 거절했다고 하면."

"……!"

"경쟁사인 힐튼 호텔에선 오히려 구미 당길 제안 아니겠습니까?"

마리는 검은 눈동자와 검은 머리칼을 한 동양인 남자를 선호했다. 꽤 긴 시간 지켜본 결과 강이준은 사업 파트너로 끝내기엔 너무 아까운 남자였다. 이번만큼은 진지하게 임해볼 생각이었는데, 다 틀려먹었다. 결국 마리는 한숨과 함께 말을 이었다.

"여기 음식들, 새롭게 다시 준비해주면 맛보겠어요."

그가 기다렸다는 듯 호출 벨을 누르자, 갓 만든 음식들이 테이블째로 바뀌었다.

"음식에 대한 설명은 셰프가 해줄 겁니다. 궁금한 게 있으면 뭐든지 물어봐요, 마리."

마치 그녀의 대답을 예상했다는 말투였다.

마리가 식사를 하는 동안 담배를 한 대 피우기 위해 나온 이준은 '소담' 뒤편의 작은 정원에 서 있는 근석을 발견했다. 석훈에게 전화를 하자 지금 본채에서 준희네와 함께 식사를 하고 있다고 했다.

우연이라고 하기엔 지나치게 무언가 딱딱 떨어지는 기분이었다.

나, 또 낚인 건가?

하지만 오랜만에 나누는 근석과의 대화는 무척 즐거웠다.

고지식하신 옛날 분이었지만 요즘 시대에 찾아보기 힘든 청렴한 분이었다.

피는 못 속인다고, 백준희가 그 점을 고스란히 물려받았나 보다.

통통 튀는 탱탱볼 같다가도 가만히 보면 하는 말이나 행동들이 무척 어른스러웠다.

밤톨은 잘 지내고 있으려나.

걸핏하면 발끈하면서도 결혼에 대해선 트집 하나 잡지 않던 백준희가 떠올랐다.

연락을 안 한 게 벌써 한 달.

사랑해서 하는 결혼은 아니었지만 그래도 신경이 쓰였다.

연락해서 안부 정도는 물어볼 걸 그랬나?

"강 서방, 우리 준희 아주 예뻐 죽겠지?"

"귀엽습니다."

"자네 눈에도 우리 준희가 많이 어려 보일 거야. 그렇게 잘 먹는데도 살이 안 찌니 원. 머리라도 좀 길러보라고 해도 내 말은 귓등으로 듣는 시늉도 안 한다네."

"전 외적인 것보다 내적인 것을 중요하게 생각합니다. 제가 봤던 여자들 중 준희가 가장 속이 깊습니다."

절대 기분 나빠할 수 없게 만드는 설득력 있는 목소리에 근석의 기분이 이내 풀렸다.

"그럼 다행이네만. 흠흠."

갑자기 목소리를 가다듬은 근석이 불쑥, 그리고 넌지시 물어왔다.

"결혼하고 나면 귀여운 손주는 언제쯤 보여줄 계획인가?"

목에 칼이 들어와도 거짓말은 못하는 그였다.

백준희와는 죽었다 깨어나도 하늘의 별을 딸 일이 없을 텐데 이걸 어떻게 돌려 말해야 하나.

잠시 고민이 되긴 했지만 의심 없이 넘길 핑계는 차고 넘쳤다. 그가 막 대답을 하려는 찰나…….

"할아버지이이!"

어디선가 바람처럼 달려온 백준희가 숨을 헐떡이며 그의 앞을 막아섰다.

"······백준희?"

고개를 휙 튼 준희가 근석이 보지 못할 윙크를 이준에게 날렸다. 동시에 '쉿!' 하고 손가락으로 제 입술을 누르며 무언의 메시지를 날렸다.

'당신의 시크릿, 내가 꼭 보호해줄게요. 그러니까 당신은 나만 믿고 가만히 있으라구요.'

가슴께를 겨우 넘는 작은 여자애가 그에게 보내는 앙증맞은 윙크와 손짓에 이준은 웃어버리고 말았다.

진짜 미치겠네. 밤톨, 너 왜 이렇게 귀여운 거냐.

"할아버지는 나 보고 싶지도 않았어요? 나 엄청 기다리고 있었는데."

불타는 사명감에 근석의 품으로 와락 안겨든 준희는 대화 주제를 가뿐하게 돌렸다.

"너도 보고 싶었다만 잘난 손녀사위가 더 보고 싶었다."

"헐, 나 완전 서운해요."

"서운할 게 따로 있지. 석훈이가 이준 군보다 널 더 예뻐하는 거 몰라?"

"그야 아저씨는 내가 너무 예쁘니까 그러는 거죠."

"이준 군은 네가 안 예쁘다는데 어쩌냐?"

근석의 장난에 준희는 이준에게 눈을 흘겼다. 그걸 본 근석이 손녀딸의 등을 아프지 않게 후려쳤다.

"떽! 남편 될 사람 곱게 못 쳐다보누?"

"할아버지 미워요! 맨날 나한테만 뭐라고 해!"

"그럼 반듯한 강 서방한테 뭐라고 하누? 할아비가 몇 번 말해? 그렇게 노려보면 성질머리 나빠 보인다고!"

"이 성질머리도 다 유전인 거 몰라요?"

"너 지금…… 할아비 성격이 나쁘다고 한 게냐?"

살짝 노한 듯한 근석이 입술을 씰룩이자 준희는 강아지처럼 금세 꼬리를 내렸다.

"아니, 뭐 그렇단 건 아니구요. 근데 할아버지도 성격이 좋으신 건 아니잖아요."

"이 녀석이 그래도!"

"아저씨가 얼른 오래요! 음식 식는다구요."

잔소리는 더 이상 듣기 싫다는 듯 근석의 품에서 벗어난 준희가 날래게 도망을 갔다.

그걸 본 이준은 웃음기 어린 목소리로 말했다.

"준희 말이 맞습니다. 음식은 식으면 맛이 없죠. 이만 식사하러 가시죠, 어르신."

제 조부에게도 따박따박 할 말 다 하는 걸 보니 백준희가 저한테만 앙칼진 건 아니었나 보다.

소속사 주차장에 송화가 나타나자 매니저가 얼른 밴의 뒷문을 열어주었다. 우아한 자태로 차에 오른 그녀는 하이힐 먼저 집어 던졌다.

확인해본 결과 현재 진행 중인 작품과 광고, 차기작과 염두에 두었던 광고주와의 미팅까지 전부 다 변함없이 그대로 진행되고 있었다.

변한 건 단 하나, 강이준뿐.

가장 변하지 말아야 할 게 변해버린 것이다.

"내가 가장 원하는 건 강이준 너라구."

재벌가 자제들만 들어가는 대명고등학교에 턱걸이로 아슬하게 입학한 순간부터 지금까지, 송화의 가슴에 남자는 오로지 한 명뿐이었다.

성공하고 싶으면 스폰서를 잡아 오라는 소속사 사장에게 등 떠밀려 들어간 클럽의 VIP 룸. 그 무리에 섞여 있는 이준을 본 순간 자살하고 싶을 만큼 치욕스러웠다.

방탕한 무리들과 어울리긴 했지만 이준은 특별한 남자였다. 훤히 드러난 어깨에 재킷을 덮어주고 송화를 데리고 나가는 그의 뒤로 짓궂은 농담이 쏟아졌지만 그는 그저 웃을 뿐이었다. 하지만 밖으로 나와 담배를 피우며 그녀에게 건네는 음성에선 웃음기라곤 찾아볼 수 없었다.

―네 가치를 스스로 낮추지 마.

그녀도 알고 있었다. 룸 안에 있던 남자들이 확인하고자 한 건 연기력이 아니었다는 걸. 음탕하게 몸매를 훑었고 노골적

인 질문들을 서슴없이 던졌다. 너무 부끄럽고 창피해서 고개
도 들지 못하는 그녀에게 이준이 덤덤히 물었다.

―후원자 필요해?
―…….
―그거 내가 해줘?
―이준이 네가 왜?

일말의 기대감을 느낀 걸까.

―동창으로서 느낀 동정심이라고 해두자.

뿌연 연기를 몽환적으로 뿜어내며 매혹적으로 웃는 그 미
소가 잔혹해 보였다. 그럼에도 좋았다. 그에게 한 걸음이라도
다가설 수 있다면.

옛 추억을 떠올리며 전자 담배를 깊게 빨던 송화는 신경질
적으로 담배를 던져버렸다.

"진짜 더럽게 맛이 없네."

호텔에서 보았던 여자가 떠오른 것이다.

이준이 너무도 쉽게 제 공간 안으로 여자를 들였다. 윤은서
의 죽음 이후, 여자와 단둘이 있는 걸 꺼려 하던 그가 말이다.

"왜 그 앤 괜찮은 거지?"

하지만 이내 대수롭지 않게 고개를 내저었다.

재력 빵빵한 미녀들조차 돌 보듯이 하는 이준이 설마.

"그 정도로 별 볼 일 없는 애라는 거겠지."

여자로 인식하지도 못할 만큼.

로열 레스토랑인 그곳에서 와인은 식사보다 더 유명했다. 준희는 저가에서 고가까지, 최다 종류의 고급 와인을 보유하고 있는 레스토랑에서 운 좋게 점심 파트타임을 뛰게 되었다.

물론 이곳에서 일을 할 수 있었던 데는 강이준 덕이 조금 있긴 했다. '타임' 바에서 그를 자극하려고 벌인 짓으로 인해 레스토랑 사장인 지혁의 눈에 들게 되었으니까.

"그런데 나 여기서 일해도 되는 건가?"

준희는 문득 그런 생각이 들었다.

두 집안 어른들을 모시고 상견례 비슷한 식사를 했던 게 바로 이틀 전이었다.

친구 가게에서 일을 하는 게 그에게 곤란한 일이라면?

하지만 결론은 빠르게 내려졌다.

정체를 밝힐 일도 없고 결혼식 날 지혁이 그녀를 알아볼 일도 없었다. 결론은 괜한 걱정이라는 것. 그러니까 지금은 사랑하는 나의 아이들에게 집중을 하자구!

고가의 와인 한 병을 꺼낸 그때…….

"……백준희?"

뒤에서 들려오는 하이톤의 음성은 전혀 낯설지 않았다. 준희는 마지못해 한숨을 쉬며 돌아섰다.

그곳엔 절대 만나고 싶지 않은 존재가 서 있었다. 고등학교 때 그녀를 괴롭히고 왕따시켰던 주범 이지아.

"대박. 너 우리 오빠 가게에서 술 파는 거야?"

맙소사, 이지아가 지혁의 동생? 세상 참 억울하게 좁다.

"여기가 술 파는 곳이면 네 오빠 가게는 술집이란 거네?"

준희의 차분한 반박에 발끈했는지 이지아는 신랄하게 퍼붓기 시작했다.

"말하는 꼬라지 봐. 기가 막혀서! 하긴 네가 어릴 때부터 끼가 보이긴 했어, 그치? 조신한 척 다 하면서 괜찮은 남자애들한테 다 꼬리 치고 다녔잖아. 친구가 좋아하는 남자한테까지. 그래서 왕따까지 당하고, 그렇지?"

떠올리고 싶지 않은 옛 기억을 끄집어내 우위를 차지하려는 비겁한 수작에도 준희는 흔들림이 없었다. 떠올리기 좋은 기억은 아니었지만 이미 아문 상처라 아프진 않았다.

"멋대로 생각하는 건 여전하구나. 일하는 데 방해되니 좀 꺼져줄래?"

"꺼, 꺼져달라고?"

기가 막힌 듯 씩씩거리던 지아는 갑자기 또 다른 게 생각났는지 생긋 웃었다.

"근데 너 정신과 치료는 다 끝낸 거야? 아니면 아직도 다녀? 모전여전 피는 못 속인다잖아. 미친 엄마에 미친 딸."

어른이 된 만큼 조용하게 끝내고 싶은 준희였다. 하지만 그런 그녀를 자극한 건 이지아였다.

"지아야, 그렇지 않아도 나 너 되게 보고 싶었다?"

"네가 나를? 왜?"

"3학년 때 우리 다시 같은 반 되었잖아. 그 첫날 기억나? 네 머리칼이랑 얼굴 내가 다 쥐어뜯은 날."

3년 전 그날만큼은 준희가 승자였다.

—백준희, 니네 엄마도 정신병자였다면서? 그래서 너도 정신
   병원 다니는 거야?

그 한마디에 일 년간 당해왔던 모든 걸 폭발시켜버렸다.

정신을 차렸을 땐 제 밑에 이지아가 깔려 있었다. 산발이 된 머리칼과 눈물 젖은 눈을 한 채.

"답답한 속이 뚫려서 그런지 나 그날 이후부터는 정신과 안 다녀. 약도 안 먹어도 되고. 그게 다 네 덕이라 고맙다는 말 꼭 하고 싶었거든."

화려하게 메이크업을 한 지아의 얼굴이 일그러지자 그때의 통쾌함이 또다시 격렬하게 느껴졌다.

"그리고 정신이 이상한 건 내가 아니라 너 아닐까? 질투에 눈이 멀어서 친하게 지내던 친구를 왕따시키는 게 솔직히 정상은 아니잖아."

"너 착각도 유분수다? 내가 언제 널 왕따시켰다고 그래?"

이지아는 여전히 뻔뻔했다.

너 하나 때문에 내 고등학교 추억의 절반이 끔찍한 악몽이 되었는데.

"네가 주동한 거 내가 모를 줄 알아?"

"애들이 널 싫어한 걸 왜 내 탓으로 돌려? 잠시나마 널 상대해줬던 나한테 오히려 고마워해야 하는 거 아니니?"

이 세상은 착하게 살면 더 괴롭힘당한다는 걸 뼛속 깊숙이 아로새겨준 이가 바로 이지아였다. 그래서 준희는 변했다. 밟으면 발끈하고 물어뜯고 악바리처럼 대들었다. 그럼 더럽고 무서워서라도 피해가니까.

"네가 시켰다는 증거들 다 가지고 있어. 지금이라도 원하면 공개해줘? 요즘은 경찰에 신고하는 것보다 SNS에 올리는 게 반응 직방이던데."

"넌 정신병자 딸이야! 미친 여자의 딸이…… 꺄악!"

차가운 냉수가 화려한 색감을 자랑하는 지아의 눈꺼풀에서 뚝뚝 떨어졌다.

"걸레같이 더러운 주둥이는 얼른 물로 빨아줘야지."

"이 미친년이!"

"미친년한테 더 지껄여 봐. 걸레 같은 네 입 빨아줄 물은 차고 넘치니까."

한 번 당해본 적이 있는지라 지아는 입술을 파르르 떨며 지혁을 불렀다. 2층 계단에서 헐레벌떡 내려온 지혁은 물에 젖은 동생의 모습에서 잠시 눈을 떼지 못했다. 그러더니 차가운 눈빛으로 준희를 바라보았다.

"레이첼, 이게 무슨 짓이지?"

"동생분께서 먼저 저한테 시비를 걸었어요. 제 이야기를 들어보시면……."

"잠깐만, 레이첼. 이지아, 네가 먼저 말해봐."

지혁이 손을 들어 그녀의 말을 저지했다.

"오빠, 고3 때 내 머리랑 얼굴 잔뜩 쥐어뜯은 게 바로 얘야. 그때 나 창피해서 몇 주 동안 학교도 못 간 거 알지? 흑흑, 그런데 보자마자 얘가 또 나한테 물을 뿌리는 거 있지."

여우주연상을 받아도 될 만큼 흐느끼는 일품 연기에 지혁은 가뿐히 넘어갔다. 아니, 어설픈 연기라도 넘어갔을 것이다. 두 사람은 가족이었고 준희는 철저한 타인이었으니까.

"레이첼, 파트타임 건은 없던 걸로 하자. 오늘 시급까진 쳐줄 테니 그만 가봐."

그는 준희의 말은 들을 생각도 하지 않았다. 그게 억울했다.

"사장님, 제 이야기도 들어보셔야 하는 거 아닌가요?"

"내 동생 잘못일 수도 있어. 하지만 먼저 물을 끼얹은 게 레이첼이라는 건 변함없는 사실이야. 아무리 억울해도 말로 했어야지."

지혁의 말에 준희의 주먹이 불끈 쥐어졌다. 시간이 흘렀는데도 변함이 없었다. 아무도 그녀의 말을 들어주지 않는다는 것. 항상 그녀는 혼자였다. 편 들어줄 가족 하나 없는.

"사장님은 참 좋은 오빠인 것 같아요."

차분한 준희의 말에 지혁의 눈이 가늘어졌다.

"물세례를 받은 게 저라면 그런 말 안 하셨을 거잖아요. 그렇죠?"

이지아를 부러워한 적은 단 한 번도 없었다. 하지만 지금 이 순간은 아주 조금 부러웠다. 잘잘못을 따지지 않고 무조건 내 편을 들어주는 오빠란 존재가 있다는 것이.

유니폼을 벗고 나올 때까지 지혁은 든든한 버팀목처럼 지아의 곁을 지키고 있었다. 준희가 저보다 훨씬 큰 여동생에게 해코지라도 할까 봐 걱정하는 것처럼. 마음 같아선 확 질러버리고 싶었지만 그가 이준의 절친임을 떠올리며 참았다.

"짧은 시간이지만 감사했습니다."

"……그래."

그걸 지혁도 느꼈는지 좀 전보다 눈빛이 부드럽게 풀렸다.

"시급은 안 주셔도 돼요. 그리고 이건 동생분 드라이 값에 보태주세요."

준희가 내민 2만 원을 본 지아가 흥, 코웃음을 날렸다.

"이 코트가 얼마짜린데 그딴 푼돈을 내밀어? 됐거든?"

"싫음 말아."

그럴 줄 알았다는 듯 다시 지갑에 돈을 넣느라 준희는 미처 보지 못했다. 지아가 물컵이 아닌 물 주전자를 손에 드는 걸.

"지아야!"

다급한 지혁의 음성에 고개를 들자 주전자를 들고 코앞까지 다가온 지아가 보였다.

도대체 왜, 예뻐 보이지?　119

"그 대신 너도 똑같이 받아야지, 안 그래?"

"그애한테 물 한 방울만 묻혀봐."

주전자가 머리 위로 올라가는 속도보다 누군가의 팔이 준희를 뒤로 끌어당기는 속도가 더 빨랐다.

"가만 안 둬."

그녀가 고개를 뒤로 확 젖히자 강이준이 보였다.

"뭐, 뭐예요?"

……당신이 왜.

"뭐긴 뭐야. 네 편이지."

그가 귓가에 속삭이며 가슴이 먹먹할 만큼 달콤하게 웃었다.

"백준희 전용 방패."

커다란 손이 준희의 작은 머리통을 부드럽게 어루만졌다. 평소라면 발끈했을 텐데, 지금만큼은 그의 손길이 싫지 않았다. 그렇게 준희는 못 이기는 척 가만히 안겨 있었다.

"이지혁."

"……어?"

준희보다 더 놀란 건 지혁인 듯싶었다.

"네 동생은 버르장머리가 더 없어졌다?"

"뭐라고?"

"몸만 자랐지 정신 상태는 여전히 초딩이라고."

"이준 오빠! 오빠가 나한테 어떻게 그런 말을 할 수가 있어요?"

"지아 넌 주전자나 내려놔. 내가 네 머리에 붓기 전에."

눈물을 펑펑 쏟아내는 지아의 연기는 이준에게만큼은 통하지 않았다. 내 방패, 잘한다!

"강이준, 말이 좀 심하다? 내 동생이면 네 동생이나 마찬가지 아니냐?"

"걔가 내 동생이었으면 무릎에 엎어놓고 엉덩이를 때려준 것만 수백 번일 거다."

"우리 지아 때릴 데가 어디 있다고!"

아직도 정신을 못 차린 지혁이 발끈하자 이준이 가소롭다는 듯 픽 웃었다.

"그러는 넌 지아 몸 반밖에 안 되는 애를 둘이서 몰아붙이냐?"

잘도 나불대던 지혁의 입이 꾹 다물어졌다.

"요즘 뉴스 보니 재벌가 자식들 갑질 논란에 회사 주가가 떨어지는 일들이 빈번하더라. 그러니까 네 여동생도 뉴스 안 타게 지금부터라도 교육 좀 잘 시켜라."

유쾌! 통쾌! 상쾌! 꽉 막혀 있던 가슴이 아우토반 달리듯이 뻥 뚫려버렸다.

"레이첼이 내 동생한테 물을 뿌렸다고, 인마!"

지혁이 끝까지 제 동생 감싸겠다고 발끈해보았지만.

"그럴 만한 이유가 있었겠지."

이준은 가뿐하게 무시했다.

"밤톨이 성질머리는 좀 더럽지만 이유 없이 공격하진 않거든, 그치?"

그렇게 귀에 거슬리던 밤톨이란 별명이 밉찌기 애칭처럼 느껴졌다. 그까짓 거 밤톨로 불리면 뭐 어떤가. 절대 방패만 되어준다면야.

이준의 출현으로 삽시간에 주변 공기의 흐름이 바뀌었다. 지아를 향한 주도적이고 호의적이었던 분위기는 이제 준희의 것이었다.

가뿐하게 주인공을 바뀌버린 절대 방패가 지아에게로 다가갔다. 다정하게 속삭이는 그의 모습에도 질투가 나진 않았다. 그의 속삭임에 지아의 얼굴이 보기 좋게 일그러졌으니까.

"이지혁, 얘기 좀 하자."

준희는 지혁과 함께 2층으로 향하는 그의 뒷모습에서 눈을 뗄 수가 없었다.

계속 바라보고 있으니 뚫려버려 휑한 가슴에 묘한 든든함이 차올랐다. 그 느낌이 숨 막히도록 좋았다. 질식해서 죽어도 좋을 만큼.

준희는 뭐든지 혼자 참는 버릇이 들어 있었다. 부모가 없으니 버르장머리도 없다는 소리를 근석이 듣게 하지 않기 위한 준희 나름의 방법이었다.

내 편이 없어도 괜찮아. 남의 도움 따위는 필요 없어. 충분히 나 혼자 잘 할 수 있어.

그런데 강이준 때문에 처음으로 깨달았다.

내 편이 생긴다는 게 나쁘지 않다는 걸.

"결혼이 마냥 나쁜 건 아니구나."

122

누가 그랬던가. 남편은 남의 편이라고.

준희는 오히려 그 반대를 경험하고 있었다.

내 남편은 유일한 내 편.

아주 든든한 내 아군이 생긴 것 같았다.

레스토랑 2층 테라스의 난간에 걸터앉는 이준에게 지혁이 다짜고짜 물었다.

"이제 시원하게 대답 좀 해봐. 둘이 대체 무슨 사이야?"

이준은 대답 대신 담배를 입에 물었다.

남의 싸움에 끼어들 만큼 오지랖이 넓지도 않고, 여자들 싸움은 간섭하고 싶지 않았다. 하지만 지혁이 끼어드는 순간 마음이 바뀌었다.

"뭐가."

부아가 치밀었다. 앞뒤 사정도 모르고 제 동생 편만 드는 지혁이.

보기가 싫었다. 저한테는 앙칼지게 잘도 대들던 게 지혁한테는 고개를 숙이는 게.

심기가 거슬렸다. 이지아의 버르장머리가.

"내 동생한테 그렇게 무안 주면서까지 네가 감싸고도는 이유 말이야."

그리고…… 박혀버렸다. 항상 맹랑하던 눈동자에 어린 너덜

너덜한 방어막이.

"그때 보니 아는 사이는 분명하고. 혹시, 친척이냐?"

지혁의 물음에 이준은 담배 연기를 나른하게 하늘로 흘리며 덤덤히 말을 했다.

"이지혁, 나 결혼한다."

갑작스러운 결혼 통보에 할 말을 잊은 듯 지혁이 멍한 표정을 지었다.

"누구랑 하는데?"

"아까 걔랑."

"레이첼?"

"직장에서 닉네임이 레이첼이긴 하지."

"야, 네가 뭐 아쉽다고 그런 애랑……!"

무섭게 날아드는 새까만 눈빛에 지혁이 '흡' 하고 입을 다물었다. 눈빛으로 방정맞은 주둥이를 막은 이준이 차분히 입을 열었다.

"그런 애가 아니라 백준희다."

"그래, 네가 말한 그 백준희 말이야. 네가 잘 몰라서 그러는데 보통내기가 아니야."

밤톨이 보통내기가 아니긴 하지. 무언의 동의로 이준이 픽 웃었다.

"너 알지? 내 동생이 고등학교 때 한 번 폭행당해서 학교 몇 주 안 나갔던 거. 그거 다 백준희 걔가 한 거야."

"가해자가 네 동생이고, 피해자가 백준희."

"……?"

"지아가 좋아하던 남학생이 준희한테 고백했어. 그래서 네 동생이 준희 왕따 시킨 거야. 그것도 친한 친구 사이였는데."

"뭔 소리야, 갑자기."

"쉽게 설명해줘? 버르장머리 없이 자란 네 동생이 남자한테 눈이 뒤집혀서 친구 배신 때린 거라고. 그 도가 지나쳐서 준희가 네 동생한테 덤벼든 거고."

"네가 그걸 어떻게 알아?"

"내 아버지가 그 사건 막았으니까."

"말도 안 돼!"

"생각이란 걸 해. 네 아버지 성격에 귀하게 얻은 고명딸 쥐어뜯은 그 앨 왜 가만히 뒀을 것 같아?"

지혁의 입이 다물어졌다.

지아는 아들 넷 끝에 얻은 딸로, 집에서 하나밖에 없는 보석이었다. 그런 보석에 흠집을 낸 애라면? 당연히 아버지가 그냥 보고 있을 리가 없었다. 그런데 그때 아버지는 노발대발하던 아들들의 의견을 무시하고 사건을 덮어버렸었다.

그게 해성 그룹 부회장의 압력 때문이었다고?

"레이첼도 재벌가 여식이냐?"

"직원 수 50명. 10년 넘게 적자에서 못 벗어나는 공예품 회사 운영하는 분의 손녀딸이다."

그전 약혼녀만 해도 집안 대대로 정치권에서 절대 권력을 행사하는 집안의 막내딸이었다. 그런데 왜 갑자기 그런 평범한 애랑 결혼을…….

지혁의 눈이 가늘어졌다.

"너 혹시, 걔 사랑하냐?"

이준이 작게 웃음을 터뜨리며 말을 했다.

"제발 좀 해봤으면 좋겠다."

"뭘?"

"사랑 말이야."

가볍게 웃는 미소 속에 씁쓸함이 가득했다.

"나와 연결되면 다 죽어버리니 뭘 할 수가 있나? 차라리 혼자 지내는 게 편하지."

그게 안타까워 지혁은 친구의 어깨를 두드려주었다.

"미신이고, 우연한 사고일 뿐이야."

"지아가 나랑 결혼하고 싶다고 했을 때 불같이 화를 내던 놈이 할 말은 아닌 것 같다?"

지혁은 찔끔했다. 지아가 이준과 결혼하고 싶다고 난리 쳤을 때 심장이 내려앉은 건 사실이었다. 친구에겐 정말 미안했지만 지아에 대해서만큼은 티끌만 한 위험도 감수하고 싶지 않아서 였다. 그래서 온 집안 식구들이 달려들어 지아를 말렸다.

지혁은 민망함에 머리를 긁적이며 얼른 대화 주제를 돌렸다.

"그럼 걔랑은 왜 결혼하는 건데?"

"이 세상에 남자가 나 하나뿐이라도 날 사랑하진 않을 유일한 여자라고 하자."

"그럼 진짜 심청이냐?"

"심청이라니?"

아무것도 모르고 묻는 이준을 보며 지혁은 혀를 찼다. 진실이 아니면 대응조차 안 하는 놈이니 요즘 떠도는 소문을 알리가 없지.

"신부가 죽나 안 죽나. 소문이 진실인가 아닌가. 인당수에 바치는 제물처럼 확인하려는 거 아니…… 으악!"

불씨가 살아 있는 담배가 날아오는 바람에 질겁하는 지혁에게 이준이 두 번째 진실을 알려주었다.

"내가 심청이다, 인마."

그것도 34억에 팔리는.

대화를 끝낸 후 1층으로 내려오던 두 사람의 귀에 여자들의 비명이 들려왔다.

"꺄악, 이 머리 안 놔!?"

"방금 한 말 취소해, 나쁜 년아!"

"싫어! 내가 왜, 아아아악! 아파!"

제 몸집의 두 배는 되는 지아의 몸에 올라타서 머리칼을 쥐어뜯고 있는 건 분명 백준희였다.

"네 약혼녀 좀 어떻게 해봐. 내 동생 저러다 대머리 되겠어!"

얼른 가서 뜯어말려야 했지만, 일방적으로 당하는 게 백준희가 아니라는 이유만으로도 다가서는 이준의 걸음은 여유롭기만 했다.

"밤톨, 진정 좀 해봐."

이준의 목소리에 준희가 작은 콧구멍을 귀엽게 벌렁거리며 고개를 틀었다.

"얘가…… 얘가!"

무슨 말을 하고 싶어 하는 것 같은데 차마 말을 잇지 못하고 있었다.

"알았으니까 이제 그만하고 내려와."

일어나면서도 지아에게 쏘아붙이는 건 잊지 않는 준희였다.

"너 내가 분명히 경고했어. 그 입 함부로 놀리지 말라고."

"야, 이 사이코 또라이 정신병자야! 내 입으로 내 맘대로 말도 못……, 꺄악!"

"더 쥐어 뜯겨봐야 정신 차릴래?"

다시 달려들어 2차전을 시작할 것처럼 준희의 기세는 보통이 아니었다. 말로는 절대 해결되지 않을 것 같아 그는 결단을 내렸다. 내가 이것까진 안 하려고 했는데.

"꺄악!"

버둥거리는 준희를 가뿐하게 어깨에 둘러멘 이준은 바로 상황 정리에 들어갔다.

"와인 값 청구할 때 여동생 병원비랑 위로비까지 같이 청구해라."

"내 동생 꼴을 봐! 저게 지금 돈으로 해결될 상황이냐?"

지혁의 말에 대롱대롱 매달린 준희를 어깨에 가뿐히 두른 채 그대로 이준이 돌아섰다.

"우리 사이도 애들 장난질에 금 갈 정도의 사이는 아니라고 본다."

"……!"

"친구 좋은 게 뭐냐. 좀 봐줘라."

매번 이준에게 어려운 부탁을 할 때마다 지혁 자신이 한 말이었다.

아주 약은 새끼 같으니라고. 그런데도 매력 넘치는 새끼 같으니라고!

"일 년간 술값은 다 네가 계산해라!"

주차장에 도착한 이준은 차 문을 열고 준희를 조수석에 태웠다. 분이 안 풀려서인지 피가 정수리에 몰려서인지, 밥알처럼 뽀얀 얼굴은 여전히 새빨갰다.

"잔소리할 생각하지 말아요."

"잔소리할 생각 없어. 대신에 뭐 하나만 묻자."

"……?"

"나한테는 그렇게 잘도 대들면서 지혁이한테는 왜 한 마디도 못 해?"

"……강이준 씨 친구라서요."

"그럼 내 빽 믿고 더 당당해야지. 네가 고개 숙이면 내가 숙이는 거나 다름없어. 부부는 일심동체, 몰라?"

"……."

"그러니까 다신 고개 숙이지 마."

"……네. 근데 사장님한테 우리 사이 말한 건 아니죠?"

"했는데?"

"꺄악! 그걸 말하면 어떻게 해요?"

"결혼식에서 보면 알게 될 신부, 뭐 굳이 숨길 필요 있나?"

"아무도 나 못 알아보게 결혼식 때 변신할 거란 말이에요. 가발 쓰고 화장 진하게 하고 드레스까지 입고. 강이준 씨도 절대 못 알아볼 만큼."

이준이 자신만만한 표정을 짓는 준희에게로 상체를 기울였다. 그리곤 지그시 눈을 맞추고 나직하게 속삭였다.

"걱정하지 마, 밤톨."

맙소사, 휑한 가슴에 밀물처럼 밀려든다.

"무슨 일이 있어도."

애꿎은 심장을 또다시 쾅쾅거리며 두드린다.

"나는 널 꼭 알아봐줄 테니까."

미래의 남편이.

미쳤어, 미쳤어.

준희는 얼른 이준과의 거리를 벌렸다.

"여자를 하도 많이 만나봐서 그런 것도 알아볼 줄 아나봐요?"

"만나긴 많이 만났지. 인정."

"많이 만나서 아주 좋으시겠어요."

태연하고 뻔뻔하게 인정하는 모습이 얄미워 죽을 것 같았지만, 그래도 미워할 수는 없는 묘한 캐릭터를 가진 이준이었다.

"왠지 억울해하는 표정인데?"

"안 억울하면 제가 보살이게요. 너무 밑지는 결혼이잖아요."

모호한 표정을 짓는 그에게 준희는 손가락까지 펴가면서 조목조목 짚어주었다.

"봐봐요, 내가 당신보다 10살이나 어리죠? 연애 경험 한 번 없이 깨끗하죠? 와, 진짜 억울하다."

"말 다했어?"

"덜했거든요? 내 기도 쪽쪽 빨리고 있잖아요. 강이준 씨 만나고 십 년은 늙어버린 느낌이라구요. 게다가 34억이라는 몸값까지 내가 지불하고……. 어? 왜 웃어요?"

심각하게 말하는 그녀의 앞에서 어깨까지 들썩이며 웃던 그가 웃음을 거두고 진지하게 말했다.

"나와 결혼 후에 연애해도 괜찮아."

"미쳤어요? 내가 그렇게 기본도 없는 막돼먹은 앤 줄 알아요?"

"내가 괜찮다는데도?"

"그건 강이준 씨 개인의 생각이 중요한 게 아니라 상도덕의 문제예요."

"그럼 5년 동안 연애 한 번 안 해보고 20대의 대부분을 보내겠다고?"

"당연한 거 아니에요?"

꽤 심각하게 고민하는 표정을 짓는 이준을 보며 준희는 두 눈만 끔뻑거렸다.

왜 저러지? 내가 뭐 잘못 말한 게 있나?

"상도덕에 걸리지 않고 연애하는 방법이 있긴 하지. 나라도 괜찮다면."

"……?"

"남편이랑 연애해보는 건 어때?"

이 남자 진짜…… 여자 설레게 하는 데 선수다. 그녀는 하마터면 넘어갈 뻔했다.

하지만 이내 새까만 눈동자에 어린 장난기를 눈치챈 준희는 정신을 바짝 차렸다.

"우씨, 내가 그만 확인하랬죠!"

"하여간 반응 하나는 세계 최고라니까."

이준은 더욱더 크게 소리 내어 웃었다.

백제 호텔에서 열린 리셉션 파티를 마지막으로, 마리 테일라는 다시 프랑스로 돌아가기로 했다. 마리는 불어와 한국어에 능통한 이준에게 리셉션 파티의 파트너로 함께 가줄 것을 부탁했다. 그렇게 두 사람이 파트너로 입장을 하자 호기심 어린 눈빛들이 날아들었다.

파티의 여왕답게 여유롭게 파티를 즐기던 마리가 화장을 고치겠다며 파우더 룸으로 향했다. 그제야 한숨 돌리려던 이준의 뒤로 누군가가 다가왔다.

"강 이사는 여전히 훤칠하고 멋있단 말이야."

윤은서의 첫째 오빠이자 40대 후반의 젊은 나이에 국민당의 실세가 된 윤찬형 의원이었다.

이준만 들을 수 있게 나직해진 목소리가 살벌해졌다.

"꽃다웠던 우리 집 막내는 차디찬 땅속에 처박혀 있는데 아주 잘 지내고 있어."

그는 이준을 죽이고 싶다는 듯 눈동자 안에 있는 칼을 서슴없이 빼서 겨누었다.

"싸가지까지 밥 말아먹었나? 죄인 주제에 날 봤으면 죽는 시늉이라도 해야지."

"해도 받지 않을 인사, 안 하는 게 서로에게 낫지 않습니까?"

"결혼한다는 소문이 있던데. 사실인가?"

"사실입니다."

1초의 망설임도 없는 그의 대답이 윤찬형의 분노에 기름을 끼얹었다.

"너, 이 새끼!"

달려들 듯이 더 바짝 다가서는 찬형의 팔뚝을 그의 비서가 급하게 잡았다.

"의원님, 보는 눈이 많습니다. 진정하십시오."

비서의 팔을 신경질적으로 털어낸 찬형은 주위를 의식하고 옷매무새를 가다듬었다.

"내 동생을 그렇게 만들어놓고 넌 무사히 결혼할 수 있을 것 같나?"

분노를 드러내는 윤 의원을 보는 이준의 눈빛은 담담했다. 아무것도 모르고 저희들만 피해자인 척하는 윤은서의 가족들에게 매번 사죄를 했고 갖다 바칠 만큼 바쳤다.

그 이유는 오로지 하나. 그는 살았고 윤은서는 죽었으니까.

하지만 숙여주는 데도 한계가 있었다. 6년간 죄인 노릇했으면 충분했다.

"의원님께서 아직도 오해를 하고 계시는군요. 수도 없이 말씀드렸지만, 그건 우연한 사고였습니다."

"다 너 때문이었어, 이 자식아!"

"저 때문에 사고가 났다는 증거 있습니까?"

처음 당하는 반박에 눈꼬리를 씰룩이던 찬형이 갑자기 실소를 흘렸다.

"하긴, 대는 이어야겠으니 결혼은 해야겠지. 근데 웬만한 집안에선 딸을 내어주려 하지 않는다지? 소문도 소문이지만 윤택구란 이름이 무서우면 감히 딸을 못 내어주지."

그는 이준에게로 한 걸음 더 다가서서 나직하게 저주를 퍼부었다.

"넌 여자를 홀리는 아주 사악한 악마 같은 새끼야. 알아? 내 동생이 죽자마자 배우년이랑 연애질이나 하고. 그건 사람 새끼가 할 짓이 아니지."

믿지 말아야 할 소문은 믿고, 믿어야 할 소문은 안 믿고. 참 아이러니한 상황이었다.

"중국에 얼마나 대단한 백을 뒀는지는 몰라도 오래가진 못할 거네."

툭툭 격려하듯 어깨를 치면서 윤 의원은 끝까지 악담을 흘렸다.

"사실이 아니라도 상관없어. 우리 가문에서 사실로 만들면 되니까. 어린 신부는 아무것도 모르고 너한테 홀려 있겠지? 신랑의 사랑을 받지도 못할 신부 말이야."

말을 마치고 여유롭게 지나치려는 찬형의 앞을 이준이 위압적인 키로 막아섰다.

"의원님이 자꾸 그렇게 강조하시니 없던 의지가 불타오릅니다."

"……"

"윤은서에게 못 준 사랑까지 전부 사랑스러운 신부에게 올인해야겠다는."

찬형의 어깨를 툭 친 이준은 자리로 막 돌아온 마리와 함께 파티장을 유유히 벗어났다.

프랑스로 온 지 한 달째였다. 그동안 석훈은 시차를 무시한 채 날마다 이준에게 전화를 해댔다.

─소문이 벌써 파다해. 해성가 어린 신부가 웨딩 촬영을 혼자 한다고 말이야. 그 소문 그대로 놔둘 거냐.

─준희가 뭔 죄냐. 사랑은 못 줘도 관심은 줘야지.

─넌 노력하겠다고 했고, 난 마지막이라고 했다. 작은 성의

는 보여라.

석훈에게 들들 볶이기도 했지만 이상하게 준희가 마음에 걸
렸다. 그래서 결국 이준은 일정을 당겨 한국에 돌아올 수밖에
없었다.

인천공항을 빠져나와 차에 오른 이준은 손목시계부터 확인
했다. 비행기가 연착이 되어 생각보다 공항에서의 시간이 늘
어졌다.

"제시간에 도착하긴 힘들 것 같습니다. 청담 쪽은 늘 골목
까지 차가 꽉 들어차서요. 어떻게 할까요, 전무님?"

"그래도 우선 갑시다."

미신은 믿지 않지만 소문의 위력은 잘 알고 있었다. 그딴 소
문에 휩쓸리지 않고 무감하게 잘 버티는 그와는 달리, 백준희
는 격하게 휩쓸릴지도 모른다. 너무 꼿꼿해 휘지 못하고 부러
지고 말 것이다.

해성가에 팔린 심청이.

소문을 가라앉혀줄 제물.

신랑의 관심조차 받지 못하는 신부.

수많은 꼬리표 중에서 뗄 수 있는 건 떼어주고 싶었다.

아슬아슬하게 웨딩 촬영 장소에 도착한 이준이 차에서 맨
보타이를 만지작거리며 스튜디오에 들어서자 그곳에 있던 모
두가 놀란 눈치였다.

"어떻게 오신 건지……."

"오늘 웨딩 촬영할 신랑입니다."

"하지만 오늘 신부님은 혼자 촬영하신다고……."

"서프라이즈 이벤트입니다."

매너 있는 미소와 함께 명함을 보이자 직원은 그를 촬영 장소로 안내해주었다.

긴 복도의 끝 오픈된 스튜디오 안, 창가 쪽에 다소곳하게 서 있는 순백의 신부가 보였다. 후덥지근한 열기를 전하던 햇살은 창문을 투시해서 신부를 더욱더 눈부시게 만들고 있었다.

신랑 없이 혼자 하는 웨딩 촬영임에도 신부의 얼굴에서 주눅 든 기색은 조금도 찾아볼 수가 없었다. 눈치 보면서 소심하게 촬영하고 있을 거라는 걱정은 이준의 철저한 착각이었다. 그의 어린 신부는 긴장한 모습이 역력했지만, 진지하게 촬영에 임하고 있었다.

"살짝 고개를 위로 비틀고. 그렇죠! 자, 이제 15도 각도로 뒤를 살짝 넘어 보세요."

촬영 작가의 말에 온 신경을 기울이는 준희는 온순한 양같았다.

"좋습니다! 아주 키스하기 좋은 각돕니다!"

굿 타이밍이었다. 소리 없이 다가선 이준은 뒤에서 준희를 끌어안았고 작고 앙증맞은 귀에 나직하게 속삭여주었다.

"움직이면 안 되지. 키스하기 좋은 각도라잖아."

그러나 지금 준희에게 이준은 마른하늘의 날벼락 같았다.

"당신이 왜 여기에, 어어…… 어어?"

내 눈이 잘못된 건가? 점점 다가온 입술이 준희의 입술을 꾹 눌렀다.

"신랑 신부님, 지금 아주 좋습니다! 최고예요!"

분위기로 보아 그녀만 빼고 모두가 그가 왔음을 알고 있었던 듯했다.

"신부님, 키스에 집중해야지."

쏘아붙이고 싶었지만 입을 열 수가 없었다. 그럼 미묘하게 이준과 입술이 섞여버릴 것 같았다. 입맞춤이 키스로 바뀔 것 같았다.

바쁘게 움직이는 사람들과 함께 흘러가는 시간 속, 멈추어 버린 건 준희와 이준 두 사람뿐인 것 같았다.

"작가 인생 7년 만에 최고의 걸작이 나왔습니다!"

당연히 걸작일 것이다. 이준의 끝내주는 각도 조절로 인해 두 사람은 뜨거운 키스를 나누는 신랑 신부처럼 보였을 테니. 입술을 맞댄 채 이준이 짓궂게 속삭였다.

"키스, 제대로 해줄까?"

준희는 그에게 소리치고 싶었다. 입술 댄 채 말 좀 그만하라고 말이다. 예민한 피부 위에서 움직이는 입술 때문에 호흡 곤란에 심장이 정지 하기 직전이었다.

"오케이, 메인 컷이 아주 잘 나왔습니다!"

사진작가의 한마디가 쓰러지기 직전의 그녀를 기사회생시켰다. 그녀는 이마에 밴 땀을 손등으로 쓸며 태연하게 서 있는 이준을 노려보았다.

"보일 듯 말 듯한 각도가 더 애틋하고 로맨틱했어요. 아주 훌륭했습니다, 특히 신랑님."

화는 났지만 사진작가의 말에는 동의할 수밖에 없었다. 이준의 완벽한 턱시도의 핏은 '바람과 함께 사라지다'의 클라크 게이블보다 더 환상적이었다. 그런데 그것도 얄밉다. 얄미워서 미치겠다.

난 심장 떨려 죽는 줄 알았는데 이 남잔 왜 이렇게 느긋한 거야?

"작가님, 사진 한 컷 더 찍어주세요."

오늘의 계획은 신부 사진 한 컷이었다. 그래서 드레스도 단 한 벌뿐.

"바빠서 못 올 줄 알았던 신랑이 왔는데 한 컷만 찍기는 아쉽잖아요?"

"아하, 그렇다면 당연히 찍어드려야죠!"

눈에는 눈, 이에는 이. 준희는 함박웃음을 지으며 신랑에게 다가섰다.

"신랑님, 여기 앉으시죠?"

준희는 마지못해 계단에 앉는 이준을 보며 생각했다. 어떻게 해야 이 남자를 당황시킬 수 있을까?

준희는 드레스를 바닥에 끌며 그에게로 다가가 쭉 뻗은 긴 다리 사이에 정확히 자리를 잡고 한쪽 무릎을 세워 앉았다. 그러고는 그의 가슴 언저리 위에 살며시 손을 얹자, 이준이 뭐 하는 짓이냐고 눈빛으로 물어왔다.

"뭐 하긴요. 사진 한 컷 더 찍자는 거죠."

그의 입술이 다가왔던 속도 그대로 준희는 서서히 상체를 기울였다. 안기듯이 다가오는 가는 허리를 감싸오는 손길이 여전히 능숙했다.

당신도 한번 당해보라구요! 내가 무슨 짓을 할지…….

어어, 어어어, 어어어어어?

전혀 예상하지 못한 천재지변은 순식간에 일어났다.

활짝 열린 창가에서 따스한 햇살과 함께 불어온 강한 바람에 길게 늘어진 면사포가 아지랑이처럼 두 사람을 휘감으며 흩날렸다. 펄럭이는 면사포에 시야가 흐려지자 덩달아 몸의 균형도 잃어버렸다.

"……!"

하늘에 맹세코 흉내만 내려 한 거였다. 그런데 제대로, 입술이 닿아버렸다!

"이야, 신부님의 적극적인 포즈 아주 좋습니다!"

셔터 소리가 미친 듯이 터져 나왔다. 진짜 키스하는 사진이 걸작으로 나오는 순간이었다.

촬영이 끝난 두 사람은 함께 대기실로 향했다. 같은 공간에서 드레스와 턱시도를 입고 있으니 기분이 묘한 준희였다.

괜히 시선을 피하는 준희에게 이준의 눈이 집요하게 달라붙었다. 못 알아볼 거라고 큰소리 뻥뻥 치더니 멀리서 봐도 그냥 백준희였다. 거기다 기분 탓인가. 오늘의 백준희는 꽤 사랑스러워 보였다. 특히 연한 핑크빛으로 변해버린 붉은 입술이.

"그렇게 보지 마세요."

"뭘."

"꼭 잡아먹을 것 같은 눈빛이잖아요."

"……내가?"

이준은 하마터면 헛웃음을 흘릴 뻔했다.

"……너를?"

"아님 말고요. 근데 출장 간 거 아니었어요?"

"급하게 귀국했어."

"그러니까 왜요?"

'나 혼자서 엄청 잘하고 있었는데요?'

동그란 눈동자를 깜빡이는 준희는 정말 아무것도 모르는 눈치였다.

─오늘 촬영하는 신부, 그냥 허수아비 신부래.

─어제 누가 찾아와서 혹시 내일 예약한 팀이 신부 혼자 촬영하냐고 물어서 잘 모르겠다고 잡아떼긴 했는데, 기자 같았어.

─드레스까지 까레나나 브랜드면 재벌가 신부잖아. 그러면 뭘 하니. 불쌍해.

사람의 입이란 참 간사했다. 진실의 유무도 확인하지 않은 채 혀를 마음껏 휘둘렀다. 그 혀에 누군가가 상처받을지는 생각도 하지 않으면서.

"네가 혼자 웨딩 촬영을 할 줄은 몰랐으니까."

"혼자 잘 할 건데 괜한 고생한 거예요. 오히려 전 방해받았거든요? 젊은 날의 제 모습을 멋지게 찍고 싶었는데."

기껏 달려와줬더니 방해라니. 이준의 미간이 확 구겨졌다.

"젊은 날의 사진을 웨딩드레스랑 부케를 들고 찍나?"

"예쁘면 됐죠 뭐. 내 돈 안 들이고 예쁜 드레스 입고 꾸며주는데 이런 기횔 놓칠 순 없잖아요. 그리고 저 원래 남의 이목 같은 거 신경 안 써요."

백준희는 뭐든지 참 쉬웠다. 혼자 촬영하는 것에 눈치 보느라 움츠러들어 있을 거라는 건 그의 커다란 착각이었다.

"안 하던 짓 하면 아픈 거라는데. 혹시 어디 아파요?"

준희의 작은 손이 순식간에 그의 이마를 덮었다. 미지근한 이마에 닿은 서늘한 온기에 놀란 이준은 그 손을 매정하게 쳐내버렸다.

"함부로 만지지 마."

이준의 말에 준희가 발끈했다.

"만진 게 아니라 열 있나 확인한 거거든요? 강이준 씬 허락도 없이 맘대로 나 만지면서 나는 고작 열 있는지 확인하는 것도 못해요?"

뒤통수를 한 대 얻어맞은 기분이었다. 내가, 너를, 마음대로, 만졌다고? 생각해보니 그랬다. 백준희에게는 아무 거부감 없이 손이 갔다. 알 수 없는 감정으로 가슴이 얼룩지던 그때, 노크 소리와 함께 직원이 호출을 했다.

"먼저 가세요. 저는 거추장스러운 것들 좀 빼고 갈게요."

문을 열고 막 나가려던 이준에게 준희가 바람처럼 자그맣게 속삭였다.

"그래도 와줘서 고마웠어요."

눈이 마주치자 생긋 예쁘게도 웃어주었다.

"내 걱정해서 달려와준 거잖아요, 맞죠?"

꾸밈없이 순진한 그 미소가 돌처럼 굳어 있는 이준의 가슴을 간질였다.

작업실에 도착한 이준은 기분이 묘했다. 무언가에 홀린 것 같은 기분이 들기도 했다. 입에 침이 마르도록 칭찬을 쏟아내는 작가의 아부 따위는 들리지도 않았다.

"신랑님 사진발이 아주 예술입니다. 눈빛부터 자세, 미세한 각도까지 아주아주 흠잡을 데가 없습니다."

사진작가는 이게 웬 횡재인가 싶었다. 신랑이 손목에 찬 시계는 남자들의 로망인 파텍의 한정판이었고, 슈트 목 재킷에 수놓아진 이니셜은 명품 중의 명품 브랜드 로고였다.

수다스럽던 작가의 입이 멈출 줄을 모르자 이준이 차분하게 말문을 텄다.

"웨딩 촬영의 주인공인 신부한테도 똑같이 말할 겁니까?"

이준의 차가운 말투에 작가는 자신이 엄청난 사실을 잊어버렸다는 걸 깨달았다. 웨딩 촬영의 주인공은 신랑이 아니라 신부라는 것을.

"네? 그럴 리가 있습니까…… 하하하!"

그런데도 전신에서 냉기를 뿜어내는 이준 때문에 작가는 어쩔 줄 몰라 했다.

"죄송합니다. 신랑님 사진이 너무 잘 나와서 제가 잠시 중요한 걸 망각해버렸습니다."

"내가 바쁜 관계로 재촬영은 힘들어서 그냥 넘어가는 겁니다."

"이해해주셔서 감사합니다!"

"신부한테는 오로지 신부 이야기만 하도록 해요."

나직하게 깊어지는 매너 있는 말투에 작가가 안도의 한숨을 내쉬려던 찰나…….

"스튜디오 문 닫고 싶지 않으면 말입니다."

이어지는 말은 노골적인 협박이었다.

"사랑스러운 나의 신부가 활짝 웃을 수 있도록 잘 부탁드리겠습니다."

누가 그랬던가. 오늘 혼자 촬영하는 신부가 신랑에게 버림받았다고. 완벽한 신랑은 부족하기 그지없는 어린 신부를 격하게 아끼고 있었다.

고집스럽게 일자로 다물려 있던 이준의 입 꼬리가 부드럽게 올라갔다. 창문 너머, 폴짝폴짝 뛰어오고 있는 준희가 보이자 다시 가슴이 간질거렸다. 홀린 듯이 어린 신부에게서 눈을 떼지 못한 채 이준은 나직하게 말을 했다.

"지금껏 촬영한 신부들 중에서 가장 아름다웠다는 말도."

반질반질한 조약돌 같은 여자애.

"꼭 하세요."

도대체 왜…… 예뻐 보이는 거지?

문을 열자, 마침 준희가 앞에 서 있었다.

"벌써 가려구요?"

"벌써라니. 여기 온 지 벌써 1시간 30분이 넘었는데."

"원래 5시간 넘게 걸리는 거거든요? 이 정도면 엄청 빨리 끝난 건데."

"내가 지금 너무 바빠……."

"아아, 예예. 어련하시겠어요."

"……."

"굉장히 매우 그리고 엄청! 바쁘신 분이라는 걸 제가 잠시 깜빡했네요. 얼른 가던 길 가세요. 오늘 정말 수고하셨습니다, 신랑님."

심술이 굉장히 묻어나는 목소리와 표정. 이준은 준희가 삐졌다는 걸 눈치챘다. 그는 휙 지나가려던 준희의 손목을 얼른 잡았다.

"백준희."

"……."

"백준희?"

"……."

"준희야."

그의 다정한 부름에 마지못한 듯 준희가 조그맣게 대답을 했다.

"왜요. 뭐요, 왜 불러요."

"내가 바로 간다고 해서 서운해?"

"……티 났어요?"

의외로 솔직한 대답이 나오자 당혹스러운 건 이준이었다. 앙칼지다가도 이럴 때 보면 참 여리고 순진하다. 이준은 허리를 기울여 준희와 눈을 맞추었다. 긴 눈꼬리가 담고 있는 다갈색의 눈동자는 지금껏 봤던 어떤 눈보다도 맑고 깨끗했다.

"나도 어른이기 전에 남자야."

문득 준희에게 미안함을 느꼈다. 너무 깨끗한 백준희를 더러운 흙탕물로 끌어들이는 것 같아서.

"말을 해주지 않으면 모르는 게 많아."

"……."

"그러니까 너라도 나한테 잘 알려줘 봐."

달래듯 조곤조곤 말을 하자 준희가 머뭇머뭇 입을 열었다.

"조금 혼란스러워서 그러는데 하나만 물어도 돼요?"

"이미 묻고 있잖아."

"꼭 사람 말꼬리를 그렇게 잡아야 해요?"

준희는 대번에 인상을 팍 구기며 말했다. 그야말로 묻고 싶었다. 그러는 넌 왜 매번 발끈하는 거냐고. 내가 한 마디 하면 넌 왜 열 마디를 하냐고.

"우리 결혼이요. 다른 사람들 눈엔 그럴듯하게 보여야 하는 거예요?"

"뭐, 어느 정도는."

"아하, 그래서 출장도 마다하고 달려온 거구나. 그럴듯하게 보여야 하니까. 맞죠?"

준희는 아주 홀가분한 표정이었다. 동시에 해탈한 것 같은 표정으로 말을 이었다.

"그때도 말씀드렸지만 제가 원래 남의 이목 신경 안 쓰는 스타일이거든요. 그래서 아무렇지 않게 혼자 촬영하려고 한 건데 하마터면 큰일 날 뻔했어요."

"그렇게까지 큰일 날 일은 아닌 것 같은데."

백준희, 너만 괜찮다면.

"큰일이죠! 내가 강이준 씨를 쓰레기만도 못한 놈 만들 뻔했는데."

"누가 나보고 쓰레기만도 못한 놈이라고 했어?"

"뭐 비슷해요. 비싼 드레스만 입혀놓으면 단 줄 아냐. 쓰레기만도 못한 신랑 만난 신부가 불쌍하네 어쩌네 등등. 근데 전 원래 남의 말 신경 안 쓰거든요. 나만 괜찮으면 되는 줄 알고요."

미지근했던 머릿속에 찬물이 확 끼얹어진 기분이었다. 준희는 모르고 있었던 게 아니었다. 그걸 고스란히 듣고도 아무렇지 않은 척 버티고 있었던 거였다.

"강이준 씨 세계는 원래 이런 거죠? 작은 일에도 사람들이 막 관심 갖고 별거 아닌 소문에도 민감하고."

"……."

"제가 앞으로 더 조심해야겠어요. 강이준 씨랑 관련된 일은 한 번 더 신중히 생각하고 결정하고 행동할게요. 그럼 되는 거 죠?"

아무렇지 않게 웃고 있는 준희에게 묻고 싶었다. 넌 어떻게 그렇게 웃을 수가 있느냐고. 항상 남 탓하기 바쁜 세상에. 나 보다 10살이나 어리면서. 그런데도 넌 왜 나보다 더 어른인 척 하는 거냐고.

백준희의 모든 것들이 그의 가슴을 마구잡이로 후벼 팠다.

오랜만에 심장이 저릿저릿하고 가슴 한구석에 처박아놓았 던 무언가를 요동치게 만들었다.

가슴이 뜨거워서 미칠 것 같았다.

"웨딩 촬영까지 같이한 김에."

무거워진 그의 시야로 작은 손이 살포시 밀려들었다.

"우리 한번 잘해봐요."

너무도 쉽게 잡았던 그 손을 지금만큼은 잡을 수가 없었다.

잡는 순간 바스라질 것처럼 작고 여려서.

내 더러움이 너의 깨끗함을 오염시킬 것 같아서.

Chapter 5

내 신부, 내 여자, 내 아내

바르르 떨리는 매끄러운 입술과 달리 휴대 전화를 들고 있는 채송화의 목소리는 더없이 차분했다.

"다시 한 번 말해줄래요?"

[강 전무님께서 신부와 웨딩 촬영을 했다고 합니다. 사진은 통화가 끝나면 바로 보내드리겠습니다.]

전송된 사진을 본 송화의 동공이 확장되었고, 그녀의 속눈썹이 격하게 떨렸다.

6년 가까운 세월을 함께하면서 제게 손끝 하나 댄 적 없는 이준이었다. 아니, 그는 어떤 여자도 허락하지 않았다.

그런 이준이 신부와 다정하게 입을 맞추고 있었다. 너무도 자연스럽게, 사랑스럽다는 눈빛으로.

"그 꼬맹이랑 진짜 부부 흉내라도 내겠다는 거야, 뭐야?"

이준에게 전화를 건 송화는 이번에는 눈이 아닌 귀를 의심해야 했다.

[지금 거신 전화는 결번으로…….]

다급한 송화의 손가락이 다른 휴대 전화 번호를 서둘러 눌렀다. 상대방이 전화를 받자마자 그녀는 다짜고짜 명령을 해댔다.

"이준이 전화번호, 지금 당장 불러요."

[죄송하지만 알려드릴 수가 없습니다.]

"박 실장님!"

[하실 말씀 있으시면 제게 하세요. 전달해드리겠습니다.]

"할 말 있어도 내가 직접 할 거예요. 당장 번호 말하라구요!"

[앞으로 채송화 양의 비즈니스적인 사항은 모두 제가 처리할 예정입니다. 혹시 광고 건이나 맡은 배역 건에 불만이 있으신가요? 아니면 원하시는 거라도…….]

"이봐요! 날 이렇게 취급하고도 당신이 무사할 줄……."

이어지는 차분한 말이 그녀의 다음 말을 집어삼켰다.

[전무님 지시 사항입니다.]

송화는 끊기지도 않은 휴대 전화를 바닥에 집어 던졌다.

"강이준, 네가 어떻게 나한테 이럴 수 있어!"

그는 결혼이 확정되는 순간 기다렸다는 듯이, 오래된 짐을 처분하는 것처럼 그녀를 무시했다.

별 볼 일 없는 꼬맹이랑 하는 그 결혼이 뭐라고.

"그 노인네가 협박한 게 분명해. 그렇게 원하는 손주 내가 낳아주겠다는데 왜 난 안 된다는 거야!"

이준 몰래 단 한 번 만났던 해성의 부회장은 그녀를 마음에 들어 하지 않았다.

─연애까진 눈감아주지. 하지만 넌 절대 내 며느리가 될 수
　없다.

　자신의 보잘것없는 배경 때문에 반대하는 거라 생각해 때를
기다렸다. 그런데 그녀를 마다하고 며느리가 그녀보다 더 보잘
것없는 여자라니.

　"이게 다 윤은서 그년 때문이야."

　죽을 거면 곱게 죽을 것이지, 그에게 왜 트라우마를 남긴 거
냐고!

　그 트라우마만 아니었으면 강이준은 그녀의 남자가 되었을
것이다.

　"넌 죽어 마땅했어."

　송화는 오래전 그날의 기억을 떠올렸다.

　윤은서는 가장 친한 친구의 오랜 짝사랑을 바로 옆에서 지
켜봤으면서도 보란 듯이 그를 빼앗아갔다. 그것도 오랜 시간
에 걸쳐, 자신의 막강한 집안의 재력과 권력을 이용해 꾸준히
작업을 해서 해성과 접촉했고 약혼을 성사시켰다.

　─미안해, 송화야. 난 싫다고 했는데 아버지가 이준 씨만 고
　집해서 어쩔 수 없었어.

　그러나 그녀는 이미 모든 걸 알고 있었다.

　그런데도 태연하게 약혼식 당일에 그걸 밝히는 윤은서가 역

겹고 가증스러웠다.

　―네가 알게 되면 마음 아파할까 봐. 그래서 차마 말할 수
　　없었어.
　―이준이가 내 스폰서인 건 알고 있어?
　―우리 사이에 비밀은 없어. 오히려 결혼 후에도 너 후원해
　　주라고 내가 말했는걸? 그래서 이준 씨가 내게 이해해줘
　　서 고맙다고 했어.

　그건 이준이 윤은서를 사랑해서가 아니었다. 그의 성격 자
체가 그랬다. 보기와 다르게 완고하고 고지식한 남자였다. 부
끄러울 것 없는 둘의 관계이니 고백 못 할 것도 없었다.
　하지만 송화는 아니었다. 가장 친한 친구의 배신, 그리고 사
랑하는 남자를 빼앗겼다는 좌절감에 제정신이 아니었다. 당면
한 현실은 그녀를 악마처럼 사악해지게 만들었다.

　―고마워, 은서야. 나 같은 건 신경 쓰지 말고…… 너희 둘
　　이 행복했으면 좋겠어.

　그녀는 정상을 내달리는 연기자였다. 물기 젖은 눈으로 애
처롭게 웃으며 부풀지도 않은 배를 소중하게 어루만졌다. 가
식을 떨던 은서의 우아한 눈동자가 흔들리면서 이준에 대한
믿음도 동시에 흔들리는 게 보였다.

―······송화 너, 임신했니?

그녀는 새하얗게 질린 얼굴로 은서의 손을 꼭 잡았다.

―이준이한텐 절대 말하지 말아줘. 부탁할게. 나 정말 아무
  것도 욕심내지 않아.

그녀는 고상한 척하는 겉모습과 달리 불같은 윤은서의 성격
을 오랜 친구로서 진작 파악하고 있었다.

―임자 있는 남자 발목 잡고 싶진 않아. 그것도 친구 남편을.

불과 30분 전, 송화는 이준에게 매달렸다가 목 언저리에 상
처를 냈었다. 나랑 결혼하면 안 되느냐고, 왜 하필 내 친구 윤
은서냐고 하면서. 그런데 그걸 요긴하게 써먹을 일이 생길 줄
이야.

―이준이 목에 난 손톱자국은 며칠 갈 거야. 앞으로 다시는
  그런 일 없을 거야. 눈감아줄 수 있지?

그 말을 끝으로 송화는 돌아섰다. 거짓말이 들통나도 상관
없었다. 그녀를 임신시킨 상대가 강이준이라고 실명을 거론한
적이 없으니까. 도도한 성격상 윤은서는 이준에게 묻지도 못

할 것이다.

의심은 불신을 불러오고 불행으로 마무리가 될 것이다. 그녀는 그걸 지켜보기만 하면 되는 거다.

그런데 그게 끔찍한 사고를 불러올 줄은 몰랐다.

하지만 송화는 조금도 죄책감을 느끼지 않았다. 티끌 하나 없이 깨끗한 제 남자를 믿지 못한 건 바로 윤은서였으니까.

"윤은서는 그 꼬맹이 안 잡아가고 뭐 하나 몰라."

죽은 윤은서의 자리를 차지한 건 그녀가 아닌 작은 여자애였다. 그런데도 귀신이 된 윤은서가 보고만 있다면……?

"내가 제2의 윤은서를 만들면 되잖아?"

적을 알면 백전백승. 윤은서를 자극한 게 성공한 것도 오랜 시간 동안 친구로서 함께하면서 그녀를 파악하고 있었던 덕분이었다.

"먼저 그 꼬맹이랑 친해져야겠어."

어린애 하나 파악하는 건 금방일 것이다. 과연 어떤 자극이 먹힐지.

송화의 붉은 입술에 유독 화려한 미소가 짙게 배었다.

결혼식이 일주일 앞으로 오자 김 실장에게서 연락이 왔다.

[직접 나오셔서 결혼식에 대한 브리핑은 한 번 들으셔야 합니다.]

154

브리핑을 받고 돌아오는 길, 준희의 어깨가 힘없이 늘어졌다. 결혼식 스케일도 꽝장했고 청첩장 스케일도 남달랐다. 순금 한 돈으로 만들어진 청첩장이라니.

[사소한 것 하나까지 뭐든지 최고로 하라고 부회장님께서 직접 지시하신 사항입니다. 며느리 사랑이 대단하세요.]

석훈이 그렇게까지 신경 써줄 줄은 몰랐다.

"이 결혼, 나 잘할 수 있을까?"

약속 장소에 도착하자 세라가 먼저 도착해 있었다. 그것도 무척 화려하게 차려입은 모습으로.

"박세라, 너 어디 선보러 가?"

"선은 무슨! 베프인 내 첫인상이 곧 너의 자존심이잖아! 이 정돈 꾸며줘야 네 기가 안 죽지."

오늘은 이준이 세라에게 저녁을 사주기로 한 날이었다.

"누가 보면 네가 신부인 줄 알겠다."

"어머 얘는! 내가 이지안 줄 알아? 친구 남자 탐도 안 내고 질투도 안 하거든? 근데 신혼여행은 어디로 가? 능력 좋은 남편 믿고 유럽으로 한 달 가는 거 아니야? 거기서 막 명품백 쇼핑하고?"

"신혼여행 안 갈 거야."

"미쳤어? 그 좋은 걸 왜 안 가?"

"오빠 엄청 바빠. 아마 신혼여행도…… 야아! 너 내 말 듣고 있어?"

준희의 입에서 버럭 화가 터져 나왔다. 물어볼 땐 언제고 세라는 딴 곳에 정신을 팔고 있었다.

"대박, 저 남자 외모 실화임? 미쳤다, 진짜."

세라의 시선을 따라가자 이준이 보였다. 준희가 보란 듯이 손을 흔들자 이준도 손을 들어 보였다.

"맙소사, 빽! 저 남자가 예비 신랑이야? 아니라고 해줘!"

긴 다리로 성큼 다가온 이준에게 준희는 세라를 소개했다.

"얘가 하나뿐인 제 베프예요."

"세, 세라라고 불러주세요. 그냥!"

하트 뿅뿅 나오는 눈으로 바라보는 세라에게 이준이 가볍게 인사를 건넸다.

"반가워, 준희 친구. 배고플 텐데 밥 먹으러 갈까?"

이준의 뒤를 따라가며 세라가 준희의 옆구리를 콕 찔렀다.

"넌 분명 전생에 나라를 구했을 거야."

레스토랑으로 들어서자 웨이터가 룸으로 안내를 해주었다. 준희에게 의자를 빼준 이준이 싱긋 웃으며 말했다.

"우리 준희가 질투심이 많아서, 세라 씨 의자까진 못 빼줄 것 같아. 이해해줄 수 있지?"

내가요? 언제부터요?

"세, 세라 씨요?"

"나보다 어려도 엄연히 숙녀분인데 함부로 이름 부르면 안 될 것 같아서."

이 순간, 준희는 완벽하게 인정했다.

강이준, 최고! 브라보!

저한테는 그렇게 얄밉게 말을 하더니 지금 이준은 유려한 말솜씨로 정점을 찍고 있었다.

"얼마든지 이해해요! 내 여자만 챙겨야지, 남의 여자까지 챙기는 남자는 별로죠, 호호호!"

애피타이저가 나오고 메인 요리가 나왔다. 비싼 곳인 만큼 음식 맛도 훌륭하고 분위기도 매우 좋았다.

그는 대화를 유쾌하게 끌어가는 재주가 있었다. 예비 남편과 하나뿐인 친구와의 소중한 이 만남이 준희도 무척 즐거웠다. 적어도 세라가 폭탄 선언을 하기 전까지는.

"근데요, 왜 신혼여행을 안 가요? 그렇게 바빠요?"

"바쁜 건 맞지만 신혼여행을 안 간다는 건 나도 금시초문인데."

그가 눈빛으로 묻고 있었다.

"오빠 바쁜 거 내가 잘 알아요. 그래서 신혼여행은 안 간다고 준비하지 말라고 내가 말해놨어요."

잘했다고 칭찬해줄 줄 알았다. 그런데 빤히 응시해오는 이준의 눈빛에 준희는 목이 바싹 타들어가는 느낌이었다.

"저 정말 신혼여행 안 가도 괜찮…… 악!"

이번엔 세라가 테이블 밑에서 준희의 발을 콱 밟았다.

"남자들이 제일 믿으면 안 되는 여자들의 거짓말 중 하나가 '나는 괜찮아.'란 말이에요. 그거 그냥 넘기면 오히려 나중에 더 큰일 나는 거 아시죠?"

"아주 잘 알아요."

부드럽게 웃은 이준이 스테이크를 먹기 좋게 썰어서 준희에게 내밀었다.

"준희야."

그가 또다시 다정하게 이름을 불렀다. 사람 불안하게.

"우리 신혼여행은 어디로 갈까?"

그의 말에 스테이크가 목에 컥, 걸려버렸다.

"그, 글쎄요? 안 가도 될 것 같은데."

"바빠도 신혼여행 갈 시간은 있어."

그 이후로는 시간이 어떻게 흘렀는지 기억이 나지 않는다.

식사를 마치고 나온 준희는 머릿속이 멍했다. 박세라는 식사가 끝나자마자 도망치듯이 사라졌다. 입구에 차가 멈추어서자 준희는 이준과 함께 그의 차에 올랐다. 주저하던 준희는 그에게 조심히 입을 열었다.

"진짜 신혼여행 갈 건 아니죠? 예의상 한 말이죠?"

"신혼여행 갈 계획이야. 너랑 단둘이."

"그 계획은 언제부터 세운 건데요?"

"백준희의 하나뿐인 친구가 팁을 주었을 때부터?"

"걔가 준 팁은 무시해도 돼요."

"아주 인상 깊었어."

"……?"

"남자가 제일 믿으면 안 되는 여자들의 거짓말 중 하나가 '나는 괜찮아.'라는 거."

"내 반응 보려고 떠보는 거죠?"

"흐음……."

"혹시 또 장기 출장 가세요?"

"결혼식이 코앞인데 출장을 잡을 만큼 내가 몹쓸 놈은 아니지."

나 나쁜 놈 아니라고 어필하는 것처럼 씩 웃는 그의 입꼬리가 매혹적이었다.

"그럼 의도가 뭔데요?"

"내 의도는 순수해. 너와 신혼여행을 가는 것."

"자꾸 그렇게 더 장난쳐봐요. 저 화낼 거예요."

"장난 안 쳐. 너랑 꼭 신혼여행 갈 테니 걱정하지 마."

어라? 대답이 왜 또 그렇게 나오는 거야.

준희는 시뻘게진 얼굴로 꽥 소리를 질렀다.

"그 뜻이 아니잖아요!"

미소가 사라지며 그의 눈빛이 짙어졌고, 올곧이 바라보는 눈동자는 진실하고 담백했다.

"혹시 나와 신혼여행 가면 안 될 이유라도 있어?"

"무, 무슨! 하나도 없거든요?"

"그럼 왜 안 가려고 하는 거지?"

"그까짓 거 가요, 갑시다! 가면 될 거 아니에요!"

그럴듯한 결혼으로 보이려면 신혼여행은 무조건 가야 한다. 그렇게 생각하니 마음은 편해졌다. 그런데 왜 자꾸 긴장이 되는지 모르겠다.

그때였다. 부드러운 숨결이 귓가에 와닿았다.

"긴장은 하지 마."

"……?"

"오빠가 손만 잡고 잘 테니까."

아찔한 숨결에 놀란 준희는 문 쪽으로 얼른 몸을 붙였다.

"하, 하하하하!"

재밌어 죽겠다는 듯 어깨까지 들썩이며 웃고 있는 이준이 보였다.

"우씨, 내가 놀리지 말랬죠오오!"

널찍한 차 안, 앙칼진 준희의 비명과 이준의 시원한 웃음소리가 동시에 퍼지고 있었다.

목적지에 다다른 차가 멈추어 서자 이준이 준희를 따라 내렸다. 그의 낯선 행동에 준희는 그를 빤히 바라보았다.

"하실 말씀 있으면 그냥 하세요."

평소와는 다른 그의 눈빛이 불편했다.

"결국 결혼을 하게 되는군."

"……?"

"너와 내가."

준희는 어깨를 들썩였다.

"뭘 새삼스레 다시 말해요. 하면 하는 거지, 뭐."

"지나치게 쿨한데?"

"계약 결혼인데 쿨하지 않을 건 뭐 있어요. 이왕 하는 거 부적에 방패 역할 제대로 해보도록 할게요."

어떻게 하는지는 모르겠지만. 씩씩하게 웃어 보이는 준희가

귀여웠는지 이준이 손을 뻗어 그녀의 머리카락을 마구 흐트러
뜨렸다. 그의 애정 어린 손길이 싫지 않았다. 사랑받는 것 같
아서. 특별한 존재가 된 것만 같아서.

"밤톨."

"네?"

"10년 전 내게 했던 제안, 아직도 유효하나?"

"제가 무슨 제안을…… 했었나요?"

"와, 편리한 기억력인데?"

"제 뇌 용량 디스하는 거예요, 지금?"

준희가 그새를 참지 못하고 발끈하자 그가 픽 웃었다.

"남편 노릇은 못 해줘도."

"……?"

"오빠 노릇은 제대로 해보려고 노력하지."

그제야 기억이 났다.

—올해 12살 된 백준희라고 해요. 내 오빠 할래요?

물론 아주 당돌한 제안의 결과는 우유 냄새 풀풀 풍기는 꼬
맹이 취급으로 끝이 났지만.

"마음은 고맙지만."

그가 마음만 먹으면 얼마나 든든한 울타리가 되어줄지 알고
있었다. 그래서 더 싫었다. 어차피 5년 후면 끝날 인연인데. 평
생토록 해줄 것도 아니면서. 의지하면 무너지는 건 순식간이

었다. 지금까지 얼마나 독하게 버텨온 인생인데.

"더도 덜도 말고 그냥 지금 이대로만 해주세요. 그 이상은 제가 사양할게요."

적당히 경계하며 투닥거리고, 적당히 매너 지키며 예의도 지키고, 적당히 얄미우면서도 다정하게.

모든 걸 적당히, 말이에요.

"넌 참 독특해. 잘해준다고 해도 싫다니."

이왕 이렇게 된 거, 준희는 태어나서 처음으로 수줍은 진심을 살짝 드러내기로 마음먹었다.

어차피 거짓말은 체질에 맞지도 않았으니까. 어느 정도는 알려줘야 이 남자도 경계하고 조심할 테니까. 그래야 내가 버틸 수 있을 테니까.

"저도 그런 거 좋아해요. 특히 강이준 씨 같은 남자가 잘해주면 더 좋아하구요."

말과 동시에 준희는 그에게로 조심히 다가섰다.

"그러니까 저한테 적당히 잘해주세요."

발뒤꿈치를 살짝 들어 눈높이를 좀 더 가까이 했다.

"그리고 이렇게."

살며시 뻗은 손으로 그의 넥타이를 조심히 잡아당겨 얼굴을 가까이 했다.

"사람 설레게 막 다가서고 들이대고 터치하는 것도 자제해주시구요."

가느스름해진 그의 눈꼬리가 참 예쁘다. 이젠 하다못해 별

162

게 다 예뻐 보여.

"꼭 필요할 때 아니면 하지 말란 뜻이에요."

지금 그녀를 빤히 응시해오는 검푸른 눈동자는 조금의 장난기도 찾아볼 수 없었다.

이 남자 눈이 이렇게 깨끗하고 맑았나?

"10년 전엔 우유 냄새 풀풀 풍기는 애였을지 모르지만 지금은 저 어엿한 여자예요."

그 눈에 빨려 들어갈 것만 같아 준희는 얼른 넥타이를 놓고 한 걸음 뒤로 물러났다.

"한 남자를 온전하게 사랑할 가슴을 품고 있는."

멋진 모습에 가슴이 설렐 만큼. 따스한 매너와 다정한 배려에 심장이 두근거릴 만큼. 누군가를 사랑하고 싶다는 생각도 할 수 있을 만큼. 저 이제 다 컸다구요.

"5년 후면 깨끗하게 헤어질 사이인데 정들어서 좋을 거 없잖아요."

그 말을 마지막으로 준희는 뒤도 돌아보지 않고 내달렸다. 준희가 집 입구로 사라지자 차에 오른 이준은 다시 창밖으로 시선을 던졌다.

"정말 본인이 안 보일 거라 생각하는 건 아니겠지."

로비 벽 너머 작은 머리통이 들어갔다 나왔다를 반복하고 있었다.

그런 백준희를 지켜보고 있자니 입가에 자연스럽게 미소가 번졌다. 하지만 가슴은 욱신거렸다.

─10년 전엔 우유 냄새 풀풀 풍기는 애였을지 모르지만 지금은
저 어엿한 여자예요. 한 남자를 온전하게 사랑할 가슴을 품
고 있는.

사실 그도 알고 있었다. 백준희가 여자라는 걸. 그것도 무
척 사랑스럽고 매력적인.

"다음 스케줄은 정기 모임 필드 약속입니다. 헤이든 클럽으
로 이동하겠습니다."

시동이 걸린 차가 부드럽게 움직이자 이준의 눈치를 보던 박
실장이 조심히 입을 열었다.

"채송화 양에게 전화가 와서 전무님이 지시한 대로 전달했
습니다."

"그럼 됐습니다."

간단명료한 이준의 대답에 오히려 당황한 건 박 실장이었다.

"말없이 번호를 바꾼 것 때문에 화가 많이 난 것 같습니다.
정말 번호를 알려주지 않아도 될까요?"

그제야 이준이 박 실장을 차디찬 시선으로 응시했다.

"채송화에 대한 책임은 연예 활동에 대한 후원이 전부입니
다. 그 후원도 내 이름이 아닌 해성 코리아의 이름으로 박 실
장님이 적당히 해주면 되는 거구요. 문제 있습니까?"

박 실장이 작게 한숨을 내쉬었다. 그거야 전무님만의 생각
이지요.

채송화가 이준을 사랑하고 있다는 건 확연히 보였다. 그녀

와 만날 때마다 박 실장이 항상 동행했고 지켜봤으니까.

그래서 걱정이 되었다.

죽은 귀신도 모자라 산 사람까지 한을 품어버리면······.

"여자가 한을 품으면 오뉴월에 서리가 내린다는 말, 무시하시면 안 됩니다. 그리고 저는 나이 많은 저를 고액 연봉으로 고용해주신 전무님이 장수하셨으면 합니다."

"그 한보다 내가 더 명이 질긴 놈이니 걱정 마세요."

박 실장은 심각한데 그는 오히려 웃었다. 그 말이 무척 재미있다는 듯.

"박 실장님."

"예, 전무님."

"내가 착한 놈은 아니지만 그렇다고 쓰레기도 아닙니다."

5년이면 끝이 날 계약 결혼의 상대와 오랫동안 끊지 못할 인연. 그 사이에서 고민하는 박 실장에게 이준은 노선을 확실히 정해주어야 했다.

"백준희가 내 신부고 내 아내입니다."

그가 신경 쓰고 집중해야 할, 우연이든 고의든 그가 꼭 지켜내야 할 존재.

"마지막으로 하나 더."

뭔가 지시를 내릴 것 같은 뉘앙스에 박 실장이 얼른 아이패드를 손에 챙겼다.

"8월에 제주도에서 스케줄이 있는 걸로 아는데."

"네, 있습니다."

"제주도 일정을 좀 더 늘려서 신혼여행 일정을 잡아주세요."

"……예에?"

웨딩 촬영에 이어 신혼여행까지. 단 한 번도 지시를 번복한 적 없는 상사가 벌써 두 번째 번복을 하고 있었다.

"흠흠, 그럼 객실은 몇 개를 잡을까요?"

"녹슨 호텔 스위트룸이 신혼부부 사이에서 인기라던데."

척하면 척.

"녹슨 호텔 이사실로 연락해서 예약 가능한지 확인해보겠습니다."

"확인하라는 게 아닙니다."

이준이 부드럽게 미소를 지었다. 하지만 그의 눈빛은 전혀 부드럽지 않았다.

"예약하세요. 무슨 일이 있어도."

사소한 웨딩 촬영에도 지켜보는 눈이 많았고, 말들이 많았다. 신혼여행은 두말할 것도 없겠지.

"호텔명은 비공개로 하되 어떤 룸을 잡았는지 살짝 언론에 흘리도록."

그는 자신 있었다. 백준희와의 신혼여행에서 아무 일도 없을 자신이.

결혼식 디데이 하루 전, 준희가 사는 원룸에 들르기로 한 세라에게서 전화가 왔다.

[백준희, 너 신혼여행 짐은 쌌어?]

"그냥 대충 배낭 하나 메고 가면 되는 거 아냐?"

[내가 그럴 줄 알았다. 넌 그냥 아무것도 하지 마. 이 언니가 오늘 결혼 선물로 신혼여행 짐 모두 챙겨서 갈 테니까. 넌 이 언니만 딱 믿고 있어. 알았지?]

이렇게 믿음직한 친구를 두고 불안해했다니. 준희는 괜히 세라에게 미안해졌다.

"돈 많이 쓰지 말고 필요한 것만 최소한으로 싸줘."

[내가 알아서 할 테니 넌 오늘 밤새서 칵테일 만들 준비나 하고 있어. 오케이?]

전화를 끊은 준희는 냉장고에서 흰 우유를 가지고 나왔다.

"그 여잔 이게 뭐가 좋다고……."

엄마인 정윤이 어린 딸을 볼 때마다 헤실헤실 웃으면서 내민 건 바로 흰 우유였다.

─이거 진짜 맛있어. 너 먹어.

엄마가 정상이 아니라는 건 어린 나이에도 알 수 있었다.

제 딸에게 먹이지 못한 모유에 한이라도 맺힌 것처럼, 정윤은 싫다는 준희에게 바득바득 우유를 권했다. 그렇게 항상 억지로 마시던 우유가 정윤과의 유일한 추억이었다. 항상 소리 지르고 실성한 듯 중얼거리던 엄마가 다정했던 순간은 우유를 권할 때뿐이었으니까.

어느 날 정윤이 말도 없이 사라진 후, 준희는 버릇처럼 우유를 찾았다. 미친 엄마였어도 제게 웃어주던 그 미소가 그리울 때마다 유일한 엄마의 정을 느끼고 싶어서.

"그래도 뭐 쪼끔은, 보고 싶네."

아주 가끔씩, 드문드문, 엄마라는 여자가……

그때 휴대 전화가 울렸다. 발신인을 확인한 준희의 얼굴이 환해졌다. 근석이었다.

[준희야, 고맙다. 죽기 전에 손녀사위 보게 해줘서.]

물기 가득 어린 음성이 넘어와 준희의 가슴을 적셨다.

"난 내가 한 말은 지키거든요?"

[우리 준희 행복하지?]

가뭄에 콩 나듯이 통화할 때마다, 그리고 만날 때마다 근석이 항상 묻는 말이었다.

"당연히 행복하죠. 할아버지는요?"

그리고 준희도 항상 똑같은 대답과 질문을 했다.

[나보다 행복한 할아비 있으면 나와보라고 해라. 행복해 죽겠다.]

"나만 한 손녀딸 없죠?"

[그럼, 우리 손녀딸이 최고지. 할아비가 죽어도 여한이 없어, 이제.]

"죽긴 왜 죽어요? 오래 사서야죠!"

[오냐오냐. 이렇게 행복한데 아주 오래오래 살아야지.]

전화를 끊자 물기가 가득 차오른 눈시울이 시큰했다. 하지만 입술만큼은 활짝 웃고 있었다.

할아버지가 행복하시면 됐어요. 전 그거면 족해요.

어제 하루 종일 내린 비 덕분에 무더위가 한풀 꺾여 있었다.

그 덕에 영빈관으로 들어가는 하객들의 발걸음은 가벼웠고, 인파는 끝이 없었다.

특종 냄새를 맡은 기자들이 입구 밖에서 포진을 하고 있었지만 수많은 가드들에 의해 감히 카메라조차 들이밀기 힘든 상황이었다.

바로 오늘이 화려하면서도 비밀스러운 해성가의 결혼식 날이었다.

신랑은 중국에서 손꼽히는 갑부의 손자라는 소문의 주인공, 해성 그룹의 황태자 강이준. 그에 비해 신부 측 집안은 평범하다 못해 초라했다. 하지만 그마저도 떠도는 소문일 뿐, 해성가의 심청이라 불리는 신부는 완벽하게 베일에 싸여 있었다.

석훈은 장승처럼 우뚝 서서 끝도 없이 밀려드는 하객들을 맞이하는 잘난 아들을 감동 가득한 눈빛으로 바라보았다.

이 모습을 보는 게 왜 이렇게 어려웠던가.

하늘도 무심하시지, 잘난 게 뭐 죄라고.

"준희한테 가봐라. 어린애가 얼마나 떨리겠냐."

"준희 어른입니다. 아버지가 생각하는 것보다 훨씬 씩씩하구요."

씩씩하기만 한가. 나이답지 않게 영악하기도 하고, 발칙하기도 했다.

따지고 보면 10년 전의 말도 안 되는 어린애 장난질을 협박처럼 들이대며 이 결혼을 주도한 것도 백준희였다. 그런 백준희가 이 결혼이 무서워서 벌벌 떨고 있다고?

말도 안 되는 소리였다.

"어헛, 가보래도. 네 녀석은 꼭 애 취급해야 할 때는 어른 취급하더라?"

아주 콩알만큼은 걱정이 되어 이준은 마지못한 척 대기실로 돌아섰다.

신부 대기실은 하객들 출입마저 막아버려 한산하다 못해 스산할 정도였다.

대기실 안, 창밖을 바라보고 있는 신부를 발견한 이준의 입가에 희미한 미소가 어렸다.

못 알아보기는, 딱 봐도 밤톨이네.

길게 늘어진 면사포 너머로 틀어 올린 머리가 보였다. 가발을 쓴다고 하더니 정말 가발을 썼나 보다.

인기척을 느꼈을 텐데도 돌아보지도 않은 채 준희가 덤덤히 말을 했다.

"바쁠 텐데 왜 왔어요?"

"그냥. 괜찮은가 해서. 근데 괜찮은 것 같네."

멀쩡하다는 걸 확인했으니 그냥 나가면 되는 거였다. 하지만 이준은 잠시 동안 신부를 지켜보는 걸 택했다.

석훈과 근석의 바람대로 준희는 한복 드레스를 입고 있었다. 그 자태가 무척 고왔다. 한국 무용을 오래 해서 그런지 한복을 소화한 봄 선이 곱고 우아했다. 그렇게 보고 있으니 앞모습도 궁금해졌다. 한 번만 돌아보면 안 되냐는 말이 목구멍까지 솟았지만 참았다.

어린 신부는 지금 혼자만의 생각에 깊게 잠겨 있었다. 같은 공간에 있는 신랑이란 존재마저 잊어버린 듯이.

"예의상 온 거니 신경 쓰지는 말고."

불청객이 된 것 같아 조용히 사라지려는 이준을 준희가 차분한 음성으로 불렀다.

"강이준 씨."

천천히 돌아서는 신부 모습이 슬로모션처럼 그의 눈에 박혀든다. 여자가 가장 아름다울 때가 결혼식 날이라고 누가 그랬던가. 그 말은 사실이었다. 순백의 웨딩드레스와 향기로운 부케를 들고 서 있는 신부는 눈이 부실 정도로 아름다웠다.

깨끗하게 점멸해버린 시야 속, 오로지 백준희만 보였다. 사뿐한 걸음걸이로 다가선 어린 신부가 수줍은 미소와 함께 떨리는 눈빛을 부딪쳐 오자 이준의 숨이 탁 막혀왔다.

가슴이 뻐근할 만큼 저려왔다.

단연코 처음 느껴보는 감정이었다.

내 신부, 내 여자, 내 아내.

정체 모를 감정들이 격하게 소용돌이쳤다.

의무적으로만 여겨왔던 결혼에 대한 압박감과 무게감이 진심으로 변하는 순간이었다.

"내가 결혼식을 처음 해봐서 그러는데요."

눈앞의 신부가 윤은서였다면 어땠을까. 같은 감정이었을까. 질문에 대한 정답은 그 스스로가 이미 알고 있었다.

"혹시 내가 실수하면 강이준 씨가 저 좀 잘 커버해주세요."

깔끔하게 머리를 틀어 올린 얼굴이 낯설었다. 작고 새하얀 얼굴에 내려앉은 떨림이 그의 눈빛을 흔들리게 만들었다.

"저보단 경험 많으시잖아요. 네?"

약혼식만 한 번 해보았을 뿐, 그도 결혼식은 처음이었다. 하지만 달달 떨고 있는 어린 신부에게 경험 많은 어른이 되어주어 안심시켜주는 게 나을 것 같았다.

"그래."

그의 대답에 준희가 안도의 한숨을 내쉬었다.

"근데 너 떨려?"

"저도 사람이거든요? 하객만 2000명인데 안 떨리겠어요, 그럼?"

참 알다가도 모를 존재였다. 내내 씩씩한 척은 다 하더니, 이제 와서 두려움을 드러낼 건 뭐란 말인가. 사람 신경 쓰이게.

한 걸음, 두 걸음…… 느릿느릿한 걸음으로 신랑이 신부에게 다가섰다.

그는 마지못한 척 툭, 손을 내밀었다.

"내 손 잡아봐."

준희가 얌전하게 손을 잡았다.

"잘하네."

메이크업 효과인가? 인형처럼 짙고 긴 속눈썹에 잠겨 올려다보는 눈동자가 유난히 깊고 맑았다. 그 눈동자 가득 그를 향한 믿음이 넘실거렸다.

"나만 믿고."

도저히 손을 뺄 수 없게.

"지금처럼 내 손만 꽉 잡고 있어."

심장 뜨거워지게.

그 시각, 2000명이 넘는 하객들은 모두 똑같은 심정으로 기다리고 있었다.

무성한 소문만 있을 뿐 베일에 싸여 있는 비밀스러운 해성가의 며느리가 나타나기만을.

"신부 입장!"

사회자의 한마디에 남산을 품고 있는 한옥의 중문이 활짝 열렸다.

조부의 손을 잡고 사뿐히 걸어오는 신부의 얼굴은 하얀 면사포에 가려져 있었다. 그런데도 푸르름이 돋아나는 야외 결혼식장과 화려한 분위기, 우아하고 단아한 한복 드레스 때문인지 신부는 눈부시게 아름다웠다. 버진로드를 사뿐하게 내딛는 작은 발이 신랑에게 가까워질 때까지 모두가 숨죽인 채 신부에게서 시선을 떼지 못했다.

가늘게 떨리는 신부의 손을 건네받은 이준이 눈빛으로 작게 물었다.

'……아직도 떨려?'

그의 손을 꼭 잡고 눈을 마주하고 있으니 바늘처럼 온몸에 박혀오는 수많은 시선들을 감당하던 몸의 떨림이 서서히 잦아들었다. 작은 손을 꼭 잡아주는 크고 단단한 손의 따스한 온기와 힘찬 악력 덕분에, 다독여주는 것 같은 짙은 눈동자의 따스함에.

─지금처럼 내 손만 꼭 잡고 있어.

그가 했던 말을 떠올리며 준희는 희미하게 웃어 보였다. 주례 앞에 나란히 서고 나니 실감이 났다.

"신랑은 평생토록 신부만을 사랑할 것을 맹세합니까?"

이준은 바로 대답하지 않았다. 비스듬히 튼 시선으로 신부를 물끄러미 바라볼 뿐. 복잡 미묘한 그의 눈동자가 준희에게 현실을 깨닫게 해주었다. 이 남자의 사랑을 받을 일은 죽었다 깨어나도 없다는 걸. 그에게 난 그냥 어린애일 뿐이니까. 단지 부적이자 방패일 뿐이니까.

"흠흠, 신랑. 신랑은 평생토록 신부만을……."

웅성거리는 소리가 귓가를 먹먹하게 하자 그의 손을 잡고 있던 그녀의 손에 불끈, 힘이 들어갔다.

눈물이 날 것만 같았다.

174

면사포라도 쓰고 있어서 다행이야.

그때였다.

"맹세합니다. 평생토록…… 신부만을 사랑할 것을."

'네.'가 아니었다. 이준의 깊고 나직한 음성이 장내를 울리며 순식간에 웅성거림을 잠재웠다.

"신부는 평생토록 신랑만을 사랑할 것을 맹세합니까?"

신랑에 이어 신부까지 침묵하자 다시 웅성거림이 은밀하게 퍼져나갔다. 당황한 주례가 '흠흠' 헛기침과 함께 신랑 신부만 들을 수 있는 재촉을 했다.

"신부?"

준희는 고개를 틀었다.

신랑은 여전히 그녀에게서 시선을 떼지 않고 있었다. 더욱 짙어진 눈빛으로 메시지를 보내왔다.

'도망가고 싶으면 지금이라도 도망가. 모든 건 내가 감당할 테니.'

귀가 아닌 가슴으로 느낀 그 메시지에 그녀의 입술이 사르르 벌어지고 홀린 듯이 대답이 흘러나왔다.

"……네."

곧이어 주례가 두 사람이 부부가 되었음을 선포했다.

"신랑 신부, 맹세의 의미로 키스하세요."

그녀를 향해 돌아선 이준이 느릿하게 몸을 숙여왔다. 입술에 닿기 직전, 그가 나직하게 속삭였다.

"도망가지 그랬어."

그에 대해서 또 한 가지를 깨달았다. 나쁜 남자인 척하지만 사실 좋은 남자라는 걸.

"그거 알아요?"

주례가 이어지는 내내 온몸으로 도망가고 싶다는 냄새를 풀풀 풍기던 신부가 갑자기 눈부시게 새하얀 미소를 지었다.

"강이준 씨 당신이……."

그 미소의 의미를 파악하기 위해 신랑이 방심한 순간, 신부는 제 손으로 과감하게 면사포를 들어 올렸다.

"내 첫사랑인 거."

쪼오오옥─.

준희는 가볍게 발돋움을 해서 신랑의 입술에 진하고 길게 기습 키스를 날렸다.

온도가 다른 말캉한 두 개의 입술이 맞물리고, 여기저기서 환호성이 터져 나왔다.

그 환호성들을 귀에 담으며 그녀가 질끈 눈을 감자 입술 사이로 스며드는 그의 숨결이 느껴졌다. 그 숨결의 감촉이 미치도록 좋았다.

그냥 강이준이라서 좋았던 거다.

10년 전, 눈발처럼 휘날리는 벚꽃을 맞고 있던 남자가 바로 그라서.

10년 후, 첫 맞선에 나온 남자가 다름 아닌 그라서.

짧고도 긴 입맞춤을 끝내고 발뒤꿈치를 내리자 그가 묘한 눈빛으로 준희를 내려다보고 있었다.

"나 절대 도망 안 가요."

도망쳐야 할 건 내가 아니라 당신이라구요.

"그리고 잊지 말아요."

눈에 박혀드는 너무나도 멋진 신랑을 바라보며 준희는 독하게 결심했다.

"이 결혼에서 당신이 '을'이고 내가 '갑'이란 거."

그렇다고 당신한테 휘둘릴 생각은 전혀 없거든요.

"축하해요, 강이준 씨. 나의 남편이 된 걸."

만개한 꽃처럼 처음으로 활짝 웃어 보이는 준희에게 그가 손을 내밀었다.

"나의 아내가 된 걸 축하해."

우아한 손의 움직임을 얌전하게 지켜보았다. 고생 한 번 안 해봤는데도 불거진 힘줄만으로 남자다움을 격렬하게 드러내는 그 손이, 네 번째 손가락에 족쇄를 끼우는 걸.

그들의 결혼이 성립이 되었음을 의미하는 증표가 빛을 받아 찬란하게 빛나고 있었다.

결혼식만큼 화려한 피로연이 이어졌지만 신랑 신부는 더 이상 필요하지 않았다. 그대로 결혼식장을 빠져나온 두 사람은 인천공항으로 향했다.

비행기에 탑승하자마자 작게 코를 골며 잠이 들어버린 준희를 보고 있자니 이준은 기분이 묘했다.

이 작고 여린 여자가 내 신부라니, 내 여자라니, 내 아내라니. 가슴은 간질거리고 어깨는 무거워졌다.

비행기에서 내려 녹슨 호텔 스위트룸에 도착할 때까지 준희는 깨어나지 않았다. 하긴, 피곤할 만도 할 것이다. 침대에 준희를 눕힌 이준은 잠시 머뭇거렸다. 하지만 결심한 듯 다가가 봉긋 솟은 이마에 가벼운 입맞춤을 해주었다.

"잘 자라, 밤톨."

룸에서 나온 이준은 바로 스케줄을 소화했다. 녹슨 호텔의 박 사장과 저녁 식사를 했고 다음 날 필드 약속까지 잡고 나서야 하루 일과가 마무리되었다.

시간을 확인하니 벌써 밤 9시.

"……백준희."

문득, 불쑥, 느닷없이, 떠올랐다. 침대에 눕혀놓았던 죽은 듯이 기절한 그의 아내가.

"뭐, 나 없어도 잘 보냈겠지."

다른 누구도 아닌 백준희니까. 그런데도 신경이 쓰였다. 결혼식을 올려서 그런가.

신경만 쓰이나. 뭔가를 자꾸만 해주어야 할 것 같은 이 책임감은 또 뭐고.

언제 어떻게 튈지 모르는 백준희가 안에 있을 걸 생각하니 카드키를 문에 대는 그는 왠지 긴장이 되었다. 그러다 저도 모르게 픽, 웃어버렸다.

작은 여자애가 뭐라고, 내가 눈치를 봐.

"……그럼 그렇지."

넓어서일까. 유독 횅한 객실이 그를 맞이했다. 굳이 둘러보지 않아도 알 수 있었다. 이 객실에 사람이 없다는 것을.

"하여간 발발거리며 잘 돌아다녀."

리모컨의 재생 버튼을 누르자 피아노 연주곡이 감미롭게 퍼져나갔다.

유키 구라모토의 'Romance'.

역시 박 실장답게 음악마저 이준의 취향대로 선곡을 해놓은 것이다.

셔츠의 단추를 풀며 내딛는 그의 걸음걸이가 느긋했다. 녹슨 호텔의 야외 욕조를 이용해볼 참이었다.

테라스의 문을 열자 투명한 유리벽이 품고 있는 제주도의 푸른 밤하늘보다 짙은 아로마 향이 이준을 더 자극했다.

붉은 꽃잎과 거품이 어우러진 대형 욕조의 크기는 웬만한 작은 방 사이즈만 했다. 그래서 향이 이렇게 진동했나 보다.

반신욕을 즐기기 전 그는 샤워 부스로 향했다. 강한 수압으로 쏟아져 내리는 물을 맞으면서도 생각은 여전히 흘렀다. 아직까지 들어오지 않은 그의 아내 백준희에게로.

어디서 뭘 하고 있는 건지, 몇 시에 들어올 건지 정도는 말해줘야 하는 거 아닌가. 그래도 이제 우리 부부인데.

들어오기만 해봐라. 결혼의 기본 상식에 대해서 제대로 이야기를 한번…….

이준은 흠칫했다.

"설마 이거 의처증은 아니겠지?"

백준희가 어디서 뭘 하든 무슨 상관이란 말인가.

여자 혼자 밤에 돌아다니기엔 무서운 세상이라 그냥 걱정하는 것일 뿐이다.

그때 뒤쪽에서 인기척이 느껴졌다. 반사적으로 돌린 시야에 욕조 물 위로 막 모습을 드러낸 작은 형체가 보였다.

"……."

"……."

흠뻑 젖은 두 쌍의 눈빛이 허공에서 충돌한 충격으로 빚어진 찰나의 침묵.

"……백준희?"

이준의 입에서 그 이름이 흘러나온 순간 둘 다 전광석화처럼 움직였다. 욕조 안의 물개는 얼른 다시 잠수를 했고, 그는 빠르게 손을 뻗어 목욕 가운을 잡아챘다.

……빌어먹을 백준희 같으니라고!

하루를 편하게 넘어가게 하는 법이 없었다.

머릿속을 꽉 채우고 있던 그의 아내는 욕조에 도둑고양이처럼 숨어 있었던 것이다.

테라스 욕실을 벗어나려던 걸음이 우뚝 멈추었다.

욕조 안이 지나치게 고요했다. 저 정도로 숨을 오래 참으면 선수급인데.

혹시나 하는 마음에 이준은 욕조로 다가섰다.

듬성듬성 공백이 생긴 투명한 물속, 허우적거리는 물개 한 마리가 보였다.

욕조 위로 다른 목욕 가운을 집어 던진 그는 망설임 없이 욕조 안으로 손을 넣었고, 조금의 착오도 없이 목욕 가운에 휘감긴 물개 한 마리를 건져 올렸다.

"쿨럭, 쿨럭!"

파르르 떨리는 입술이 기침을 토해낼 때마다 왈칵왈칵 물이 나왔다.

"너, 진짜……."

산소 공급을 받지 못한 얼굴이 너무나 창백해서 화도 낼 수가 없었다. 이 상황이 기가 막혀서 말도 나오지 않았다. 떨리는 입술처럼 덜덜 떨리는 가녀린 몸이 안쓰럽다는 생각밖에 안 드는 이준이었다.

준희는 덜덜 떠는 입술을 소심하게 달싹이며 말을 했다.

"제 옷 좀 주면 안 될까요?"

설마 내가 너를 알몸으로 건져냈을라고.

"조용히 해. 나도 눈 버릴 생각은 없으니까."

그제야 제 몸 위를 덮고 있는 가운을 본 준희가 희미하게 웃으며 한숨을 내쉬었다.

"우와, 진짜 머리 좋네요."

지금 그걸 감탄할 때가 아닐 텐데.

"어떡해요, 나 지금 너무 졸려요."

말이 끝나기 바쁘게 제 품에서 축 늘어지는 준희를 그는 기가 막힌 눈으로 바라보았다.

　이번에도 테러 당한 건 난데 왜 네가 기절을 하느냐고.

　"어이, 밤톨."

　"……."

　"백준희?"

　너 말이야. 어? 진짜, 진심으로 묻고 싶은데.

　"민망해서 자는 척 연기하는 거지? 그런 거지?"

　저는 두더지처럼 고개만 빼꼼히 내밀어서 볼 거 다 보고서.

　"이 상황에도 잠이 와? 어?"

　더 열 받는 건 정작 그는 신경이 쓰여 미치겠다는 것.

　시야는 어떻게 건전하게 보호를 했다. 그런데 맨 손바닥에 고스란히 스며드는 피부 감촉이 미치게 좋았다. 생각해보면 그랬다. 백준희를 만날 때마다 항상 파란만장한 하루가 펼쳐졌다.

　"너만 만나면 하루가 피곤해."

　그래, 차라리 자라. 창피해 죽는 것보다는 발연기하는 게 낫겠지.

　그런 아내가 귀엽게 느껴지는 이유, 정말 알다가도 모를 노릇이었다.

☾

　강남의 클럽 라운지 룸에서 신랑, 신부가 없는 뒤풀이가 벌어지고 있었다.

오늘 결혼식은 화려하면서도 웅장했고, 비밀스러웠다. 하지만 궁금증을 풀어줄 당사자 부부가 없으니 화살받이가 된 건 지혁이었다. 가장 친하다는 이유 하나만으로. 오늘 뒤풀이를 계산할 카드를 받았다는 이유만으로.

"웨딩 사진도 공개 안 하고 소개도 안 하고 신상도 공개 안 하고. 이준이가 신부를 그렇게 꽁꽁 싸매는 이유가 뭐냐, 이지혁?"

"해성가의 심청이란 소문 사실이야?"

"근데 진짜 섬뜩하긴 해, 소문이. 윤은서 전에도 누구 하나 자살했다고 하지 않았냐? 채송화도 사고당하고."

"부회장님이 머리 잘 쓰셨어. 소문이 미신이라는 것만 증명하면 여기저기서 줄줄이 딸들 내어줄 거 아냐."

"난 감 잡았어. 결혼식은 성대하게 해놓고 왜 신부를 공개 안 하는지. 분명 어느 집안이랑 딜해서 심청이를 내세운 게 분명해. 가짜 신부가 멀쩡하면 그 후에 진짜 신부를 세우고 공개하는 거지. 그럼 완벽하잖아?"

추리 소설을 쓰는 친구들을 지혁은 한심하다는 듯 바라보았다.

"그 소문들 다 너희들 입방정 때문에 커졌다는 생각은 안 하냐?"

따끔한 그의 한마디에 주위는 순식간에 고요해졌다.

"그럼 네가 좀 말해봐. 우리도 답답하니까 이러는 거 아냐."

온갖 의심만 넘쳐나니 우선은 그럴싸하게 둘러대줘야 할 것 같았다.

"나도 신부 딱 한 번 봤어. 이준이 성격이 워낙 그래서 표현은 딱히 안 하는데 아끼긴 엄청 아끼더라."

거짓말은 아니었다. 레스토랑에서 지혁이 애지중지하는 막내인 지아까지 울리면서 그녀를 보호했던 이준이 떠올랐다.

"표현을 안 하는데 그걸 어떻게 알아?"

나긋나긋한 음성이 조용히 날아들어 지혁의 말꼬리를 잡았다. 모두의 시선 끝, 이제 막 모습을 드러낸 채송화가 서 있었다. 언제나처럼 고혹적인 한 송이 꽃 같은 자태로.

지혁과 눈이 마주치자 그녀는 사르르 눈웃음을 날린 후 그의 곁에 와서 앉았다.

"이지혁, 왜 대답을 못 해?"

"이준이가 그런 미신 때문에 결혼할 애냐? 척 보면 알지."

여자 동창 한 명이 송화에게 조심스럽게 물었다.

"송화야, 근데 너 괜찮아?"

"내가 허락한 결혼인데 괜찮지 않을 이유가 있겠어?"

"네가 뭐라고 이준이 결혼을 허락하고 말고 해?"

지혁의 공격에 송화는 싱긋 웃었다.

"이준이랑 네가 제일 친하지? 그럼 그건 아니? 오늘 이 결혼, 끝이 정해진 결혼이라는 거."

"……!"

"어머, 가장 친한 너한테도 말을 안 했나 보구나."

마냥 당할 지혁이 아니었다.

"끝이 정해진 결혼이 아니라 말 안 했나 보지. 그리고 난 너와 연인 사이라는 말도 이준이한테 들은 적 없는데. 둘이 연애라는 걸 해본 적이 있긴 하냐?"

"……!"

"하긴, 연애를 했을 리가 없지. 친구 약혼녀를 빼앗는 그런 나쁜 년까진 아니잖아, 그렇지 채송화?"

송화는 입 안의 살을 아프도록 씹어대며 분노를 가라앉혔다. 연기라는 걸 배우길 잘했다. 속에선 불이 나고 폭풍이 나도 그 감정을 숨기는 걸 배웠으니까.

"친구 남자를 빼앗은 건 내가 아니라 윤은서라는 생각은 안 해봤니?"

그녀는 가련한 표정으로 눈을 내리깔며 속눈썹을 애처롭게 떨었다.

"난 그냥 입 다물고 한없이 기다려야 하는 약자야. 더 이상은 노코멘트 할게. 정치인 집안 건드렸다가 배우 인생 끝나면 어떻게 해."

모두의 관심이 집중되는 순간 송화는 생긋 웃었다.

"이준이한테 오늘 결혼에 대해서 아무 말도 하지 말아줘. 나도 힘들지만 이준이가 더 힘들 테니까."

그녀의 발칙한 연기에 넘어간 모두가 고개를 끄덕였다.

"하긴, 윤은서 집안이 좀 좋았냐?"

"그 정도 되니까 해성 그룹에 위협을 가하지."

"만나서 반가웠어, 얘들아. 아, 그리고 오늘 여기는 내가 계산하고 갈게. 그러려고 얼굴 비춘 거거든."

이준의 결혼에도 흔들리지 않는 고고한 모습을 보였으니 목적은 달성.

나타난 지 겨우 15분 만에 송화는 다시 우아하게 일어나서 자리를 떴다.

Chapter 6

비상 주의보, 아내 주의보

이준과 준희가 신혼여행까지 떠나는 걸 보고 나서야 근석은 석훈과 함께 일본의 유명한 호텔로 온천을 즐기러 왔다.

모락모락 김이 솟는 따뜻한 탕에 앉아 끝내주는 경관을 눈에 담으면서도 근석의 마음은 심란했다.

결혼 안 한다고 선언한 손녀딸을 제 욕심에 너무 몰아붙인 건 아닌지. 치매라는 거짓말로 어린 가슴에 오히려 상처를 준 건 아닌지.

제 손녀딸은 할아비 걱정에 속이 문드러져 있을 텐데 본인은 오히려 이런 호강이나 누리고 있으니 말이다.

석훈이 접시 하나를 가지고 근석에게로 다가왔다.

"사과 밀푀유라고, 이곳에서 유명한 거라고 합니다."

자신과 달리 근심 하나 없이 밝은 석훈을 근석은 빤히 응시했다.

제 눈에는 준희가 최고였지만 그건 내 핏줄이라서다.

그런데 석훈은 도대체 왜? 딸처럼 예뻐하는 것과 하나밖에 없는 잘난 아들의 며느릿감으로 생각하는 건 엄연히 다르다. 냉정하게 따지면 준희는 해성가의 며느리가 되기엔 자격 미달이었다.

"왜 준희인가?"

"무슨 말씀이신지."

"내 손녀딸이지만 나도 잘 알고 있네. 해성의 며느릿감으로는 어울리지 않다는 거."

"그런 말씀 마십시오. 준희가 어디 어때서요. 제 눈엔 예쁘기만 합니다."

"그런 말을 쉽게 믿기엔 내가 너무 나이가 든 것 같아."

잠시 숨을 고른 석훈의 얼굴에 씁쓸함이 어렸다.

"잘난 며느리 한번 들이려고 했다가 실패하지 않았습니까."

"……."

"실패만 했습니까? 예비 며느리였던 그 아이가 귀신이 되어 제 아들을 괴롭힌다는데 집안 좋고 학벌 좋은 게 다 무슨 소용입니까?"

이번엔 근석이 씁쓸한 표정을 지었다.

"영원한 비밀은 없는 법이야. 아비는 누군지도 모르고 어미는 정신이 온전하지 못한 준희가 자네 세계에서 살아남을 수 있을지 걱정이야. 해성에 흠이 될지도 모르고."

"준희가 아프지 않도록 제가 각별하게 신경 쓸 겁니다. 그리고 어르신, 전 두 아이가 철천지원수가 아니라 천생연분이 될 거라고 확신합니다."

"자넨 너무 자신감이 과해."

근석의 나직한 타박에 석훈이 휴대 전화를 내밀었다.

"어이쿠, 양반은 못 되나 봅니다. 그래, 준아."

그런데 전화를 받은 석훈에게 예상치 못한 큰 날벼락이 떨어졌다.

[어린애를 대체 어디까지 끌고 내려갈 생각이세요?]

화가 날수록 침착해지는 아들이 그에게 언성을 높인 건 단연코 처음이었다.

"무슨 말이냐, 그게?"

[적당히 좀 하세요. 결혼까지가 할 수 있는 최대한이니.]

통화 음량이 높아서 이준의 목소리는 근석에게도 들렸다.

'자네 또 뭔 짓을 한 겐가?'

근석의 눈짓에 억울한 석훈은 어깨만 으쓱할 뿐이었다.

[손주는 바라지도 마십시오.]

소, 손주? 듣는 것만으로도 두 노인네의 심장이 덜컥 내려앉는 단어였다.

"저기 이준아?"

[붙어먹든 찢어지든 저희 둘이 알아서 할 겁니다. 그러니 이 순간부터 아무것도 하지 마세요. 특히 준희한테 어떤 지시도 내리지 마세요.]

뭐라고 말하기도 전에 전화가 툭, 끊겼다. 평소 같았으면 이놈의 새끼야, 하고 전화를 할 석훈조차 어안이 벙벙한 표정이었다.

부스스 잠에서 깨어난 준희는 무의식적으로 제 몸을 덮고 있는 가운을 들췄다.

"으아악, 난 몰라!"

속옷도 걸치지 않은 알몸을 보자 잠이 확 달아났다. 파노라마처럼 어젯밤의 사고가 연달아 머릿속을 스쳤다. '귀여운 여인'의 줄리아 로버츠 흉내를 내며 욕조 속으로 들어갔던 것부터 이준에게 안겨 침실로 온 것까지.

준희를 가장 미치게 하는 건 바로 얼떨결에 봐버린 실오라기 하나 걸치지 않은 이준의 뒷모습이었다. 다비드 조각상처럼 뽀얗고 매끈하고, 찰진 근육으로 이루어진, 단 한 번도 본적 없는 남자의 미끈한 알몸 말이다.

이준이 침대에 눕히는 그 순간까지 민망함에 자는 척 발연기를 했는데 진짜 잠이 들어버릴 줄은 몰랐다.

"진짜 미쳤어! 어떡해!"

잊으려고 할수록 자꾸만 떠올랐다. 이준의 뒷모습이. 얼굴은 달아오르고 심장은 빠르게 뛰었다. 아마도 앞을 봤다면…… 코피가 터졌을지도 몰랐다. 아니, 그대로 졸도했을 것이다.

어찌 되었든 잘못은 했으니 사과는 해야 할 것 같았다.

"우선 옷부터 입자."

세라가 결혼 선물로 준 트렁크를 처음 오픈한 순간, 준희의 입이 속절없이 벌어졌다.

"차라리 고양이한테 생선을 맡기고 말지."

편하게 입을 옷 한 벌이 없었다. 그래도 속옷에 비하면 옷은 양반이었다.

대충 옷을 입고 침실로 나와 테라스에서 담배를 피우고 있는 이준을 발견했다. 준희가 다가오자 이준은 말없이 담배를 재떨이에 비벼 껐다. 준희는 그의 눈치를 슬그머니 보며 조심히 입을 열었다.

"안녕히…… 주무셨어요."

"안녕 못 해."

커다란 몸으로 소리 없이 다가온 그에게서 짙은 담배 향이 났다. 뜨거운 숨결이 목덜미에 와 닿는 건 순식간이었다.

"너 때문에."

민감한 목덜미에 코를 대고는 이준이 그녀의 냄새를 맡았다.

"지, 지금 뭐 하는 거예요?"

"안 뿌렸나 보군."

"뭐를요?"

"네 입으로 말해봐, 백준희. 아버지랑 무슨 딜을 했지?"

"딜은 당신이랑 했잖아요. 난 지금 당신이 무슨 말을 하는지 하나도 모르겠…… 꺄악!"

이준이 준희를 번쩍 안아 올렸다.

"내 아내가 모르겠다면."

목덜미를 덥혔던 뜨거운 숨결과 달리 그녀를 내려다보는 그의 눈빛은 섬뜩할 정도로 차디찼다.

"남편인 내가 직접 알려주지."

준희를 안고 그가 향한 곳은 침실이었다.

급하게 나오느라 블라인드를 다 올리지 않은 침실 내부는 아직 어둑했다. 짙은 아로마 향과 장미향이 뒤섞여 있는 공기마저도 야릇했다.

거칠게 안아서 온 것과 다르게 침대 위에 준희를 내려놓는 손짓은 의외로 섬세했다.

등 뒤에 있는 커다란 베개를 단단히 움켜쥔 채 준희는 눈을 부릅떴다.

"나한테 손끝 하나만 대봐요."

"오버 좀 하지 마."

짜증 난다는 듯 살짝 눈까지 찌푸리는 그의 반응에 참고 있던 그녀의 화가 폭발했다.

"당신이 오버하게 만들었잖아요!"

"그럼 내가 오버 안 하게 생겼어?"

그가 그녀의 눈앞에 무언가를 불쑥 내밀었다. 하지만 준희가 예쁘게 생긴 작은 향수병의 정체를 알 리가 없었다.

"이게 뭔데요?"

"네 캐리어에서 나온 향수야."

"이런 것도 있었어요?"

"모른다고 시치미 떼는 건가?"

"내가 그걸 어떻게 알아요? 나도 선물 받은 건데. 고작 향수

하나 가지고 왜 이렇게 호들갑이에요?"

"이 작은 병 하나에 오백만 원이야. 그것도 몇 달 전에 예약해야 구매할 수 있는 거라고."

"내가 바보인 줄 알아요? 이게 무슨 명품 가방도 아니고. 그렇게 비싼 향수는 세상에 존재하지 않기든요?"

"정말 그렇게 생각해?"

"당연한 거 아니에요? 이 향수에 금가루가 뿌려졌어도 오백만 원은 아니죠!"

준희의 당당한 표정에 이준이 피식 웃어버렸다.

"바보 맞네."

그 미소가 얄미워 손에 들고 있던 베개를 휘둘러버렸다.

퍼억!

".......윽."

느닷없는 베개 공격에 얼굴을 맞은 그가 작은 신음을 토해냈다. 하지만 준희는 조금도 미안하지 않았다. 쌤통이다! 바보한테 맞은 네놈은 정체가 무엇이더냐. 얼간이더냐?

"걸핏하면 나오는 폭력성 좀 고쳐봐, 좀."

"내가 고칠 게 아니라 그쪽이 맞을 짓 안 하면 되잖아요!"

"솔직히 말해봐. 선물을 해준 누군가가 내 아버지, 맞나?"

예리하게 빛나는 검은 눈동자는 마치 범인을 추궁하는 형사 같았다.

"여기서 아저씨가 왜 나와요? 이건 세라가 결혼 선물로 준 거란 말이에요. 어제 강이준 씨 때문에 자는 척 연기하느라 캐리어 안도 확인 못…… 흡!"

제 입을 막았지만 이미 늦었다.

"호오라, 어제 자는 척을 했다 이거지?"

"지, 지금 그 말을 하자는 게 아니잖아요!"

이준의 눈이 가늘어졌다.

"솔직히 내가 어제 자는 척해서 둘 다 민망한 상황 벗어났잖아요. 임기응변이었다구요."

"볼 거 다 봐놓고 시치미 떼는 게 임기응변이었다?"

"뭐, 뭐를 다 봐요? 뒷모습밖에 안 봤어요!"

"보긴 봤나 보지?"

집요하고도 차분한 추궁에 준희의 눈동자가 경련을 일으켰다. 또다시 떠오른 것이다. 유려하게 빠진 등 라인과 찰지게 올라붙었던 끝내주는 힙 라인이.

"솔직히 저도 억울해요. 각방 쓰기로 했는데 남의 방에 허락도 없이 들어온 건 강이준 씨잖아요."

관자놀이를 손으로 꾹꾹 누르며 이준이 물었다.

"하나만 묻자. 인어 공주도 아니고 물속엔 왜 숨어 있었어?"

"숨어 있긴요! 말은 바로 합시다! 전 엄연히 즐긴 거거든요?"

"……뭘."

"이렇게 좋은 데 처음이란 말이에요. 그리고 녹슨 호텔 테라스 욕조가 얼마나 유명한지 알아요? 보드라운 거품에 식지 않는 욕조 물, 향긋한 아로마에 장미 꽃잎. 그래서 그냥……."

잘도 종알거리던 입술이 멈추었다.

이걸 말해, 말아?

쪽팔려 죽겠다. 하지만 말을 하지 않으면 오해받을 상황.

"'귀여운 여인'의 줄리아 로버츠 흉내 좀 내보려고. 그래서 잠수 한번……."

터질 것처럼 붉어진 얼굴을 한 준희의 목소리가 점점 기어 들어갔다.

기어이 이 말을 하게 한 그에게 또다시 화가 솟았다.

내가 왜 이런 말을 하고 변명을 해야 하는 건데!

"그러게 왜 남의 방에 허락도 없이 꽉꽉 들어와요? 그것도 발가벗고 욕실까지!"

생각해보니 발단은 그거였다. 준희도 엄연히 테러를 당한 거였다.

"아무리 부부라도 지켜야 할 건 지켜야지 말도 없이 들어온 건 몰상식한 짓이에요!"

"박 실장한테 전달 받았을 텐데. 객실은 하나뿐이라고."

"제가 너무 늦게 일어났어요. 눈 뜨고 일어나니 아무도 없던데요?"

일이 차고 넘치는 박 실장이 잠이 든 준희 곁을 마냥 지킬 순 없는 노릇이었다.

"우리 신혼여행 온 거야. 굳이 따로 방을 써야 할 이유가 있어?"

"있어요! 그것도 엄청 많이! 다 큰 남녀가 어떻게 한방에서 자요?"

"난 자신 있는데."

"……?"

"너와 같은 방, 같은 침대에 누워 있어도 아무렇지 않을 자신."

"……!"

"너는 어떨지 모르겠지만."

준희는 고개를 확 들고 그를 쏘아보았다. 해사한 웃음을 짓고 있는 그의 얼굴에는 장난기가 가득했다.

이 남자가 정말 끝까지 해보자는 건가. 나는 뭐 아무렇지 못해서 덮친다는 거야 뭐야.

하여간 사람 자극하는 건 타고난 남자였다.

"좋아요. 나도 합의할게요."

"……합의?"

"신혼여행이 끝날 때까지 같은 방, 같은 침대에서 자는 거요."

"뭐 그러던지."

거실로 나가는 이준의 뒤통수에 대고 준희가 말했다.

"강이준 씨, 우리 오늘 점심은 같이 먹으면 안 돼요?"

"왜, 혼자 밥 먹기 싫어?"

"저 혼자 엄청 잘 먹는데요?"

"그런데?"

"아침에 아저씨한테 문자 왔어요. 저희 둘 무슨 일 있냐고 엄청 걱정하시면서 강이준 씨 안부 묻더라구요. 혹시 두 분 사이에 제가 모르는 일이 있었던 건 아니죠?"

그제야 이준은 어젯밤 석훈에게 전화해서 난생처음으로 언성을 높였던 걸 떠올렸다.

"말뿐인 답장보다 제대로 된 인증샷 하나 보내드리면 안심하실 것 같아서요. 그리고 우리 둘이 같이 찍을 게 밥 먹는 사진 말고는 없잖아요."

이준은 아버지에게 조금은 미안한 감정이 드는 것과 동시에 스스로가 이해되지 않았다.

단 한 번도 이런 적이 없었다. 죽음 앞에서도 초연할 만큼 냉철했던 이성은 단 한 번도 흐려진 적이 없었다.

그런데 대체 무엇이 그의 이성을 흐려지게 한 걸까. 아버지에게 언성을 높일 만큼.

"강이준 씨가 저랑 결혼한 거, 아저씨한테 조금은 효도하고 싶어서 그런 거 아니에요?"

또다시 불쑥 치고 든 준희의 질문이 그의 정신을 번쩍 들게 했다.

"……왜 그렇게 생각하지?"

"별장 때문에 협박당해서 결혼을 오케이했다고 하기엔 당신은 너무 똑똑한 사람이잖아요. 그런 사람이 머리를 굴리면 나한테 그 별장 하나 못 빼앗겠어요?"

준희는 다시 한 번 그를 놀라게 하고 있었다. 어린애처럼 행동하다가도 이럴 때보면 어른스럽고 생각이 깊었다. 아무도 꿰뚫지 못했던 그의 속을 맑고 영롱한 눈으로 꿰뚫어 보았다.

"이래도 나랑 밥 안 먹을 거예요?"

밥알처럼 조막만 한 얼굴을 응시하는 그의 눈빛이 묘해졌다. 누군가를 설득만 했지 설득당한 적은 없었다. 그런데 눈앞의 작고 여린 존재에게만은 자꾸 설득당했다.

"먹고 싶은 건 있고?"

마침내 그의 입에서 오케이가 떨어지자 준희가 활짝 웃었다.

"그건 나한테 맡기세요! 제주도 맛집, 특히 녹슨 호텔 가까운 곳으로 내가 다 조사해 왔거든요!"

"그럼 1시에 데리러 올게."

지금 당장 밥 먹으러 가는 게 아님에도 다이어리를 급한 손길로 뒤적이는 준희의 모습에 그는 희미하게 웃었다.

정확히 1시가 되자 이준이 나타났다. 엘리베이터에 나란히 오르자 준희는 싱긋 웃으며 그에게 팔짱을 꼈다.

"이 정도는 괜찮죠? 우리 신혼부부 연기해야 하잖아요."

"백준희."

"네?"

"넌 내가 엄청 쉽지?"

내가 너무 잘해줬나 싶다. 지금껏 이렇게 그를 친근하고 편하게, 막 대하는 존재는 처음이었다.

그뿐인가. 감정대로 화냈다가 발끈했다가 폭력도 종종 휘두른다.

"어려운데요? 그것도 엄청."

"어려운 게 이 정도면 쉽게 보였으면 잡아먹혔겠어."

"사람들이 귀신이 무섭다고 하지만 난 귀신은 안 무서워요. 그래봤자 죽은 귀신이 산 사람을 어떻게 이겨요?"

참 이상했다. 준희가 하는 말도 안 되는 말들이 그에겐 재밌게 들렸다.

"귀신보다 더 무서운 게 산 사람이라고 생각해요. 사람이 사람을 죽이고 해코지를 하잖아요."

사람이 사람을 죽인다. 그 말이 이상하게 그의 가슴에 못을 박았다. 나 같은 놈을 말하는 건가.

"근데 강이준 씨는 그런 무서운 사람 아니잖아요."

그를 올려다보는 영롱한 눈동자에 그가 담겨 있었다. 그 눈에 비친 제 모습이 왜 더럽게 비치는 걸까.

준희가 그를 안내한 곳은 '바다의 용궁'이라는 식당이었다. 싱싱한 제주 해산물이 주를 이루는 푸짐한 한 상이 차려졌다.

"여기 가격대가 높아서 그냥 맛집 리스트에만 넣어놓고 먹어볼 엄두도 못 냈었어요. 근데 물주 남편이랑 오니까 진짜 좋아요. 완전 맛있어!"

폭풍 흡입하는 음식만큼 백준희의 입은 쉬지 않고 종알종알 수다를 토해냈다. 내숭이라곤 없었다.

작은 몸 어디에 저 음식들이 몽땅 들어가는지. 다시 봐도 느끼는 거지만 감탄밖에 나오지 않았다.

계산을 하는 그의 뒤에서 준희가 발을 동동 굴렀다.

"아, 맞다. 사진!"

"호텔 가서 대충 찍어."

돌아서는 그의 옷자락을 준희가 잡아당겼다.

"딱 30분만 더 있다 가면 안 돼요? 바다가 너무 예뻐서요."

"호텔 앞도 바다야."

"아휴, 참. 그 바다가 이 바다랑 같아요? 바다 빛깔도 다르고, 풍경도 다르고, 분위기도 다르고, 운치도 다르잖아요. 우리 저기로 가봐요!"

의견 듣지도 않을 거면 뭐하려고 물어보는 건지. 준희는 허락도 없이 그의 손을 턱하니 잡고 무작정 잡아끌었다. 그렇게 먹어도 살이 안 찌는 이유를 알 것 같았다. 바로 끊임없는 에너지 방출이었다. 가만히 있을 때는 입이 쉬지를 않고 입이 쉬면 몸을 부지런히도 움직였다. 무슨 날다람쥐도 아니고.

"우와, 너무 예뻐요!"

잠자코 있긴 했지만 사실 그의 눈엔 녹슨 호텔 앞 바다와 별다를 게 없어 보였다. 눈이 마주치자 준희가 눈부신 미소를 지었다. 후끈한 공기마저 날려버릴 만큼 활짝 피어난 준희의 미소가 푸른 바닷물처럼 시원했다.

"30분 후에는 출발할 거야. 더는 안 돼."

그의 허락이 떨어지자마자 "와아아!" 소리를 지른 준희는 샌들을 벗어 던지고 바다로 돌진했다. 이럴 때 보면 영락없는 애였다.

파란색 플라스틱 의자를 찾아서 앉은 이준은 시선을 고정했다. 목줄 풀린 강아지처럼 부지런히도 뛰어다니는 백준희를.

강한 바닷바람에 휘날리는 치마 틈 사이로 새하얀 각선미가 어지러이 드러나자 날카로운 눈이 주변을 훑었다. 혹여나 어떤 놈이 저 다리를 훔쳐보지 않을까 싶어서.

본인도 깨닫지 못한 뜻밖의 행동에 이준의 입에서는 헛웃음이 새어 나왔다. 누군가에게서 연을 건네받은 준희가 활짝 웃으며 뒷걸음질을 했다.

"웃는 건 뭐, 예쁘네."

바닷물에 발을 담근 얼굴에서는 미소가 사라질 줄 몰랐다. 준희의 뒤로 파도가 바닷바람을 맞으면서 점점 더 몸집을 키웠다. 아무리 얕아도 파도가 덮치면 휩쓸리는 건 순식간인데. 어른이니까 알아서 하겠지.

하지만 그 순간 순식간에 작은 몸이 하얗게 깨져버리는 파도에 흔들려 고꾸라져버렸다. 그의 심장도 함께 파도에 쓸려버렸다.

"백준희!"

그는 구두와 바짓단이 젖는 것도 모르고 바닷물로 첨벙첨벙 들어갔다. 푸른 바닷물 사이로 아른거리는 무언가에 손을 뻗는 순간, 거짓말처럼 이준까지 바닷물로 끌려들어갔다. 인어 공주처럼 솟아올라 가는 팔로 그의 목을 옭아매는 백준희에게.

물에 빠진 와중에도 이준은 혹시라도 놓칠까봐 준희를 품에 꼭 안았다.

쏴아아아아—.

빛의 속도로 덮쳤던 파도가 빠져나가고 있었다.

단단한 두 다리로 버티고 일어나자 바닷물이 그의 무릎 언저리에서 찰랑거렸다. 그리고 그의 심장도 빠르게 뛰고 있었다. 화가 나서 뛰는 건지, 바닷물에 젖어서 그런 건지는 알 수 없었다.

"백준희, 너……."

"잘못했으니까 화내지 마세요! 진짜 잘못했어요! 네? 죽을죄를 지었어요! 반성합니다!"

두 손까지 모아 싹싹 비는 준희의 모습 어디에서도 반성하는 기색은 보이지 않았다. 눈치를 살피듯이 그를 빤히 올려다보는 갈색 눈동자가 햇빛에 금가루라도 뿌려놓은 것처럼 반짝였다. 그 모습에 그는 화를 낼 수가 없었다.

"봐주는 건 이번 한 번뿐이야."

왜 화를 못 내고, 바보같이.

"다신 이런 장난치지 마."

준희가 흠뻑 젖은 옷을 힘껏 비틀어 짜자 바닷물이 뚝뚝 떨어졌다.

"치마가 너무 젖어서 그런데, 손 좀 잡아주면 안 될까요?"

"……어디가 예쁘다고?"

"일어나면 또 넘어질 것 같아서요."

"넘어지든지 말든지."

그의 매정한 대답에도 준희는 여전히 싱글벙글이었다.

"거짓말. 걱정했으면서."

그녀는 젖은 입술로 얄미운 말을 잘도 흘렸다.

"하아, 누가? 내가, 너를?"

물에서 나온 준희가 바짝 몸을 붙여왔다.

"우리 사진 찍어요."

……세계 최강 골 때리는 캐릭터였다.

"지금 단단히 미친 거지?"

"바다는 물에 빠져줘야 제맛이죠. 이 정도는 보여줘야 할아버지랑 아저씨가 믿죠."

준희의 목적은 처음부터 식사를 같이 하는 사진이 아니었다. 그 증거가 보란 듯이 그녀의 작은 손에 들려 있었다.

투명한 방수 케이스를 입고 있는 휴대 전화.

"계획적이었군."

"바다에 빠져달라고 하면 안 빠져줄 거였잖아요."

"그걸 말이라고 해!?"

너무 화가 나서 목소리까지 갈라졌다.

"어? 매너 좋은 강이준 씨가 지금 여자한테 화낸 거예요? 그것도 소리치고?"

"누가…… 화를 냈다고 그래."

"화난 거 아니면 카메라 좀 봐줘요."

이건 어디까지나 아버지를 향한 효도라고 생각하며 이준이 휴대 전화를 보는 순간, 그의 뺨에 매끄러운 무언가가 와 닿았다. 그리고 동시에 셔터 소리도 터졌다.

찰칵—.

"우와, 진짜 사진발 끝내주네요."

어디까지 당하는 것인지. 휴대 전화 속에는 나름 다정하게 뺨을 맞대고 있는 신혼부부가 있었다.

"봐주는 것도 한계가 있어."

"예이예이."

성의 없이 돌아오는 대답도 모자라서, 그녀는 이젠 대놓고 들으라는 듯 중얼거렸다.

"치사하게 겨우 뺨 댄 것 가지고 정색하기는."

휙 지나치는 야무진 뒤통수를 보며 이준은 생각했다. 그가 어렵다고 했던 준희의 말은 거짓말이 분명하다고.

객실에 도착하자마자 이준은 거추장스러운 넥타이부터 풀 며 말했다.

"메인 욕실은 네가 써. 침실 욕실은 내가 쓸 테니까."

이젠 별거 아닌 행동에도 시선이 사로잡혔다.

나 점점 미쳐가나 봐. 어떻게 된 게 넥타이를 푸는 것도 섹 시해 보이지?

괜히 얼굴이 붉어진 준희는 얼른 눈을 내리깔았다.

"제가 침실 욕실 쓸게요. 덩치 크신 분이 욕실도 큰 거 쓰셔야죠. 그런 배려는 안 해주서도 돼요."

"배려가 아니라 벌주는 거야."

"……벌이요?"

"욕조에 몸 담그고 오늘 했던 행동들 반성 좀 해."

"……네."

"밤톨."

지은 죄가 엄청난지라 고개를 푹 숙이고 돌아서는 준희를
그가 다시 불러 세웠다.

"쓸데없이 줄리아 로버츠 흉내는 내지 말고. 어?"

준희는 입술을 꾹, 깨물었다. 줄리아 로버츠 흉내 겸 잠수
연습을 했다고는 차마 말을 할 수 없었다.

"또 빠져서 허우적거리기만 해봐."

쪽팔리게 그건 왜 자꾸 말씀하세요.

"이번엔 안 구해줄 테니까."

"거짓말, 구해줄 거면서."

작은 중얼거림을 들었는지 이준이 노려보자 준희는 얼른 욕
실로 내달렸다.

샤워를 하고 나온 준희는 침실 문을 살며시 열었다. 아직까
지도 샤워를 하는지 물소리가 들렸다.

"진짜 걱정했나 봐."

참고 있던 숨이 목구멍까지 차올라서 물속에서 나왔을 때 보았던 이준은 낯설었다. 파리하게 질려 있던 안색과 격하게 흔들리던 검은 눈동자.

"하긴, 내가 오늘 좀 너무 제멋대로였어."

화가 날 법한데도 이준은 모든 걸 받아주고 참아주었다. 그런 이준에게 무언가를 해주고 싶었지만 딱히 해줄 게 없었다. 그러다 문득 칵테일을 잘 마시던 그가 떠올랐다.

"얼른 나갔다 와야겠다."

막 샤워를 마친 후 시원한 맥주를 마시는 것 못지않게 향긋한 티 칵테일을 마시는 것도 끝내줄 테니까.

객실에서 나와 꼭대기 층에 위치한 바로 향하던 그때…….

"백준희?"

뒤에서 들려오는 남자의 음성에 무심코 돌아선 준희의 눈이 휘둥그레졌다.

"한……태성?"

그녀는 너무 놀란 나머지 다가온 태성이 제 머리를 어루만지고 있다는 것도 몰랐다.

"학교도 같은데 여기서 마주친 거 보면 우리 진짜 인연이다, 그치?"

반가워 죽겠다는 듯 웃고 있는 태성을 보며 준희는 중얼거렸다.

같은 대학은 무슨. 나란히 마주 보고 있을 뿐, 두 대학의 레벨은 하늘과 땅 차이였다.

"근데 제주도엔 웬일이야?"

태성의 질문이 준희를 현실로 돌아오게 만들었다. 왜 제주도의 녹슨 호텔에 있는지, 지금 어딜 가고 있었던 건지.

"넌 여기 웬일인데?"

준희가 되묻자 태성도 곤란한 듯 머리를 긁적였다.

"말하기 좀 곤란한 이유?"

"그럼 말하지 마. 나도 말해줄 생각 없으니까."

"이렇게 마주친 것도 인연인데 그냥 헤어지기 아쉽지 않아?"

"조금도 안 아쉬워."

단칼에 흘러나온 대답에 태성이 어이없는 표정을 지었다.

"제주도에 있는 이유를 말해주면…… 그럼 나한테 시간 내줄래?"

"말 안 해줘도 돼. 하나도 안 궁금하니까."

손을 흔들며 지나가려는 준희의 앞을 태성이 막아섰다.

"레이첼."

"네가 그 이름을…… 어떻게 알아?"

"네 팬이다, 인마. SNS까지 팔로우하고 있는."

반응이 있을 줄 알았다는 듯 태성이 다시 웃었다.

"'타임' 바의 바텐더이자 SNS 스타인 믹솔로지스트 레이첼 양. 우리 정식으로 인사할까?"

악수를 청하듯 그가 내미는 손을 준희는 멍하니 바라볼 뿐이었다.

"'메종' 와인 바에서 소믈리에를 맡고 있는 제이라고 해."

"……뭐어?!"

나이도 같고 비슷한 분야에서 꽤 잘나가는 편이라 서로가 서로를 팔로우하고 있었다. 준희는 제이라는 SNS 친구를 오프라인에서 꼭 한번 만나보고 싶었다. 그는 칵테일에 대한 지식에, 준희는 와인에 대한 지식에 목말라 있었으니까. 하지만 제이는 얼굴 공개도 하지 않고 신비주의를 유지하고 있었다.

"너 의대 진학했잖아."

"그래서 얼굴 공개를 안 한 거야. 부모님이 알면 뒤집어지실 게 뻔하니까."

태성의 집안은 가족부터 친척까지 모두 의대 출신이라고 했으니 그럴 만도 했다.

"진로야 부모님 뜻을 따랐지만 취미까지 포기할 이유는 없잖아."

지금 준희에게 태성은 경계 대상이 아니라 목마른 지식을 채워줄 오아시스 같은 존재였다.

"이제 나한테 시간 내줄 마음이 좀 생겼어?"

준희는 잠시 고민했다. 한태성이 제이라는 걸 알게 된 이상, 이 기회를 놓칠 순 없었다. 하지만 덥석 허락하기엔 남편인 이준의 허락을 받아야 할 것 같았다.

"우리 그럼 30분 후에 로비에서 만날래? 내가 누구 허락을 좀 받고 와야 해서."

태성은 흔쾌히 고개를 끄덕였다. 바에서 재료를 구한 후 객실에 도착하자 통화 중인 이준이 보였다.

"화난 것 같은 건 내 착각인가?"

고개를 갸웃거리며 다이닝룸으로 온 준희는 익숙하게 손을 움직였다.

작은 냄비에 우유를 먼저 끓이고 보글보글 거품이 올라오자 불을 끈 후 얼그레이 티백을 넣었다.

얼그레이의 향이 향긋하게 잘 우러나오자 다시 불을 켜서 표면에 형성된 피막을 조심히 걷어냈다. 잔에 옮겨 닮은 후 베네딕틴 리큐어를 넣고 저어주자 칵테일 완성!

거실로 나가자 막 전화를 끊고 소파에 앉은 그가 보였다. 머뭇머뭇 그에게로 다가간 준희는 얼음을 동동 띄운 칵테일을 불쑥 내밀었다.

"얼그레이 크림 티예요."

"이걸 왜 주는 거지?"

미소가 증발한 길게 뻗은 눈매가 서늘해 보였다.

"알코올이 약간 들어가긴 했지만 약초를 착향시킨 리큐어가 들어가서 피로 회복에 좋아요."

"내 생각해서 만든 거라고?"

"저 때문에 바다에 빠져서 고생하셨잖아요."

"그래서?"

"그러니까 조금…… 미안하다구요."

"조금만 미안해?"

그가 손을 뻗어 칵테일을 받았다.

"많이 미안해해야지."

"네네, 미안합니다. 제가 아주 죽을죄를 지었네요."

그제야 이준이 칵테일을 입에 댔다.

"많이 달긴 하지만 먹을 만해."

"다행이에요. 저 이 재료 얻으려고 꼭대기 층에 있는 바까지 갔다 왔는데."

갑자기 그의 눈빛이 묘해졌다.

"그래서 나간 거였어?"

냉랭했던 목소리도 좀 누그러진 것 같고, 서늘함이 가라앉은 눈매도 좀 부드러워진 것 같았다.

"스위트룸 투숙한다니까 돈도 안 받고 재료 다 주던데요? VIP가 좋긴 좋더……."

커다란 손이 그녀의 머리를 다정하게 쓰다듬는 바람에 재잘거리던 입술이 멈추었다.

처음엔 그냥 얌전히 있었다.

그런데 아무리 기다려도 쓰담쓰담, 또 쓰담쓰담……. 도통 멈출 줄을 몰랐다.

"저기, 너무 오래 만지는 것 같은데요."

"그냥. 오늘은 오래오래 만지고 싶어서."

"……?"

"넌 참 머리칼이 부드러워. 만질 맛 나게."

기분이 풀렸는지 그가 부드럽게 눈을 휘었다. 그 눈웃음에 심장이 쿵쾅거렸다.

210

"그러니까 아무나 함부로 만지게 하면 안 된다?"

강이준 씨나 아무한테나 웃어주지 마세요. 매너도 좀 적당히 보이구요.

제주도에서도 그의 매력 발산은 변함없었다. 그의 작은 미소와 말 한마디에도 여자들의 관심이 폭발했다.

그런 말을 하면 괜히 질투하는 것 같아서 준희는 입술을 꾹, 깨물었다.

"대답하기 싫은 눈치다? 그게 아니면, 난 이 정도도 바라면 안 되는 건가?"

"그런 건 아니구요."

"된다는 거야, 안 된다는 거야?"

가만히 있는 걸 보면 모르나? 그런데도 제대로 확답을 받으려는 그는 집요했다.

"……된다구요."

그나저나 어떻게 말을 꺼내지? 신혼여행을 와서 다른 남자 만나러 가도 되느냐는 말을…….

애꿎은 입술만 질겅질겅 씹어대는 준희에게 이준이 대놓고 물었다.

"할 말 있어?"

"사실은 아까 로비에서 진짜 우연히 친구를 만났어요. 고등학교 동창이자 옆 대학 다니는 친구."

"그런데?"

"30분 후에 만나자고 했는데 강이준 씨 허락 받고 만나려구요."

준희는 덤덤히 진실을 고백했다. 작은 거라도 숨기고 싶진 않았다. 숨기는 순간 비밀이 되고 거짓이 되는 건 순식간이니까. 또한 스스로가 당당해야 상대방에게 큰소리를 칠 수도 있는 거였다.

"그 친구가 사실은 남자거든요."

그가 소파에 몸을 기댔다. 나른한 자태와 달리 풍기는 분위기가 엄해서 괜히 눈치를 보게 됐다.

결혼하면 원래 이런 건가? 작은 것 하나까지 허락 받아야 하고 눈치 봐야 하고? 하늘을 우러러 한 점 부끄럼 없는 나인데.

"결혼했다는 걸 말할 만큼 친한 사인 아니에요. 근데 제가 도움 받을 게 있어서. 진짜 맹세하건대 둘 다 서로한테 아무 감정 없어요. 진짜 순수한 친⋯⋯."

"만나."

⋯⋯뭐야, 왜 이렇게 쉽지?

"앞으로 네 사생활까지 허락받을 필요는 없어. 물론 나도 간섭할 생각 없고."

좋아해야 하는데 이상하게 기분이 좋지 않았다.

"우리 계약에 집착과 속박이란 조항은 없으니까."

배려해주는 그의 말이 마치 '나도 그래서 마음대로 할 생각이야.'라고 말하는 것처럼 들려서 준희는 발끈하고 말았다.

"그건 집착과 속박이 아니라 결혼에 대한 기본 예의고 매너라고 하는 거예요."

어젯밤까지만 해도 결혼이 처음이라고 덜덜 떨던 작은 새 한 마리는 어디로 날아갔나.

"다른 사람들이 보기엔 진짜 결혼이잖아요. 그래서 지켜야 하는 거구요. 상대방을 배려하지 않고 제멋대로 행동하면 신뢰는 무너져요. 믿음도 사라지고. 그렇게 삐거덕거리면서 5년을 어떻게 버텨요?"

낭랑한 음성으로 흘리는 말들은 묘하게 설득력이 있었다.

"결혼 파트너든 사업 파트너든. 사람과 사람이 맺는 관계는 신뢰와 믿음을 바탕으로 시작되는 거라구요. 그것도 모르면서 사업을 어떻게 해요, 대체?"

마무리는 또 세찬 뒤통수 후려치기였다. 10살 연상인 남편의 정신을 확 들게 하는.

"한 가지 예를 들자면 채송화 씨를 만날 땐 내 허락 받고 만나요."

내가 너무 오버했나?

뒤늦게 후회가 밀려들었지만 끝까지 지르기로 했다. 어차피 틀린 말을 한 것도 아니니까.

"아내 허락 없이 만나면 나쁜 거지만 허락 받고 만나면 나쁜 거 아니잖아요."

"할 말 다 했어?"

"……네."

그녀의 잔소리가 끝날 때까지 턱을 괸 채 경청해주던 그가 마침내 입을 열었다.

"채송화는 우연이 아닌 이상 볼 일 없어. 정말 부득이하게 만나야 한다면 허락 받을 거고. 이제 됐어?"

이번에도 너무 쉽게 흘러나온 대답.

"……혹시 어디 아파요?"

"밤톨, 넌 신체 건강한 남편 환자 만드는 버릇부터 고쳐라."

"그 뜻이 아니잖아요."

준희가 뾰로통하게 대답을 했다.

"원하는 대로 해줬는데 또 뭐가 불만이지?"

"강이준 씨 원래 엄청 어려운 남자잖아요."

"언제 어렵게 생각한 적은 있고?"

"자꾸 말꼬리 잡지 마세요!"

한마디를 지지 않는 준희에게 그가 갑자기 몸을 기울여왔다.

"네가 뭘 모르나 본데, 너라서 쉬운 남자 해주는 거야."

담백하게 흘러나온 그 한마디에 심장이 달아올랐다.

"넌 내 아내니까."

묘한 감동을 주는 재주가 있는 남자였다.

"하나뿐인 아내한테 쉬운 남자 해야지. 안 그래?"

멍해져버린 준희가 대답을 못하자 그가 짓궂게도 물어왔다.

"그럼 딴 여자한테도 쉬운 남자 할까?"

"아니요오오!"

시뻘게진 얼굴로 우렁차게 대답하는 준희가 귀여웠는지 그가 다시 그녀의 머리를 어루만졌다.

다정하고 친근한 그 손길에 불타는 사명감이 가슴을 빠듯하게 채웠다.

어떤 놈도 내 머리를 못 만지게 사수하리라!

남편이 제게 준 특권처럼, 그에게도 특권을 하나 줘야 할 것 같았다. 사소한 머리 만지기라도.

"넌 지금처럼만 해줘."

"……뭐를요?"

"뭐든지 꿍해 있지 말고 말하라고. 그래야 나도 알고 또 이해하려고 노력할 테니까. 그리고 말이야."

"……?"

"네 신분을 보장해주기 위한 노력은 하고 있지만 언제까지 갈지는 장담 못 해."

그의 말 한마디에 안일해져 있던 정신이 번쩍 들었다.

"이 세계가 좀 그래. 숨길수록 집요하게 파고들어 헐뜯지 못해 안달이거든. 그래서 연애는 허락 못 해."

그건 저도 할 생각 없거든요?

그렇게 쏘아붙이려던 순간……

"하지만 썸 정도는 뭐, 괜찮을 것 같군."

이 남자가 지금 뭐라고 하는 거지? 아내한테 썸을…… 허락하겠다고?

"그건 나쁜 게 아니니까. 그 대신 썸에서 더 발전하게 되면, 그땐 나한테 먼저 말해줘야 해."

준희는 문득 궁금해졌다. 이 남자가 썸 타는 남녀도 모르는 썸의 경계선을 제대로 알고 있긴 한 건지.

"결혼은 어쩔 수 없이 나랑 했지만 네 젊음까지 버리게 하는 건 못할 짓 같아. 네 나이에 누려야 할 권리가 있으니까."

누가 인생 선배 아니랄까 봐. 안 어울리게 조언을 해주고 있었다.

"남자는 남자가 봐야 아는 법이야."

지금 그는 마치 여고생 동생을 둔 오빠 같았다.

"내가 봐도 정말 괜찮은 남자라는 판단이 들면……."

달콤한 미소가 사라진 검은 눈동자는 강렬하고 진지했다. 그 눈으로 준희를 숨도 못 쉬게 옭아매며 이준은 차분하게 말을 이었다.

"이 결혼에서 널 해방시켜줄게."

오늘 단단히 삐뚤어진 게 분명했다. 준희는 대서양과 태평양을 합친 배려심이 담긴 그 조언이 듣기 싫었다.

"강이준 씨는 썸이 뭔지 알아요?"

이 결혼에서 해방되고 싶은 건 내가 아니라 당신 아니냐고 따져 묻고 싶은 걸 가까스로 참았다. 가는 곳마다 매력적인 여성들의 관심과 대시를 싹쓸이하는 건 강이준이었으니까.

"해보기는 했냐구요."

대답도 듣지 않고 준희는 객실을 나와버렸다.

로비로 내려가자 태성이 먼저 와서 기다리고 있었다. 태성과는 이야기가 참 잘 통했다. 또래이기도 했지만 취미이자 꿈이 비슷해서 그런지 공감대 형성이 쉬웠다. 그런데도 자꾸만 신경은 다른 곳으로 쏠렸다. 아내에게 썸을 허락한 노땅 남편에게로.

내가 그렇게 나갔는데 잡지도 않아?

밤에 딴 남자랑 뭘 하든 말든 신경 끄겠다 이건가?

"의대 가는 조건으로 소믈리에는 취미로 하겠다고 했어. 부모님이랑 딜을 한 거지."

"의대 공부랑 와인 공부가 동시에 가능해? 밤에 알바하면 엄청 피곤할 텐데."

낮과 밤에 동시에 활동하는 건 해보지 않은 사람은 절대 모를 고통이었다.

"못할 거 뭐 있어? 잠 좀 줄이고 시간 분배만 잘하면 되지."

멀티가 불가능한 준희로선 오히려 태성이 신기할 뿐이었다.

"역시 한국고 전설의 학생회장님이야. 대단해."

"난 네가 더 대단한데? 한국고의 도도한 백설 공주가 바텐더라니."

옛날 이야기에 준희는 그저 쓴웃음을 지었다.

"너 백설 공주보다 피부가 더 하얗잖아. 허리까지 오는 긴 생머리에 무용을 해서 그런지 사뿐사뿐 걷는 게 얼마나 예뻤는데."

"한태성이 자꾸 예쁘다고 하면 나 심장 떨릴지도 모른다?"

"떨렸으면 좋겠다. 너랑 연애 좀 해보게."

"……뭐?"

"졸업 후에 나 엄청 후회했어. 나 때문에 네가 그렇게 되었는데."

"너 갑자기 왜 그래. 사람 이상해지게. 하던 대로 해, 그냥."

"미안하다, 준희야. 그때 널 지켜주지 못해서."

애틋하다 못해 절절한 그의 사과에 준희는 피가 역류하는 듯한 기분이었다.

"널 볼 때마다 사과하고 싶고 또 고백하고 싶었어. 근데 도통 틈을 주지 않아서 이제야 하네."

"뒤늦게 미안해하고 동정할 필요 없어. 동정심 받기엔 내가 좀 많이 변해서."

"미안한 건 사실이지만, 동정은 아니야."

진지한 태성의 눈이 준희를 또렷하게 보고 있었다.

"네가 어떻게 변했어도 내 눈에 넌 백설 공주 백준희야. 넌 내……."

"그만."

눈치 하나는 빠삭한 준희였다. 그가 뭘 하려는지 알 것 같았다.

"네가 지금 하는 말은 안 들었으면 좋겠어. 그럼 나 바로 일어나야 할 것 같아서."

"혹시 좋아하는 사람 있어? 아니면 애인이라도 있는 거야?"

"한태성, 내가 여기 앉아 있는 건 네가 제이라서야. 그 이상도 그 이하도 아니야. 그래도 고백하고 싶으면 해. 듣고 나서 난 바로 일어날 거니까."

태성에게는 못할 짓이고, 이준에게는 나쁜 짓이었다.

"그럼 제이는 어때? 소믈리에와 바텐더, 친구로선 꽤 괜찮은 궁합 아닌가? 책에 나와 있는 이론보다 더 많은 걸 알려줄 수 있는데."

기가 막힌 맞춤형 공략법이었다. 와인을 가미한 칵테일을 만들어보고 싶은 열정이 가득한 준희에게는.

"너 진짜 딜 잘한다."

준희는 태성을 향해 엄지 척을 해 보였다.

준희가 그렇게 나간 후 홀로 남은 이준은 자꾸만 벽시계를 확인했다. 남자와 단둘이 있을 준희를 생각하니 아무것도 할 수가 없었다.

사라져버린 아내를 찾으러 나갔다가 우연히 보았었다. 제 또래로 보이는 훤칠한 남자와 서 있는 준희를. 화는 나는데 당당하게 다가갈 수 없는 스스로에게 화가 났다. 방에서 준희가 칵테일을 내밀었을 땐 기분이 최악이었다. 재료까지 공수해서 만든 칵테일이 그 남자를 만나기 위해 바치는 뇌물 같았기 때문이었다.

그래서 어른스럽지 못하게 쌀쌀맞게 대했는데 모두 오해였다. 그에게 칵테일을 만들어주려고 나갔다가 남자를 마주친 거라니.

"이래서 대화를 나누어야 하는 건가."

계약 결혼에 책임감 이외의 사적인 감정을 가져선 안 된다.

그런데 그게 마음대로 안 된다. 내가 이렇게 고지식하고 융통성 없는 남자였나.

냉정하게 생각을 다듬고 최대한 풀어주려고 했던 건데.

문을 쾅 닫고 나가던 준희의 모습이 떠오르자 이준은 미간을 좁혔다.

"그런데 왜 꼭 화가 난 것 같지?"

노땅 취급 안 당하려고 '썸'이란 단어까지 쓰며 쿨하고 어른스러운 남편 노릇을 했는데 말이다.

"꽤 잘한 것 같은데."

이준은 휴대 전화로 '썸'이란 단어를 검색해보았다.

사귀기 전 미묘한 관계. 스킨십만 없다면야, 이 정도는 허락할 수도 있을 것 같아 한 말인데. 그게 성이 안 차서 화가 난 건가?

때마침 지혁에게서 전화가 왔다.

[신혼여행 잘 보내고 있나?]

"신혼여행 온 사람한테 왜 전화질이야?"

[왜 이렇게 까칠해? 결혼해줘서 고맙다는 말하려고 전화했는데.]

"······네가 왜."

[천하의 강이준이 결혼하니 여자들이 죄다 빗장 해제되었

어. 내가 지금 누구랑 썸 타는 줄 아냐? 신한 그룹의 도도한 막내딸 김수연. 걔가 키스까지 허락했어. 넘어오는 건 이제 시간문제지.]

순간 이준의 귀가 번쩍했다.

"썸 타면 키스도 아니, 스킨십을 막 해도 되는 거냐?"

[넌 생긴 건 야하게 생겨서 은근히 고지식해. 그걸 말이라고…….]

전화를 끊은 이준은 초조한 손길로 마른세수를 했다.

그 녀석이 아내의 머리를 만진 것만으로도 기분이 더러워졌던 게 떠올랐다. 그런데…….

"빌어먹을!"

내가 지금 아내한테 뭘 허락한 거냐고!

"아니야. 밤톨이 얼마나 건전하고 착한데."

그렇게 준희에 대한 믿음을 굳히며 기다린 게 밤 11시. 박실장을 통해 확인하자 준희는 아직도 바에서 그 녀석과 술을 마시고 있다고 했다.

"딸 있는 아버지들 심장은 남아나질 않겠군."

이준은 결국 자리를 박차고 일어났다. 바까지 쳐들어가서 끌고 올 생각이었다. 그 녀석한테는 사촌 오빠라고 둘러대던지 말든지 우선 쳐들어가서…….

하지만 현관문 근처도 가지 못한 발걸음은 다시 침실로 향하고 있었다.

"오빠야, 강이준."

잠이 오지 않았지만, 그는 보란 듯이 침실 침대를 차지하고 누웠다. 얼마나 지났을까. 살그머니 열린 문틈 사이로 희미한 불빛이 새어 들어왔다. 12시의 신데렐라도 아니고.

그래도 어린 아내가 들어왔다는 것에 안도의 한숨이 새어 나왔다. 하지만 괘씸함에 이번엔 이준이 자는 척 연기를 했다. 침대가 출렁임과 동시에 짙은 술 냄새가 풍겨왔다. 어린 숨결이 귓가를 간질이더니 느닷없이 반말이 들려왔다.

"남편님, 자?"

"강이준 씨?"

"야, 인마?"

"네 이노옴!"

그러고는 뭐가 그리 재밌는지 키득키득 웃는다.

"잘생기긴 진짜 잘생겼네."

조심스러운 손끝이 얼굴을 간질이는데도 이준은 꾹 참았다.

"헤헤. 내 남편 다시 봐도 진짜 잘생겼다."

곧이어 쌔근쌔근 숨소리가 들려왔다. 준희를 눕혀주고 난 후 이준도 다시 잠이 들었다. 그렇게 얼마나 잤는지 모른다.

"……컥!"

숨통이 탁, 눌리는 느낌에 눈을 뜨니 가느다란 종아리가 목을 가로지르고 있었다. 상체를 일으키는 그의 입에서 절제의 한숨이 흘러나왔다.

"하아, 진짜."

시간을 확인하니 새벽 4시. 백준희의 고약한 잠버릇 때문에 몇 번이나 일어났는지 모른다. 그가 아무리 살벌한 눈빛으로 쏘아봐도 요주의 인물은 쿨쿨 잘도 자는 중이었다.

"지은 죄가 있으면 곱게 잘 것이지."

무심코 시선을 던진 이준의 눈매가 확 구겨졌다. 옷을 사라고 카드를 주었는데 아무것도 안 샀나 보다.

개구리처럼 뒤집어진 자세의 준희는 짧은 슬립을 입고 있었다. 훤히 드러난 팔과 다리가 어둠 속에서도 우유처럼 뽀얗게 빛나고 있었다.

"하여간 신경 쓰인다니까."

준희를 다시 안아 곱게 눕히려는 순간, 가는 팔이 그의 목을 확 휘감아 끌어내렸다.

또다시 무방비하게 끌려 내려가 보드라운 목덜미에 묻혀버린 코.

"……!"

어둠 속, 코끝에 휘감기는 살 냄새가 미치도록 향기로웠다.

그 향에 취해 있는 사이, 바르작거리던 작은 몸이 그의 품으로 너무 쉽게 파고들었다.

"……좋아해요."

혹시 어제 그놈?

"강이준 씨……."

준희의 입에서 흘러나온 세 글자가 이준의 가슴을 제대로 흔들어버렸다. 지금 당장 일어나야 한다. 침실에서 나와야 한다. 하지만 이성의 충고를 무시한 본능이 몸을 조정했다. 살짝 입을 벌리자 단내 가득한 살결이 유혹을 해왔다. 피가 역류하고 온몸에서 열감이 솟고 있었다. 혀를 할짝이자 놀랍도록 부드러운 살결이 혀끝에 감겼다. 부드럽게 빨아들이자 오감을 자극하는 콧소리로 준희가 신음을 흘렸다.

"흐응."

그 신음에 이준의 숨결도 흐트러졌다. 거칠게 조각난 숨과 함께 욕망이 솟아났다. 지금 당장 아내를 안아버리고 싶은. 단단해진 아랫도리의 느낌이 생소했다. 정말 오랜만에 느껴보는 거였다. 지금 당장 해소하지 않으면 미쳐버릴 것만 같았다. 가까스로 테라스로 나온 이준은 담배부터 입에 물었다.

"이대론 위험해."

무더운 여름이라 차라리 실내 공기가 더 시원했지만 바깥 공기를 쐬어야 할 것 같았다.

─……좋아해요, 강이준씨…….

무시해버리기엔 그 모든 것들이 머릿속에 선연했고 가슴에 깊이 박혀들었다.

오랜만에 성적 욕망을 불러일으킨 존재가 하필 백준희라니.

서로를 너무 무방비하게 대해서 생긴 불상사였다.

백준희야 그렇다 치자. 이준에게도 어린 아내는 어느새 여자가 되어 성큼성큼 다가오고 있었다.

비상 주의보가 내려졌다. 일명, 아내 주의보.

느긋하게 준비하고 있던 해외 파견 건을 급하게 당겨야 할 것 같았다.

⌓

서울행 비행기를 타기 전까지 준희는 이준을 볼 수 없었다. 공항까지도 따로 차로 이동해서 게이트 앞에 가서야 이준을 볼 수 있었다. 준희는 유독 냉기를 풍기며 비행기에 탑승하는 이준의 뒷모습을 보며 중얼거렸다.

"내가 엄청 큰 실수를 했나? 하아, 이놈의 술이 웬수야."

비즈니스석이라서 그런지 바로 옆자리인데도 꽤 거리감이 있었다. N극에 S극이 끌리듯 그녀의 시선은 자연스럽게 이준에게로 향했다. 빤히 쳐다보는 시선을 느꼈는지 문득 그가 시선을 틀었다.

"할 말 있어?"

웃음기 없는 건조한 물음에 준희의 얼굴이 새빨개졌다.

"아니요? 며칠 못 봐서…… 그래서요."

미쳤어! 꼭 보고 싶었다는 것처럼 들리잖아!

새까만 눈동자가 그녀를 빤히 쳐다보고 있었다.

"바빴어."

그게 대화의 마지막이었다. 비행기가 공항에 착륙할 때까지 더 이상의 대화는 없었다. 공항을 빠져나오자 두 대의 대형 세단이 동시에 대기하고 있었다. 그건 곧 두 사람의 목적지가 다르다는 걸 의미했다.

"신혼집은 박 실장이 보여줄 거야."

"강이준 씨는요?"

"난 볼일이 있어."

"할아버지랑 아저씨…… 아니, 아버님이 기다리실 텐데."

"저녁에 집에 들르신다고 했으니 그때까진 돌아올 거야."

냉랭하게 돌아서는 그를 붙잡을 만한 핑계가 없었다. 준희는 애써 생긋 웃으며 씩씩하게 인사를 했다.

"다녀오세요."

그런데 트레이드마크인 눈웃음은 어디에 던져버린 걸까.

이준은 무감한 눈빛과 표정, 짧은 고갯짓으로 대답을 대신했다.

"사모님, 차에 오르세요."

"아, 네."

박 실장의 말에 마지못해 차의 뒷좌석에 올랐지만 준희는 기분이 이상했다.

말로 표현할 수 없는 휑한 가슴.

깊은 나락으로 가라앉아버린 심장.

"기분이 이상해."

일부러 짓궂고 얄미운 행동을 하면서도 불편하지 않게 분위기를 부드럽게 이끌어주던 이준이었다.

그런 남자가 입을 꾹 다물고 냉기를 풀풀 풍기니 그렇게 어렵고 무서울 수가 없었다.

알 수 없는 답답함에 질식할 것만 같았다.

차가 출발하기 전, 무심코 향한 시선에 담배를 한 대 피우기 위해 다시 내린 그가 보였다.

늘씬한 몸을 차체에 기댄 그의 손가락에 들린 하얀 담배, 입술 사이로 연기를 흘리는 모습은 마치 화보라도 찍는 것처럼 근사했다.

그 순간 몽롱하게 흩어지는 연기 사이를 관통한 짙은 눈빛과 딱 마주쳐버렸다. 그런데도 준희는 무언가를 확인하려는 것처럼 그 시선을 피하지 않았다.

평소였다면 다가와서 왜 그러느냐고 물어볼 남자였다. 하지만 그는 어떤 말도 하지 않았다. 가느스름하게 뜬 눈으로 준희를 빤히 응시하며 나른한 담배 연기만 토해낼 뿐.

항상 예쁘다고 느끼던 새까만 눈동자도 메말라 있었다.

Chapter 7

아내의 향기

박 실장의 뒤를 따라 엘리베이터에 오르면서도 준희의 머릿속엔 한 가지 생각뿐이었다.

왜지, 도대체 왜? 뭐지, 도대체 뭐가?

강이준이 왜, 뭐 때문에 변했을까?

결혼식을 올리고 신혼여행까지 갔다 와서 더 친근해졌다고 생각했었는데 정신을 차려보니 이준은 더 멀어져 있었다.

문제가 생기면 바로 돌파해서 해결해야 하는 성격인지라 그녀는 이런 상황이 미치도록 싫었다. 원인 제공의 당사자는 멀쩡하게 제 볼일 보러 갔는데 혼자만 이렇게 고민하고 답답해한다는 게.

"여자가 얼마나 민감하고 섬세한 존재인데……."

그러나 신혼집으로 들어선 순간, 불만을 토로하던 붉은 입술에서 감탄사가 터졌다.

"우와!"

이게 대궐이야, 궁전이야? 녹슨 호텔 스위트룸도 이 정도는 아니었다. 입을 다물지 못하는 그녀를 보며 박 실장이 설명을 시작했다.

"생활 공간인 단층만 말씀드리면, 전용 면적이 90평입니다."

오른쪽으로 쭉 걸어가면 넓은 테라스가 나오고, 끝에 있는 계단을 올라가면 실내 수영장과 옥상 정원이 나온다고 했다.

박 실장의 뒤를 따라 주방 쪽으로 향하던 준희의 걸음에 브레이크가 걸렸다.

주방 공간만큼이나 별도로 마련된 전용 공간에 눈이 확 뜨였다. 냉장고와 수납 공간을 가득 채운 술과 와인, 리큐어에 다양한 허브 찻잎과 티백까지 모두 갖추어진 공간은 인테리어까지 고급스러운 바를 겨냥하고 있었다.

직업군을 고려한 취향 저격 공간에 준희는 발을 동동 구르며 기쁨의 포효를 내질렀다.

"꺄악!"

"마음에 드십니까?"

"그걸 말이라고 하세요? 너무 마음에 들어요! 신경 써주셔서 너무 감사합니다."

"그 말씀은 전무님께 하세요."

"네?"

"이 집이 제 센스라는 건 인정합니다. 하지만 지금 서 있는 이 공간은 전무님께서 특별히 지시하신 사항이에요."

"……!"

"세심하고 배려심 많은 분이시죠?"

그녀의 커리어까지 인정해주었다는 건 이미 단순한 배려를 넘어선 거였다. 하지만 그에게 꽁한 게 있는 지금만큼은 쉽게 그걸 인정하기가 싫었다.

"그런 것도 같고 아닌 것도 같고, 잘 모르겠어요."

"무슨 문제가 있습니까?"

"전무님은 사람 헷갈리게 들었다 났다 하는 재주가 뛰어난 것 같아요. 밀당의 천재라고 부르고 싶을 정도로. 박 실장님한테도 그런가요?"

그녀의 말에 박 실장이 조용히 웃었다.

"상하 관계가 분명한 저와 밀당할 게 있을까요?"

준희는 한숨을 푸스스 내쉬었다.

"사업적인 면모에선 전무님에게 '천재'라는 표현은 맞습니다. 사모님을 배려하는 것도요."

박 실장이 테이블 위에 놓인 아이패드를 가리켰다.

"전담 메이드가 날마다 들러 이 집을 관리할 테니 사모님은 물 한 방울 손에 안 묻히셔도 됩니다. 필요한 게 있거나 요구할 게 있으시다면…… 예를 들어 신경 써야 할 부분, 드시고 싶은 음식이나 재료 등등…… 뭐든지요. 여기 비치되어 있는 아이패드에 메시지를 남겨놓으면 바로 처리될 거예요. 이것도 전무님께서 특별히 지시하신 사항이구요."

"세심한 거…… 맞네요."

인정하고 또 인정했다. 그런데 이번 건 세심하다기보다는 그녀가 살림에 문외한이란 걸 꿰뚫어 본 그의 선견지명이라는 게 옳은 표현이었다. 워낙 깔끔하고 한 치의 틀어짐도 용납 안 하는 남자가 그걸 두고 볼 리가 없으니까.

그때 초인종 소리가 들려왔다. 하지만 현관문 너머의 얼굴은 전혀 모르는 중년 여성이었다. 누구냐고 묻기도 전에 뒤에서 대답이 들려왔다.

"오늘 사모님 헤어와 메이크업을 맡아주실 분입니다. 악단은 시간에 맞추어 부회장님 자택으로 직접 방문할 예정이구요."

"예에?"

"오늘 오후에 부회장님 자택에 방문하기로 한 거 잊으셨나요?"

"아니요, 절대 잊을 리가 없죠!"

"두 어르신께 부채춤을 보여드릴 거라고 저한테 준비를 부탁하셨던 건요?"

결혼에 대한 모든 비용을 신랑 쪽에서 부담했고, 준희는 말 그대로 몸만 온 결혼이었다. 명목은 이준에게 붙은 귀신을 떼어주는 방패 역할이라지만 그래도 염치가 없었다. 그렇다고 물질적으로 보답할 능력도 안 되었다. 그래서 생각해낸 게 바로 시아버지만을 위한 한국 무용 공연이었다.

몇 년간의 공백이 걱정이 되긴 했지만 공연이나 콩쿠르에 나갈 때마다 빠짐없이 와서 흐뭇하게 보던 석훈이 떠오른 것이다.

"기억해요. 그런데 무대에 서는 게 아니라서 한복과 부채만 있으면 돼요. 번거롭게 이렇게까지 안 해주셔도 되는데."

"무대에 선 어떤 날보다 더 정성 들여야 하는 날이 오늘이라고 생각합니다, 전."

박 실장의 말은 틀리지 않았다. 모르는 관객 수천보다 소중하고 고마운 분을 위한 공연에 정성을 들여야 한다는 건.

"신경 써주셔서 감사합니다, 박 실장님! 진심으로요!"

애교 있게 싱긋 웃은 준희는 그녀에게 엄지 척을 해 보였다.

박실장이 집무실로 들어오자 이준은 무심한 척 질문을 투척했다.

"신혼집은 마음에 들어 합니까?"

"네. 특히 전용 바 공간을 보시고 무척 좋아하셨습니다."

마음에 들어했다 그거지? 흐뭇한 마음을 내색하지 않은 채 그는 덤덤히 말을 이었다.

"상반기 부분 실적 회의는 30분 후에 시작하는 걸로 합시다."

"너무 갑작스럽게 회의를 소집해서 모두가 당황해하고 있습니다. 자료 준비를 위해 1시간 정도 회의를 늦추어달라고 하는데, 어떻게 할까요?"

해성 코리아는 지금 비상사태였다. 오늘까지 쉬기로 했던 대표가 갑자기 나타나 실적 회의를 하겠다니 그럴 만도 했다.

"제 몫 잘하고 있으면 당황해할 필요가 있습니까? 있는 그대로 가져오라고 하세요."

박 실장이 나가자마자 이준은 집무 의자에 등을 기대고 눈을 감았다. 일이 손에 잡힐 리가 없었다. 스스로도 지금 뭐 하는 짓인지 모르겠고. 자신이 백준희를 여자로 보는 게 문제가 아니었다.

이준은 제 감정을 완벽하게 컨트롤할 수 있었지만 준희는 아니었다. 준희가 잠결에 했던 고백을 들은 후 그는 차분하게 생각을 곱씹었다. 찰나의 감정과 지속적인 감정을 구분 못 할 만큼 그는 어리숙하지 않았다.

"그렇게 경고했는데."

준희가 그를 가슴에 담기 시작했다. 단순하게 그의 외모와 재력에 빠져서 마음을 주는 게 아니었다. 진짜 그를 가슴에 담고 마음으로 사랑을 시작하려고 발을 내딛고 있었다.

준희 스스로가 그걸 깨닫기 전에 10살 많은 어른으로서 그 새싹을 잘라주어야 할 의무가 있었다. 시작점에선 멈추기 쉽지만 너무 멀리 가버리면 돌이킬 수 없을 테니까.

백 번 천 번 생각해도 잘한 결정이었다.

그런데도 자꾸만 아른거리고 거슬렸다. 비행기 안에서 그를 훔쳐보던 백준희가. 차 안에서 그의 반응을 살피던 백준희가.

모르면 신경이라도 안 쓸 텐데, 내숭이라곤 전혀 없이 위험할 만큼 감정을 고스란히 드러내는 준희의 눈빛과 표정이 그에겐 변수였다.

"그렇게 상처 입은 눈을 하면 어떻게 하라고."

고작 작은 미소와 다정함을 거두었을 뿐인데 말이다.

양반은 못 되는지 준희에게서 메시지가 왔다. 그것도 두 번 연속으로.

> 저 한남동 도착했어요.
> 잠깐이라도 좋으니 꼭 들러요. 두 분 속상해하는 것도
> 싫고 저 혼자 질문 세례 받는 것도 싫어요.

> 생각해보니 잠깐은 안 되겠어요.
> 빨리 와서 부부 흉내 제대로 내고 가요.
> 기본도 안 지키면 나 혼인 신고 안 해요.
> 귀신이고 사람이고 방패 노릇도 때려치울 거예요.
> 아내와 부적 파업 선언합니다.

상처도 쉽게 받지만 빨리 극복해내는 것도 백준희였다. 뭐든 지 속전속결, 숨김이 없고 막힘이 없어서 좋았다.

"걸핏하면 협박질이군."

그런데도 이준은 못 이기는 척 인터폰을 연결했다.

"박 실장님, 7시까지 일정 마친 후 한남동으로 출발하죠."

회의를 어떻게 진행했는지도 알 수 없었다.

이준으로선 처음이었다. 업무에 집중하지 못한 건.

결국 30분 일찍 끝내고 한남동으로 향했다. 차에서 내려 익숙하게 대문으로 발을 들이던 그의 걸음에 제동이 걸렸다.

그에게 이 집은 쥐 죽은 듯한 고요함을 고수하던 웅장한 저

택이었다. 그런데 오늘만은 흐르는 분위기가 뭔가 달랐다.

귓가에 감겨드는 청아한 거문고 소리와 피리 소리.

드넓은 정원에서도 맡을 수 있을 만큼 진동하는 음식 냄새.

간간이 들려오는 대화에 섞여 흘러나오는 박수와 웃음소리는 분명 석훈의 것이었다.

악단이라도 부른 건가?

느릿하게 움직이던 발걸음에 속도가 붙었다. 그런데 돌계단 끝에 오른 그의 눈이 확 뜨였다.

무더운 여름밤, 고운 깃털을 가진 새 한 마리가 드넓은 정원을 사뿐히도 날아다니고 있었다. 시야를 가득 채운 것도 모자라 새는 그의 가슴까지 날아들었다.

"……백준희."

날개처럼 하늘거리는 건 새하얀 치맛단이었고, 깃털처럼 보인 건 붉은 부채였으며, 꽃잎처럼 날아다니는 하얀 실루엣은 작은 몸체였다. 사람은 있는 대로 협박해놓고 본인은 부채를 들고 춤판을 벌이고 있을 줄이야.

후덥지근한 공기 때문인지, 예측 불허인 아내 때문인지 이유 없이 몸에서 열이 나기 시작했다.

그런데도 시선은 당겨지듯 끌려갔다. 작은 얼굴이 땀범벅이 된 채 온 마음을 다해 정성스럽게 움직이는 곱디고운 몸짓에.

오랫동안 삭막함을 유지하던 이 저택에 온기를 담은 건 백준희였다.

지금 등장하면 물이 오를 대로 오른 이 분위기를 깨버릴 것 같아 그는 조용히 나무 기둥에 몸을 기댔다.

춤사위가 절정에 다다른 듯 준희가 물결치듯 부채를 흔들며 빙글빙글 돌기 시작했다.

그의 눈빛도 덩달아 어지럽게 흐트러지는 순간, 준희가 이준을 발견했다. 티끌 없이 맑고 생기가 넘쳐흐르는 눈동자에 반가움이 가득 채워졌다.

순식간에 기분 나쁜 후덥지근함을 날려버릴 만큼 산뜻하고 담백한 향이 코끝을 스치고 공기처럼 가벼운 바람을 타고 흐른 새 한 마리가 그의 품을 가득 채웠다.

"남편님 왔어요?"

반가움 가득한 음성이 고막을 울리고 좁아진 시야는 아내만으로 넘쳐났다.

그의 가슴 안에 있는 무언가가 낯설게 요동을 쳤다.

고장 난 것처럼, 심장이 불규칙적으로 날뛰고 있었다.

"뭐 해요? 두 분이 보고 있는데 다정하게 인사를 해줘야죠."

사람 속은 있는대로 들쑤셔놓고 보자마자 명령질이다.

"늦어서 미안해."

봉긋한 이마에 가볍게 입을 맞추니 토끼처럼 동그랗게 눈을 뜬 표정이 귀엽기까지 했다.

"누, 누가 뽀뽀까지 하랬어요?"

작게 속삭이며 빠르게 품에서 벗어난 준희의 뺨에 장밋빛 기운이 어려 있었다.

"백문이 불여일견. 백 번 듣게 하느니 한 번 보는 게 더 나은 법이야."

그가 팔을 내밀자 뾰로통하게 입을 삐죽이면서도 준희는 얌전하게 팔짱을 꼈다. 파릇파릇한 신혼부부의 모습으로 근석과 석훈이 있는 자리로 다가간 이준은 태연하게 말을 했다.

"더운데 굳이 나와 있을 필요가 있습니까? 안으로 자리 옮기세요."

"이럴 때라도 자연 바람을 쐬는 거지. 옛날엔 다 에어컨 없이 폭염을 이겨냈어."

석훈의 말이 맞다는 듯 근석이 가만히 고개를 끄덕여 수긍했다.

"모시옷 입은 두 분이야 그럴 수 있겠지만 한복 입은 준희는 쪄 죽을지도 모릅니다."

그제야 두 사람의 시선이 준희에게로 향했다. 자리옷처럼 얇은 소재의 한복이 피부에 찰싹 달라붙어서 그런지 땀에 젖은 작은 얼굴이 발그레했다.

"어이쿠! 우리 준희 공연에 넋이 나가서 그 생각을 못했구나! 얼른 안으로 들어가자꾸나!"

살았다는 듯 안도의 한숨을 내쉰 준희가 그에게 자그맣게 입술을 달싹였다.

……고마워요.

이럴 때 보면 참 융통성이 없었다. 더우면 얼른 들어가서 편한 옷으로 갈아입으면 될 것을. 그에게는 작은 것 하나까지 따박따박 할 말 다 하면서 어른들에게는 찍 소리도 못하다니.

가볍게 저녁을 먹은 이준은 서재에서 석훈을 독대했다. 하지만 그가 말을 꺼내자마자 아버지의 불호령이 떨어졌다.

"신혼여행에서 돌아온 첫날 고작 한다는 소리가 결재해달라니. 그게 말이 된다고 보느냐?"

"말은 바로 하셔야죠. 결재안을 올린 게 벌써 두 달이 넘었습니다."

노발대발하는 석훈과 달리 이준은 차가울 만큼 고요했다.

"새신랑이 장기 해외 파견을 떠난다는 것 자체가 말이 안 돼!"

"결혼 전부터 잡혀 있던 일정입니다."

"바꿔라. 너 아니어도 갈 사람 많으니."

"테일라 호텔 사장은 제가 직접 와서 총괄 및 관리하는 조건으로 수락한 겁니다."

"그래서 더 안 된다! 다들 벌써부터 수군거려. 액을 막아줄 어린 심청이 세워놓고 테일라 호텔 사장이랑 바람피우는 거라고. 그것도 오래된 배우 연인까지 버리고 말이다."

"그 소문 뒤에 누가 있는지도 아시면서 그렇게 신경 쓰시는 겁니까?"

"그러니까 더 하는 말이 아니냐. 너 때문에 얌전히 참고 있으니 해성을 아주 쓰레기 취급하고 있어. 특히 너를 말이다!"

"백 마디 말보다 한 번의 행동이 중요한 법입니다. 그 소문에도 전 결혼을 했고 신혼여행까지 갔다 왔습니다. 그것도 보란 듯이요. 사진 받아보셨을 텐데요."

석훈은 잠시 침묵했다. 신혼여행에서 준희가 보내온 그 사진을 질리도록 봤고 지금도 생각날 때마다 수도 없이 꺼내보았다. 보는 내내 입가에 웃음이 떠나지 않았다. 준희는 그가 생각했던 것보다 잘해주고 있었다.

"결혼 후가 더 중요한 법이야. 떠나려거든 1, 2년 후에 가던지. 준희랑 오붓하게 시간 좀 보내고 말이야, 응?"

"약속한 대로 이 결혼에 최선을 다하고 있어요. 오빠처럼 잘 돌봐주려고 노력하고 있습니다."

"여동생이 아니라 여자로 보려고 노력해야지. 준희 정말 괜찮은 아이다. 그건 가까이서 지켜본 네가 더 잘 알 거 아니냐."

그가 그냥 던진 말에 이준이 고요하게 눈을 내리깔았다.

아니면 아니라고 단박에 자를 아들인데. 아주 미세한 흔들림을 기민하게 눈치챈 석훈이 얼른 말을 이었다.

"겉보다 속이 더 여문 아이야. 내가 기대감이 아주 커. 며느리가 아니라 딸 하나 생긴 것 같은 기분이야."

석훈은 진심이었다. 딸 같은 며느리가 아니라 진짜 딸처럼 가슴에 품어줄 생각이었다.

"준희를 정말 딸처럼 생각하신다면 그렇게 말씀하시면 안되는 거 아닙니까?"

"이준아."

"저 때문에 잘못되는 사람은 더 이상 없었으면 해요. 그리고 전 지금 이대로가 편하고 좋습니다."

"준희는 그 정도로 약한 애가 아니다. 그래서 결혼을 추진한 거야."

"100% 확신하세요?"

석훈이 대답을 못 하자 그럴 줄 알았다는 듯 이준이 말을 이었다.

"모든 일엔 변수란 게 있습니다. 특히 사람 목숨이 걸린 일이라면 더욱더 조심해야지요."

천천히 책상까지 다가온 이준이 석훈의 앞에 보란 듯이 노트북을 폈다.

"제가 준희와 적당히 거리를 벌릴 수 있도록 협조 부탁드립니다. 사인, 이번 주 안에 부탁드릴게요."

그렇게 이준은 조용히 서재에서 나갔다.

집에 도착하니 밤 9시가 넘어 있었다.

준희는 샤워를 끝내자마자 바 안으로 들어갔다. 자고로 부드럽게 대화를 풀기 위해선 술이란 촉매제가 필요한 법이니까. 이렇게 불편한 분위기로는 5년은커녕 하루도 버티기가 힘들 것이다. 어떻게든 원인을 알아내서 예전의 관계를 회복해야만 했다.

물론 성질이 안 나는 건 아니었다. 나 혼자 왜 이런 노력을 해야하는 건지. 하지만 황소고집 강이준이 먼저 할 리는 없으니 준희 자신이 먼저 다가갈 수밖에 없었다.

속은 부글부글 끓어올랐지만 섬세한 손끝으로 뜨거운 물에 티백을 우려내고 있을 때였다.

"오늘 보니 무용을 꽤 잘하던데."

큰 체격에 맞지 않게 이준이 기척 없이 바 앞까지 와 있었다.

"……오래 배웠으니까요."

"다시 배울 생각은 없고?"

"고등학교 때는 할아버지 뜻에 따른 거고 졸업 후엔 내 꿈을 좇는 것뿐이에요."

"취미로 다시 배우고 싶다면 배워도 돼. 원하는 건 뭐든지 지원해줄 테니."

고개를 든 준희는 이준을 바라보았다.

이 남잔 지금 직면한 문제를 모르는 걸까? 아니면 나만 이렇게 답답한 걸까?

"지금 그게 문제예요?"

준희는 결국 참지 못하고 작게 쏘아붙였다.

"다른 문제 있어?"

그러자 그가 태연하게 반문했다. 눈웃음이 사라진 서늘한 눈매로 그녀를 바라보며 말이다.

"방학이니 오전에 스케줄 없지?"

아무 문제없다는 듯 내일의 일정을 묻는 것도 모자라.

"내일 오전에 데리러 올 테니 혼인 신고 하러 가자."

혼인 신고를 하자고 통보를 했다.

결국 뻗쳐오른 화를 참지 못한 준희가 반격하려던 그 순간…….

"그리고 나는 지금 나가봐야 해."

부드럽지도 차갑지도 않은 미적지근한 목소리.

폭발 직전인 아내의 상태도 살피지 않고 손목시계를 확인하는 그의 모습에 준희는 있는 대로 삐뚤어져버렸다.

나도 이제 당신 같은 남자 상대 안 할 거야. 서로가 투명 인간처럼 한번 지내보자구요.

준희는 두 사람 분의 몫이었던 찻물을 싱크대에 확 쏟아버렸다.

"안녕히 가세요."

쳐다보기는커녕 고개조차 들지 않았다. 그런데 미련 없이 가버릴 줄 알았던 이준이 그녀의 이름을 불렀다.

"백준희."

"……."

"대화를 할 땐 상대방 눈을 보라고 몇 번을 말해."

느릿하게 뻗은 손이 고집스러운 그녀의 턱 끝을 들어 올렸다. 그러고는 자꾸 피하는 눈동자를 잡아채 고정시켰다.

"배려도 없고 대화도 없이 일방적인 통보를 한 건 당신이거든요?"

그 바람에 감정을 고스란히 담은 눈동자가 드러났다.

"나 내일 혼인 신고 안 해요. 아니, 이대로는 절대 못 해요."

"……."

"왜요? 일방적인 통보 들으니까 기분 더러워요? 근데 어쩌죠? 내가 먼저 기분이 더러워졌거든요. 그것도 엄청. 오늘 아침부터 쭉."

예쁘게 말을 돌려 하는 재주는 타고나지 않았다.

"혼인 신고 하고 싶어요? 그럼 나랑 제대로 된 대화부터 나눠요."

웃음기 없는 짙은 눈동자로 태워버릴 듯 준희를 빤히 본 그가 바 의자에 앉았다.

"너도 앉아. 서서 대화 나누는 취미는 없으니."

그의 맞은편에 앉자마자 준희는 단도직입적으로 물었다.

"신혼여행에서 내가 뭐 잘못한 거 있어요? 그때 이후로 변했잖아요. 사람 신경 쓰이게."

"……."

"시치미 뗄 생각하지 말아요. 여자의 감은 뛰어나요. 분명 신혼여행 이후 뭔가 변했어요. 아니라고 할 수 있어요?"

"그게 왜 신경이 쓰이는 거지?"

얌전하게 듣고 있던 그가 마침내 한 첫 마디에 저절로 거친 숨이 토해져 나왔다.

"그야 당연히 남편이니까 그렇죠! 그것도 미우나 고우나 5년을 함께할 파트너잖아요!"

"그게 전부야?"

"그럼 그거 말고 뭐가 또 있는데요?"

"정말 몰라서 물어?"

짙게 변한 새까만 눈동자가 강렬해졌다.

"모르니까 묻죠. 답답하게 말 돌리지 말고 그냥 말해줘요."

하지만 준희는 주눅 들지 않고 쏘아붙였다. 이 정도 용기도 없었다면 그와 결혼도 안 했을 테니까.

"말해주기 전에 네 말대로 확인할 게 있어. 근데 네가 허락해줘야 할 것 같은데."

"뭐든지 허락할 테니까 말이나 좀 해줘요. 왜 화가 났는지……?"

허락이 떨어지기 무섭게 반쯤 몸을 일으킨 그의 상체가 바 테이블 위를 가뿐히 넘어왔다.

"나 지금."

어느새 코앞까지 다가온 아찔한 얼굴, 짙어지는 그의 향, 그리고 숨결.

"너한테 키스할 거야."

크고 단단한 손이 그녀의 작은 머리를 감싸 끌어당겼다.

자, 잠깐, 지금 뭘 하겠다고?

피하기도 전에 지그시 내리깐 야한 눈동자에 사로잡혀버렸다. 가는 목덜미를 살살 어루만지는 그의 손길에 온몸의 감각들이 몸부림을 쳤다.

"피하고 싶으면 피해."

지금 제게 키스하려는 남자는 합법적인 남편이었다.

당당하게 키스를 즐겨도 되는 관계.

그렇게 합리화를 한 준희는 사르륵 눈을 감았다.

완벽한 대기 상태, 생애 첫 키스를 할 준비 완료.

하지만 아무리 기다려도 숨결만 입술을 간질일 뿐 입술은 느껴지지 않았다. 어느새 그 숨결마저 멀어지자 준희는 다시 눈을 반짝, 떴다.

"키스, 안 해요?"

본인도 몰랐다. 그를 바라보는 눈동자 가득 아쉬움을 드러내고 있다는 걸.

"안 해도 돼. 키스하기도 전에 아주 정확하게 확인을 하는 바람에. 하나만 묻자, 백준희."

"뭘요?"

"내가 남자로 보여?"

"남자가 아니라 바보로 보이는데요?"

그것도 눈앞에 음식을 대령해줘도 챙겨먹지 못하는 바보 중의 바보.

"너무 바보 같은 질문을 하잖아요. 남자니까 남자로 보는 건 당연한 건데. 설마 내가 강이준 씰 여자로 봐주길 바라요? 그 얼굴에 그 몸을 하고서?"

그가 웃음기 없는 묘한 눈빛으로 준희를 빤히 바라보았다.

"사람 무안하게 왜 그런 눈빛으로 쳐다봐요?"

"아직 모르나 보네."

"뭘요?"

갑자기 그가 픽 웃었다.

"다행이라고 해야 하나, 이걸."

노부지 알아들을 수 없는 말만 하는 이준 때문에 이번엔 준희가 인상을 꽉 썼다.

"알아듣게 좀 말해줘요."

"밤톨, 여기서 진도는 더 나가지 말자."

그러니까 뭘요.

준희는 그를 답답하다는 듯 쳐다보았다.

키스해도 된다고 눈까지 기꺼이 감아줬는데도 하지도 못한 남자가 무슨 진도 타령이야!

"진도 뺀 것도 없는데 뭘 나가지 말자는 거예요?"

"넌 변하지 마라."

준희의 머리칼을 마구 헤집는 손길이 다정했다.

"그럼 나도 변하지 않는다고 약속할게."

결론은 해결된 게 없었다. 그런데도 예전의 강이준으로 돌아와 있었다. 평소처럼 웃어주고 머리를 만져주고 부드러운 톤으로 말을 했다. 그럼 된 거지 뭐.

때론 모른 척 넘어가줘야 할 때가 있다는 말이 이해되는 순간이었다.

"그래서 말인데, 백준희."

바 테이블 위로 턱을 괸 그가 해사한 눈웃음을 달콤하게 흘렸다. 꼬박 하루 만에 보는 눈웃음이었다.

"내일 혼인 신고 하러 가도 되는 거지?"

목소리도 어쩜 이렇게 나긋나긋할까.

"아니면 좀 더 나중에 할까?"

강이준은 정말 약았다. 치사할 만큼. 그런데도 미워할 수 없었다.

또다시 준희가 한 발 물러서야 하는 순간이었다.

"어차피 해야 하는 거."

남자의 애교란 게 이런 거구나. 이렇게 징그럽지 않을 수도 있구나.

"그냥 내일 해요."

10살이나 나이 많은 남자의 애교에 홀라당 넘어간 준희는 결국 두 발 양보하고 말았다.

여름방학이라 한가했던 준희는 지하철을 타고 시청에 도착하자마자 혼인 신고서를 찾았다.

"내가 먼저 작성하고 있어야지."

혼인 신고야말로 결혼의 정점을 찍는 마지막 단계였다. 그런데 볼펜을 쥔 손끝이 달달 떨려왔다.

"어후, 떨려."

머뭇거리던 그때 머리 위로 짙은 그림자가 드리워졌다.

"떨리면 내가 도와줘?"

우아하게 뻗은 긴 손가락이 볼펜을 쥔 작은 손을 감싸 쥐고 있었다.

깜짝 놀라 고개를 들자 시야 가득 그가 밀려들었다. 지그시 내리간 낄게 뻗은 짙은 눈매가, 감탄이 나올 만큼 반듯한 옆모습이.

고장이라도 난 것처럼 쿵쾅거리는 심장에 화들짝 놀란 준희는 얼른 그의 품에서 벗어났다.

"저도 한글 쓸 줄 알거든요?"

쿵쾅거리는 심장 소리가 그에게 들릴 것만 같아 조마조마했다. 그걸 들킬세라 얼른 눈을 내리간 준희는 빛의 속도로 혼인 신고서에 까만 글씨를 가득 메웠다.

"자요."

종이를 받아 든 그가 빤히 그걸 바라보더니 부드럽게 말을 했다.

"글씨체도 예쁘네."

글씨체만이 아니라…… 글씨체도?

묻고 싶어 입이 근질거렸다. 글씨체 말고 또 어디가 예쁘냐고. 준희의 뽀얀 얼굴이 자신도 모르게 옅은 장밋빛으로 물들고 있었다.

"어? 밤톨 너 얼굴이……."

"……아무 말도 하지 말아요."

경고에도 불구하고 이준이 얼굴을 쓱 코앞까지 내밀었다.

"사과처럼 빨개졌…… 윽!"

퍼억—.

짓궂은 장난기를 여지없이 드러내는 매끈한 얼굴에 혼인 신고서가 과격하게 들이밀어졌다.

"쓸데없는 말 그만하고 얼른 적으시죠."

이준이 빈틈없이 채워진 혼인 신고서를 제출하자, 직원이 이상한 눈으로 두 사람을 바라보았다.

"누가 대리인 신분으로 오신 건가요?"

"둘 다 본인입니다. 제가 남편."

대답과 동시에 이준이 다정하게 팔을 뻗어 준희를 제 품에 끌어안았다.

"그리고 여긴 제 아내. 됐습니까?"

혼인 신고를 마치고 시청을 나서기 전, 준희가 이준에게 물었다.

"강이준 씨가 연예인도 아닌데 설마 파파라치가 붙거나 그러진 않았겠죠?"

"언론사든 파파라치든 한동안은 꽤 바빠서 우리한테 관심은 못 가질 거야."

"그걸 어떻게 알아요?"

"사람들은 재벌가보다 연예계 뉴스에 관심이 많지."

"……?"

"요즘 연예계가 유난히 떠들썩하잖아. 몰랐어?"

"전 연예계 뉴스에 관심 없는데요?"

빤히 바라보는 눈동자는 여전히 야무지고 당돌했다. 그런데도 티끌 하나 없이 순진무구했다. 하긴, 채송화도 못 알아본 걸 보면 이해가 되었다.

갑자기 멈추어 선 준희가 그의 앞을 가로막았다.

"넥타이가 조금 비뚤어졌어요."

그녀는 가늘고 긴 손으로 넥타이를 만지작거렸다.

"됐어요."

그를 올려다보며 준희가 생긋 웃던 그때 한 줄기 바람이 불어와 그에게 짙은 향기를 전달했다.

"이러니까 진짜 부부 같아요. 그쵸?"

분명 맡아본 적 있는 익숙한 향. 그런데도 그 향이 유독 낯설게 느껴졌다.

"향수 뿌렸어?"

"어? 냄새 나요?"

인위적인 향수 냄새는 아니었다. 그런데도 진하고 향기로워 향수냐고 물어본 거였다.

"대박! 세라가 선물해준 오백만 원짜리 그 향수 뿌린 건데. 냄새 좋아요?"

……마녀의 향 맞다. 백준희의 향을 이렇게나 업그레이드 해놓다니.

"나한테 묻지 말고 직접 맡아보던지."

손목에 코를 댄 준희가 킁킁 냄새를 맡았다.

"난 안 나는데. 이거 원래 뿌린 사람은 냄새 못 맡는 거예요?"

본인의 체 향을 본인이 맡을 수 있을 리가 없었다. 둘은 어느새 대기하고 있던 차 앞에 다다랐다.

"방학이니 학교는 안 갈 테고. 집으로 데려다주면 되나?"

"저 오늘 약속 있어요."

"누구랑?"

이준으로선 지극히 예의상 물은 거였다.

"세라랑 태성이요. 아, 태성이는 그때 말했던 동창 남자예요. 기억하죠?"

태성이라는 이름이 그의 신경을 곤두세웠다.

"본 지 얼마나 되었다고 그 녀석을 또 만나?"

"세라가 태성이 보고 싶다고 해서 셋이 같이 보기로 한 거예요. 셋 다 같은 고등학교 출신이거든요."

"그래서 지금 이대로, 바로 만나러 가겠다고?"

이준의 목소리에 불편한 심기가 고스란히 드러났다. 그런데도 준희는 끄떡도 없었다. 이럴 땐 또 왜 이렇게 눈치가 없는건지.

"대낮에 만나야죠. 그럼 저녁에 만날까요?"

둘이든 셋이든 결론적으로 며칠 만에 그 녀석을 또 만난다는 사실엔 변함이 없었다. 향긋한 이 체 향으로 그 녀석을 얼마나 홀리려고.

"어디어디 뿌렸어?"

"네?"

"그 향수 말이야."

"향수요? 근데 그건 왜요?"

좀 전에 백준희가 손목 안쪽을 킁킁 맡았던 게 떠올랐다.

"손목 안쪽은 당연히 뿌렸을 테고. 또 어디에 뿌렸지?"

정신 못 차리게 공격적으로 묻자 얼떨결에 대답하던 준희의 입에서 작은 비명이 터져 나왔다.

"쇄골이랑 목이랑…… 으악! 지금 뭐 하는 거예요?!"

재킷 안에서 손수건을 꺼내 든 이준이 그녀의 손목을 쓱쓱, 닦고 있었다.

"그 향수, 냄새가 별로야."

너무 좋아서 안 되는 거라곤 절대 말할 수 없었다.

그런데 백준희의 피부가 너무 약해 손수건으로 박박 문지르자 여린 살결이 빨갛게 달아올랐다.

안 되겠다 싶어 이준은 준희를 와락 끌어안았다. 그러곤 몸 이곳저곳을 아무렇지 않게 비벼댔다.

"지, 지금 뭐 하는 거예요?"

"그 향수 냄새 진짜 별로야. 차라리 내 향수 묻히고 가라고."

유부녀면 유부녀답게. 남편 냄새 좀 묻히고 가야지.

"그렇게 별로예요?"

"어, 진짜 별로야."

이럴 땐 준희가 순진한 게 참 좋은 이준이었다.

차에 오르자 준희는 가만히 창밖을 내다보았다.

결혼식을 올려서일까. 마냥 어려 보이던 얼굴에서 성숙미가 넘쳐났다.

문득 어젯밤 일이 떠올랐다.

입술이 닿지 않았는데도 떨림을 품던 눈동자와 기대감 어린 미소. 파르르 떨리는 눈꺼풀과 그의 키스를 기다리던 수줍은 입술까지.

절대 그러면 안 되는 거였다. 그나마 다행인 건 어리고 순진해서 제 감정이 어떤 건지 아직 깨닫지 못했다는 것.

그걸 굳이 건드려서 일깨워줄 필요는 없었다.

제 감정을 깨닫는 순간 앞뒤 재지 않고 돌진하고도 남을 백준희니까.

그런 곤란한 상황이 오기 전에 얼른 떠나야 했다.

타는 듯한 시선을 느낀 걸까. 무심코 돌린 걸까.

준희가 고개를 들었고 시선이 딱 마주쳤다.

"아, 맞다. 오늘은 집에 들어올 거예요?"

어젯밤은 마음이 심란해서 원래 머물던 호텔에서 밤을 보냈던 그였다.

"설마 또 외박?"

다시 확인하는 준희에게서 '외박하면 저 늦게 들어갑니다.'라는 뉘앙스가 팍팍 풍겼다.

"오늘은 들어갈 거야."

……오기로라도.

"몇 시요?"

"일찍. 오늘은 너랑 저녁도 먹고 대화도 나눌 거니까."

준희에게 해줄 말이 있었다.

몇 년이 걸릴지 모를 해외 파견을 곧 떠날 거라는 말을.

"그러니까 너도 일찍 들어와."

"일찍이 몇 신데요?"

"6시 정도."

"그렇게 빨리요?"

"넌 오늘 일 안 해?"

"저 이번 주까지 휴가예요. 이럴 때라도 친구들 실컷 만나야죠."

"그럼 나는."

그 휴가를 왜 남편이랑 안 보내고 한태성이란 놈이랑 보내는 거냐고 물을 뻔했다.

"……네?"

이준은 고개를 홱 틀었다.

"……전화할 테니 받아."

"전화요? 무슨 일 있어요?"

"끝나는 대로 데리러 갈게."

떠나기 전까지 아내를 독차지하고 싶은 자그마한 욕심을 부려도 나쁘진 않을 것 같았다.

친구들을 만났지만 준희는 조금도 즐겁지 않았다. 태성과 세라의 대화도 귀에 들어오지 않았다. 한 시간 전 석훈에게 걸려온 전화 한 통이 모든 걸 깨버렸기 때문이었다.

―준희야, 절대 이준이를 오해하진 말아라. 해외 지사 파견

은 몇 달 전에 신청한 거니.

―유럽 첫 진출이 걸린 중요한 사업안이라 그런지 이준이가 강경하구나. 일이 년 후에 후발대로 나가라는데도 갑자기 재촉을 해대니 원.

―준희 네가 승인하지 말라면 절대 안 해줄 생각이다.

몇 달 전부터 계획했던 그 일을 귀띔해줄 시간은 충분했다. 하지만 이준은 입 한 번 뻥긋하지 않았다.

세라가 화장실을 간 사이, 태성이 준희에게 얼굴을 들이대며 킁킁 냄새를 맡았다.

"너한테서 좋은 향기 나. 향수 뿌렸어?"

"무슨 냄새가 나?"

"어. 그것도 엄청 좋은 냄새. 근데 이거 향수 냄새야?"

궁금해 죽겠다는 태성의 얼굴 위로 누군가의 얼굴이 겹쳐졌다. 그 냄새가 세라가 선물한 그 향수인지, 아니면 이준이 잔뜩 묻힌 향수인지 감이 잡히지 않았다.

하는 수 없이 손목을 들어 킁킁 냄새를 맡아보던 준희의 눈이 동그래졌다.

냄새가…… 났다.

은은한데도 존재감을 뚜렷하게 드러내는 강렬한 향.

그건 분명 남편인 이준이 가까이 다가설 때마다 나던 향이었다.

"남자 향수일걸? 브랜드는 몰라."

유명 브랜드 향수라고 해도 이런 향은 쉽게 날 수가 없었다. 그의 체 향과 섞였기에 이런 섹시한 향이 될 수 있는 거니까.

이준의 말이 맞았다. 세라가 준 향수보다 그의 체 향이 훨씬 좋았다.

"준희 너, 남자 향수 뿌려?"

수컷이 제 암컷에게 영역 표시를 해놓은 것도 아니고.

"그냥…… 누가 나한테 좀 묻혔거든."

"누가?"

"있어. 바보 같은 동네 오빠."

"혹시 애인?"

"애인은 아니고."

"뭐야, 숨기니까 더 궁금해지네."

"있어. 바보 동네 오빠. 아니, 노땅 아저씨."

모든 걸 제멋대로 결정하는 어른 남자 한 명.

"아저씨? 몇 살인데?"

"32살."

"뭐 하는 사람인데? 아니, 너랑 무슨 관계인데?"

"네가 그걸 알아서 뭐 하게?"

범인을 조사하듯 꼬치꼬치 묻는 태성에게 준희가 날카로운 경계 모드를 발동한 순간, 이준에게서 전화가 걸려왔다.

"나 잠깐 나갔다 올게."

식당 앞 간이 의자에 앉은 준희는 전화를 받는 대신 메시지를 보냈다. 위치를 알려주고 도착하면 그때 다시 전화해달라고 말이다. 가만히 앉아 생각을 곱씹으니 또 화가 났다.

"왜 남자들은 하나같이 답답하지?"

그에게 몇 번이나 말했다. 결혼에서 믿음과 신뢰가 얼마나 중요한지에 대해서.

그런데 왜! 도대체 왜! 미국 명문대를 수석으로 졸업한 수재가 말귀를 못 알아듣는 거냐고!

모든 걸 수용하는 것처럼 너그럽고 배려 있는 남편 흉내는 다 내놓고 정작 중요한 상황에선 보란 듯이 허수아비 취급하는 거냐고!

"결혼 너무 싫다. 너무 어려워."

계약 결혼이든, 사랑을 바탕으로 한 결혼이든, 쌍방의 합의로 이루어지는 건 똑같았다.

그런데 왜 항상 나 혼자 버둥거리고 노력해야 하는 거지?

무엇보다 가장 이해가 안 되는 건 자신이었다.

"가면 그냥 가는가 보다 하면 될 걸, 난 왜 이렇게 화가 나는 거지?"

그 남자를 몇 년 보지 못하는 게 뭐 대수라고. 강이준이 뭐라고. 그 남자가 뭐라고. 남편이 뭐라고.

"웃기지 마. 평생 안 볼 자신······."

이상하게도 입이 안 떨어졌다.

"몇 년 정도는 안 볼 자신이······."

맙소사.

"······없어."

본능적으로 흘려버린 대답에 준희는 멍해졌다.

헐, 내가 왜? 도대체 왜?

불현듯 그가 했던 말이 아스라하게 떠올랐다.

―백준희, 내가 남자로 보여?

그의 말이 세차게 그녀의 뒤통수를 후려쳤다. 동시에 깨달았다.

그가 어젯밤 하려던 확인이 뭔지, 그리고 왜 키스를 하지 않았는지. 몸은…… 머리보다 솔직하니까.

이준은 진작 파악한 것이다. 그녀 자신도 모르고 있던 감정의 변화를.

그는 지금 거리를 두려는 것이다. 더는 감정이 발전하지 않도록.

결혼 전부터 그는 계속 경고했었다.

날 사랑하지 말라고. 심장이 두근거려선 안 된다고.

그럼 도대체 그는 언제부터 눈치챈 걸까. 어디에서 눈치를 챈 걸까. 나도 모르고 있던 감정의 변화를.

"내가 강이준을 사랑해?"

모르겠다. 확실하지 않았다.

이준을 보면 가슴이 두근거렸지만 그렇다고 그게 사랑은 아니었다. 아니, 사랑을 해봤어야 알지. 사랑 같기도 하고 아닌 것 같기도 하고.

"진도 나가지 말라는 게 그거였어?"

그것도 모르고 엉뚱한 대답을 하다니. 바보는 이준이 아니라 그녀였다.

"으아악, 말도 안 돼!"

머리를 마구 쥐어뜯는 순간, 뒤에서 불쑥 낮은 음성이 끼어들었다.

"뭐가 말이 안 돼?"

어느새 태성이 와 비어 있던 옆의 의자에 앉아 있었다.

"……그런 게 있어."

"저녁에 약속 있다고 그랬지?"

"어? 어."

"세라는 차 있으니까 넌 내가 데려다줄게."

"아니야, 됐어. 누가 데리러 오기로 했거든."

"설마 바보 동네 오빠?"

"님은 몰라도 되거든요?"

"네가 쏜다면서 그렇게 빨리 가면 어떻게 하냐?"

"다음엔 내가 꼭 쏠게."

"그럼 약속."

태성이 새끼 손가락을 내밀었다. 그 유치함에 웃으면서도 준희는 손가락을 걸었다.

빠앙―.

어디선가 들려온 신경질적인 클랙슨 소리에 고개를 돌린 준희의 눈이 휘둥그레졌다.

메시지를 보낸 지 10분도 되지 않았는데 갓길에 세워진 차에서 이준이 내리고 있었다.

"대박, 왜 이렇게 빨리 왔어요?"

귀신이라도 본 것처럼 파리한 안색의 준희가 이준을 올려다보았다. 하지만 이준은 준희의 여린 어깨 너머를 빤히 주시하고 있었다.

"지나던 길에 전화한 거였어. 여기서 내려줬으니 이 근처 어디 있을 것 같아서."

"미리 전화 달라고 했잖아요. 친구들 다 있는데 무턱대고 쳐들어오면 어떻게 해요?"

그제야 이준이 준희를 빤히 내려다보았다.

"왜 그래야 하지?"

이준의 태연함에 준희는 한숨을 푹 내쉬었다.

"친구들한테 인사하고 가방 가지고 나올게요."

다람쥐처럼 쪼르륵 달려가는 준희에게서 시선을 옮긴 이준은 노골적으로 응시했다. 상당히 심기 거슬리게, 시선을 피하지 않는 녀석을 말이다.

이준은 차가 신혼집 건물 주차장에 도착할 때까지 말이 없었다. 지금 화낼 사람이 누군데.

하지만 준희도 덩달아 침묵할 수밖에 없었다. 미소를 짓지 않는 강이준은 정말이지, 말 걸기가 어려웠다.

엘리베이터에 오른 준희는 그의 옆얼굴을 빤히 쳐다보았다. 시선을 느꼈는지 이준이 고개를 틀었다.

"왜 그렇게 쳐다봐?"

"얼굴 좀 자세히 보고 싶어서요."

차마 당신 속 좀 들여다보고 싶단 말은 할 수 없었다.

그제야 이준이 피식 웃음을 지었다.

"그래서 내 얼굴이 마음에 안 들어?"

"얼굴은 마음에 들어요."

"……."

"반응이 마음에 안 드는 거지."

응접실 소파에 앉자마자 준희가 먼저 말을 꺼냈다.

"힘들게 준비한 건 알지만 신혼집 옮겼으면 해요."

"이유는?"

"신혼집이 너무 과해요."

"이 수준이 적당한 거야. 이 정도는 되어야 해성 그룹 체면치레는 하지."

"신혼집 아니잖아요."

"……."

"나 혼자 살 집이잖아요. 아니에요?"

시무룩한 표정은 어느새 온데간데없이 사라지고 없었다.

그를 보는 눈빛과 표정, 쏘아붙이는 말투까지 바짝 날이 서 있었다.

"신혼집이 문제가 아니었군. 말해봐. 널 화나게 한 게 뭔지."

다시 한 번 느끼는 거지만 그의 아내는 감정 컨트롤도, 숨기는 것도 절대 못하는 눈과 얼굴을 가지고 있었다.

"해외 장기 파견 가는 거. 나한테 언제 말하려고 했어요?"

……빌어먹을.

저절로 치밀어 오른 그 말을 이준은 다시 목구멍 안으로 집어삼켰다.

제3자에게 전해 들었을 준희의 심정이 이해가 되었다. 좀 늦었을 뿐이지 숨기려고 한 적은 단연코 없었지만.

"오늘 말하려고 했어. 그래서 빨리 퇴근한 거고."

신혼여행에서 말을 하려고 했지만 좀 전에 보았던 남자 동창 때문에 타이밍을 놓쳐버렸다.

그리고 바로 지금, 말을 하려고 한 건데 이번엔 석훈이 그 기회를 날려버렸다.

"늦게 말해서 미안하다고 하면 화 풀리겠어?"

"사과는 받은 셈 칠게요. 근데 그거 알아요? 내가 허락해야 아버님이 결재 올린 거 승인해줄 거래요."

석훈은 또다시 며느리에게 승기를 쥐여준 것이다. 하지만 그게 기분이 나쁘지는 않았다. 어차피 준희의 허락은 받아야 했으니까.

"그래서, 넌 어떻게 할 건데."

"당연히 보내줘야죠."

지나치게 쿨한 준희의 반응은 마음에 안 들었다.

"바람피우는 것도 아니고, 남편이 일하러 가는 건데 못 해 줄 게 뭐 있어요?"

제 시선을 피하지 않던, 범생이처럼 생긴 그 애송이 때문인 건가.

"그 전에 하나만 내답해줘요. 그 파견, 설마 나 때문에 서두르는 거예요?"

"꼭 그런 건 아니야."

준희가 가장 큰 이유이긴 했지만 반드시 그런 것만은 아니었다.

"내가 강이준 씨를 남자로 봐서, 그래서 도망치는 거예요?"

이준의 침묵에 준희가 자그맣게 입을 삥긋거렸다.

"겁쟁이."

"백준희."

"아무 말도 하지 말아요. 날 위해서란 변명은 듣고 싶지 않으니까. 나도 나한테 뭐가 좋은지 스스로 결정할 수 있는 성인이에요. 그러니까 꼼짝 말고 여기서 기다려요."

서재로 들어가 한참 후에 나온 준희가 이준에게 종이를 내밀었다.

"그렇게 도망치고 싶으면 여기에 사인하세요."

"……이게 뭐지?"

"해외 파견 그거 내가 보내줄게요. 그 대신……."

경계 모드가 발동했다.

사업 감각을 타고난 그였지만 유독 백준희와의 계약에선 항상 불리했던 걸 떠올린 것이다.

"내가 부르면 언제든지, 때와 장소 가리지 않고 달려오겠다고 사인해요. 그럼 보내줄게요."

말을 멈춘 준희가 악녀처럼 싱긋 웃었다.

이준은 불편한 눈빛으로 종이에 적힌 글씨를 확인했다.

> 남편 강이준은 해외에서도 남편으로서의
> 역할을 할 것을 맹세한다.
> 남편 강이준은 머무르는 곳이나 일정에 대해서
> 아내인 백준희와 공유할 것을 맹세한다.
> 남편 강이준은 아내인 백준희가 돌아오라고 하면
> 당장 귀국할 것을 맹세한다.

짧은 시간 동안 이걸 생각해내다니 이준은 기가 막혔다.

"사인을 안 하겠다면?"

"파견 가는 거 엄청 급하게 서두른다고 하더니 하나도 안 급한가 봐요?"

준희가 그에게서 종이를 낚아챘다.

"에잇, 인심 썼다."

무턱대고 귀국을 요구하진 않을 것이며 자신 또한 일정을 공유하겠다는 내용을 추가해서 다시 종이를 내밀었다.

"더 이상의 양보는 안 돼요."

준희가 야무진 눈빛만큼이나 야무진 말투로 말을 이었다.

"알아요. 당신이 독하게 마음먹으면 어떻게든 파견 나갈 수 있다는 거. 하지만 이왕 가는 거 모두가 기분 상할 필요 없이 가면 좋잖아요. 나도 명목이 서고, 강이준 씨도 당당히 갈 수 있고, 아버님도 기분 좋게 사인할 수 있고. 쉽게 갈 수 있는 거 진흙탕 밟을 필요 있어요?"

협박이 아닌 회유로 작전을 변경했나 보다. 다시 한 번 그에게 사인을 요구하며 준희는 예쁘게도 웃었다.

"그냥 효도한다고 생각하세요. 소문에 민감해서 웨딩 촬영까지 한달음에 달려와서 한 분이 왜 이건 생각 못 해요?"

이번만큼은 이준도 인정할 수밖에 없었다. 준희에게 설득당할 수밖에.

"조그만 게 왜 이렇게 계약서를 좋아해."

이준의 손은 이미 멋지게 사인을 휘갈기고 있었다.

"날마다 계약서 붙잡고 계시는 분이 그렇게 말하면 안 되죠. 어렸을 때야 손가락 거는 게 약속이지만 어른들 세계는 이 종이 한 장이 진짜 약속이고 효력이 있는 증거잖아요. 그 덕에 강이준 씨 몸값 34억이나 쳐줬는데. 아니에요?"

맙소사. 마냥 어리기만 하던 아내가 점점 고단수가 되어가고 있었다.

이래서 남편들이 아내한테 꼼짝없이 잡혀 사는 건가?

"근데요, 진짜 저 썸 타는 거 허락해주는 거예요?"

반짝이는 준희의 눈을 본 순간 이준은 본능적으로 직감했다. 분명…… 그 녀석 때문이다. 그를 쿨하게 보내주는 것도, 지금 이런 질문을 다시 하는 것도.

먼저 허락을 한 건 그였는데도 지금만큼은 대답이 쉽게 흘러나오지 않았다.

"뭐…… 하든지 말든지."

"오케이, 접수했어요."

또다시 쿨한 준희의 대답이 이준의 속을 확 뒤집어놓았다.

"아, 그리고 강이준 씨 말이 맞았어요."

"……"

"친구가 냄새 무지 좋대요. 이래서 사람은 향수를 뿌려야 하나 봐요."

"그래서, 그 향수 또 뿌리려고?"

"아, 그거요? 쓰긴 다 써야죠."

이젠 귀까지 미쳐가나 보다.

준희의 그 말이 마치 남자 동창을 만나러 갈 때마다 뿌리고 갈 거라는 말로 들리는 걸 보니.

"메인 욕실이 어디지?"

얼떨결에 준희가 어딘가를 손가락질했다. 그 방향으로 빠르게 걸어간 그의 눈에 목표물이 들어왔다.

일명 마녀 향수.

욕실 바로 앞에 비치된 화장대 위에 덩그러니 놓여 있었다.

뚜껑을 연 이준은 세면대에 향수를 부어버렸다.

"이딴 걸 누가 개발한 거야."

한 방울도 남지 않은 빈 향수병을 보고 있으니 속이 그렇게 후련할 수가 없었다.

"강이준 씨, 잠깐만요!"

욕실에 널어놓은 유아틱한 속옷이 떠올라 허겁지겁 달려온 준희가 갑자기 멈추어 섰다.

희미하게 올라간 입꼬리, 만족스러움에 가늘어진 눈.

이준은 뭔가를 굉장히 흐뭇해하는 표정이었다.

큰 볼일이라도 시원하게 봤나?

이 짧은 시간에?

"다음 일정 때문에 지금 가봐야 해."

"밤엔 들어올 거죠?"

"오늘은 호텔에서 잘 거야."

"아, 네."

"내일 보자, 밤톨."

그녀의 머리를 짓궂게 흐트러트리는 손길이 그렇게 다정할 수가 없었다.

이 남자, 갑자기 왜 이래?

성큼성큼 긴 다리를 뻗어 현관문으로 가는 그를 보며 준희는 중얼거렸다.

"왜 저렇게 예쁘게 웃고 가는 거야?"

……사람 심장 떨리게.

갸웃거리던 고개를 욕실 쪽으로 돌린 준희의 입에서 비명이 터져 나왔다.

"꺄악! 내 향수!"

처음으로 갖게 된, 엄청난 몸값의 향수가 텅 비어 있었다. 그것도 한 방울도 남기지 않고 깨끗하게.

Chapter 8

김수한무 거북이와 두루미 삼천갑자 동방삭

집무실에 들어온 박 실장이 이준에게 반가운 소식을 전해왔다.

"전무님, 부회장님 승인이 떨어졌습니다. 출국 날짜는 언제 잡을까요?"

"그건 차후에 이야기하도록 하죠."

"알겠습니다."

이준은 박 실장이 나가자마자 준희에게 전화를 걸었다.

[으음, 여보세요…….]

아침 9시인데도 전화를 받는 목소리는 잠에 취해 몽롱했다.

"자고 있었어?"

[방학 때라도 아침에 실컷 자야죠. 근데 아침부터 왜 전화했어요?]

"아버지 승인이 떨어져서 출국 일정을 잡아야 해."

[계속 말씀하세요.]

"어제 사인한 계약서대로 남편 의무는 해야 하니까."

[⋯⋯.]

"나 지금 네 허락 맡는 거야."

[⋯⋯.]

"일주일 뒤에 잡을까 하는데, 괜찮아?"

[⋯⋯.]

휴대 전화 너머가 고요했다.

"백준희, 자?"

[아니요.]

"너무 빨리 출국해서 서운하면, 출국 날짜를 미룰까?"

몇 달 전부터 계획했던 일인지라 프랑스에서는 모든 준비가
되어 있는 상태였다. 비행기 티켓을 예약하고 테일라 호텔 측
에 통보만 하면 끝이었다.

그런데 이준은 준희가 잡아주었으면 했다. 그럼 한두 달이
라도 더 있다 갈 텐데.

[그냥 가세요.]

"⋯⋯괜찮겠어?"

[저야 당연히 괜찮죠. 이왕 갈 거면 빨리 가야지 미룰 거 뭐
있어요? 저 충분히 이해할 수 있어요. 애도 아니고.]

통화를 끝낸 이준의 손가락이 톡톡, 집무 책상을 느릿하게
두드렸다.

"그 녀석이랑 썸 타는 거 방해하지 말고 빨리 떠나버리라 이
건가."

괜히 심술이 돋았다. 못됐다고 손가락질해도 좋았다. 내가

270

이대로 떠나면 강이준이 아니지.

일주일 만의 출근이었다. 그런데도 준희는 업무에 집중하지 못하고 화장실만 들락날락거렸다.

보내주겠다고 하자 기다렸다는 듯 일주일 후에 출국하겠다는 이준이 미웠다.

"너무 쿨하게 반응해서 쿨하게 떠나려는 게 분명해."

세면대 앞에 서자 제 모습이 눈에 들어왔다. 고등학생이라고 해도 믿을 만한 앳된 외모와 마르기만 한 체형.

"하긴, 나 같아도 여자로 안 보지. 쿨하게 떠날 만도 해."

그냥 귀여운 여동생, 이준에게 그녀는 딱 그 정도였다.

"그래, 쿨하게 보내주자."

준희가 결정을 내린 가장 큰 이유는 스스로의 감정에 대한 정의를 내리지 못해서였다. 강이준은 여자라면 한 번쯤은 가슴에 품을 만한 남자였다. 완벽한 비주얼에 섹시한 피지컬, 매너도 좋고 똑똑하고 재력도 좋았다. 그냥 멋있어서 잠깐 설레는 건지 그를 정말 좋아하는지를 알아야 했다.

"사랑이 아닐 수도 있잖아?"

아니길 바란다. 일방통행인 사랑은 생각만으로도 끔찍하니까. 그렇게 설레던 마음도 서서히 가라앉으리라. 하지만 만약 사랑이라면?

"그럼 시간이 해결해주겠지."

아무리 색이 짙어도 시간 앞에선 뭐든지 퇴색하기 마련이니까. 몸이 멀어지면 마음도 멀어지는 법이니까. 10살이나 많은 어른답게 그는 현명했다. 미리 눈치채고 경고를 해주었다. 그의 말대로 진도를 더 빼서 좋을 건 없었다.

준희는 휴대 전화에서 신혼여행에서 이준과 함께 찍었던 사진을 열었다.

"이봐요, 강이준 씨."

당사자한테는 대놓고 말할 수 없는 노릇이라 얄밉도록 잘생긴 얼굴을 손가락으로 툭툭 두드렸다.

"당신 없어도 아주 잘 살 자신 있거든요, 내가."

당신이 없어도 아무 일 없었던 것처럼.

"보란 듯이 성공할 거라구요, 나."

열정을 불태우며 부지런히 살아갈 생각이었다.

"머리도 기르고 예뻐질 거예요."

날 여자로 보지 않은 걸 땅을 치고 후회할 만큼, 보란 듯이 잘 살 것이다.

"그래도 못 잊는다면."

사랑이 맞다면.

"그땐 다시 불러들이면 되지."

그녀에겐 계약서가 있었다.

그는 절대 모르는 비밀. 그녀만의 은밀한 계획. 그가 돌아왔을 때 깜짝 놀랄 만큼, 후회할 만큼…….

"보란 듯이 멋진 여자가 되어 있을 거예요."

당신을 당당히 유혹할 수 있게.

☾

불같은 의지를 불태우며 화장실에서 나온 준희에게 매니저가 말을 했다.

"레이첼, VIP 고객이 널 지명했어. 가봐. 티 칵테일을 좋아한다고 하니 신경 좀 써. 팁도 두둑하게 나올 거다."

2층에 도착해서 지명 고객을 확인한 준희는 심장이 바닥에 떨어진 기분이었다.

"당신, 당신! 국민 배우 채송화아아아?"

분명 그녀였다. 호텔에서 보았던, 이준을 짝사랑한다는 아름다운 국민 여배우.

너무 놀라 손가락질까지 하는데도 여배우는 그런 반응이 익숙한 듯 고혹적인 미소를 지을 뿐이었다.

설마, 날 알아보지는 못하겠지? 그래, 저런 여배우가 내가 뭐라고 일일이 기억하고 있겠어. 그러니까 제발…… 제발…….

하지만 준희의 간절한 바람은 바로 와장창 깨지고 말았다.

"우리 호텔에서 만났었죠?"

채송화는 생각보다 눈썰미가 좋았다.

"이준이 약혼녀. 아, 이제는 아내라고 해야 하나?"

"저기 채송화 씨, 강이준 씨랑 친한 친구분 맞죠?"

집 피기 바에 나가와 낮게 속삭이는 준희를 그녀가 흥미롭게 바라보았다.

"이준이가 그래요? 우리가 친하다고?"

"네, 엄청 친하다고 했어요."

그러니까 후원도 해주는 거겠지.

"친해요. 그것도 무척."

우아하게 웃는 그녀의 얼굴은 눈이 부시도록 아름다웠다. 같은 여자가 봐도.

"정말 죄송한데, 저 여기서 본 거 비밀로 해주시면 안 될까요?"

"어려운 건 아닌데, 이유가 뭐죠?"

"해성 그룹 며느리가 바텐더 한다고 하면 괜히 누가 될 것 같아서요."

"어머."

작게 탄성을 지른 송화의 눈빛이 준희의 명찰로 향했다.

"얼굴은 몰랐지만 나도 레이첼의 명성은 들었어요. 뿌듯해하지는 못할망정 누라니요. 이준이가 그래요? 레이첼 양이 바텐더 하는 거 창피하다고?"

"아니요! 이준 오빠는 오히려 든든한 제 후원자예요!"

특별히 지시까지 내려서 신혼집 안에 보란 듯이 전용 바 공간을 마련해준 걸 보면 말이다.

"그런데요?"

"해성 그룹 며느리인 거 알려지면 피곤할 것 같아서. 제가 좀 자유분방한 영혼이기도 하구요."

"그럼 우리 이렇게 해요. 서로가 서로를 비밀로 하는 거. 물론 이준이한테도. 어때요?"

"……오빠한테까지요?"

비밀 만드는 건 딱 질색인데.

준희가 머뭇거리자 송화가 우아하게 미소를 지으며 말을 이었다.

"이준이 아내와 친구가 아닌 바텐더와 팬으로서 순수하게 친하게 지내고 싶어서 그래요."

"……아."

"그리고 내가 칵테일을 무척 좋아하거든요. 허브티도."

상냥한 미소에 존칭까지 쓰는 그녀를 보니 감탄밖에 나오지 않았다.

얼굴이 예쁘면 마음씨도 곱나?

"맞아요! 굳이 남편까지 끌어들일 필요는 없죠! 비밀로 할게요!"

그는 일주일 후면 떠날 사람이니까.

"티 칵테일 좋아하신다고 들었는데, 뭘로 만들어드릴까요?"

호텔에서 그녀가 발산하던 날카로운 경계심은 착각이었던 것이다.

"산뜻하고 상큼한 걸 좋아해요. 위스키보다는 보드카를 선호하구요. 추천해줄래요?"

"그럼 화이트 티 핌스라는 티 칵테일 만들어드릴게요. 보드

키를 베이스로 만드는 건데 레몬 시럽이 들어가서 맛도 산뜻할 거예요."

준희가 셰이커를 능숙하게 잡으며 고개를 숙이는 순간, 미소가 사라진 송화의 고혹적인 눈매에 어린 건 표독스러움이었다.

유부녀가 된 이후 준희는 퇴근 시간을 11시 30분으로 조정했다. 그래도 외박은 안 된다는 생각에서였다. 로비를 나오니밤 공기가 꽤 싸늘했다. 버스 정류장으로 향하는 그때…….

"백준희."

어디선가 환청이 들리는 것 같아 잠시 멈추어 섰던 준희는다시 빠르게 걸음을 옮겼다. 그런데 갑자기 앞이 막혀버렸다.

"남편이 부르는데 그냥 가?"

바로 앞, 머리 위로 내려앉는 나직한 음성은 환청이 아니었다. 고개를 든 준희의 눈이 동그래졌다.

"뭐, 뭐예요? 당신이 왜 여기 있어요?"

"너 데리러 온 건데?"

"혹시 여기서 약속 있었어요?"

"약속 같은 거 없었어. 순수한 의도로 내 아내 데리러 온 건데, 그게 그렇게 놀랄 일인가?"

"그러니까…… 왜요?"

"누가 남편 노릇 좀 제대로 하라고 해서."

"헐. 그 누가 혹시 나예요?"

이준이 픽, 웃으면서 준희의 손을 잡았다. 커다란 손이 포옥 감싸자 따스한 온기가 전해져왔다.

차에 오르자 김 기사가 준희에게 인사를 했다.

"죄송해요, 괜히 저 때문에."

"아닙니다."

늦은 밤인지라 차는 생각보다 막히지 않아 30분 만에 집에 도착했다.

"시간이 너무 늦었다. 얼른 들어가서 쉬어."

현관문까지 데려다준 이준이 작별 인사를 하자, 준희는 머뭇머뭇 물었다.

"오늘도 호텔에서 자려구요? 그냥 여기서 자도 되는데."

"네가 잘 모르나 본데."

"……?"

"이 넓은 집에 침실은 하나고 침대도 하나야."

준희도 몰랐던 사실이었다. 워낙 살림에도 집에도 관심이 없어서 제대로 집을 둘러본 적이 없었기 때문이었다.

"내가 침대 아니면 잠을 잘 못 자는 체질이야."

"……아."

"누구 다리에 목이 눌려 가위 눌린 기억도 한 번이면 족하고."

"그 누구 다리가…… 제 다리?"

"그럼 나랑 잔 여자가 너 말고 또 있어?"

"거짓말하지 마세요!"

준희의 얼굴이 순식간에 달아올랐다.

"다른 여자겠죠!"

"맹세하는데, 침대에서 같이 잔 여자는 네가 유일해."

"거짓말! 내가 바본 줄 알아요?"

"철 없을 때 여자들이랑 잔 건 인정. 하지만 맹세코 잠자는 걸 보인 적도 없고 하룻밤을 같이 보낸 여자도 없어."

"……!"

"밤톨, 네가 처음이야."

기분이 좋아야 마땅했지만 준희는 전혀 그렇지 않았다. 다른 여자랑 다 해보았다는 그걸 준희와는 하지 않았기 때문이다. 순수하게 잠만 잤다. 그게 무슨 뜻이겠는가. 이준이 자신을 여자로 보지 않는다는 증거였다.

그녀의 심기 불편한 마음을 알 리 없는 이준이 귀엽다는 듯 준희의 머리를 헝클었다.

"스케줄 없을 땐 최대한 픽업하러 갈 거야. 밤길은 위험하니까."

"안 그래도 돼요."

"가기 전까지 이렇게라도 남편 노릇하려는 거니까 거절하지 말고."

"……."

"잘 자라, 밤톨."

이준의 입술이 이마에 닿았다 떨어졌다. 워낙 순식간이라

피할 틈도 없었다.

이준이 사라진 후에도 준희는 한동안 멍하니 그 자리에 서 있었다. 그의 입술이 닿았던 이마가 낙인이라도 찍힌 듯 화끈 거렸고 심장이 미친 것처럼 쿵쾅거렸다. 정말 못됐다. 곧 떠날 거면서 이렇게 심쿵하게 하면 나보고 어쩌라고.

집 안으로 들어온 준희는 소파에 털썩 앉았다.

"나도 뭔가 해주고 싶어. 뭘 해주지?"

이준이 남편 노릇을 해주고 싶다면 그녀도 아내 노릇을 해 주면 된다. 뭘 어떻게 해야 지금도 뛰고 있는 제 심장처럼, 그 의 심장도 뛰게 할 수 있을까.

다음 날, 새벽에 일찍 일어난 준희는 해독 주스를 만들어서 이준이 묵고 있는 호텔로 향했다.

박 실장이 미리 전화를 해놓은 덕에 카드 키를 받아 객실에 진입하는 건 식은 죽 먹기였다. 그런데 이준이 기상할 시간인 데도 객실 내부는 고요했다. 침실 문을 조심히 노크해봤지만 대답조차 없었다.

"난 들어갈 자격이 있어. 합법적인 아내잖아?"

잠시 고민하던 준희는 살며시 문을 열고 들어갔다. 다행인 지 몰라도 이준은 반듯한 자세로 아직까지 자고 있었다.

"이상하네. 박 실장님이 6시에 칼같이 일어난다고 했는데."

그도 늦잠은 잘 수 있었기에 마음 같아선 깨우고 싶지 않았지만 스케줄이 있으니 깨울 수밖에 없었다.

"아내 노릇 제대로 해주게 생겼네. 흠흠, 강이준 씨."

그런데 예민 덩어리인 남자가 꿈쩍도 하지 않았다. 준희는 상체를 좀 더 숙여 그의 귓가에 입술을 바짝 붙였다.

"강이준 씨?"

"……으윽."

순간, 쥐어짜인 듯 이준의 입에서 흘러나온 신음을 듣게 되었다.

깜짝 놀라 고개를 들자 그제야 보지 못했던 것들이 보였다.

괴로운 듯 일그러진 미간과 꼭 감긴 눈꺼풀의 떨림.

촉촉이 젖어 있는 이마 위로 엉겨 붙은 검은 머리칼.

"맙소사!"

그는 악몽인지 가위인지 모를 무언가에 붙잡혀 깨어나지 못하고 있었던 것이다. 그녀는 더 생각하고 말 것도 없이 그의 몸을 잡고 흔들었다. 어떻게든 이 악몽에서 구해줘야 한다는 생각뿐이었다.

"강이준 씨, 정신 차려요!"

하지만 그는 도무지 깨어나질 못했다. 겨우 벌린 잇새로 지독하게 뱉어내는 건 고르지 못한 숨소리뿐.

악몽이 아닌 건가? 그럼 가위? 설마 그에게 들러붙었다는 손각시?

그게 사실이라면 준희가 해결해줄 수 있을 것이다. 문제는 그 부적 역할을 어떻게 해야 하는지 모른다는 것.

"미치겠네. 그놈의 부적 노릇은 어떻게 하냐구."

"으윽."

다시 흘러나온 신음에 준희는 고민할 것도 없이 침대로 다이빙했다. 그러고는 그의 몸에 꼭 붙어 귓가에 속삭였다.

"당신 아내 왔어요. 아니, 당신 부적 왔어요! 그러니까 정신 좀 차려…… 으악!"

순식간에 위아래가 바뀌었다. 갑자기 벌떡 일어난 그가 준희를 엎어치기하듯이 돌려 눕힌 것이다.

"……꺼져버려."

몸을 부대끼니 부적의 효과가 난 것 같긴 하다. 그런데 움직이는 몸과 달리 정신은 아직도 꿈속 어딘가를 헤매는 듯했다. 흘러내린 머리칼 사이를 관통하는 검은 눈동자가 단단히 화가 나 있었다. 눈빛도 눈빛이지만 크고 단단한 몸으로 압사시킬 듯 눌러대니 숨 쉬기가 힘들었다.

"아파요……."

잡힌 손목에 엄청난 악력이 흘러들었다. 고통스러움에 결국 눈가에 뜨거운 눈물이 차올랐다.

"아프다구요."

고통스러움에 그의 몸 밑에 깔린 채 버둥거렸다.

"흐으윽!"

작은 흐느낌에 그제야 손목을 움켜쥐고 있던 손에서 힘이 빠져나갔다.

"······백준희?"

그의 눈동자에 어렸던 섬뜩함이 빠져나가고, 어느새 평소의 서늘한 눈빛으로 돌아왔다.

"네가 왜······."

차마 말을 잇지 못하는 강이준은 처음 보았다. 고통스러운 표정.

"부적 효과 있었던 것 맞죠?"

준희도 모르고 있었다. 얼마나 아팠는지 눈꼬리에 눈물이 매달려 있었다는 걸. 괜찮은 척 웃어 보이는 준희를 가만히 바라보던 이준이 고개를 숙였다.

"미안하다, 진짜······ 미안해."

떨림을 머금은 입술이 물기 어린 눈꺼풀을 조심스럽게 어루 만졌다. 그리고 서서히 흘러내렸다. 하필 이준의 입술이 멈춘 곳은 목덜미였다.

"거, 거기는 좀!"

위험한데! 습한 숨결이 피부를 적시자 오소소 소름이 돋아 났다.

침실은 어둡고 침대는 푹신했다. 몸을 맞댄 채 이러고 있으 니 기분이 이상했다. 어쩌면 목덜미를 야릇하게 지분거리는 그의 입술 때문인지도 모른다. 정말이지, 이런 느낌은 처음이 었다.

뭐지? 뭐지? 간지럽고 뜨겁고 화끈거리고.

불규칙하게 흐트러진 남편의 숨결이 낯설었다. 몸을 짓누르는 단단한 몸체의 감촉도. 그런데도 그것들이 싫지가 않았다.

당장이라도 무슨 일이 일어날 것처럼 미치게 위험하고 야했지만.

그가 멈추지 않았으면 했다.

목덜미에서 흘러내린 입술이 쇄골에 머물렀다가 좀 더 내려가는 순간, 준희의 눈이 번쩍 뜨였다.

"거긴 안 돼요! 절대 안 돼요!"

준희의 작은 비명에 이준의 눈도 번쩍 뜨였다. 불에 덴 듯 몸을 일으킨 이준이 침대맡에 등을 지고 앉았다.

"너 먼저 나가 있을래?"

"저기…… 괜찮아요?"

"옷 좀 입고 나갈게."

헐벗은 이준의 상체를 본 준희의 뺨이 발그레해졌다.

"아, 네."

준희가 도망치듯 나가고 침실 문이 닫히자마자 이준은 거칠게 머리칼을 쓸어 올렸다.

"이런 미친."

단 한순간도 이성보다 본능에 휘둘린 적이 없었다. 죽음을 눈앞에 두었던 순간조차.

만약 준희가 제지를 하지 않았다면 선을 넘었을지도 모른다. 안 된다는 걸 알면서도, 정말 오랜만에 깨어난 성적 욕구가 그를 무섭게 잠식시키고 있었다. 지금 당장이라도 준희를 끌어와서 침대에 눕히고 몸 위를 올라타고 싶었다. 보드라운 속살을 맛보고 파고들고 싶었다.

"건드려서 뭘 어쩌겠다고."

책임지지 못할 거면 지켜줘야 했다.

정말 오랜만에 악몽을 꾸었다. 그의 사랑 같은 건 바라지 않는다고 했던 은서는 한 떨기 꽃처럼 수줍은 여자였다. 하지만 그날은 이유없이 돌변했다. 안전벨트를 풀고 덤벼들어 핸들을 틀었고, 순식간에 맞은편에서 달려오던 차와 충돌했다.

―거짓말쟁이! 위선자!

머리에서 흘러내린 피가 시야를 흐리는데도 그가 가장 먼저 확인한 건 그녀의 안전이었다.

―윤은서! 괜찮아?

죽음이 눈앞에 다가왔는데도 그녀는…… 웃고 있었다.

―차라리 같이 죽어! 같은 날, 같은 장소, 같은 시간에 죽으면 영혼이 묶인다잖아? 그럼 우리는 영원히 함께할 수 있어.

눈물 젖은 눈동자에 가득한 건 광기 어린 소유욕이었다.

―난 너 죽어서도 양보 못해.

윤은서가 새하얀 와이셔츠와 그의 온몸에 남긴 건 피묻은 손자국이었다.

—거짓말이라도 좋아, 사랑한다고 한 번만 말해줘, 응?

생명이 꺼져가는 걸 지켜보면서도 그 부탁을 들어주지 못했다. 그녀를 조금도 사랑하지 않았으니까.

"넌 백준희를 사랑하는 게 아니야."

그럼 더더욱 정신 차려야 한다. 절대 희망 같은 걸 주어서도 안 된다. 벌떡 일어난 이준은 욕실로 향했다. 차디찬 물이 그의 머리 위로 쏟아져 내렸다.

"이대론 안 되겠어."

······위험하다.

샤워를 하고 나온 그는 주방에 있는 준희를 발견했다. 그녀의 옆에는 형체를 알 수 없는 음식이 담긴 접시가 있었다. 이준이 온 줄도 모른 채 집중하고 있는 여린 어깨 너머로 보이는 건 바로 계란 프라이였다.

"그거 나 주려고 하는 건가?"

그의 말에 화들짝 놀란 준희가 돌아섰다.

"기, 기척 좀 내고 와요! 덩치는 산만 한 사람이!"

어깨를 으쓱한 이준은 식탁에 몸을 기대었다.

"새벽부터 여긴 왜 왔는지부터 말해봐."

"염치없이 저만 남편 노릇 받을 수 없잖아요. 그래서 나도 아내 노릇 좀 제대로 해보려구요."

준희가 그에게 내민 건 주스 통이었다.

"해독 주스 만들어 왔어요. 먹을 만할 테니까 이것 먼저 먹고 있어요."

"나 먹는 동안 넌 뭐 하려고?"

"계란 프라이가 들어간 토스트?"

"만들어본 적은 있어?"

"당연히 없죠. 그까짓 계란 프라이쯤이야, 하고 도전했는데 보시다시피."

배시시 웃으며 준희가 시선을 준 건 망친 계란 프라이가 가득한 접시였다. 그걸 보며 이준은 준희에 대해 새로운 사실을 한 가지 더 알 수 있었다. 청소와 마찬가지로 요리에도 소질이 없다는 걸.

"근데 아까 악몽 꾼 거 맞죠? 가위도 눌린 것 같은데. 자주 그래요?"

"뭐, 가끔."

거짓말하지 말라는 듯 빠히 바라보자 그가 어깨를 으쓱하며 말을 바꿨다.

"……종종."

"진짜 처녀 귀신이 나타나서 막 괴롭혀요?"

"귀신 같은 건 없어. 그냥 악몽일 뿐, ……갑자기 왜 그래?"

갑자기 준희가 턱밑으로 훅 들어온 것이다.

"솔직히 말해주세요. 백준희 부적, 진짜 효과 있었어요?"

짙게 풍겨오는 준희의 담백한 체 향이 방금 전의 아찔했던 상황을 떠오르게 했다. 향긋하고 촉촉했던 살결, 제 밑에서 버둥거리던 보드라운 몸체, 입술에 닿았던 살결의 감촉까지.

"미신은 미신일 뿐이야."

이준은 최대한 무심하게 말을 하며 관심을 다른 데로 옮겼다. 그가 토스트를 하나 집어 들자 준희의 눈이 동그래졌다.

"안 돼요!"

하지만 이준은 이미 한 입을 베어 문 후였다. 토스트는 딱딱했고 그 안의 계란 프라이는 얼마나 태웠는지 쓴맛이 날 정도였다. 그나마 달달한 잼이 그 모든 것들을 케어해주고 있었다.

"꽤 괜찮은데?"

"그럴 리가 없는데……."

경악한 표정으로 바라보는 준희에게 그는 싱긋 웃어 보였다.

"토스트도 그렇고."

"……?"

"너한테 아내 노릇 받는 거 말이야."

그 미소에 준희의 눈이 몽롱하게 풀렸다.

하여간 감정이라곤 눈곱만큼도 숨길 줄을 모른다. 그런데도 오늘만큼은 준희를 경계하고 싶지 않았다.

"진짜 먹을 만해요?"

"너도 한 입 먹어봐."

"저는 됐…… 읍!"

어느새 준희의 입에도 토스트가 물려 있었다. 얼떨결에 한 입 베어 물고 오물거리는 준희를 보며 이준이 말을 했다.

"탄 거 먹으면 수명 준다고 하더라."

"……?"

"이런 건 같이 나눠 먹어야지, 부부끼리."

"……!"

"네가 나보다 10살 어리니 더 많이 먹어야 된다."

감동은 개뿔. 사람 천성은 못 버린다더니, 이 남잔 태어난 순간부터 짓궂게 태어났나 보다.

"진짜 못됐어요!"

발까지 동동 구르며 꽥 소리를 지르는 준희를 보며 한참 웃던 이준이 갑자기 웃음을 거두었다.

"밤톨."

그녀를 부르는 목소리가 사뭇 진지했다.

"며칠 안에 바로 출국해야 할 것 같아."

"……이렇게 갑자기요?"

이제 막 아내 노릇, 방패 노릇 좀 제대로 해보려던 준희에겐 청천벽력 같은 말이었다.

"프랑스에서 갑자기 서두르는 바람에."

태어나서 처음 해보는 거짓말이었다. 하지만 이준은 별일 아니라는 듯 대수롭지 않게 말을 이었다.

"아버님은 아세요?"

"너한테 처음 말하는 거야. 네 허락 받고 나서 아버지한테 말하려고."

"허락하지 않아도 갈 거면서. 어떻게든 허락 받아낼 거면서."

작은 중얼거림이 가슴에 콕콕 못처럼 와 박혔다. 하지만 어쩔 수 없었다. 더 이상 곁에 있어서는 안 된다. 아내의 향기를 알아버린 이상, 갑자기 짐승처럼 준희를 덮쳐버릴 것 같았다.

"……준희야."

"빠진 것 없이 준비 잘하세요."

끝까지 쿨함을 잃지 않고 나가는 준희의 뒷모습이 왜 이렇게 여려 보이는 걸까. 사람 신경 쓰이게.

오늘은 정윤의 기일이었다. 집을 나간 후 생사 확인이 되지 않아 결국 빈 관을 차디찬 땅에 묻은 날이기도 했다. 매년 기일마다 함께하던 석훈은 묘 앞까지 가지 않고 오늘도 차에서 대기했다.

"우리 딸 잘 있었누?"

손질이 잘되어 있는데도 근석은 눈물을 훔치며 묘의 풀을 직접 손으로 다듬었다. 그러곤 준희에게 말을 했다.

"엄마한테 남편 자랑 좀 많이 해라, 준희야. 얼마나 좋아할지 눈에 선하다."

그렇게 근석이 먼저 간 후 준희는 퉁명스럽게 하늘을 바라보며 말했다.

"저 결혼했어요. 그것도 엄청 끝내주는 남자랑. 근데 나 엄마 팔자 닮았나 봐."

그 남자가 나를 조금도 사랑하지 않아요.

아니, 여자로도 안 봐줘요.

내가 사랑할까봐 먼 프랑스로 도망가려고 해요.

"뭐, 그래도 괜찮아요. 사랑받지 못할 팔자여도 내가 엄마랑 다르니까. 휘둘리지도 않고 무너지도 않고 엄마처럼 내 인생 포기하지 않을 거예요."

그까짓 남자가 뭐라고. 내 인생 내가 살아가면 되는 거지.

"지켜봐주세요. 내가 엄마랑 어떻게 다른지."

보란 듯이 잘 살 것이다. 남자 없이, 부모 없이도 멋지게 성공할 것이다.

"장모님께 인사 올립니다. 강이준입니다."

기적 없이 다가온 이준이 검은 정장을 단정하게 차려입고 서 있었다.

"같이 오지 그랬어."

준희는 애꿎은 입술만 질겅질겅 씹었다.

아침에 아내 노릇 좀 한 후 그 이야기를 하려고 했다는 말은 죽어도 하기 싫었다.

"어떻게 알고 왔어요?"

"아버지가 전화했어. 여기 오지 않으면 결재 승인 취소하겠다고 협박하는 통에."

"……"

"장모님께 사위로서 인사는 올리는 게 예의기도 하고."

옷의 매무새를 가다듬고 묘지에 절을 올리는 이준을 준희는 말없이 바라볼 뿐이었다.

그런 두 사람을 석훈과 근석이 멀찍이 서서 흐뭇하게 지켜보고 있었다.

"어르신, 참 잘 어울리지 않습니까?"

"저렇게 잘 어울리는데 헤어지게 해서야 되겠나? 이준 군 떠나는 걸 어떻게든 막았어야지."

"딱 보면 알죠. 저 녀석, 조만간 돌아올 겁니다. 제 아내 보고 싶다고."

"그렇게 생각하는가?"

"어르신, 저 녀석이 어디 스케줄 펑크 내고 달려올 놈입니까? 내가 죽는 시늉을 해도 꼼짝 안 할 놈이죠."

"흐음."

"마누라가 예쁘면 처가 말뚝 보고도 절하는 법이죠."

석훈은 이준에게 이곳에 오라고 한 적이 없었다. 그저 식사를 마친 후 넌지시 전화를 해서 준희 엄마의 기일이란 말만 흘렸을 뿐이고, 그 말에 득달같이 달려온 건 아들이었다.

"난 이제 자네만 믿겠네."

"저를 믿지 말고 손녀딸을 믿으십시오."

석훈이 웃으면서 말을 이었다.

"어르신, 우리 준희가 아주 야무지게 잘 컸어요. 제가 눈물이 다 날 것 같습니다, 지금."

다시 봐도 잘 어울리는 한 쌍이었다. 가만히 보면 저 녀석이 꼼짝 못 하는 것 같단 말이지.

"두고 보십시오. 조만간 우리 준희가 이준이를 손바닥 안에 넣고 제 입맛대로 뒤집을 테니 말입니다."

오늘도 여전히 호텔 앞에서 기다리고 있는 이준을 본 준희의 입에서 한숨이 새어 나왔다.

"지지리도 말을 안 들어요."

묘지에서 나온 후 준희는 이준과 또 한바탕 설전을 벌였다. 그는 오늘 밤 데리러 온다고 했고, 그녀는 데리러 오지 말라고 했다. 뭐, 결론은 고집불통 독불장군 남편님의 승리였다. 제 차를 타고 제 발로 오는 남자를 어찌 말린단 말인가.

물론 준희가 마다하는 덴 다 이유가 있었다.

그가 떠난 후, 퇴근할 때마다 그를 떠올리는 게 싫었기 때문이었다.

그 속도 모르고 준희를 발견한 이준이 반듯하게 몸을 세우곤 미소를 지었다.

"백준희."

볼 때마다 느껴지는 백만 불짜리 눈웃음을 보며 그녀는 퉁명스레 쏘아붙였다.

"데리러 오지 말라니까요."

"무슨 소리, 마지막 날인데 데리러 와야지."

그의 차에 올라타 30여 분을 달리자 신혼집에 도착했다. 현관문 앞에서 돌아선 준희가 빤히 올려다보자 그가 가볍게 윙크를 날렸다.

"너무 잘생겨서 눈을 못 떼겠어?"

"그래서 쳐다본 거 아닌데요."

"……?"

"오늘 실컷 봐두어야 할 것 같아서. 그래서 본 거예요."

그의 얼굴에서 웃음이 사라졌다. 그 정적인 얼굴을 보며 준희는 문득 궁금해졌다. 그는 지금 무슨 생각을 하고 있을까. 나처럼 조금은 아쉬워하고 있을까.

하지만 그것도 잠시뿐이었다. 그가 다시 매혹적인 웃음을 지으며 준희의 머리를 손으로 흐트러뜨렸다.

"잘 자라, 밤톨."

미련 없이 돌아서는 그의 옷자락을 잡은 건 거의 무의식적인 본능이었다. 이준이 조금은 놀란 표정으로 돌아섰다.

"생각해보니 방패 노릇을 제대로 못 해준 것 같아서."

그런데도 준희의 입은 또다시 제멋대로 움직였다.

"그동안 못 준 부적 기운 팍팍 몰아줘야 몇 년 동안 버틸 거 아니에요."

어떻게 하는지도 모르면서.

"그러니까 오늘은 자고 가면 안 돼요?"

나 미쳤나 봐.

"너 지금, 뭐라고 했어?"

"자고 가라구요, 오늘은."

"잠만 자면 돼?"

"……네?"

"그냥 잠만 자고 가면 되는 거냐고 묻잖아."

단순한 질문이었지만 이준이 그렇게 물으니 야릇해져버렸다. 얼굴을 확 붉힌 준희는 시선을 피하며 쏘아붙였다.

"그럼 뭘 더 바라는 건데요?"

"그걸 왜 나한테 물어봐? 귀 빨개진 사람은 넌데."

"더, 더워서 빨개진 거거든요?"

"더우면 얼굴이 빨개져야지. 귀가 왜 빨개져?"

"사람이 왜 이렇게 엉큼해요?"

"난 아무 말 안 했다? 귀 빨개졌다고 말하는 게 왜 엉큼한 건지도 모르겠고."

"됐어요! 그냥 가버려요!"

잘 익은 사과 같은 얼굴로 핑그르르 돌아서는 준희의 손목을 이준이 잡았다.

"어딜 가."

"안 뇨?"

"남편 데리고 들어가야지."

이 남자가 이렇게 능청스러울 수도 있나.

"당신 진짜 밉상인 거 알죠?"

"언제는 잘생겼다면서."

"헐."

"부적 기운 안 줄 거야?"

"부적인지 아닌지도 모르잖아요."

"그러니까 확인해봐야지. 오늘 밤."

강이준의 능청스러움이 우주까지 뻗치고 있는 순간이었다. 마음 같아선 쫓아내버리고 싶었지만.

"맘 변하기 전에…… 들어와요."

준희는 결국 그를 집 안으로 들이고 말았다.

새벽 1시가 넘었는데도 둘은 바에 앉아 칵테일을 마시고 있었다.

처음이었다. 이렇게 두 사람이 오랜 시간 대화를 나누는 건.

"미각이 뛰어난 건가? 재료 농도 조절을 잘하는 것 같아."

특히 이준은 준희가 만든 칵테일이 마음에 들었다.

"칵테일 하나 만드는 데 수십 잔, 수백 잔을 맛봐요. 그래서 탄생하는 황금 비율이에요. 타고난 것도 조금은 있지만 순수한 노력과 열정의 결과물이에요."

"그럼 오늘 아침 호텔에 남겨놓고 간 계란 프라이 수십 개도 순수한 노력의 흔적?"

"……자꾸 놀릴 거예요?"

준희가 눈을 세모꼴로 뾰족하게 뜨자 그가 웃었다.

"칵테일 하나 개발하려다가 취한 적은 없어?"

"저 주당이에요. 아마 강이준 씨도 이길걸요? 막 섞어 마시지만 않으면 저 무한 주량이에요."

설마, 네가 날?

이준이 의심스럽다는 듯 가늘게 눈을 뜨자 준희가 자신만만하게 웃었다.

"어? 못 믿는다 이거죠? 나중에 시간 되면 저한테 도전해보든지요. 제대로 눌러줄 테니까."

"언제든지 환영이야."

잠시 그의 눈치를 보던 준희가 조심히 입을 열었다.

"근데 처녀 귀신이 꿈에 나타나서 목 조르고 괴롭히고 그래요? 그래서 막 그, 그러니까 막……."

'양기가 약해져서 남자 구실을 못하는 거예요?'라고 묻지는 못하겠고. 머뭇머뭇 입술을 우물거리던 그녀의 시선이 슬그머니 아래로 향했다.

"쪼그만 게 응큼하게 어딜 봐."

그의 한마디에 준희는 아래로 떨어졌던 시선을 냉큼 올렸다.

"……죄송해요! 전 그냥 순수하게 걱정이 되어서."

"하여간 엉뚱하기는."

팔로 턱을 괸 이준이 가늘어진 눈으로 준희를 보더니 쿡 웃었다.

"아버지가 뭐라 했는지는 몰라도 다 잘 몰라서 하신 말씀이니 신경 쓰지 마."

"그게 무슨 말이에요?"

"나 신체 건강한 대한민국 남자야. 잠을 못 자는 건 단순한 불면증 때문이고."

"가위에 눌리고 악몽에 시달리는데도요?"

"누구나 한 번쯤 경험하는 거야."

"당신의 유일한 시크릿을 알고 있는 나한테는 좀 솔직해지면 안 돼요?"

"그 시크릿, 잘못 알고 있는 거라고 몇 번을 말해?"

"제가 그걸 어떻게 알아요?"

"지금이라도 확인시켜줘?"

"응큼한 생각하지 말아요. 곧 떠나는 남편 반겨줄 마음 조금도 없으니까."

준희가 앙칼지게 발톱을 드러내자 이준은 또다시 웃어버렸다. 묘하게 그를 자극하는 존재였다, 백준희는.

"밤톨, 하나만 묻자."

"뭐요?"

"넌 나와 결혼하는 거 안 무서웠어?"

"어떤 의미에서요?"

"아버지가 그건 말 안 해줬나 보지? 나한테 달라붙은 귀신이 내 여자도 괴롭힌다는 걸."

"강이준 씨도 못 들었나 봐요? 내가 부적 역할을 할 수 있는 이유. 그 귀신들보다 음기가 더 세서 내가 이긴다잖아요."

그의 눈이 가늘어졌다. 한없이 작고 여린 이 몸으로 어떻게 귀신을 이긴다는 건지.

"그러니까 내 걱정은 그만 좀 하세요. 프랑스로 맘 편히 떠나란 말해주고 싶어서 자고 가라고 한 거니까."

의젓한 말 한마디 한마디가 이준의 뇌를 잡고 흔드는 느낌이었다.

"귀신도 이기는 내가 산 사람 못 이겨내겠어요? 보란 듯이 당신 아내 자리 잘 유지하고 있을 테니까 강이준 씨는 프랑스에서 열심히 일이나 하세요. 알았죠?"

내가 지금 너에게 무슨 짓을 한 걸까?

내가 지금 너에게 하는 모든 것들이 잘한 일일까?

수많은 것들이 고민되고 후회되고 걱정이 되었다. 복잡미묘한 표정을 짓는 이준을 가만히 바라보던 준희가 바에서 나와 조심히 그의 앞에 섰다.

"그러니까 오늘은 침대에서 같이 자요. 부적인지 아닌지 확인해보고 프랑스 가기 전에 기운 꽉꽉 줄게요."

"······미신이라고 몇 번을 말해."

말을 하며 이준은 눈을 피했다. 준희의 얼굴을 볼 자신이 없었기 때문이었다. '침대'라는 단어만으로도 흥분해버린 제 눈을 들키고 싶지 않아서였다.

"사람 말할 때 눈을 보라고 한 건 당신이에요."

그런데 준희가 그것마저도 못 하게 만들었다.

"나랑 한 침대에서 자도 아무 일 없을 자신 있다고 한 것도 당신이구요."

준희가 남자에 대해 많이 아는 여자였다면 눈치챘을 것이다.

"손해 볼 거 없는 제안인데 왜 거절해요?"

제 눈동자에 가득 차버린 성적인 욕망을, 그리고 흥분을.

"난 엄청 자신 있는데. 강이준 씨랑 한 침대에서 자도 아무 일 없을 자신."

하지만 준희는 순수했고 맑았다.

"맹세할게요. 절대 강이준 씨 덮치지도 않고 목에 다리도 안 올릴게요."

나쁜 놈이라고 욕해도 좋다. 그 순수함에 안도하며 이준은 그 손을 잡아버렸다.

"그러자."

티끌 없이 맑은 눈동자를 바라보며.

"오늘은 같이 자는 거야, 백준희."

그가 준희를 이끈 곳은 침실이었다. 그리고 정말 준희는 순수하게 그대로 잠이 들어버렸다.

아무리 그래도 그렇지. 다 큰 성인 남녀가 한 침대에 누워 있는데, 조금도 긴장하지 않고서.

"잘도 잔단 말이야."

손가락으로 뺨을 누르자 탱글탱글하면서도 보드라운 피부의 감촉이 느껴졌다. 뺨도 부드럽지만 목덜미도 부드럽고 그 밑으로 내려갈수록 더 부드럽다는 걸 알고 있었다.

"미치겠네."

이제 걸핏하면 생각나버린다. 모르면 몰랐지, 알고 있으니

더욱더 생생하게, 나비가 꽃을 찾듯이, 사막에서 오아시스를 찾듯이, 아내의 달콤함을 맛보고 싶은 욕구가 뜨겁게 그의 몸을 달구고 있었다.

이대로는 안 되겠다. 침대를 벗어나려는 순간, 하필 준희가 굴러들어왔다. 그의 품으로.

"으음, 좋다."

살며시 웃으며 잠꼬대를 흘린 준희는 당연하다는 듯 그의 품을 차지했다. 그런 준희를 차마 밀어내지도 못하겠고, 안아주지도 못하겠고. 지금 내가 널 어떻게 하고 싶어하는지도 모르면서 무방비하게.

그는 어정쩡한 모양새로 준희를 품에 안은 채 중얼거렸다.

"뭐, 나름…… 효과가 있긴 하네."

짙은 어둠에 둘러싸인 고요한 침묵 속, 그의 머릿속 어디에도 윤은서는 존재하지 않았다. 바짝 곤두선 그의 오감은 오로지 품에 안긴 제 아내만을 향하고 있었다. 더 안고 싶고, 더 느끼고 싶고, 더 품고 싶은 생각만이 간절했다.

내면에서 거칠게 포효하는 늑대를 억누르며 이준은 심신을 독하게 추슬렀다. 남편을 믿고 잠든 아내한테 몹쓸 짓을 해선 안 된다. 그 믿음을 배신하면 그는 정말 짐승인 것이다.

"강이준, 적어도 짐승이 되진 말자."

처음으로 노래란 걸 불러보았다.

김수한무 거북이와 두루미 삼천갑자 동방삭 치치카포 사리 사리…….

이렇게 참아주는데, 아주 작은 건 욕심내도 되지 않을까?

이준은 향긋한 아내의 머리칼에 코를 묻으며 작고 여린 몸을 품에 꼭 끌어안았다. 흥분한 하체가 고통스러울 만큼 그를 괴롭혔지만 시간이 흐를수록 점점 안정이 되어갔다.

짐승의 포효는 가라앉았고, 어리고 착한 아내를 지켜주고 싶다는 생각뿐이었다.

그렇게 몇 시간을 졌는지 모른다. 눈을 뜨자 그때까지도 준희가 그의 품에 거머리처럼 들러붙어 있었다.

살그머니 침대에 눕히자 또다시 데굴데굴 굴러가더니 침대 맡에서 머리를 푹 떨궜다. 어떻게 보면 섬뜩한 모습인데도 그게 또 귀여워 보였다.

"콩깍지가 단단히 씌었군."

이준은 잠이 든 준희를 한참 동안 빤히 바라보았다.

왜 넌 괜찮은 걸까. 왜 넌 욕심나는 걸까.

시간이 허락만 한다면, 시간을 좀 더 같이 보내고 싶었다.

"……미신은 미신일 뿐이니까."

그 시기를 조금 늦춘다고 해서 백준희한테 뭔 일이 일어나는 건 아니니까. 그러니까 조금은 뭐…….

"더 같이 있어도 되겠지."

안 간다는 것도 아니고 잠시 미루겠다는데.

조용히 침실을 나오는 이준의 입가엔 희미한 미소가 어려 있었다.

샤워를 하고 나오자 그제야 잠에서 깼는지 부스스하게 침실을 나오는 준희가 보였다.

"어?"

이준을 발견한 준희가 손등으로 눈을 비볐다. 마치 못 볼 거라도 본 사람처럼.

"일하러 안 갔어요?"

"너랑 할 게 있어서 오늘 스케줄 비웠어."

"나랑 할 게 있다구요?"

"궁금하면 30분 안에 준비하고 나오든지."

대답도 필요 없었다. 다다다다, 무섭게 욕실로 돌진하는 준희를 보며 이준은 박 실장에게 전화를 걸었다.

"프랑스 출장 일단 보류하세요."

Chapter 9

겁쟁이 남편, 쿨한 아내

"……으음."

잠결에 몸을 뒤척이던 준희는 번쩍 눈을 떴다.

이준의 차에 탄 이후로 깜빡 잠이 들었던 게 마지막 기억이었다. 하지만 눈을 뜨니 차 안은 텅 비어 있었고, 이준도 운전기사도 보이지 않았다.

"뭐야, 도착했으면 좀 깨워주지."

투덜거리며 차에서 내린 준희의 눈이 부드럽게 풀렸다.

울창한 숲 사이로 끝이 없을 만큼 길게 늘어져 있는 산책로, 흐드러지게 핀 꽃잎이 눈처럼 날리던 벤치, 다이아를 뿌려놓은 듯 반짝이던 호수.

10년이면 강산도 변한다는데 이곳은 조금도 변하지 않았다.

"……양평 별장?"

발걸음은 저절로 산책로로 흘러들었다.

오랜만에 밟아보는 부드러운 흙의 감촉이 더욱더 추억에 젖어들게 만들었다. 산책로의 끝에 다다를수록 여린 심장이 미친 듯이 쿵쾅거렸다.

10년 전 그때처럼, 이 길 끝에 그가 있을까?

"차라리 없어라, 제발."

하지만 이준은 그곳에 있었다. 경치의 아름다움과 숲이 감싸주는 고요함에 취해 잠이 든 채.

가까이 다가갔지만 양팔을 벤치 등받이에 올리고 고개를 젖힌 채 잠이 든 이준은 미동조차 없었다. 깊이 잠이 든 걸 확인하고 나서야 준희는 마음껏 그를 구경했다.

슈트를 벗어 던지고 셔츠와 청바지를 입은 그는 대학생 같았다. 힘주지 않은 머리칼도 무척 부드러워서 그의 인상을 더욱 앳되 보이게 했다.

그때와 변한 건 없었다. 시간만 흘렀을 뿐, 여전히 제 심장을 쥐고 흔드는 첫사랑이라는 건.

"강이준 씨, 자요?"

좀 더 깊이 푹, 자줘요.

"지금 안 일어나면 나 사고 칠 건데?"

당신을 보내기 전에 내가 추억이란 걸 하나 더 만들고 싶거든요.

산들산들 불어오는 바람을 느끼며 준희는 조심히 얼굴을 내렸다. 목적지인 이마를 향해 입술을 내리던 준희의 눈이 격하게 확장되었다.

"각도가 어긋났잖아."

반쯤 드러난 눈꺼풀 사이로 나른한 눈동자가 준희를 빤히 쳐다보고 있었다. 이 남자는 뒤집어서 봐도 얼굴이 예술이다.

"하려면 제대로 해야지."

울지도 웃지도 못할 상황. 후진하자니 이미 들켰고, 전진하자니 부끄러웠다. 갈팡질팡하는 감정이 얼굴에 고스란히 드러났나 보다.

"진짜 귀여워 죽겠네."

커다란 손이 준희의 목덜미를 지그시 쥐곤 힘을 가했다. 그러자 두 입술의 거리가 점점 가까워졌다. 그 거리만큼 준희는 숨도 쉬지 못한 채 굳어 있었다. 그렇게 홀리듯이 그의 손에 이끌려 서로의 입술이 위아래로 어긋나게 맞닿았다.

그 순간 점멸하듯 시야가 새까매졌다. 숨 막히도록 아찔하게 밀려드는 그의 숨결만을 느낄 뿐. 유영하듯 조심스럽고 부드럽게, 그의 혀가 입술 안을 노닐었다. 그 혀의 움직임에 준희도 어설프게 맞추었다. 서로의 혀가 감겨들자 전기라도 감전된 듯 등줄기가 찌르르해졌다.

그와의 첫 키스는, 미치게 좋았다. 영원히 해도 질리지 않을 만큼, 황홀하고 감각적이었다.

귓바퀴 가득 질척이는 키스 소리가 차올랐다.

이준의 입술이 떨어진 후에도 준희는 한참 동안 눈을 감고 있었다.

"밤톨."

그의 부드러운 목소리에 눈을 뜨자, 빤히 바라보고 있는 짙은 시선이 있었다.

"점심 먹으러 가자."

잘 익은 홍시 같은 얼굴로 서 있는 준희의 손목을 이준이 끌었다. 난생처음 해보는 키스에 부끄럽고 민망하고 수줍은 건 준희뿐인 것 같았다. 이준은 아무 일 없다는 듯 너무 자연스러웠다.

파릇파릇한 잔디 위에 푸짐한 음식들이 차려졌는데도 준희의 입이 나와 있는 이유였다.

"여기 데려온 거, 설마 명의 이전 해달라는 건 아니죠?"

"나이에 비해 너무 세상을 비뚤어지게 본다는 생각은 안 해?"

"원래 세상이 그래요. 그걸 빨리 깨달아서 잘 헤쳐나가고 있구요."

"네가 좋아할 것 같아서 데려왔을 뿐이야."

"그러니까 왜요? 왜 내가 좋아할 곳을 데리고 왔는데요?"

"오늘 부적 노릇 톡톡히 받아서. 어떻게든 갚아주고 싶었거든."

입 안으로 카나페 한 조각을 밀어 넣으면서 준희는 정말 묻고 싶은 걸 물었다.

"아까 키스는 왜 한 거예요?"

"네가 하고 싶어하는 것 같아서."

"장난해요!?"

"저번처럼 또 각도 조절을 잘못한 줄 알고 도와줬을 뿐이야."

"……!"

"좀 더 능숙한 내가 리드하는 게 낫지 않을까 싶기도 했고."

뒷말은 하지 말았어야 했다. 와장창창, 준희의 자존심이 무너져내렸다.

"나 각도 조절 엄청 잘하거든요?"

준희는 포크를 내려놓고선 겁도 없이 그의 턱밑까지 치고 들어갔다. 그러고는 살짝 고개를 올려 닿을 듯 말 듯 입술을 가까이 했다.

"입에다 뽀뽀하고 싶으면 여기."

"……."

"이마에 해주고 싶으면 여기."

"……."

이준의 얼굴에서 미소가 사라지는 걸 보며 준희는 생긋 웃었다.

"각도 조절 정확히 하죠?"

흐뭇하게 다시 물러나려던 그때였다. 다시 손목이 틀어 잡혀 앞으로 휙 당겨졌다.

"그래서, 지금은 어디에 하고 싶은데?"

느릿하게 올라온 손가락이 감각적으로 준희의 얼굴을 더듬었다.

"……이마."

자극하듯이.

"아니면, 뺨?"

유혹하듯이.

"아니면, 입술?"

나른하고 야하게.

"키스요."

웃음기가 증발한 새까만 눈동자가 햇살에 반사되어 신비롭게 반짝였다.

"근데 지금은 아닌 것 같아요."

얼른 말을 내뱉은 이유는 그렇지 않으면 이준이 또 키스해 버릴 것 같아서였다. 또 그 상황이 벌어진다면 준희 스스로도 감당할 수 없을 것 같았다. 어쩌면 그를 눕히고 올라타버릴지도 모른다.

"제가 샌드위치랑 카나페를 많이 먹어서 좀……."

"……"

"그러니까 두 번째 키스는 다음 기회에."

생긋 웃으면서 살그머니 뒤로 물러나는 준희를 그는 다시 붙잡지 않았다.

"잠시 여기 있어."

그가 자리에서 일어나자 준희의 목이 뒤로 꺾일 듯이 넘어갔다.

"어디 가게요?"

"근처에 있을 거야. 여긴 사유지라 외부인이 들어올 일 없어서 위험하진 않을 테니 혼자 있을 수 있지?"

"저 애 아니거든요?"

'애한테 키스도 하나요?'라고는 못 하겠고.

준희가 발끈하자 이준은 픽 웃으면서 사라졌다. 그제야 준희는 발라당 누워 푸르른 하늘을 올려다보았다.

"아까 내가 아무 말도 안 했으면."

나른하게 입술을 훑던 손가락처럼 그의 짙은 눈빛은 그녀의 입술에 고정되어 있었다.

"진짜 키스해줬을까?"

상상만으로도 심장이 벌렁거렸다.

미쳤어, 미쳤어!

벌떡 일어난 준희는 이어폰을 귀에 꽂고 평소 즐겨듣는 노래를 휴대 전화로 튼 후 호숫가를 내달리기 시작했다. 엉큼하게 몰려든 음기를 이렇게라도 소진시켜야 했다.

"제발 엉큼한 생각은 그만하자!"

넌 지금 이럴 때가 아니잖아. 정신 차리자, 백준희.

그런데 이놈의 호수는 왜 이렇게 큰 건지. 한 바퀴를 달렸을 뿐인데 숨이 턱까지 차올랐다. 그래도 머릿속은 다시 건전해졌다.

"이게 다 강이준 때문이야."

쥐어짜듯이 당겨오던 폐가 조금씩 느슨해지자 허리를 반듯하게 폈다. 오랜만에 한 운동에 뻐근해지는 근육의 느낌이 나쁘지만은 않았다. 일에만 열중하느라 몸 관리를 게을리했던 게 후회되었다.

"돌아가면 당장 헬스장 먼저 등록해야지."

뛰나가 헛둘헛둘, 뛰다가 스트레칭. 음악에 맞추어 조금씩 리듬을 타며 다시 달리고 있을 때였다.

저 멀리서 긴 다리를 뻗으며 무섭게 달려오고 있는 이준이 보였다.

"……왜 저러지?"

귀에서 이어폰을 빼며 이준 쪽으로 몸을 틀려던 찰나, 쌩하니 무언가가 어깨를 거칠게 치며 지나갔다. 그 충격에 몸이 핑그르르 돌며 발라당 넘어지고 말았다. 순식간에 달려온 이준이 한쪽 무릎을 땅에 대고 허리를 굽혔다.

"백준희, 괜찮아?"

"아…… 네."

팔꿈치와 무릎이 까졌는지 따끔거렸지만 그걸 내색하기는 민망했다. 귀에 이어폰을 꽂고 주변 확인을 하지 않은 제 잘못도 있었으니까. 다친 데가 없는지 몸 여기저기를 꼼꼼하게 훑어본 이준이 저만치 멀어진 남자를 무섭게 쏘아보았다. 덩달아 준희도 그의 시선을 따라갔다.

전동 휠을 타고 신나게 달리는 젊은 남자가 보였다. 그 남자에게서 시선을 떼지 않은 채 이준이 어디론가 전화를 걸었다.

"사유지를 침범한 외부인이 있습니다. 당장 입구에서 잡아서 경찰서로 데려가세요."

넘어졌는데도 본체만체하고 그냥 지나간 건 괘씸했지만 그래도 경찰서는 좀…….

"저 진짜 괜찮아요. 조금 까진 것 말고는…… 꺄악!"

연이어 비명이 터져 나왔다. 이준이 준희를 번쩍 안아 든 것
이다.

"괜찮긴 뭐가 괜찮아. 피가 나는데."

무섭게 잠겨든 목소리처럼,

"……병원에 가자."

그의 얼굴이 너무 어둡게 가라앉아 있었다.

멍 들고 피 나고 타박상이 전부일 뿐, 부러진 곳도 없이 멀쩡
했다. 그런데도 준희는 태어나서 처음으로 1인 병실에 보란 듯
이 입원을 했다.

유리 다루듯이 소중하게 다룰 땐 언제고, 준희는 지금 10분
이 넘도록 찌릿찌릿한 시선을 받으며 일방적인 잔소리를 듣는
중이었다.

"그러니까 뛰긴 왜 뛰어?"

내 발로 내가 뛰지도 못해요?

"칠칠치 못하게. 이러니까 어린애지."

혼자 발 걸려 넘어진 것도 아니었다. 그놈이 속도도 안 줄이
고 전동 휠을 달려서 치고 간 거였다.

그래서 당신도 그렇게 화를 낸 거잖아요.

"항상 조심해야지."

사유지라 외부인이 들어올 일 없다고 안심시킨 게 누군데요.

"하루라도 조용히 넘어가면 안 돼?"

저만큼 조용히 지내고 싶은 여잔 없습니다.

"제발 얌전히 좀 있어봐. 응?"

살아 숨 쉬는 인간이 어떻게 얌전히만 있나요?

이 모든 억울함을 단 한 마디도 입 밖으로 꺼낼 수 없었던 이유는 오로지 하나.

"사람 걱정이나 시키고."

이준답지 않게 너무나도 과한 걱정을 쏟아내고 있었기 때문이었다.

"상처 다 나을 때까지 병실에서 꼼짝할 생각하지 마."

"겨우 타박상인데요?"

"겨우라니. 피까지 났는데."

큰 사고라도 당한 것처럼 말하는 이준에게 맞장구쳤다가는 이 병원에서 감옥살이 하게 생겼다.

"저 보기와 달리 운 진짜 좋아요. 이런 일 처음인 데다 평생 있을까 말까 한 일이에요."

그러니까 저 여기에 가두지 마세요, 네?

"제가 장담하는데 다신 이런 일 없을 거……."

"그래서 안 돼."

가차 없이 이준에게 말이 잘렸다.

"나와 있는 동안에는 작은 상처도 나선 안 돼."

타협할 생각이 전혀 없는 차디찬 새까만 눈동자가 말문을 막아버렸다.

"그건 내가 못 봐."

걱정을 넘어선 과잉보호란 걸 알면서도 어떤 말도 할 수 없었다.

그 말을 증명이라도 하듯이 이준은 그의 그림자와도 같은 박 실장까지 남겨두고 갔다. 그건 곧 제대로 감시를 하고 보고를 받겠다는 뜻이었다. 넘어진 게 죄를 지은 것도 아닌데.

"이런 과잉보호는 처음이야."

어렸을 때도 이런 적은 없었다. 그래서 적응도 안 되고 어떻게 해야 할지를 모르겠다.

"사모님, 답답해도 일주일만 참으세요."

준희는 사감처럼 깐깐한 외모의 박 실장을 최대한 애처롭게 바라보았다.

"박 실장님이 전무님한테 말씀 좀 잘해주시면 안 될까요?"

1%의 희망을 조심히 품어보지만.

"희망은 버리세요."

누구 부하 직원 아니랄까 봐 가차 없었다.

"진짜 이건 너무하잖아요. 팔다리 멀쩡하고 좀 긁히고 멍든 걸로 일주일이나 병실 콕 하라니요."

경미한 상처인데도 입원을 받아준 병원도 좀 그렇다.

"진짜 교통사고라도 났으면 아주 난리 났겠어요."

"전무님 앞에선 그런 말씀 절대 하지 마세요. 특히 교통사고는요."

"죄송해요. 제가 말실수를 했어요."

갑자기 엄해진 박 실장의 표정에 준희는 얼른 사과를 했다.

"전무님께서 사고에 좀 많이 민감하세요."

"이건 사고 축에도 안 드는데."

"작은 사고라도 어찌 되었든 다치셨고 그곳에 전무님이 계셨어요. 그럼 전무님께선 본인 탓으로 책임을 돌리십니다."

준희로선 이해할 수 없는 말이었다. 오늘의 사고는 주변을 확인하지 않은 제 탓이었고, 사유지를 침범해서 제멋대로 달린 그놈 탓이었다.

"그만큼 전무님이 사모님을 많이 아끼고 걱정하시는 거라고 생각하세요. 지금 전무님께 1순위는 사모님이니까요."

준희는 결국 한숨을 푹 내쉬었다.

"꼼짝없이 병실 콕 해야겠네요."

"사모님이 전무님을 너그럽게 이해해주세요."

자포자기한 준희의 어깨를 위로하듯이 두드려주는 게 박 실장이 할 수 있는 전부였다.

그렇게 며칠 감옥살이를 하게 된 준희는 온갖 노력을 다해보았다. 병원 구석구석 돌아다녔고 환자들과 친하게 지냈으며 처음으로 게임이란 것도 해보았다. 그런데도 시간은 더디게만 흘렀다.

3일째 되는 날, 참다 못한 준희의 입에서 샤우팅이 터져 나왔다.

"으아아아악!"

병실 테이블에서 노트북을 하던 박 실장이 그 소리에 놀라 걱정스럽게 다가왔다.

"사모님, 어디 아프세요?"

"흐영, 박 실장님. 너무 멀쩡해서 문제예요."

"……?"

"저 너무 답답해요. 답답해서 죽을 것 같아요. 저 좀 어떻게 해줘요, 네?"

박 실장이 시간을 확인하더니 생긋 웃었다.

"30분 후에 외출할 테니 준비하세요."

"……외출이요? 어디요?"

"전무님께서 오늘 저녁은 밖에서 사모님과 드실 거라고 했습니다."

"그걸 왜 이제야 말해줘요?"

"긴급 사안이 불시에 일어나는지라 6시까지 상황 보고 말씀 드리려고 입 다물고 있었어요."

대충 옷을 입고 준비를 한 준희가 1층으로 내려가자 밖은 비가 오고 있었다. 1층 로비 입구에 세워진 이준의 차를 발견한 준희의 얼굴에 미소가 번졌다. 그런데 보여야 할 남편이 보이지 않았다.

"전무님께선 식당으로 바로 오신다고 했습니다. 그리고 김 기사님은 오늘 더욱더 조심히 사모님 모시고 가십시오. 전무님이 걱정이 크십니다."

김 기사는 정말이지 너무 조심스럽게 운전을 했다. 면허를 따기 직전 도로 주행을 하는 것처럼 슬로우 슬로우.

"전무님께는 비밀로 해드릴 테니 조금만 더 속도를 내주시면 안 될까요?"

준희의 조심스러운 제안에도 김 기사 또한 박 실장과 다르지 않았다.

"죄송합니다, 사모님."

뻥 뚫린 도로에서도 절대 속도를 내지 않으니 보는 것만으로도 답답할 지경이었다. 하지만 그 답답함마저 기분 좋게 추슬렀다. 이 모든 게 다 그가 날 걱정해서 그런 거니까. 갑자기 그의 목소리가 듣고 싶어진 준희는 이준에게 전화를 걸었다.

"강이준 씨, 지금 어디예요?"

[이제 막 도착했어.]

"택시 타고 간 건 아니죠?"

[너한테 내 차 양보하고 택시 탔을까 봐 걱정돼?]

"당연하죠. 저 때문에 재벌 3세가 대중교통을 이용한다니."

[재벌 3세라서 차가 여러 대라는 생각은 안 해봤고?]

"아……."

[말만 재벌 3세라고 하지 말고 취급 좀 제대로 해주지 그래? 그런 남편을 뒀으면 좀 뜯어먹기도 하고 뭐 사달라고 졸라도 보고.]

휴대 전화 너머로 들려오는 나직한 웃음소리에 심장이 콩닥거렸다. 보고 싶어. 보고 싶어 죽겠어.

지금이 기회다 싶어 준희는 얼른 말을 했다.

"김 기사님한테 속도 좀만 내라고 하면 안 될까요?"

[안 돼.]

"이래서 언제 도착해요?"

[속도를 내지 말라고 한 게 아니라 규정 속도를 지키라고 했을 뿐이야. 지킬 거 다 지키면서 안전하게 와.]

그렇게 말을 하니 더 이상 할 말이 없었다.

"밖에 비 오는 거 알아요?"

[알아.]

"도착하면 우산 들고 마중 나와 있을 거예요?"

[어디가 예쁘다고. 김 기사님이 비 안 맞게 우산 잘 들어줄 테니 알아서 들어와.]

"……헐."

그때 김 기사가 손가락으로 신호를 보냈다.

'거의 도착했습니다, 사모님.'

고급스러운 한정식 식당 입구 앞, 훤칠한 자태로 서 있는 남자가 보였다. 그의 손에 든 우산을 본 준희의 입가에 미소가 어렸다. 마중 나올 거면서 튕기기는.

"저 어디게요."

[어딘데.]

"5초 후에 짠 하고 강이준 씨 앞에 나타날 테니까 그 자리에서 움직이지 말아요. 5초."

어떤 말도 하지 않았다. 그런데도 김 기사는 베테랑답게 카운트다운에 맞추어 차의 속도를 조절했다. 정확히 5초 후에 그의 앞에 차가 멈출 수 있도록.

"4초."

이준이 드디어 눈을 들었다. 오른쪽이 아닌 왼쪽을 먼저 확인했다.

"3초."

여기요, 여기라구요, 강이준 씨!

김 기사도 두 사람의 알콩달콩 놀음에 제대로 심취했는지 더욱더 핸들을 바짝 쥐었다. 오차 없이 정확하게 멈추어 설 수 있도록.

"2초."

오른쪽으로 방향을 튼 이준의 시선이 준희를 발견했다.

"1초……."

콰앙―!

거짓말처럼 느릿하게 달리던 차가 멈추면서 차체가 비틀어졌다. 그 충격에 요동치던 준희의 몸도 거칠게 차 문에 부딪혔다.

준희와 김 기사. 두 사람 모두 카운트다운 놀이에 심취해버렸던 것 같다. 갈라진 골목길에서 멈추고 차가 오는지 확인했어야 했는데 하지 않은 것이다. 그나마 다행인 건 골목길이라 속도를 많이 내지 못했다는 것. 준희가 앉은 쪽이 아닌 비어 있는 쪽의 차 뒷좌석을 박았다는 것.

"사모님, 괜찮으세요?"

준희의 상태를 먼저 확인하는 김 기사의 얼굴이 새하얗게 질려 있었다.

"정말 죄송합니다!"

"저는 괜찮아요."

그녀를 부르는 이준의 애타는 음성에 얼떨결에 대답이 나왔다.

"저, 저 괜찮아요!"

그러니까 또 당신 탓 하지 말아요, 제발.

"아무렇지 않은 척 웃어줘야 해."

부딪힌 왼쪽 어깨가 뻐근해왔지만 그래야 할 것 같았다. 하필이면 왜 교통사고야. 그것도 이준이 보는 앞에서 말이다.

차 문이 벌컥 열리고 불쑥 상체를 들이민 이준을 마주한 순간, 준희는 차마 웃을 수가 없었다.

우산도 쓰지 못한 채 달려오느라 빗물을 흠뻑 머금은 머리칼, 핏기 하나 없이 파리해진 그의 얼굴이 송곳처럼 그녀의 눈에 박혀들었다.

"강이준…… 씨."

준희는 어떤 말도, 어떤 행동도 할 수 없었다. 그녀를 와락 품에 안아버린 이준 때문에.

"미안하다."

왜 또 당신이 미안하냐고 물을 수조차 없었다. 처음 듣는 떨리는 그의 음성에 가슴이 너무 먹먹해서.

이준의 품에 안겨 식당 안으로 들어서자마자 준희는 핑그르르 몇 바퀴 돌아보았다. 멍든 데도 없고 피가 나는 데도 없었다. 물론 저릿저릿한 왼쪽 어깨의 통증은 비밀이지만.

"저 다친 데 없이 말짱해요. 봐요, 진짜죠?"

이준을 향해 웃어 보이는 준희의 심장은 다른 의미로 불안하게 뛰었다. 그가 입원 기간을 늘려버릴까 봐. 저 얼굴로 걱정되서 그런다고 하면 거절하지도 못할 상황이었다.

며칠 사이 연달아 일어난 두 번의 사고에 비까지 추적추적. 하고많은 사고 중에 왜 하필 교통사고냐구요…….

하아, 고약한 머피의 법칙이었다.

맞은편에 앉은 이준의 표정이 무거웠다. 그걸 보며 준희는 한숨을 내쉬었다.

"저 정말 멀쩡해요. 병원 가서 정밀 검사든 뭐든 해보면 알 거 아니에요."

고집스러운 그의 침묵에 숨이 막혀들 때쯤, 이준이 입을 열었다.

"배고프지?"

"당연하죠! 저 밥 두 그릇 먹을 거예요! 배고파서 쓰러질 것 같다구요, 지금!"

하지만 준희는 그에게 큰소리를 쳤던 것처럼 폭풍 식욕을 자랑할 수 없었다. 식사 내내 숨이 막힐 만큼 말이 없는 이준 때문에 목구멍으로 밥이 넘어가질 않았기 때문이었다. 분위기를 풀어보려고 수다를 떨어봤지만 간혹 미소만 보일 뿐 이준은 웃질 않았다.

눈치만 보고 있는 것도 이젠 한계였다.

"강이준 씨, 혹시 아까 그 사고가 아직도 신경 쓰여요?"

"내 눈앞에서 났으니까."

의외로 그는 덤덤하게 대답을 흘렸다.

"그래서, 그 사고에도 책임감을 느껴요?"

"……."

"강이준 씨한테 달라붙은 처녀 귀신이 저 다치게 하려고 교통사고라도 냈을까 봐?"

"……."

"귀신 때문이라고 쳐요. 근데 그 처녀 귀신이 미쳤다고 나를요? 왜요?"

처녀 귀신도 바보는 아닐 것이다. 일방통행인 감정만으로 그런 짓을 벌인다면 그에게 흑심 품은 여자들은 다 사고가 났을 것이다.

"강이준 씨 저 여자로 안 보잖아요. 여자 취급은커녕 허구한 날 애 취급해서 서러워 죽겠는데."

사고는 지극히 우연이었다. 그걸 받아들이지 못하는 이준이 안쓰러우면서도 답답했다.

"오히려 강이준 씨 때문에 사고가 크게 안 난 거예요. 장난치느라 차도 느리게 움직였고 강이준 씨랑 통화하고 있어서 나 하나도 안 무서웠어요. 안 그래요?"

테이블 위에 올린 팔로 턱을 괸 그가 준희를 빤히 바라보았다. 내내 굳어 있던 눈매가 부드럽게 풀리며 웃음기가 어렸다. 평소의…… 강이준으로 돌아온 것이다.

"얼른 먹어. 배고프다면서."

그제야 준희는 편하게 식사를 할 수 있었다.

병원에 도착하자 이준이 준희에게 말을 했다.

"들어가 있어. 의사 만나고 들어갈 테니까."

그런데도 준희는 병실 안으로 들어가길 머뭇거리고 있었다.

"나 들여보내고 의사랑 무슨 말 하려고요? 내일 아침 눈 뜨면 의사랑 간호사들이 몰려들어서 피 뽑고 검사하자고 그러는 거 아니죠?"

"몇 번을 말해. 검사 같은 거 안 시킨다고."

"미안한데 믿음이 안 가요."

"내가 한 입으로 두말하는 거 봤어?"

"아니요."

"잘 알면 얼른 들어가."

준희가 돌아서는 이준의 옷깃을 소심하게 잡았다.

"다시 올 거죠?"

"왔으면 좋겠어?"

"심심하단 말이에요."

"알았어."

준희가 병실로 들어간 후 이준은 흡연실로 향했다. 담배를 입에 문 채 창밖의 어두운 풍경을 빤히 응시하는 그의 눈빛이 유독 무거웠다. 박 실장이 들어오자 이준은 덤덤히 지시를 내렸다.

"예정대로 내일 오전 프랑스행 비행기 탑니다. 그러니 준비해놓으세요."

식사 내내 그의 머릿속은 아수라장이었다. 이 모든 것들이 그가 부린 작은 욕심의 대가 같아서. 준희가 무슨 말을 해도 그의 귀엔 들리지 않았다.

"그리고 프랑스는 나 혼자 갑니다."

"……전무님!"

"내일부터 박 실장님이 모실 상사는 내가 아니라 백준희입니다. 내 말뜻 이해하죠?"

오래 모신 만큼 이준의 눈빛과 표정만 봐도 그가 무슨 생각을 하고, 왜 그런 결정을 내렸는지 알 수 있는 박 실장이었다. 그래서 그저 따를 수밖에 없었다.

"……알겠습니다."

박 실장이 나간 후 이준은 두 번째 담배를 입에 물었다.

─저 보기와 달리 운 진짜 좋아요. 이런 일 처음인 데다 평
　생 있을까 말까 한 일이에요.

우연이든 아니든 그건 중요하지 않았다.

차가 '쿵!' 하고 충돌하는 소리에 심장이 멈춰버린 것 같았다. 준희 곁에 있다간 제 명에 못 살 것이다.

"빌어먹을 타이밍 같으니라고."

작은 욕심을 낸 대가가 이거라면, 좀 더 큰 욕심은 어떤 대가를 치러야 하는 거지? 오늘따라 입 안에 번지는 담배 맛이 그렇게 쓸 수가 없었다. 그런데도 더 독한 게 당겨왔다.

……시가가 차에 있었나.

이준은 석훈에게 전화를 걸었다.

"저예요, 아버지."

결심을 하고 나니 마음이 한결 가벼워졌다.

"준희가 오늘 교통사고를 당했어요."

남은 건 실행에 옮기는 것뿐.

병실에서 이준을 기다리는 준희는 불안함에 사로잡혔다. 몇 시간 전까지 과잉보호를 하던 그가 얌전하게 물러난 게 마음에 걸려서였다.

……왜지?

침대에서 뒹굴거리면서도 머릿속에는 온갖 물음표가 둥둥 떠다녔다. 때마침 병실 문이 열리고 이준이 들어오자, 준희는 다람쥐처럼 그의 앞으로 쪼르르 달려갔다.

"의사 선생님이랑 무슨 이야기하고 왔어요? 혹시 입원 연장해달라고 한 건 아니죠?"

"하루 정도 더 있다가 상태 괜찮으면 퇴원 수속 밟겠다고 했어."

"정말요?"

"더 있고 싶다면 더 있어도……."

"아니요, 아니요! 저 퇴원할래요!"

'퇴원'이란 말에 너무 좋아 발을 동동 구르느라 바라보는 그의 눈동자가 아련하다는 걸, 준희는 알지 못했다.

"단, 조건이 있어. 내일 하루는 얌전히 있겠다고 약속해. 병원에서 한 발짝도 안 나갈 자신 있어?"

"약속 지킬게요! 그러니까 강이준 씨도 약속 지켜야 해요. 알았죠?"

이준은 병실인데도 반짝반짝 빛이 나는 준희의 얼굴에서 시선을 떼지 못했다.

"……언제부터 내 말을 그렇게 잘 들었다고."

"진짜 걱정해서 그러는 건데 당연히 잘 들어야죠. 나도 양심이 있지."

그를 무한으로 신뢰하는 눈동자에 이준은 가슴이 아팠다. 그녀에게 미안하고 또 미안했다.

"양심이라…… 뭐, 틀린 말은 아니군."

양심이라는 게 있다면 더 이상 준희 곁에 있어서는 안 된다. 우연이든 아니든, 미신이든 아니든. 어차피 너와 난 아닌 거다. 그게 진실이고 결론이다. 그걸 잠시 망각하고 잊은 것뿐.

그는 쓴웃음을 삼키며 천천히 재킷을 벗고 넥타이를 느슨하게 풀었다. 그걸 지켜보던 준희의 눈이 동그래졌다.

"근데 왜 옷을 벗고 넥타이를 풀어요?"

"비 맞아서 찝찝해. 그래서 샤워 좀 하려고."

그건 아는데 왜 여기서요?

연신 물음표를 날리는 동그란 눈을 보며 이준은 태연하게 바라보았다.

"여기서 자고 가려고."

"네에!? 왜, 왜요!?"

"심심하다면서."

"잘 때는 안 심심해요."

그가 픽 웃었다.

"부적 기운 팍팍 준다고 같이 자자고 한 게 누구더라?"

"그건 하룻밤만 말한 건데."

"주기 싫으면 그냥 가고."

시치미를 뚝 떼며 돌아서는 그의 옷깃 한 귀퉁이를 작은 손이 얼른 잡아당겼다.

"가긴 어딜 가요."

기어들어가는 목소리에 수줍음이 넘실거렸다.

"자고 가요. 오늘 비싼 밥 사준 만큼 부적 기운 팍팍 줄게요."

제 몸에 딱 들어맞는 저 작은 몸을 이준은 오늘 밤 마음껏 끌어안을 생각이었다.

"기다려. 씻고 올 테니까."

준희는 샤워를 하고 나온 이준에게서 눈을 뗄 수가 없었다. 몇 개 풀어헤친 단추 사이로 탄탄한 근육이 보였다. 젖은 머리칼 때문인지 그의 눈빛도 젖어 있는 것처럼 느껴졌다. 샤워 후 살짝 느슨해진 그는 뭔가 끈적이는 야한 분위기를 스멀스멀 흘리고 있었다.

침대맡에 앉아 머리를 터는 이준의 널찍한 등이 시야를 가득 채웠다. 딱 벌어진 어깨와 가슴팍, 하지만 허리로 이어지는 선은 날씬했다. 이러니 슈트발이 나오지 않을 수가 있나.

"강이준 씨는 등판이 태평양 같아요."

속으로만 한다는 말이 입 밖으로 새어 나와버렸다.

"……뭐라고?"

"등에서 고스톱 쳐도 되겠다구요."

무슨 봉창 두드리는 소리야, 백준희?!

민망함에 발길이 제멋대로 향했다. 하필 멈추어 선 곳이 정수기 앞. 찬물을 벌컥벌컥 마시는 중에도 뒤통수에서 강렬한 시선이 느껴졌다. 찬물로 쿵쾅거리는 심장을 추스른 후 돌아선 준희는 손등으로 눈을 비볐다.

내가 지금…… 뭘 보고 있는 거지?

보란 듯이 침대의 반 이상을 차지하고 누운 그가 반쯤 몸을 세우곤 제 옆자리를 손으로 두드리고 있었다.

"뭐 해, 얼른 안 오고."

나른한 미소와 흐트러진 자태.

지금 그는 진정한 에로스 그 자체였다.

"모, 목이 말라서요. 물 좀 더 마시고요."

물을 몇 잔이나 더 마신 후에야 준희는 조심조심 침대 위로 올라갔다.

"안고 잘까? 손만 잡고 잘까?"

친히 물어봐주는 그의 배려가 그렇게 고마울 수 없는 순간이었다.

"손만 잡고 자요."

오늘 밤은 안겨서 자면 안 될 것 같았다. 이준을 못 믿는 게 아니라 자신을 못 믿어서였다.

"뭐, 원한다면."

이준이 그녀의 손을 잡았다. 그렇게 불을 끄고 나란히 누워 있는데 그의 손이 요망하게 움직이기 시작했다. 손가락을 타고 올라 손목까지 침범하며 지분거린다. 겨우 손목일 뿐인데도 야릇한 자극이 되어 준희의 신경을 분산시켰다. 오늘은 잠자긴 글렀다.

새벽 2시가 되었는데도 준희는 정말 자지 못했다. 평소에 잠을 많이 자서 그럴 수도 있지만 대형견처럼 침대를 그득 채우고 있는 남편의 존재 때문인지도 몰랐다.

잠 못 이루는 그녀와 달리 이준은 쌔근쌔근 잘도 자고 있었다. 고른 숨소리를 들으며 살그머니 잡힌 손을 빼려 할 때였다.

"잠이 안 와?"

잠이 들어 있는 사람이라고 하기엔 목소리가 지나치게 차분하고 발음이 또렷했다.

"안 자고 있었어요?"

돌아오는 대답이 없자 준희는 걱정부터 되었다.

"혹시 막 눈앞에 뭐가 아른거려요? 가위도 막…… 눌릴 것 같고?"

옅은 어둠 속에서 또렷하게 빛이 나는 준희의 얼굴을 이준은 빤히 응시했다.

"그냥, 잠이 안 와."

이준도 잠이 안 오긴 마찬가지였다.

맞닿은 몸에서 전해지는 보드랍고 따스한 온기, 간간이 들려오는 한숨 섞인 여린 숨소리, 뒤척이는 작은 몸짓, 진하게 풍겨오는 그녀만의 향기 때문에 자꾸만 엄한 쪽으로 생각이 흘러서.

"아무래도 부족한 것 같아."

"뭐가요?"

"부적 기운."

헤어지려면 몇 시간 남지 않았다. 그 몇 시간 동안 이 병실에 준희와 함께 콕 박혀 있을 테고.

작은 욕심을 부려도 아무 사고도 일어날 수 없는 완벽하게 안전한 공간.

"그럼 어떻게 해요?"

정말 몰라서 묻는 걸까. 이럴 때 보면 백준희는 참 순진하다. 남자에 대해 몰라도 너무 모른다. 내가 지금 너한테 뭘 하고 싶어하는지 알면 깜짝 놀랄 건데. 짐승이라고 소리치며 도망갈지도 모른다.

"유난히 악몽이 심할 때가 있어."

하지만 준희는 또다시 그에게 의심없이 넘어와줄 게 분명하다. 이준은 팔을 벌려 제대로 유혹을 시작했다.

"이리 와서 안겨봐."

"왜……요?"

"손잡고 사는 필요는 부족한 거 같아"

살그머니 잡아당긴 손목에 여린 몸이 저항 없이 품 안에 담뿍 안겨온다.

"또 귀신이 괴롭혀요?"

"엄청 괴롭히네, 오늘은."

"그, 그럼 꽉 좀 안아봐요!"

이럴 줄 알았다. 아주 제대로 넘어와준다. 기다렸다는 듯 이준은 준희를 더욱더 품에 꼭 끌어안았다.

이렇게 작고 여린데 왜 품엔 꼭 들어맞는 건지.

톱니바퀴처럼 빈틈없이 들어맞는 이 몸의 느낌이 미치도록 좋았다.

보드라운 몸이 뿜어내는 담백하고 깨끗한 향기도.

아, 키스하고 싶다.

키스, 키스, 키스, 키스.

내가 이렇게 키스에 환장한 놈이었던가.

"자, 잠깐만요. 너무 꽉 안은 것 같아요. 숨 쉬기가……."

그의 품에 꽉 안긴 준희는 차마 말을 잇지 못했다. 불편한 듯 자꾸만 그의 품 안에서 소심하게 바르작거렸다.

"효과 있는 것 같아요?"

"있어."

그러니까 가만히 좀 있어봐.

"그것도 엄청."

그 말에 방황하던 그녀의 두 손이 살그머니 그의 등을 감싸

왔다.

"부적 기운 팍팍 받아서 오늘 밤도 편히 자요."

아무래도 오늘 밤은 귀신이 아닌 아내한테 홀릴 것 같았다. 그렇게 두 사람은 서로를 꼭 껴안은 채로 잠이 들었다.

아침에 눈을 뜨자 준희는 이준의 품에 안겨 곤히 잠들어 있었다. 그녀가 깨지 않도록 소리 없이 병실을 빠져나온 이준은 대기하고 있던 차에 올랐다.

"호텔로 갑시다."

채비를 한 후 공항에 도착하자, 남자 두 명을 뒤에 대동하고 있는 박 실장이 보였다.

"전무님, 정말 제가 따라가지 않아도 괜찮겠습니까?"

벌써 세 번째 묻는 박 실장의 마음은 이해가 되었다. 장기 출장부터 해외 출장까지, 박 실장은 그의 그림자나 마찬가지였다. 통역을 따로 붙이는 게 불편하긴 했지만 그의 스타일대로 완벽하게 일처리를 하는 것부터 사생활 부분까지 취향대로 처리해주는 비서는 찾기가 힘들었다.

"준희 잘 부탁합니다."

박 실장의 어깨를 격려 차원으로 몇 번 두드리고 출국 전용 게이트로 향하던 그때였다.

"강이준 씨!"

이제 완성까지 듣기는 건가? 속으로 쓴웃음을 삼키며 걸음을 옮기려는 그의 앞을 누군가 가로막았다.

그의 눈앞에 병원에 있어야 할 백준희가 숨을 헐떡이며 서 있었다.

"귀 먹었어요? 헉헉. 불렀…… 헉헉…… 잖아요."

반가움에 하마터면 입꼬리가 올라갈 뻔했다. 그걸 가까스로 참은 이준은 날카로운 눈빛으로 박 실장을 응시했다.

'박 실장님이 말해준 겁니까?'

상사의 그 눈빛을 박 실장은 태연하게 모른 척하며 덤덤히 받아냈다.

전무님은 몇 년 떠나 계실 분, 사모님은 오늘부터 제가 충성을 다해 모셔야 할 분. 전 해야 할 일을 했을 뿐입니다.

이준의 눈이 다시 준희에게로 향했다.

"오늘 하루 얌전히 병원에 있겠다는 약속 잊었어?"

"그깟 약속 내가 왜 지켜야 하는데요?"

다갈색 눈동자를 품은 또렷한 눈매가 앙칼지게 올라섰다.

유독 아침잠이 많은 준희였지만 어제 하루 종일 편히 있어서 그런지 아침 일찍 눈이 떠진 건 행운이었다.

―전무님께서 오늘 오전 11시 30분 비행기로 출국하십니다.

준희는 생각하고 말 것도 없이 공항으로 내달렸다. 공항에 도착하기 전까지 그녀의 입에선 기가 막힌 헛웃음만 연신 새어 나왔다.

유별나던 과잉보호가 갑자기 풀어진 것도.

부적 기운을 받겠다며 그가 먼저 같이 자자고 한 것도.

오늘 하루 얌전히 병원에 있으면 퇴원하게 해주겠다는 것도.

조금만 머리를 굴렸으면 눈치챘을 일이었다. 그가 혼자서 떠날 준비를 하고 있다는 것을.

"프랑스로 간 지 하루 만에 다시 불려오고 싶나 봐요?"

그와는 항상 이런 식이었다. 거리를 좁혀놓으면 다시 멀어졌고 입 아프게 말을 해놓으면 어느 순간 다시 제자리였다.

"마음 같아선 정강이를 발로 걷어차버리고 싶지만."

그렇게 매정하게 떠날 거면서 왜 사람 헷갈리게 흔들었느냐고 따지고 싶지만.

"일하러 간다는 남편한테 바가지 긁을 만큼 못된 마누라 되기는 싫으니까."

준희는 그의 팔에 자연스럽게 팔짱을 꼈다. 무슨 생각인지 몰라도 이준도 그걸 뿌리치진 않았다.

"쿨하게 보내줄게요."

게이트 앞에 도착하자 준희는 꿋꿋한 눈빛으로 그를 올려다보았다.

"밥 잘 챙겨 먹고 잠도 잘 자고 몸 관리 잘하세요."

속은 부글부글 끓어올랐지만 준희는 스스로에게 차분하게 타일렀다.

일하러 가야 한다는데 어떻게 해. 어차피 떠날 남자였잖아.

"두 번째 계약서 잊지 않았죠? 내가 돌아오라고 하면 군말하지 않고 달려와야 하는 거."

"……."

"대답 안 해요?"

"……그래."

마지못한 듯 그가 대답하자 준희는 화가 났다.

이렇게까지 성격 죽이고 쿨하게 보내주는데 감히 똥 씹은 표정을 지어? 귀찮다는 눈빛을 해?

"강이준 씨는 나에 대해 알려면 멀었어요."

서로의 신발 코가 닿을 만큼 바짝 다가선 준희는 고집스럽게 턱을 치켜들었다.

"나 완전 쿨하게 보내줄 자신 있는데. 오늘 이렇게 가는 것도 미리 알았으면 부적 기운도 제대로 줬을 텐데."

살그머니 잡아당긴 넥타이에 그의 얼굴이 점점 가까워졌다.

"근데 뭐 지금도 늦지 않았어요. 지금이라도 제대로 왕창 받아가세요."

입술이 닿기 직전, 딱 1센티미터.

"강이준 씨는 겁쟁이에요. 그리고 난 겁쟁이가 아니고요."

두 사람의 입술이 맞물렸다. 키스가 아닌 그냥 입맞춤. 동상처럼 굳어서 반응 안 하는 그가 얄미워 아랫입술을 꽉 깨물어버렸다. 아플 법한데도 인상만 찌푸릴 뿐, 이준은 어떤 말도하지 않았다.

"부적 기운 잘 받았어요?"

입술을 맞댄 채 속삭이는 순간, 그녀의 허리가 단단한 팔에 옭아매였다.

"하려면 제대로 해야지."

나직한 속삭임과 함께 무지막지하게 입술이 집어삼켜졌다. 놀라서 벌어진 입술 사이로 뜨겁고 말캉한 혀가 공격적으로 밀려 들어왔다. 생애 처음 해보는 그와의 두 번째 키스는 짧고 강렬했다. 낙인을 찍듯이 촘촘했고 치밀했다. 황홀하면서도 마음이 아팠고, 심장이 쿵쾅거리면서도 차갑게 식어가는 느낌이었다.

그렇게 준희는 이준을 쿨하게 떠나보냈다.

철컥, 문을 열고 집 안으로 들어오자 센서 등이 현관을 환하게 밝혔다. 신혼집이긴 했지만 딱히 추억이 없는 집이었다. 소파에 털썩 앉은 준희는 손가락으로 입술을 더듬었다.

"키스는 왜 한 거야."

아직도 입술이 얼얼할 만큼 격렬했던 키스였다. 배려심은 조금도 없이, 남자라는 걸 제대로 느끼게 해준 키스였다. 침대에 누웠지만 새벽이 되도록 잠이 오질 않았다. 시큰한 눈으로 휴대 전화만 계속 확인할 뿐이었다. 도착 시간에 맞추어 메일을 보냈는데도 아직까지 답장이 없었다.

"잘 도착했다고 전화 한 통 해주면 어디 덧나?"

사람 걱정되게.

어찌어찌 겨우 잠이 들었다. 아침을 맞이한 준희는 가장 먼저 먼저 휴대 전화를 확인했다. 읽지 않은 메일 한 통. 하지만 반가움은 잠시뿐이었다.

전무님은 프랑스에 잘 도착하셨습니다.
그리고 전무님 스케줄 표는 월요일마다 제가 첨부해드리겠습니다.

이준의 비서가 보낸 무미건조한 짧은 답장을 본 준희는 바로 직감했다. 그가 준희에게 직접 연락할 일은 절대 없을 거라는 걸.

그는 도망친 게 아니었다.

소소한 전화나 메일로 답장도 직접 하기 싫을 만큼, 준희를 철저히 무시하려는 것이었다.

얻어낼 건 다 얻어냈으니 완벽하게 없는 사람 취급하고 잊어버리겠다는 것이었다.

Chapter 10

당신은 심장 안 떨려요?

3년 후.

대구에서 열린 전통주 칵테일 경연 대회에 참가한 선수는 모두 130여 명.

당당하게 대상을 차지한 준희는 상금과 트로피를 받고 기념사진까지 찍었다. 경연장에서 나오자마자 김 교수가 준희를 얼싸안았다.

"준희야, 내가 너 때문에 체면 세웠다! 이 예쁜 것!"

메이드 스쿨 학생 25명 전원이 참가했지만 상을 받은 건 그녀가 유일했고, 그 덕에 김 교수는 지도자상까지 받았다.

"우리 준희 국제 대회 나가도 손색이 없겠어."

"제가요?"

"와인 소믈리에 대회 동상 수상, 전국 칵테일 대회 최우수상 수상, 창작 칵테일 대회 금상 수상. 그리고 오늘 열린 전통주 칵테일 경연 대회 대상 수상. 2년 6개월 사이에 이 정도면 실력은 충분하다고 본다, 난. 내가 도와줄 테니 한번 도전해보는 게 어때?"

"기회만 되면 당연히 도전해봐야죠."

씩씩한 대답에 김 교수의 얼굴에 미소가 퍼졌다.

"얼굴도 예뻐, 실력도 출중해, 연습도 가장 부지런히 해. 진짜 못하는 게 뭐냐, 우리 준희는."

"다 교수님 가르침 덕분이죠."

차에 오른 준희는 창밖을 내다보며 오늘의 대화를 곱씹었다. 전통주는 사실 바텐더들에게는 생소한 주제였다. 하지만 막걸리와 모주를 좋아하는 근석 때문에 다행스럽게도 몇 번 도전해본 적 있었다. 그 덕에 즉흥적으로 주어진 30분간 차분하게 전통주를 베이스로 한 칵테일을 주조할 수 있었다.

나가는 대회마다 우승을 하고 최연소 수상이란 타이틀이 붙자 스카우트 제의가 쇄도했다. 몸값은 자연스럽게 높아졌고, 뭘 해도 잘할 수 있을 거라는 자신감이 넘쳐났다.

"잘하고 있어, 백준희. 그리고 앞으로도 잘할 거야."

이준과의 계약 기간은 5년. 3년이 지났고, 2년이 남았다.

그래서 준희는 준비를 하고 있었다. 해성의 그늘에서 벗어나 홀로서기를 할 준비를. 석훈의 도움 없이도 근석을 지켜줄 수 있는 가장이 될 준비를.

집에 도착하자 박 실장이 주차장에서 그녀를 기다리고 있었다. 박 실장이 타고 온 차를 볼 때마다 가슴이 두근거리는 준희였다.

강이준은 한국에 없었다. 그걸 아는데도 차의 뒷문이 열리면서 그가 내릴 것만 같았다.

누가 그랬던가. 사랑과 미움은 동전의 양면처럼 같이 존재하는 거라고.

그 말이 맞다면 그를 향한 감정이 조금은 사랑인 것도 같았다. 밉고 원망스러운데도 이렇게 보고 싶은 걸 보면.

차곡차곡 쌓인 눈처럼 이준과 함께 쌓았던 추억은 생각보다 많았다.

"대상 타신 거 축하드립니다."

커다란 꽃바구니가 눈앞에 내밀어지는데도 미련 가득한 눈동자는 선팅이 짙은 뒷좌석을 빤히 바라보았다.

"전무님께서 직접 고른 축하 선물입니다."

박 실장의 손가락 끝에 잘빠진 새빨간 스포츠카 한 대가 서 있었다.

"감사하다고 전해주세요."

딱 봐도 한국에 몇 대 들어오지 않은 리미티드일 게 뻔했다. 그런데도 준희의 목소리는 무미건조했다.

아무리 완벽한 그라도 모르는 게 있었다. 돈이 전부가 아니라는 걸.

비서를 통해 비싼 선물을 챙겨주는 것보다 준희가 원하는 건 그가 직접 쓴 소소한 메일 하나, 또는 전화 한 통이었다.

"한번 타보시는 게 어떨까요?"

"나중에요."

이런 선물 하나도 기쁘지 않다구요, 난.

시무룩한 준희에게 박 실장이 봉투를 내밀었다. 얼떨결에 받아 든 봉투 안의 내용물을 본 준희의 눈이 동그래졌다.

"글로벌 바텐딩 챔피언십 대회요?"

"주최국과 주관사를 보세요."

박 실장이 빙그레 웃었다.

주최국 : 프랑스
주관사 : 마리 테일라 호텔 & 시바스 브라더스사

잠깐! 프랑스라면…… 테일라 호텔이라면……?

"지금 저한테 전무님을 보러 프랑스로 가라는 거예요?"

"그럴 리가요. 전 단지 국제적으로 유명한 5대 글로벌 칵테일 대회를 추천해드렸을 뿐입니다."

박 실장이 간 후 준희는 김 교수에게 전화를 걸었다.

"교수님, 혹시 프랑스에서 열리는 글로벌 바텐딩 챔피언십 아세요?"

[당연히 알지. 근데, 왜?]

"제가 그 대회에 참가할 자격이 있을까요?"

[너 정도 수상 경력이면 한국 대표 자격으로 충분하지. 근데 이건 세계 대회라 아시아 대회에서 한 번 우승을 해야 확실할 것 같은데.]

"아시아 대회는 언제 있는데요?"

[이번 달 말에 하나 있긴 한데, 한번 도전해볼래?]

"당연히 해야죠. 그러려고 전화드린 건데요?"

[내, 내가 당장 알아보마! 기다려라!]

잔뜩 흥분한 김 교수와 통화를 끝낸 준희는 차에 올라 시동을 걸었다. 주차장을 울리는 거친 시동음이 가슴을 흔들었다. 어쩌면 그를 만날지도 모른다는 기대감에.

딱 기다려요, 강이준 씨!

액셀을 밟자 차가 상상조차 할 수 없는 빠른 속도감으로 앞으로 치고 나갔다.

"으아아아악!"

앞으로 펼쳐질 그녀의 미래처럼.

프랑스 파리.

이준은 마리 테일라와 점심 식사를 하는 중이었다.

성격이 너무 달라 시작은 삐그덕거리지만 지금 그녀는 완벽한 사업 파트너이자 친구였다.

"이든이 미국으로 가겠다니, 나 너무 서운해."

유럽 첫 진출 발판인 테일라 호텔에 입점한 '소담'은 입지를 단단히 굳히고 있었다. 정갈한 한정식과 동양풍의 차분한 인테리어, 직원들의 한복 콘셉트를 내세워 테일라의 또 다른 이색 매력으로 자리 잡았다.

그 다음으로 그가 노리는 곳은 미국. 하지만 석훈에게 몇 번이나 결재를 올려도 승인은 나지 않았다.

"테일라의 계열사인 제니스랑 협업 예정이라 또 보게 되겠지."

마리는 대수롭지 않게 말을 하는 이준을 빤히 보았다.

윤기 나는 새까만 흑발에 짙고 강렬한 눈동자. 서양인에게 밀리지 않는 탄탄하고 훤칠한 체격이 뿜어내는 에너지는 폭발적이었다.

"내 술 상대를 하는 사람이 흔한 줄 알아? 스트레스 받으면 바로 미국으로 날아갈 줄 알아."

"얼마든지 환영이야."

이준의 미소에 마리는 입맛을 다셨다. 다시 봐도 웃는 거 하나는 끝내주는 남자였다. 스트레스가 머리 끝까지 차올라도 이준의 미소를 보면 마음이 누그러졌다.

"테일라에서 열리는 대회 끝나고 뒤풀이 파티에 나랑 참석하는 거 잊지 않았지? 이든의 환송회도 같이 할 테니 밤샐 각오해."

마리와의 식사를 끝낸 후 객실로 돌아와 결재안을 처리하던 이준의 손가락이 멈추었다. 그걸 눈치챈 김 비서가 얼른 설명을 덧붙였다.

"글로벌 대회에 참석할 한국 홍보 대사로 마케팅 팀에서 영화배우 채송화 양을 추천했습니다. 한복이 잘 어울리는 연예인 1위, 그리고 해성 코리아의 전통주 전속 광고 모델이라 적합하다고 했습니다. 채송화 양도 영광이라며 보수는 모두 기부하겠다고 했구요."

객관적인 판단하에 승인할 만한 건이었다. 사적인 감정을 끌어들일 만큼 송화에 대해 어떤 감정도 남아 있지 않은 이유도 있었다.

"박 실장님께서 사모님 대상 수상 사진을 첨부하셨습니다. 확인해보시겠습니까?"

박 실장이 준희의 사진을 종종 첨부했지만 확인한 적은 단한 번도 없었다.

"확인하고 지우세요."

비서가 나간 후 테라스로 나간 이준은 담배를 입에 물었다. 입 안을 감도는 싸한 담배 맛도, 끝내주는 파리의 뷰도 소용이 없었다.

작은 여유라도 생기면 어김없이 떠올랐다. 생각했던 것보다 훨씬, 그리고 지독하게, 3년이란 시간 동안 더 깊고 아프게 가슴에 박혀버린 존재가.

"……백준희."

그가 떠난 순간부터, 그녀의 삶은 막힘없이 물처럼 흐르고 있었다. 그랬기에 안부 전화 한 통 할 수 없었다. 목소리라도 들었다간, 사진이라도 봤다간 당장이라도 한국으로 달려가버릴 것 같았다. 그래서 선택한 게 미국행이었다.

백준희와 최대한 멀어져야만 한다.

잊을 순 없지만 덤덤해질 순 있겠지.

혼자서 그리워하는 것 정도는 괜찮겠지.

악몽은 더 이상 꾸지 않지만 아내란 존재가 각인시켜버린 밤이 그를 괴롭혔다.

코끝으로 진하게 스며들던 짙은 체 향과 달콤했던 입술.

딱 들어맞게 제 품에 안겨들던 작은 몸의 떨림이 전하던 따스한 온기.

"보고 싶긴 하네."

픽, 쓴웃음이 이준의 입가에 희미하게 배었다.

"좀 많이."

2개월 후, 프랑스 파리.

글로벌 바텐딩 챔피언십에 참가할 한국인 대표 팀의 일원이 된 준희는 당당하게 테일라 호텔에 입성했다.

김 교수가 감격스러운 눈빛으로 준희를 바라보았다.

"난 준희 네가 해낼 줄 알았다. 네 덕에 프랑스까지 오게 될 줄이야."

"교수님 도움 없었으면 저 우승 못했어요. 그러니까 이번에도 저 잘 이끌어주세요. 제가 와인 쪽은 좀 약하잖아요."

호텔 직원의 안내를 받아 배정받은 객실로 들어가자마자 준희는 발을 동동 구르며 소리를 질렀다.

"꺄악, 프랑스다! 내가 프랑스에 왔어! 그것도 한국 대표로!"

말도 안 돼. 이럴 수가. 이게 꿈이야 생시야. 지저스, 오 마이 갓.

"백준희, 너 정말 끝내준다!"

꿈은 이루어진다더니 정말 이루어졌다. 이 모든 게 가능했던 건 2박 3일 일정으로 베트남에서 열린 아시아 파이널 대회에서 우승을 차지한 덕분이었다. 중국인 챙 리와 함께 공동 우승을 차지했지만, 국적이 다르니 한국인 대표가 되는 건 문제가 되지 않았다.

그때 박 실장에게서 전화가 왔다.

[사모님, 잘 도착하셨어요?]

"그럼요. 파리, 완전 예뻐요. 왜 파리 파리 하는지 알 것 같아요."

[전무님은 만나보셨나요?]

"박 실장님도 참. 만날 거면 제가 왜 비밀로 하라고 했겠어요?"

뒤늦게 안 사실이었지만 참여국마다 후원하는 기업이 따로 있었고, 한국은 해성 코리아였다. 그래서 박 실장에게 SOS를 쳤다.

[수상하지 못하면 바로 한국행입니다. 전무님을 못 만나고 오실 수도 있어요.]

"박 실장님, 저 꼭 수상해요."

그러려고 온 거예요, 저.

"그리고 박 실장님까지 공범 만들어서 죄송해요. 근데 저 정말 전무님 깜짝 놀라게 하고 싶거든요."

동화를 끝낸 준희는 테라스로 나갔다.

처음 와본 곳인데도 낯설지가 않았다. 가까운 곳 어딘가에 남편인 강이준이 있다는 것만으로.

프랑스행이 결정된 순간, 그녀는 독하게 결심했다.

보러 오지 않으니 그녀가 보러 가는 수밖에.

이렇게 멀리까지 왔는데도 그가 일 핑계로 만나주지 않는다면…….

"그럼 계약 종료. 바로 이혼이야."

아쉬운 건 이준이지 그녀가 아니었다. 그걸 깨닫게 해주려고 온 거였다. 당신이 날 이렇게 투명 인간 취급해선 안 되는 거라고. 그런데도 가슴 한구석은 묘하게 설레었다.

예쁘다느니, 잘 컸다느니, 자랑스럽다는 말 같은 건 바라지도 않았다. 그저 옛날처럼 머리를 어루만져주며 웃어주었으면 좋겠다.

'밤톨'이라고 나직하고 부드러운 음성으로 불러주면 좋겠다.

준희는 심호흡을 내쉬며 거울 앞에 섰다.

"이 정도면 시선 잡아끄는 건 문제없겠지?"

대회의 복장은 자유라고 했다. 그걸 떠올리고 며칠을 고민하다 준희가 생각해낸 게 바로 한복이었다. 퍼포먼스를 하는데 불편할지도 몰라 퓨전 한복을 준비했다.

"나 은근히 애국자인가 봐."

매무새를 꼼꼼히 체크한 후 준희가 챙긴 건 부채였다.

위스키, 와인, 전통주를 이용하여 칵테일을 주조하는 방식으로 진행되는 이번 대회에서는 다른 대회와 마찬가지로 점수를 가장 많이 받는 선수가 우승을 차지하게 된다. 위스키와 전통주는 그렇다 쳐도 와인에는 약한 편이었고, 다른 선수들에 비해 경력이 짧은 편이라 걱정이 되었는데 다행인 건 퍼포먼스에도 점수를 준다는 것.

그건 준희에게는 와인 칵테일에서 깎일 점수를 만회할 좋은 기회였다. 다른 건 몰라도 실전에서 쌓은 퍼포먼스는 꽤 자신 있었으니까.

이 부채와 한복이 제대로 한몫해주기를 바랄 뿐이었다.

"꼭 우승하자, 백준희."

글로벌 대회가 잡을 수 없는 안개처럼 느껴졌을 땐 단순하게 출전에만 의의를 두었다. 그런데 한국 대표가 되고 나니 욕심이 생겼다. 포부가 커졌다.

"우승하고 말 거야."

반드시 우승자의 자격으로 강이준 앞에 서고 말리라.

테일라 호텔 1층 대형 컨벤션 '2018년 글로벌 바텐딩 챔피언십' 대회장.

참가자는 총 400여 명, 그중에서 우승자는 점수로 계산해서 상위권 10명만 잘랐다.

전통주 분야에서는 당연히 압도적인 점수로 1등. 위스키는 아슬아슬하게 2등. 와인은 예상처럼 5등. 하지만 와인 칵테일에서 깎인 점수는 한복과 부채로 선보인 퍼포먼스로 만회를 했다.

숨이 막힐 것 같은 긴장감과 감탄의 탄성이 간간이 터져 나오던 국제적인 대회는 8시간 만에 종지부를 찍었고, 준희는 3등을 했다.

"백준희 양, 영어 가능합니까?"

이준이 떠난 후 잠시도 쉬기 싫어서 덤벼든 게 바로 요리와 외국어였다. 중국어와 영어는 회화가 능숙하게 될 정도였다. 그게 그렇게 다행일 수 없었다. 그래서 준희는 뿌듯하게 대답했다.

"네, 가능합니다."

"위층에서는 이미 파티가 시작되었습니다. 명목은 뒤풀이 파티이지만 대회를 주관한 기업부터 관련 VIP 관계자들까지 모두 참석한 중요한 자리예요. 간단한 식사 뒤에 우승했던 칵테일로 본인을 어필할 무대가 마련되니 그 기회를 잘 이용하면 조건 좋은 스카우트 제의를 받을 수도 있을 것입니다. 그러니 마지막까지 최선을 다하세요."

우승을 한 선수들은 숨 돌릴 틈도 없이 호텔 관계자의 안내를 받아 장소를 이동했다. 거대한 문이 양쪽으로 열리고 프랑스 왕실을 연상케 하는 화려한 파티장 내부가 모습을 드러냈다. 준희만이 동양인이었다. 골격이 좋은 서양인들 틈에 끼어있으니 준희는 난쟁이가 된 기분이었다. 거기에 한복까지 입고 있으니 시선이 유독 집중되었다. 그럴수록 준희는 움츠러들었던 어깨를 펴고 등을 꼿꼿하게 세웠다.

한쪽에 마련되어 있는 뷔페에서 간단히 배를 채운 우승자들은 파티장 한가운데에 모였다.

"테이블 위에 있는 이름표를 보시고 원하는 기업의 관계자에게 정성을 다해 만든 칵테일을 가져다주시면 됩니다."

그때 파티장의 문이 열리면서 뒤늦게 파티에 참석한 선남선녀 한 쌍이 들어섰다. 여자는 금발의 미녀였다. 하지만 남자는 훤칠한 장신에 짙은 흑발과 새까만 눈동자를 가진 동양인이었다. 남자에게 동지애를 느끼기도 전에 준희의 눈에서 불꽃이 튀었다.

"……강이준?"

금발의 미녀를 에스코트하는 남자는 그녀의 남편이었다. 여자가 사랑스럽게 올려다보며 말을 건네자, 이준이 희미하게 미소를 지었다. 헤어지는 순간조차 제게는 보여주지 않았던 달콤한 미소를.

너무 기가 막혀서 화도 나지 않았다.

프랑스로 날아오면서, 그를 만나길 기대하는 마음 한구석에 자리 잡은 건 걱정이었다.

혹시라도 악몽이나 가위에 시달리고 있진 않을지. 밥은 잘 먹고 건강한지.

하지만 그 모든 건 괜한 걱정이었다.

그는 정말 프랑스에서 잘 지내고 있었다. 그것도 금발의 미녀와 함께 아주 잘. 3년 전보다 더 끝내주게 섹시해진 비주얼과 피지컬로.

마음 같아선 당장이라도 달려가서 남편의 거길 확 걷어차버리고 싶었다. 어차피 제 기능도 못하는 하체, 한 번 걷어찬다고 해서 뭔 일 날 것도 아니니까.

그들에게 몰려드는 인파 때문에 이준은 아직 준희를 발견하지 못한 상태였다.

"이든, 오늘 나랑 밤새우기로 한 거 잊지 않았지? 침대까지 쫓아가더라도 나 오늘은 당신 절대 안 봐줄 거야."

아…… 영어를 꽤나 배웠다. 여자의 말이 고스란히 귀로 흘러들자 준희의 주먹이 바들바들 떨려왔다. 더 열 받게 하는 건 그의 팔에 밀착되어 있는 미녀의 풍만한 가슴이었다. 그 모습이 너무 친근했고, 두 사람 모두 익숙한 듯 아무렇지 않아 보였다. 그걸 보니 눈시울이 뜨거워졌다.

……나 왜 이러지? 저 남자가 뭔데. 진짜 남편도 아닌데. 진짜 사랑하는 것도 아닌데.

질투할 자격은 없지만 화를 낼 자격은 있었다. 준희는 들끓는 분노를 다독이며 냉철하게 이성을 바로잡았다.

"우승자분들은 칵테일을 만드십시오."

준희는 유독 거칠게 부채를 확 폈다. 독특한 퍼포먼스의 시작에 사람들의 시선은 바로 모여들었다.

여길 보라구요, 강이준 씨. 지금 누가 여기 와 있는지. 두 눈으로 똑똑히 보라구요. 바람난 남편 잡으러, 프랑스까지 마누라가 출동했다구요.

칵테일이 다 만들어졌다.

곱디고운 한복을 차려입은 유일한 동양인인 준희가 무대 아래로 내려가자 시선이 집중되었다. 이 파티에서 바비 인형은 흔했지만 매끄럽게 잘 다듬어진 정교한 도자기 인형 같은 준희의 매력은 독보적이었고 압도적이었다. 매력적인 도자기 인형의 칵테일을 받을 행운의 주인공이 누구인지 궁금해하는 모두의 시선이 집중되었다.

또각또각ㅡ.

아찔한 킬힐로 돌바닥을 울리면서 남편에게 다가간 준희는 서슴없이 손을 움직였다.

촤아아악ㅡ.

전통주를 베이스로 한 차가운 칵테일이 이준의 얼굴을 흠뻑 적시면서 흘러내렸다. 그런데도 이준은 놀란 기색 없이 젖은 속눈썹을 들어 준희를 바라보고 있었다. 새까만 그 눈을 바라보며 준희는 차분하게 말을 했다.

"죄송합니다. 발이 꼬여서요."

정작 발끈하며 난리를 친 건 테일라 호텔 사장이었다. 손수건으로 그의 얼굴과 옷을 열심히 닦아주는 파란 눈이 준희를 차갑게 쏘아보았다. 그 모습이 마치 오랜 연인 사이 같아 준희는 기분이 묘했다. 정확히는…… 더럽다고 해야 하나.

눈빛 신호를 받은 건지 이준이 금발 미녀의 손을 쳐내고 제 손수건으로 느릿하게 얼굴을 닦았다. 그 와중에도 고요한 눈동자는 준희에게서 잠시도 떨어지지 않았다.

"이봐!"

못 참겠다는 듯 벌떡 일어난 마리를 이준이 저지했다.

"오버하지 마. 실수였다잖아."

"실수할 게 따로 있지!"

"내가 괜찮아."

가지런한 준희의 눈썹이 꿈틀거렸다. 두 사람이 불어로 대화를 하니 뭐라고 하는지 알아들을 수가 없었다.

"백준희 양."

처음 본 사람처럼 그녀의 이름을 부르는 나직한 음성이 얄미울 만큼 감미로웠다.

이런 재회를 원했던 게 아닌데. 정말 최악이야.

괜찮다는 듯 그가 웃어 보였다.

"사람은 누구나 실수합니다."

3년 만에 보는 그의 눈웃음에 준희는 씁쓸해졌다.

"백로, 다시 만들어 오도록 해요."

"이해해주셔서 감사합니다."

겨우 평정심을 유지하고 고개를 꾸벅 숙인 준희는 신경질적으로 돌아섰다.

남편이고 나발이고. 결혼이고 나발이고. ……개나 줘버리라고 해!

파티가 끝나자마자 준희는 화장실로 내달렸다.

"씨이, 괜히 왔어."

프랑스에 온 건 수상이 목적이었다. 그렇게 생각했었다. 근데 아니었나 보다. 수상보다…… 남편이었나 보다.

"레이첼?"

돌아서니 준희처럼 곱게 한복을 차려입은 채송화가 서 있었다. 웃어야 했지만 기분이 최악인지라 웃음조차 나오지 않았다.

"수상 축하해요. 자리가 자리인지라 이제야 인사를 하네요."

"아니에요. 축하해주셔서 감사합니다."

꾸벅 고개를 숙이는 준희를 보며 채송화가 싱긋 웃었다.

"이준이에게 칵테일 끼얹은 거, 고의였죠?"

"그렇게…… 티 났어요?"

"2층에서 다 보고 있었어요. 다른 사람은 속았겠지만 연기자 눈은 못 속이죠. 대회 내내 손 한 번 안 떨던 선수가 그런 실수를 할 리가 없잖아요?"

"엄청 고의는 아니지만 그렇다고 엄청 실수도 아니었어요."

준희의 순수한 고백에 송화가 재밌다는 듯 말을 이었다.

"잘했어요. 나 같으면 그 여자에게 뿌렸을 거야."

"채송화 씨는 왜요?"

"오해는 말아요. 같은 여자로서 이해한다는 뜻이니까."

"아……."

"세상에 어떤 아내가 자기 남편 넘보는 여잘 가만히 둬요? 머리채를 잡아도 분이 안 풀리지. 오히려 레이첼 정도면 양호하다고 생각하는데요?"

준희는 지금 묘하게 위로받는 기분이었다.

"위로가 되긴 하네요."

"솔직한 심정으로 말한 거예요. 내 남자 곁을 말도 안 되는 여자가 차지하고 있는 걸 보는 건 상상 이상으로 불쾌하니까."

웃음기가 사라진 그녀의 표정이 묘했다.

"……네?"

"그만큼 이해한다는 뜻이니 오해 말구요."

하지만 그녀는 이내 다시 우아한 미소를 머금으며 주제를 돌렸다.

"나 방금 전까지 대회 관계자들이랑 같이 있다 온 거예요. 정확히 말하면 테일라 사장이 레이첼의 수상 내역을 취소시켜야 한다고 난리를 치는 바람에 회의가 잡혔고, 그래서 나온 거고."

"네에!?"

준희의 머릿속이 하얘졌다. 고의란 걸 알고 있다면 그건 당연한 절차였다.

"뭐, 그럴 만도 해요. 테일라 사장은 이준을 제 남자로 착각하고 있으니까."

"……."

"나 여기 와서 이준이한테 인사 한 번 제대로 못 했어요. 고등학교 동창이라고 분명히 말을 했는데도 제 남자한테 꼬리치는 여우처럼 취급해 가까이에도 못 가게 하더라구요."

차분하게 말을 흘리는 와중에도 송화의 눈은 준희의 반응을 보려는 듯 준희에게서 떨어지지 않았다.

"나야 뭐 진실을 모르니까. 그 정도 외모에 스펙과 재력까지 갖춘 여자라면 이준이도 넘어갔을지 몰라요. 어쩌면 한국에 같이 동행했을 때부터 연인이었을지도."

그 한마디에 찬물 세례라도 받은 듯 멍해져 있던 정신이 번쩍 들었다. 어지럽게 흩어져 있던 퍼즐들이 서서히 맞아떨어지기 시작했다. 마리 테일라는 두 사람이 결혼하기 전 이준과 함께 한국에 들어온 적이 있었다. 도대체 왜 갑자기? 그때부터 두 사람 사이에 뭐가 있었던 걸까.

"레이첼, 괜찮아요? 안색이 안 좋아요. 내가 괜한 말까지 했나 봐요."

"괜찮아요. 저 먼저 가볼게요."

사실 조금도 괜찮지 않았다. 야무진 척은 다 해놓고 보란 듯이 그의 계획대로 척척 움직여주다니.

그것도 모르고 프랑스행 비행기에 탄 순간부터 가슴이 부풀어 올랐다. 심장이 두근거렸다. 미운 정도 정이라고, 그가 보고 싶었으니까.

화장실을 벗어나는 준희를 지켜보는 송화의 입가에 은밀한 미소가 피어났다.

"백준희, 나 대신 얼른 남편한테 달려가서 그 여자를 떼어놓으라구."

"난 이든이 그렇게 너그러운 사람인 줄은 몰랐어."

객실까지 허락도 없이 쳐들어온 마리가 불만을 토해냈다. 물론 이준 역시 작은 실수도 용납하지 않는 성격이었다. 하지만 좀 전의 상황은 엄연히 달랐다. 실수를 한 사람이 바로 백준희, 그의 아내였으니까. 더 큰 사고를 쳤다고 해도 그는 발 벗고 나서서 덮어야 했다.

"몇 번을 말해. 마스터키 찍고 무단 침입하지 말라고."

"봐! 나한테는 이렇게 냉정하고 쌀쌀맞으면서!"

그렇지 않아도 머리가 아파 죽겠는데, 마리 테일라 때문에 더 골이 흔들렸다.

폭풍 전야라는 말이 딱 맞았다. 지나치게 조용한 것도 모자라 연락도 안 되는 백준희 때문에 이준은 지금 머리가 돌기 직전이었다.

"지금 당장 나가. 네 불만 받아줄 상태가 아니니까."

아직까지도 선명했다. 칵테일을 고의로 엎은 후 쏘아보던 그녀의 눈빛이. 화가 난 건 얼마든지 이해할 수 있었지만 그 안에 어린 원망이 그의 가슴을 아프게 들쑤시고 있었다.

"오늘 밤새서 술 마시기로 한 거 잊었어?"

"오늘 너랑 술 못 마셔. 그러니 나가."

이준은 머리를 감싸 안았다. 그렇게 후회스러울 수가 없었다. 처음이자 마지막으로 마리의 파트너로 동행한 거였다. 그곳에 백준희가 나타날 줄 누가 알았겠는가. 3년 전과 몰라보게 달라진 그녀였지만 이준은 한눈에 알아봤다. 한복을 입은 도자기 인형 같은 동양 미녀가 제 아내라는 것을.

"……빌어먹을."

10살 어린 아내 때문에 이렇게 겁먹을 줄이야.

눈치를 보게 될 줄이야.

"무슨 일이 있어도 오늘 이든은 나랑 술 마셔야 해. 밤이 새도록! 약속 지키라구!"

"그 약속 내가 대신 지킬게요."

느닷없는 침입자의 목소리에 두 사람의 시선이 뒤로 향했다. 이번만큼은 이준의 포커페이스도 완벽하게 무너져 내렸다. 마스터키가 몇 개인지는 중요하지 않았다. 눈앞에 그렇게 속을 태우던 아내 백준희가 서 있었다.

"네가 뭔데 여길 들어와?"

마리가 불어로 쏘아붙이자 준희가 찡긋, 귀엽게 미간을 구겼다.

"미안한데 영어로 해줄래요? 제가 불어를 못해서요."

금빛 속눈썹을 파르르 떨며 마리가 벌떡 일어났다. 그러곤 너 잘 만났다는 듯이 준희 앞으로 성큼 다가갔다.

"네가 뭔데 이 객실에 들어오냐고 묻고 있어. 수상 취소 안 시켰으면 곱게 있을 것이지."

174센티미터의 키에 볼륨감이 터지다 못해 육감적인 마리 테일라 앞에 선 준희는 훅 불면 날아갈 것처럼 가녀린 여자였다. 하지만 주눅 들기는커녕 준희는 앙칼지게 마리를 올려다보았다.

"나 여기 수상자로 온 거 아니에요."

준희가 태연하게 카드 키를 뱅글뱅글 돌려 보였다.

"한 말씀 더 드리자면 이 객실에서 꺼질 건 내가 아니라 마리 사장님이구요."

"너 지금 나보고…… 꺼지라고?"

너무 놀라 마리가 헐떡이건 말건, 생긋 웃는 준희의 맹랑한 눈동자가 이준에게 날아들었다.

"그렇죠, 강이준 씨?"

당신 입으로 직접 말해줘요. 내가 누군지.

콩깍지가 제대로 씌인 게 분명하다. 준희의 그 맹랑한 눈빛과 말투마저도 사랑스러운 이준이었다.

그래, 이래야 내 밤톨답지.

"마리, 인사해. 내 아내, 백준희야."

덤덤히 소개하는 목소리와 다르게 그의 입꼬리는 서서히 상승하는 중이었다.

그렇게 본의 아니게 그의 방에서 술판이 벌어졌다.

누가 그랬던가. 남자들보다 여자들 싸움이 더 무섭다고. 그는 지금 그걸 뼈에 사무치도록 경험하는 중이었다. 그녀들에게 이준은 잊힌 지 오래였다.

3년 동안 그토록 그리워했던 존재가 앞에 있는데도 이준은 손끝 하나 댈 수 없었다.

그저 눈으로 확인할 뿐이었다. 믿을 수 없는 아내의 주량을.

양주병이 주르륵 열을 세울수록 마리 테일라의 푸른 눈동자는 혼탁해졌지만 준희는 멀쩡했다.

"맙소사, 이든. 당신 아내 정말 대단해. 이든보다 더 마음에 드는데? 날 취하게 하다니."

허가 꼬이는 마리의 불어 발음엔 기분 좋은 기색이 역력했다. 물론 백준희는 절대 못 알아듣겠지만.

"테일라 사장이 뭐라는 거예요?"

"네가 마음에 든다는데."

그 대답이 싫지 않은 듯 준희가 웃었다. 어찌 보면 묘하게 닮은 구석이 있는 것 같은 두 여자였다.

그래서일까. 술잔을 주거니 받거니 하며 대화를 나누자 오해가 풀렸다. 단 한 번도 만나본 적 없는 막강한 적수를 상대하는 장군들처럼, 두 여자는 기세 좋게 술을 비워갔다.

"나도 마리가 마음에 든다고 전해줄래요?"

하지만 이준은 그걸 다르게 통역해서 마리에게 불어로 전달했다.

"패배를 인정하고 남편이랑 둘만 있게 좀 나가달라는데?"

얼른 준희와 단둘이 있고 싶은 마음이 간절해서였다.

불평이고 불만이고 타박이고 오해고 다 들어줄 테니까. 그러니까 우선 품에 꽉 안아보고 싶었다.

"이든, 나 토할 것 같아. 비서 좀……."

마리가 졌다는 듯 두 손을 들어 보였다. 그녀가 문밖에서 대기 중이던 비서에게 부축을 받으며 나가자, 이때다 싶어 돌아선 그의 너른 어깨가 푹 내려앉았다.

"뭐야, 잠들었어?"

곤히 잠이 든 준희의 옆에 앉은 이준은 가만히 아내의 얼굴을 감상했다. 파티장에서 보았을 땐 몰라볼 만큼 성숙해져서 깜짝 놀랐는데 이렇게 보니 여전했다.

보드라운 피부도, 야무진 눈매와 코도, 놀라울 만큼 달콤했던 붉은 입술도.

"여전히 애라니까."

어깨를 감싸안자 제 품에 딱 들어맞는 몸체의 느낌이 고스란히 전달되었다. 아쉬운 대로 이렇게 안아보는 수밖에.

그때였다.

"강이준 씨."

언제 잠들었느냐는 듯 준희가 또렷한 눈동자로 그를 내려다보고 있었다. 얼굴을 숙이자 부드러운 머리칼이 그의 뺨을 아찔하게 스쳤다. 닿을 듯 말 듯 입술을 가까이 댄 채 준희가 속삭였다.

"내가 이렇게 안겨 있는데도, 당신은 심장 안 떨려요?"

떨리지 않을 리가 없었다. 마치 금방이라도 터질 것처럼 쿵쾅거렸다. 준희의 입술이 귓가로 다가왔다.

"난 하나도 안 떨리는데."

그녀는 그 말을 마지막으로 이준의 품에서 축 늘어졌다. 여린 아내의 몸을 품에 꼭 안으며 이준은 중얼거렸다.

"나도 안 떨려, 인마."

천벌 받을 거짓말이었다.

어쩌냐, 백준희. 난 너랑 다르게 심장이 터질 것처럼 뛰는데.

360

이준은 그렇게 소파에서 밤을 보냈다. 그로선 마지막으로 부려보는 욕심이었다. 여리게 쏟아지는 숨소리와 맞물린 몸이 전해주는 온기가 좋았다.

"푹 자라, 밤톨."

맘껏 안고 있게.

내일은 아마도…….

"……전쟁이겠지."

그에겐 지금 이 순간이 더없이 소중했다. 두 사람에게 유일하게 주어진 평화로운 시간 같아서.

"그거 알아요? 3년 동안 강이준 씨 남편 노릇 빵점이었던 거."

고요함을 가르고 귓가로 스며드는 속삭임은 잠이 들었었다고 하기엔 지나치게 또렷했다.

"근데 완전 멀쩡하네요, 강이준 씨 손가락."

준희의 손이 이준의 손가락을 더듬고 있었다.

"연락 한 통 직접 안 하길래 부러진 줄 알았죠."

안 한 게 아니라 못 한 거였다. 그가 모른 척해야 준희가 더 잘 살 것 같아서.

"3년 만에 본 건데도 반겨주지도 않고."

이건 좀 억울했다. 오히려 반겨줄 틈이 없었다는 게 정확한 표현일 것이다.

파티장에서 재회했고, 객실로 들이닥치자마자 입 다물라고 눈빛으로 협박한 건 백준희였다.

"마리 언니가 팔에 가슴을 막 들이대도 가만히 있었으면서. 여기저기 만지게 허락도 해줬으면서."

……그런 적이 있었던가?

파티장에서 준희를 본 후부터 그의 기억 속에서 마리는 티끌만큼도 존재하지 않았다. 백준희만 보였고, 백준희만 의식이 되었으니까.

나무늘보처럼 늘어져 있던 몸이 스르륵 움직였다. 부스스 일어난 준희가 이준을 빤히 내려다보았다.

"변명 한 마디를 안 하네요."

그가 희망을 품으면 안 되는 것처럼 준희도 희망을 품게 해선 안 됐다.

"더 자지, 왜 일어났어."

옅은 어둠 속에서 준희가 차분하게 물었다.

"강이준 씨 몸 위에서요?"

"베개 역할 하는 게 뭐 그리 어렵다고."

"동정은 정중히 사양할게요."

동정이 아니라 내 욕심이다, 백준희.

"저 지금 엄청 화났어요. 그러니까 각오하는 게 좋을 거예요."

옐로카드를 던진 준희가 일어나 객실 문으로 향했다. 텅 빈 가슴으로 찬바람이 스며들었다. 이대로 보내면 안 된다는 걸 알면서도 그녀를 잡을 수가 없었다.

잡아서 뭐라고 할 건데.

타악─.

문이 닫힌 후 이준은 다시 소파에 털썩 앉았다. 허공에 들어 올린 손에서 보이지 않는 모래가 빠져나가는 기분이었다. 백준희는 그에게 그런 존재였다. 손에 잡히면서도 결국은 천천히 빠져나가서 없어져버릴 존재.

"오늘도 자긴 글렀군."

Chapter 11

미드나잇 인 파리, 황홀한 키스

이준은 뜬눈으로 새벽을 맞이했다.

컨디션이 유독 좋지 않았다. 몸은 무거웠고 잠깐의 휴식도
취하지 못한 근육은 옷 안에서 팽팽하게 긴장을 한 채 굳어
있었다. 이럴 땐 운동보다는 수영으로 가볍게 몸을 푸는 게
나았다.

스위트룸에 딸린 전용 수영장이 있었지만 이준은 피트니스
클럽에 딸린 수영장으로 향했다. 그곳이 수영장 레인이 더 길
었기 때문이었다.

이른 새벽이라 아무도 없을 줄 알았는데 물속에 누군가가
있었다. 긴 수영장을 쉼 없이 왕복하던 여자가 물 밖으로 나
오자 이준의 눈이 가늘어졌다.

젖은 수영복을 통해 드러난 여성스러운 몸 선이 아찔했다.
거친 호흡을 고르느라 들썩이는 좁은 어깨와 물기 젖은 뽀얀
피부. 스트레칭을 하는 팔다리는 곧고 가늘었다. 가는 목부터
등줄기를 타고 이어지는 볼록한 힙 라인은 군살이라곤 찾아

볼 수 없을 만큼 탄력이 넘쳤다. 매력적인 건 인정. 하지만 그게 전부였다. 수경에 이어 수영모를 벗으며 여자가 머리를 흔들기 전까지는.

미끈한 등줄기로 탐스러운 머리칼이 쏟아지는 것도 절경이었지만 얼핏 보인 옆 선이 낯이 익었다. 여자가 몸을 트는 순간 이준의 눈이 커졌다.

"……밤톨?"

놀란 건 준희도 마찬가지인 듯했다. 하지만 그녀는 젖은 속눈썹을 깜빡이며 빠른 속도로 차분함을 되찾았다.

"원래 6시 기상 아니에요?"

너 때문에 한숨도 못 잤다고는 절대 말 못 한다.

"접영도 할 줄 알아?"

"할 줄 아니까 했죠. 어린애는 뭐 개헤엄에 튜브만 끼고 노는 줄 알아요?"

아무 말 하지 않고 쳐다보는 이준의 눈빛이 뜨거웠다. 분명 수영복인데도 속옷만 입은 채 마주 보고 있는 느낌이었다. 준희가 수영장 끄트머리에 자리를 잡고 앉았다.

"강이준 씨는 얼마나 잘하는지 지켜볼 테니까 수영해봐요."

"별로 하고 싶지 않은데."

"수영하러 온 거 아니에요? 아니면, 나보다 수영 못해서 자신 없나? 그 몸은…… 빛 좋은 개살구예요?"

준희가 자극적인 시선으로 근육으로 잘 다져진 그의 몸을 훑었다. 하여간 도발하는 덴 선수였다.

"보면 후회할 텐데."

"후회를 해도 내가 하니까 수영이나 하시죠?"

그 후회, 꼭 하게 한다, 내가.

물속으로 멋있게 다이빙을 한 이준은 멋있게 수영 실력을 자랑하다가 이내 잠수를 하곤 꼼짝도 하지 않았다. 숨 참기만큼 참을성을 기르는 데 좋은 건 없기에 이준으로선 익숙한 일이었다.

하지만 밖에서 지켜보는 준희는 아니었다. 그가 오랫동안 물 밖으로 나오지 않자 간이 콩알만 해졌다. 원숭이도 나무에서 떨어진다고 혹시 수영하다가 쥐라도 났으면 어쩌나, 걱정이 치솟았다.

준희는 바닥에 무릎을 대고 수영장 물 가까이 얼굴을 내렸다. 불안함에 파들거리는 눈동자가 푸른 물을 빠르게 훑던 그때였다. 이 순간만을 기다렸다는 듯 커다란 물줄기를 일으키며 물속에서 이준이 솟아올랐다.

거침없이 뻗은 손이 팔을 확 잡아당기자 준희는 대책 없이 다시 물속으로 고꾸라지고 말았다.

"……꺄악!"

순식간에 몸이 물 밑으로 가라앉았다. 물 밖으로 나오려고 발장구를 칠 때마다 이준이 물귀신처럼 물고 늘어졌다. 남자의 힘도 감당하기 힘들었지만, 수경을 쓰지 않은 눈도 아플 만큼 따끔거리고 벌어진 입 안으로는 물이 차올라 괴로웠다.

정말 이러다 물에 빠져 죽겠다는 생각이 머리를 꽉 채우는 순간, 이준이 준희를 품에 안은 채 물 밖으로 올라왔다.

"푸업, 헉헉!"

'미친놈아!'라는 말이 목구멍까지 차올랐지만 그것보다 더 급한 건 폐에서 요구하는 산소를 마시는 일이었다. 준희는 가슴을 격하게 들썩이면서도 이준을 무시무시하게 노려보았다.

"헉, 허억. 미쳤⋯⋯ 허억⋯⋯ 어요? 허억, 허억. 누구 죽는 꼴 보려고⋯⋯ 흐아아."

준희는 물 밖, 이준은 물 안이었다.

"숨 쉬는 게 아직도 힘들어?"

수경 밖으로 드러난 이준의 검은 동공이 아찔할 만큼 젖어 있었다. 준희보다 산소가 부족할 법한데도 잔뜩 성이 난 것 같은 가슴 근육은 지나칠 만큼 평온했다. 폐활량이 좋아서 그런 건가?

"그걸 말이라고 해요?"

"도와줘? 숨 잘 쉴 수 있게."

이른 새벽의 수영장은 지독할 만큼 고요했다.

이성 따위는 마음껏 내던져버리라고 유혹하듯, 온통 푸른 세상.

흠뻑 젖은 두 개의 눈동자가 격하게 얽혀드는 건 순식간이었다.

이준의 손이 준희의 입술에 닿았다. 지그시 더듬는 야릇한 손길은 마치 키스를 받는 것 같은 착각을 불러일으켰다.

"돼, 됐거든요?"

그 손을 쳐내기 바쁘게 뒷목이 잡혀 얼굴이 끌려 내려갔다.

"아직도 호흡이 고르지 못하잖아."

숨결이 닿을 만큼 아찔하게 가까워진 그의 입술.

"그래서 난 해주고 싶은데."

무언가를 암시하는 위험한 눈동자.

"인공호흡."

그의 말에 아드레날린이 폭주하는 것처럼 그녀의 심장이 폭주하기 시작했다.

"나 바보 아니에요."

"……."

"인공호흡 말고 키스하려는 거잖아요."

속삭이듯이 가까스로 내뱉은 말에 이준의 눈가에 희미한 웃음이 어렸다.

포기를 모르는 듯 입술 위에서 움직이는 손가락이 허락을 구하고 있었다.

"그게 그거지. 입술을 공유하고 숨을 나누는 건데."

짙은 눈빛처럼 짙어진 목소리. 고막까지 흠뻑 젖는 것 같아 준희는 속눈썹을 파르르 떨었다.

"하지 마요, 그거."

"하면 안 되는 타당한 이유를 대봐."

"날 안 좋아하잖아요."

"좋아해."

너무 쉽게 흘러나온 대답에 그녀의 눈이 휘둥그레졌다.

"키스하고 싶어 환장했어요? 왜 그런 거짓말을 해요?"

"너한테 키스하고 싶은 게 환장한 거야?"

"왜 나냐구요!"

"네가 내 아내니까."

합법적인 부부 관계라고 해도 스킨십은 엄연히 동의가 있어야 한다. 그걸 깨닫게 해주고 싶었다. 아내라고 해도 키스하고 터치하고 싶으면 먼저 마음을 얻고 허락을 구하라고.

준희가 먼저 입술을 내렸다. 그가 황홀한 키스 실력으로 정신을 쏙 빼놓기 전에, 그의 입술을 가득 머금은 후 물어뜯어버렸다.

"……읏!"

"어멋! 쏘리."

준희의 눈이 쌤통이라는 듯 이준의 입술을 빤히 바라보고 있었다.

"입술을 물어뜯어버렸네요."

이준은 천천히 손등으로 입술을 훔쳤다. 제대로 뜯겼는지 붉은 피가 묻어났다.

"산소보다 피가 더 고파서."

그 말을 마지막으로 준희는 수영장을 벗어났다. 아내에게서 시선을 떼지 못하는 이준의 눈빛이 뜨거웠다. 그녀가 나간 후 이준은 다시 물속으로 잠수했다.

……좋지 않다.

잘 참고 무던하게 지내고 있었는데.

다시 흔들려버렸고, 욕심이 나기 시작했다.

백준희, 너란 존재가.

30분 후, 두 사람은 1층 커피숍에서 나란히 마주 앉았다. 준희가 먼저 전화를 해서 만나자고 한 것이다.

"왜 불렀어?"

저 입술은 생긴 것만 섹시하지 하는 말들은 참 야박했다. 물어뜯길 잘했다는 생각이 들 만큼.

아랫입술 왼쪽, 피가 마른 딱지를 이준은 무의식적으로 자꾸 만지고 있었다.

그걸 보니 조금 미안한 마음이 들면서도 묘하게 통쾌했다. 그에게 영역 표시를 해놓은 것 같아 기분이 나쁘지 않았다.

"입술 많이 아파요?"

"병 주고 약 주는 거야?"

"입술 물어뜯길 짓 했잖아요."

억울하다는 듯 그가 약하게 미간을 좁혔다.

"저 파리 관광 좀 시켜주세요."

"나보고 가이드가 되어달라는 거야?"

"불어 잘하잖아요. 그리고 프랑스에 3년이나 있었으면 어디가 명소이고 맛집인지도 알 거 아니에요. 남카도 긁어줄 테니 제 돈 쓸 일도 없고."

"남카?"

"남편 카드요."

거절하기만 해봐라. 또 어디든지 물어뜯을 각오로 준희는 그를 노려보았다.

"스케줄 확인하고 연락해줘도 되지?"

거절도 허락도 아닌 모호한 대답이 마음에 들지 않았다. 3년 만의 재회인데 그것도 못 해주나? 그렇게 일에 환장했나? 그럼 일이랑 결혼하던지.

진짜 부부라면 이렇게 서러울 일은 없을 것이다. 이래서 계약 결혼이 서럽구나.

별의별 생각이 다 드는 준희였다.

"바쁜 사람한테 괜한 부탁했네요. 그냥 제가 알아서 관광할게요."

당신은 이제 정말 아웃이야.

이준은 절대 알 수 없는 사형선고를 내리고 돌아서려는 순간…….

"저녁 5시부터 관광하는 거 어때?"

믿을 수 없다는 눈빛으로 준희가 돌아섰다.

"강이준 씨가 시켜주는 거예요? 아니면 강이준 씨 비서가?"

"내가 빵점 남편이긴 했나 보군."

"그걸 이제 알았어요?"

"아내 관광을 비서한테 떠넘길 놈으로 보였다니."

"강이준 씨가 직접 해주는 거면 완전 코올! 그럼 카드도 내

카드 말고 남카?"

"오늘 제대로 남카 긁어줄 테니까 기대하고 나오든지 말든지."

"기대할래요! 엄청 할래요!"

저녁 5시까지 준희가 어떤 마음으로 기다렸는지 이준은 절대 알 수 없을 것이다. 호텔을 나서자마자 준희의 입에서 감탄의 신음이 연달아 터져 나왔다.

프랑스 파리가 낮보다 밤이 더 아름답다는 말은 거짓이 아니었다. 밤이 되어 어스름한 땅거미가 깔린 센강은 환상 그 자체였다.

파리의 야경이 훤히 보이는 라운지 바에 앉은 준희의 입에서 환희의 비명이 터져 나왔다.

"꺄악, 대박! 이자벨 세이의 칵테일을 맛보다니! 진짜 고마워요!"

파리 관광의 첫 스타트부터가 기대 이상이었다.

글로벌 바텐더 대회에서 수많은 남성 바텐더들을 제치고 5회 연속 우승을 거머쥔 여성 바텐더 이자벨 세이는 바텐더를 꿈꾸는 여성들의 우상이었다. 바닥까지 처박힌 남편의 신용 지수가 순식간에 상승하는 중이었다.

"사진 한 장만 같이 찍어주면 안 되냐고 물어봐주면 안 될까요? 네?"

이준이 불어로 통역을 하자 이자벨이 활짝 웃으면서 오케이를 했다. 줄기차게 이자벨과의 통역을 요구하던 준희가 그에게 관심을 돌린 건 그녀가 자리를 비운 후였다.

"궁금한 게 있는데 물어봐도 돼요? 좀 사적인 거라."

"먼저 들어보고."

"채송화 씨랑 무슨 사이, 아니 무슨 사연이 있어요? 친구 같은데 친구가 아닌 것도 같고. 조건 없이 후원해주는 데다가 그걸 평생 해줄 생각이라면 각별한 사이 같은데 또 가만히 보면 찬바람 쌩 날리는 것도 같고."

이준이 말을 아끼자 준희는 빠르게 포기를 했다.

"말해주기 싫으면 말구요."

"말로 하기엔 좀 긴데."

덤덤히 흘러나온 대답에 준희의 눈이 먹이를 문 짐승처럼 반짝거렸다.

"저 남아도는 게 시간이에요!"

다람쥐처럼 흥분한 준희가 귀여워서 이준은 픽, 웃어버렸다.

인연이 어떻게 시작되었더라.

"첫 번째 인연은 고등학교 동창이었어."

절친이던 지혁이 한국고에 끝내주게 예쁜 전학생이 있다고 하도 호들갑을 떠는 바람에 몇 번 본 게 전부였다.

"채송화 씨는 그때도 엄청 예뻤죠?"

준희의 물음에 이준은 가만히 생각에 잠겼다.

채송화가 예쁜 얼굴인가. 못생겼다고 생각한 적은 없었지만 예쁘다고 생각한 적도 없었다. 그에게 이성의 외모는 어필의 조건이 아니었다.

이준은 손으로 턱을 괴고 음미하듯이 아내를 찬찬히 뜯어보았다.

"대답은 안 해주고 사람 얼굴은 왜 그렇게 빤히 쳐다봐요?"

"예쁘다는 기준을 모르겠어서."

"……헐."

"그래도 여자를 보고 예쁘다고 생각한 적은 있을 거 아니에요."

있었던 것도 같다.

"한 번 정도는."

한 번이 아니라 몇 번 정도.

태어나서 처음으로 지극히 주관적인 미의 기준을 깨닫는 순간이었다.

"채송화는 예쁜지 모르겠고."

그래, 이 정도는 생겨줘야 예쁘다고 할 수 있지.

궁금해 죽겠다는 표정으로 그를 바라보는 준희에게서 시선을 떼지 않은 채 이준은 느릿하게 입술을 움직였다.

"넌 예뻐 보여."

"나한테 아부할 일 있어요? 왜 무섭게 그런 말을 해요?"

"그만 말할까?"

"아니요, 계속하세요. 더 듣고 싶어요. 끝까지 다."

"두 번째 인연은 호텔 클럽. 그때 송화는 연예인 지망생이었어."

"호텔 클럽이면 나이트?"

"군대 제대 기념으로 친구들이 환영 파티를 열어주었어."

"강이준 씨 현역 나왔어요? 재벌가 자제들은 다 공익 가는 줄 알았는데."

"특공대라는 타이틀을 달고 싶어서. 그냥 어린 시절의 치기로 간 거야."

"헐, 특공대. 거기 엄청 힘들다고 하던데."

"군대만 그렇게 갔지 다른 친구들처럼 나도 철은 없었어. 세상 모든 게 쉬워 보였고, 그중엔 여자도 포함되어 있었으니까."

"그래서 여자들이랑 엄청 키스하고 다닌 거예요?"

불쑥 튀어나온 질문에 이준은 희미하게 미간을 구겼다.

"갑자기 여기서 키스가 왜 나와."

"경험이 많으니까 그렇게 키스를 잘하는 거 아니에요? 이럴 줄 알았으면 나도 결혼 전에 키스 엄청 해보고 결혼할걸."

키스하자는 남편 입술은 피가 터지도록 물어뜯어놓고, 외간 남자랑 키스를 하겠다고?

불쾌감이 무더운 날의 폭염처럼 상승하던 그때였다.

"난 강이준 씨랑만 해봤단 말이에요."

그 한마디에 불쾌감이 눈 녹듯이 사라졌다.

"그래서, 키스 잘하는 내가 싫어?"

밤톨만 한 게 은근히 그를 들었다 놨다 하고 있었다.

"싫을 리가 없죠. 그냥 좀 억울해서 그런 거지."

"억울해할 거 없어. 원한다면 내가 실컷 해줄 수 있으니까."

"……!"

"물론 입술 물어뜯지 않는다고 약속하면 후회하지 않도록 최선을 다할⋯⋯."

오랜만에 이준이 발산하는 짓궂은 장난기에 준희가 꽥 소리를 질렀다.

"됐거든요!? 누가 또 허락해준대요? 내 손도 함부로 잡지 마요, 이제!"

다시 한 번 느끼는 거지만 반응 하나는 빛의 속도였다. 이준은 태연하게 웃음을 참으며 말을 이었다.

"처음엔 동정심이었어. 친구들이 같은 학교 동창생을 장난감처럼 놀리는 게 싫어서."

오로지 동정심, 그것 하나뿐이었다.

"세 번째 인연은 전 약혼녀의 절친."

이준이 먼저 자신이 송화를 후원하는 스폰서라는 걸 은서에게 밝혔고, 그녀 또한 특별히 트집 잡지는 않았다.

"네 번째는⋯⋯ 생명의 은인."

윤은서의 사건 이후 하루도 거르지 않고 술을 마셨었다. 어찌 되었든 그는 살아남았고 윤은서는 죽었으니까. 늘 마지막엔 인사불성이 되어 친구들에게 실려 나왔고, 눈을 뜨면 호텔 방이었다.

그건 오랫동안 반복된 악몽 같은 일상이었다.

사건이 있었던 그날은 동창회였고, 중간에 정신을 차렸을 땐 남자 동창이 아닌 송화가 그의 차를 몰고 있었다. 그리고 사고가 났다. 맞은편에서 눈도 못 뜰 만큼 강렬한 헤드라이트가

376

덮쳐왔고, 마지막으로 본 건 핸들을 격렬게 트는 송화의 모습이었다.

송화가 핸들을 튼 덕분에 맞은편에서 덮쳐온 차는 조수석 쪽이 아닌 운전석 쪽을 박았다.

얼마나 시간이 흐른 뒤에야 정신을 차렸는지 모른다. 사이렌 소리가 아프도록 머리를 울리자 이준은 정신을 차렸다.

머리를 세게 박아 얼굴이 피범벅이 된 그는 그나마 양호한 편이었지만, 짓눌린 차체에 끼어 있는 송화의 다리는…… 처참했다.

"그때 동정심이 책임감으로 바뀐 거네요."

준희가 정확히 지적했다.

"그 책임감에서 영원히 벗어날 수 없을지도 모르고."

냉정하게 대할 순 있었지만 완전하게 쳐낼 수는 없었다. 그게 채송화란 존재였다.

"혹시 채송화 씨를 안 좋아하는 게 아니라 좋아하지 못한 거 아니에요?"

"무슨 소리야?"

"미신 때문에 걱정돼서. 그래서 좋아하지 않으려고……."

이준이 단호하게 말을 잘랐다.

"단 한 번도 송화를 여자로 느껴본 적 없어. 예전에도, 지금도. 그리고 앞으로도 쭉."

"죽었다는 약혼녀는요?"

고인이 된 사람을 입에 올리는 게 조심스러운지 준희의 목소리가 속삭이듯 작아졌다.

"전 약혼녀도."

지금껏 살아오면서 그의 마음을 비집고 들어온 여자는 단한 명도 없었다.

"남들보다 좀 더 잘 돌아가는 머리, 좀 더 잘난 얼굴, 넘쳐나는 돈. 그게 내가 가진 전부야."

술은 사람에게 마법을 건다.

"내게 없는 것 중 하나가 바로 감정."

취중진담, 누구에게도 털어놓은 적 없는 속마음을 털어놓게만들다니.

"그래서 약혼녀가 죽은 건지도 모르지. 나 같은 놈 때문에."

윤은서에게 작은 관심이라도 보였다면, 단 한 번만이라도 여자로 봐주려는 노력이라도 보였다면……. 그랬다면 윤은서가그렇게 변하지 않았을 것이다. 믿음을 주지 못하고 관심을 주지 못한 이준의 잘못이었다.

"죽음을 앞에 둔 약혼녀를 보고도 내 심장은 움직이지 않았어."

그때 깨달았다, 내 심장은 죽어 있구나.

"나란 놈이 너무 운이 좋아서. 그래서 내 주변 여자들이 지독히도 운이 없는 건지도 모르지."

그에게 운을 빼앗겨 목숨을 잃거나, 잃을 뻔한 건지도 모른다는.

"귀신들도 나 대신 애꿎은 주변 사람들에게 한을 품고 해코

378

지하는 건지도 모르고."

이야기의 끝에 도달했고 그게 대화의 끝이었다. 묵직한 침묵이 두 사람을 내리눌렀다. 덤덤한 척했지만 사실 이준은 겁이 나서 준희의 얼굴을 볼 수 없었다. 남은 2년을 채우지 못하고 준희가 이혼하자고 할 것 같았다.

"우리 나가요! 프랑스는 야경이 최고잖아요?"

그러나 밝은 목소리로 벌떡 일어난 준희가 그의 손을 밖으로 잡아끌었다.

늦은 밤인데도 센강은 전혀 어둡지 않았다. 두 사람은 길게 뻗은 다리를 말없이 걸었다. 옆에 준희가 있는데도 지나다니는 여자들 중 열에 아홉은 모두 이준에게 시선을 줬다. 준희는 신기한 듯 그를 보았다.

동양인들 눈엔 훤칠한 체격과 또렷한 이목구비가 서양인처럼 섹시해 보였는데 서양인들 눈에도 다르진 않은 것 같았다. 아마도 흑발과 새까만 눈동자, 새하얀 피부와 어우러지는 섬세한 이목구비가 혼혈처럼 신비스러울 것이다.

지금 준희의 신경을 거슬리게 하는 건 그의 표정이었다. 잠시 살아났던 짓궂음이 사라진 그의 얼굴은 파리의 밤하늘보다 더 어두웠다. 지금 그는 전혀 그답지 않았다. 풀이 확 죽은 대형견 같다고 해야 하나.

"손수건 있죠?"

"그건 왜?"

"잔말 말고 줘봐요."

준희는 재킷 안에서 이준이 꺼내준 손수건을 받아 오른손에 살포시 쥐었다.

"제 주 전공이 부채춤인 거 알아요?"

연주 없이 춤사위만 보인다는 건 민망한 일이었지만, 우리의 전통 춤은 손짓이나 몸짓 자체만으로도 아름다우니까.

"강이준 씨를 위해 살풀이춤 춰주는 거니까 못 춰도 웃기 없기예요."

"살풀이……춤?"

"말 그대로 살을 푸는 춤. 액을 예방하고 푸는 춤. 귀신들이 품은 살 정도는 내가 조금 위로해줄 수 있다는 거죠."

말이 끝나기 무섭게 준희는 기억을 더듬어 올라갔다.

"준희야, 그런 건 안 해줘도."

……이미 늦었다. 신발을 벗은 백준희는 이미 맨발. 팔과 다리에 무게감을 실어 조금씩 춤을 추기 시작했고, 입에서는 웃음기 없는 목소리가 흘러나왔다.

"살풀이는 독을 품듯이 무겁게 추는 게 포인트예요."

팔과 다리는 크게 움직이되, 조용히 그리고 무게감 있게.

돌 때는 한 바퀴 이상을 돌지 않으며 허리를 꼿꼿이 세우며 고고하고 기품 있게.

"……."

당혹스러운 표정으로 서 있던 이준은 서서히 홀리기 시작했다. 곱게 내리깐 시선 처리와 정적으로 움직이는 손끝에서 손수건이 살랑거리면서 춤이 꽃처럼 피어났다.

센강변을 따라 산책하던 이들도 홀린 듯이 둘의 주위로 모여들기 시작했다. 거리 연주가들의 공연을 듣는 것처럼, 준희의 독무를 보기 위해서.

그 순간 발동작이 꼬였는지 준희의 몸이 휘청했다.

"……으악."

작은 비명이 속삭임처럼 터져 나왔다. 이준은 민첩하게 움직여 준희를 품에 받아내는 데 성공했다.

살그머니 고개를 든 준희는 다시 빠르게 그의 가슴에 얼굴을 푹 파묻었다.

"헐, 사람 왜 이렇게 많아요?"

네가 너무 예쁘게 춤을 췄으니까.

"저 좀 이대로 안고 사라져주면 안 될까요?"

맨발로 바닥을 사뿐히 즈려밟으며 춤출 땐 언제고. 앙증맞은 귀와 새하얀 뺨에는 수줍은 꽃이 가득 피어 있었다.

"창피해서 고개를 못 들겠어요."

누구 부탁이라고. 마나님이 원한다면 변강쇠가 받들어야지.

준희를 번쩍 안아 들고 성큼성큼 걸음을 옮기자 준희가 작게 발버둥을 쳤다.

"내 신발이요! 저거 한 번밖에 안 신은 건데!"

"하나 사줄게. 네가 좋아하는 남카로."

그러니까 얌전히 안겨 있어.

그렇게 이준의 품에 안긴 채 바토무슈 유람선 2층에 착석했다. 그의 다리 위에 앉아 있는 게 어색해서 준희가 조심히 말을 했다.

"이젠 내려줘도 되는데요."

"그냥 있어."

앉을 의자가 있는데 왜 군이 품에 안고 있겠다고 하는 건지.

"둘 다 불편……."

"에펠탑 안 볼 거야?"

"에펠탑이요?"

그 말에 준희는 고개를 홱 틀었다. 노란 가로등이 예쁘게 반짝이는 다리를 지나자 드디어 에펠탑이 보였다.

"우와."

작게 터져 나오는 감탄사에 그럴 줄 알았다는 듯 이준의 입가에 희미한 미소가 어렸다.

"정말 너무 예뻐요. 왜 파리랑 에펠탑을 노래 부르는지 알 것 같아."

에펠탑에 시선을 홀린 준희와 달리 이준의 눈을 홀린 건 준희였다.

"시간 너무 빠르다. 벌써 자정이 다 됐네요."

혼잣말처럼 흘러나오는 준희의 목소리에서 아쉬움이 가득 묻어났다.

"오늘 정말 끝내주는 관광이었어요. 고마워요."

에펠탑에서 눈을 뗀 준희가 그의 가슴에 가만히 귀를 가져다 댔다.

"그거 알아요? 강이준 씨 심장 엄청 잘 뛰는 거. 소리가……

우렁차네요."

어린아이 달래듯이 조곤조곤한 말투가 강바람을 타고 고막을 간질였다.

"말씀은 안 하시지만 아버님이랑 할아버지가 강이준 씨 무척 보고 싶어해요."

빤히 올려다보는 준희의 시선이 느껴졌지만 이준은 짙은 강물을 볼 뿐이었다.

"당신 곁에 있어도 엄청 운 좋은 여자인 거 내가 증명해 보일 테니까, 같이 한국으로 들어가요."

왜 백준희가 겁을 먹었을 거라 생각했을까. 겁을 먹긴커녕 오히려 덤벼들 성격이었다. 그의 가슴께를 겨우 넘는 키와 반밖에 안 되는 작은 체구로, 그를 항상 감싸주고 격려해주려 한다.

"나 좀 봐요."

그래서 난 널 볼 수가 없어.

네 앞에만 서면 약해지고 겁쟁이가 되어버려.

"대화를 할 때 눈을 보라고 한 건 강이준 씨잖아요."

준희의 손이 이준의 뺨을 감싸 눈을 마주하게 했다. 투명하게 빛나는 눈동자 속, 준희에게 빠져 허우적대는 그가 보였다.

"나랑 같이 한국으로 들어가요."

"······계약서 들이대는 건가?"

이준에게 안심하라는 듯 생긋 웃는 입꼬리가 그렇게 예쁠 수가 없었다.

"계약서로 강요할 생각 조금도 없어요. 자유의사에 맡기려는 거예요."

그 미소가 깊게 스며들어 또다시 심장을 툭툭 두드렸다.

"강이준 씨가 어깨에 지고 있는 죄책감이나 책임감 같은 것들 확 다 날려버릴 만큼."

준희가 조심히 다리 위에서 내려와 그의 어깨에 얼굴을 기댔다.

"당신이 곁에 있어도 내가 얼마나 잘 살고 운이 좋은 여자인지 보여줄 자신 있어요."

맞잡은 손을 통해 따스한 온기가 전달되자 이준의 눈앞이 아득해졌다.

정말 널 어떻게 하냐. 차라리 내 눈앞에 나타나지 말지. 프랑스에 오지 말지.

오히려 그녀가 두려워졌다. 돌아갈 자신이 없어졌다.

내가 널 너무⋯⋯. 하아, 모르겠다.

"백준희."

"네?"

"입술 물어뜯으려면 물어뜯어."

자정이 된 에펠탑에 반짝반짝 불이 들어왔다. 이준은 고개를 비스듬히 틀어 느릿하게 입술을 내렸다.

"나 지금 너한테 키스할 거야."

환상적인 미드나잇 인 파리, 그리고 에펠탑이었다. 그의 키스는 따스하고 부드러웠다. 놀랄 만큼 달콤하고 황홀했다. 입술이 따스한 입 안으로 차례대로 빨려 들어갔다. 감각적으로 입술을 더듬던 그의 혀가 부끄러워 도망치는 혀를 잡아채 빨아들일 땐 발끝까지 저릿저릿했다.

그와의 아찔한 키스는 길고 길었다. 호흡 조절을 제대로 못한 준희의 숨이 흐트러지자 이준이 미련 가득한 입술을 뗐다.

"……숨 쉬어."

강바닥보다 더 낮게 가라앉은 음성이 조금 갈라진 것도 같았다. 몽롱하게 눈을 뜨자, 강물보다 더 짙은 어둠을 머금고 있는 새까만 동공과 부딪쳤다.

"따라해봐. 후……아."

그제야 입술을 뗀 준희는 지금까지 자신이 제대로 숨을 내쉬지도 않았다는 걸 깨달았다.

"후……아."

숨 쉬는 거 말고, 그거 말고, 키스 좀 가르쳐줘요.

"잘했어."

다정하게 머리를 쓰다듬는 그의 손길에 몸이 녹아내릴 것만 같았다.

"키스, 왜 했어요?"

"다 하고 묻던지 해."

"……?"

"키스, 또 할 거거든."

놀라움에 그녀의 눈은 다시 동그래졌고, 기대감에 입술이 살그머니 벌어졌다. 부끄러워 시선을 피하다가 알게 된 사실. 2층엔 두 사람만 있는 게 아니었다. 부럽다는 듯 두 사람을 보고 있는 관광객들이 있었다. 얼굴이 확 달아오른 준희는 그의 가슴에 얼굴을 푹 파묻었다.

"난 몰라!"

"부끄러울 게 뭐 있다고."

"우리 키스하는 거 다 봤을 거 아니에요!"

"다시 볼 사람들도 아닌데 뭐."

태연한 이준이 얄미워 준희는 작게 주먹을 그러쥐고 그의 가슴을 쳤다.

"손은 작은데 왜 이렇게 매워."

"……맞을 짓 했잖아요."

"이게 왜 맞을 짓이야?"

"맞을 짓이죠!"

조금 과격한 감이 있긴 했지만 부끄러움을 타는 준희가 귀여운지 이준이 얄팍한 등을 제 품으로 더 꼭 끌어안았다.

"우리는 한국의 신혼부부입니다. 한창 신혼이라서요."

센강의 아름다운 야경을 즐기기 위한 바토무슈 안은 고요했기에 2층에 있는 사람들 모두 들었을 것이다.

"방금 뭐라고 했어요?"

못 알아먹게 하필 또 물어야.

준희가 살그머니 고개를 들고 물어보았다.

"우리가 부부라고 말했어."

달콤한 그 미소에 또다시 마음이 흐물흐물해졌다.

왜 이렇게 예쁘게 웃어, 이 남자.

"할 거면 빨리 해줘요."

"뭘?"

"……키스 또 할 거라면서요."

그의 입술에서 웃음기가 사라졌다. 짙어진 눈빛, 진지해진 눈동자. 키스해줄 거라던 남편이 고민하는 걸 그대로 놔둘 준희가 아니었다.

"이번엔 내가 먼저 할래요."

강인한 목을 팔로 휘어감아 끌어내렸다. 순순히 따라오는 아찔한 얼굴을 보며 준희는 떨리는 입술을 포갰다.

쪽─.

떨리는 마음을 한껏 담은 버드 키스를 날린 입술, 그건 아내의 유혹이었다. 그리고 남편은 어린 아내의 어설픈 유혹에 기꺼이 넘어와주었다. 수줍은 숨을 토해내기도 전에 그 입술이 다시 집어삼켜지는 건 순식간이었다.

지금 그녀의 남편은 살짝만 건드려도 폭발하는 폭탄이었다.

다음 날 아침, 짐을 챙겨놓고 문을 연 준희는 잠시 멍해졌다. 문앞에 이준이 아닌 그의 새로운 남자 비서가 서 있었다.

"이사님께서 스케줄 때문에 바쁘셔서 제가 대신 모셔다드리겠습니다."

차에 오른 준희는 마음이 뒤숭숭했다. 어젯밤의 일들이 신기루 같았다. 더 가까워지고 진득해졌다고 생각했는데. 이렇게 얼굴도 안 보이고 작별 인사조차 안 할 거면서 키스는 왜 했을까.

이준의 키스는 단순하지 않았다. 깊은 감정을 담고 서로의 마음을 공유했던 키스였다. 적어도 준희는 그렇게 믿었다. 눈물 나도록 애절하게 키스해놓고선, 아찔하도록 달콤하게 키스해놓고선, 사람 마음 있는 대로 휘저어놓고선.

준희는 이준에게 메시지를 보냈다.

> 아내 배웅도 못해줄 만큼 바빠요?

답장은 바로 왔다.

> 어제 반나절 스케줄을 갑자기 비우는 바람에 너무 바빠.

준희의 입에서 한숨이 새어 나왔다.

"하긴, 예고 없이 들이닥친 건 나잖아."

딱히 반기진 않았지만 준희의 무리한 요구를 받아준 이준이었다.

"몸이 멀어지면 마음도 멀어진다는 말이 이런 건가."

다정하게 사람 냄새 풀풀 풍기던 남편은 어디로 가버린 걸까. 이대로 떠나면 2년 동안 또다시 허수아비 아내가 되는 건 보지 않아도 훤했다.

"휴."

송송 구멍이 난 심장에 새어드는 서운함에 가슴은 시베리아 벌판보다 더 시렸다.

그런데도 준희는 핸드폰 키패드를 꾹꾹 눌러 답장을 보냈다.

> 어제 나 때문에 스케줄 몽땅 빼서 오늘 엄청 바쁘겠구나.
> 미안해요. 투정 부려서. 저 잘 갈 테니까 걱정하지 마세요.

마음은 하나도 안 쿨한데, 또다시 쿨한 척해야 하는 서글픈 순간이었다.

미드나잇 인 파리, 에펠탑, 그리고 달콤했던 그와의 키스.

시간을 되돌려 어젯밤으로 다시 돌아가고 싶었다.

그 시각, 이준도 별다르진 않았다. 도무지 일이 손에 잡히지 않았다. 마중도 나오지 않는 남편에게 화라도 내면 마음이라도 덜 무거울 텐데.

준희는 이 순간에도 쿨하게 그를 이해해주었다.

한 번 정도는 투정 부려도 되는데. 넌 왜 항상 의젓한 척하는 거지? 왜 배려하고 이해하려고 하는 거지?

준희의 얼굴을 보면 보내고 싶지 않을 것 같았다. 그래서 갈 수가 없었다.

하지만 이렇게 보내는 것도 편치만은 않았다. 이대로 가면 또 언제 볼지 모르는데.

그 마음 꾹 참고 한 번 정도는 더 봐도 되지 않을까?

삼낭할 수도 없으면서 또다시 작은 욕심이 고개를 내밀었다.

"김 비서, 지금 바로 공항으로 갑시다."

준희보다 먼저 도착하기 위해 노력을 한 결과 조금 더 빨리 도착할 수 있었다.

차마 마음이 변했다고는 못 하겠고 서프라이즈 이벤트라고 둘러댈 참이었다.

하지만 공항 VIP 라운지에 들어선 이준의 앞을 막아선 건 채송화였다.

"이준아!"

반가운 표정의 그녀와 달리 이준은 귀찮을 뿐이었다. 그가 별다른 반응을 보이지 않자 송화가 조심히 물었다.

"너 나한테 할 말 있지 않아?"

"할 말이라…… 한국 조심히 가라."

무심하게 지나치는 이준의 앞을 송화가 믿을 수가 없다는 표정으로 다시 막아섰다.

"나한테 할 말이 그게 다니? 내 전용기에 대해 할 말 있지 않아?"

"그게 왜 네 거지?"

"내가 타고 갈 거였으니까."

"그건 몰랐는데."

"어떻게 모를 수가 있어? GY엔터가 프랑스에서 전용기를 빌릴 이유가 뭐 있어? 나 말고 없잖아. 적어도 넌 그걸 알고 있어야 하는 거 아니니?"

한국으로 돌아가는 준희를 위해 비행기 한 대를 전세내려고 했지만 모두 예약이 꽉 차 있다고 했고, 마침 한국의 GY엔터에서 전세 낸 비행기가 있다고 해서 양보해달라고 했었다. 그런데 그게 송화가 타고 갈 전용기인 줄은 몰랐다.

"난 몰라도 박 실장은 알고 있겠지. 너에 대한 건 항상 박 실장이 처리했으니까."

"거짓말!"

"내가 왜 너한테 거짓말할 거라고 생각하지?"

"이준이 너 급하게 한국으로 돌아갈 일 있어? 그래서 전용기 빌린 거야?"

"그런 것까지 너한테 보고할 이유는 없는 것 같은데."

이준의 냉담함에 표독스럽게 변하던 송화의 시선이 이준의 어깨 너머로 고정되었다. 그러더니 갑자기 달콤하게 미소를 지었다.

"시차 때문에 너무 피곤해서 내가 좀 곤두서 있었나 봐. 미안해, 이준아. 우리 여전히 친구지?"

"네가 착각만 하지 않으면. 잘 가라."

지나치려는 이준을 다시 막아선 송화는 사르르 눈웃음을 흘리며 눈을 맞춘 후 상냥하게 말을 했다.

"여긴 프랑스니까, 프랑스식대로 작별 인사하고 갈게."

허락을 구하려고 묻는 게 아니었다. 순식간에 이준의 뺨에 송화의 입술이 닿았다가 멀어졌다. 그 바람에 이준의 뺨에 그녀의 붉은 립스틱이 낙인처럼 새겨졌다.

"뭐 하는 짓이야."

눈살을 찌푸리며 송화에게서 돌아서던 이준의 시야에 준희가 들어왔다. 빌어먹을 타이밍이었다.

다행스럽게도 준희는 차분하게 다가와 그가 아닌 송화 앞에 섰다.

"우리 자주 보네요. 그렇죠?"

아무렇지 않게 생긋 웃는 송화의 입술에 준희의 시선이 고정되었다.

"……안녕하세요."

"그럼 우리 한국에서 또 봐요."

스쳐 지나가는 채송화에게선 여전히 짙은 장미향이 났다. 호텔에서 처음 마주쳤던 그때처럼.

"저기, 채송화 씨."

"……."

"기분 나쁠 수도 있겠지만 이 말씀은 꼭 드려야 할 것 같아서요."

준희는 그를 믿었다. 그런데도 배알이 뒤틀리는 건 어쩔 수가 없었다.

"친한 친구란 것도 알고 또 나쁜 의도로 한 게 아닌 것도 알아요. 하지만 유부남한테 입을 맞추는 건 자중해주세요."

"친구끼리 프랑스식 작별 인사를 한 것뿐인데?"

"한국인끼리 굳이 프랑스식 인사를 할 필요가 있을까요? 그것도 아내인 제가 보는 앞에서요. 제가 보고 있는 거 알고 있었잖아요."

"프랑스니까 프랑스 예법을 따르려고 한 것뿐인데. 준희 씨가 기분 나빴다면 미안해요. 내가 생각이 짧았어요."

"제 기분 문제가 아닌 것 같아요. 채송화 씨는 어딜 가도 이슈가 되는 한국 연예인인데 조심하셔야죠. 언제 어디에서 기자가 카메라를 들이댈지도 모르는데, 유부남이랑 스캔들 나면 송화 씨 손해 아닌가요?"

"충고 고마워요."

쿨한 건지 쿨한 척하는 건지 송화는 그렇게 우아하게 사라졌다. 문제는 조금도 쿨하지 못한 준희 자신이었다.

"밤톨."

휙 돌아선 준희의 눈꼬리가 앙칼지게 올라갔다.

"내가 묻는 말에 먼저 대답해요. 채송화 씨 배웅해주는 것도 바쁜 스케줄 중 하나였어요?"

"송화는 우연히 마주친 거야. 너 배웅해주려고 왔다가."

"바쁘다면서 답장 한 통만 덜렁 보낼 땐 언제고요?"

"그냥 보내자니, 마음에 좀 걸려서."

거짓말 따위 할 남자가 아니란 건 누구보다 잘 알고 있었다. 그런데도 그가 밉고 원망스러웠다.

"배웅 올 거면 좀 깨끗하게 오면 안 돼요? 이게 뭐예요."

준희는 가방에서 물티슈를 꺼내 그의 뺨을 팍팍 닦았다.

"유부남이 다른 여자 립스틱이나 얼굴에 묻히고 있고."

이준에게 남겨진 다른 여자의 흔적이 싫었다. 이런 게 질투인 걸까.

"이거는……."

"변명 안 해도 돼요."

"표정을 보니 해줘야 할 것 같은데?"

"나 강이준 씨 믿어요."

이준의 문제가 아닌 자신의 문제였다. 알면서도 질투하는 못난 내 모습.

"그럼 얼굴 좀 풀어. 사람 신경 쓰이게."

"그게 왜 신경 쓰여요."

우리 이렇게 헤어지면 또 투명 인간에 허수아비 아내 취급할 거면서.

다시 예전의 생활로 돌아갈 거라고 생각하니 가슴속에서 무언가가 울컥 치밀어 올랐다.

"그럼 신경이 안 쓰여?"

그의 뺨을 닦아주던 손길이 툭, 떨어졌다.

"……준희야?"

"으아아앙!"

갑자기 터진 울음에 오늘도 그는 처음 보는 낯선 표정을 보여주었다. 어쩔 줄 몰라 하는 표정은 꽤 볼 만했다.

"야야! 밤톨, 너 왜 울어. 어?"

준희도 제 눈에서 눈물이 나는지 이유를 알 수 없었다.

그냥 알 수 없는 서러움이 폭발했고, 가슴에서 치밀어 오른 응어리가 눈을 뚫고 나와 눈물로 흘러내렸다.

퍼억—.

손에 들고 있던 핸드백이 이준의 턱을 강타했다.

"윽!"

"이 나쁜 놈아!"

퍼억—. 퍽, 퍽.

얼굴에 이어 그의 가슴을 핸드백으로 연달아 내리쳤다.

"흐어엉! 어제 키스는 왜 해서."

어제 그렇게 키스만 하지 않았어도.

"왜 그렇게 잘해서, 흐어어엉!"

구름 위를 떠다니는 것처럼, 온몸이 녹아내릴 것처럼, 달콤하고 아찔하게 키스만 잘하지 않았어도 '그냥일지도 모른다'로 덮을 수 있었을 텐데.

목표를 잃은 채 힘없이 핸드백을 휘두르는 준희의 손은 곧 이준에게 잡혔다. 라운지에 있던 몇몇 사람들이 그들을 보고 있었다.

"너, 내가 그 손버릇 좀 고치라고 했지."

이유 없이 맞은 것에 대한 희미한 화가 느껴지는 목소리. 결국 준희는 바닥에 주저앉아버렸다. 물티슈를 꺼내서 눈물을 닦고 코까지 '흥!' 하고 풀었다.

그 모습을 가만히 지켜보던 이준이 얕은 한숨과 함께 무릎을 꿇고 그녀와 눈높이를 맞추었다.

"왜 맞는지 이유라도 좀 알자."

그걸 어떻게 말해요. 사소한 것에도 옹졸하게 질투에 사로

집힐 만남, 내가 당신을…… 그러니까 당신을…… 사랑하고 있다는 걸요.

"난 이제 어떻게…… 끄억…… 하라고."

그렇게 하기 싫었던 일방통행 짝사랑을 시작해버렸다는 걸, 헤어져야 하는 지금 깨달았는데.

눈물 가득한 눈가를 부드럽게 쓸어주는 손짓이 더 눈물 나게 다정했다.

왜 이럴 때만 이렇게 다정한 건데.

걱정 가득한 눈을 보고 있자니 더 서러웠다.

"손대지 마요! 그리고 한 번만 더 나한테 키스해봐요! 그땐 정말 가만 안 둘 거야!"

퍼억—!

그에게 마지막 펀치를 날리는 순간 준희의 눈물이 뚝, 그쳤다. 이준이 자신의 코를 움켜잡은 손을 천천히 내리자 코피가 툭, 떨어졌다.

"피, 피이이이?! 어떡해! 미안해요! 흐어어엉!"

너무 놀라 손에 쥔 물티슈로 급하게 코피를 닦아주려 하자 이준이 질색했다.

"그 물티슈, 네 콧물 닦은 거잖아!"

"뭐 어때요?! 코피든 콧물이든 똑같이 코에서 나온 건데!"

"콧물은 더럽지!"

"……씨잉."

아, 서러워.

"마누라 콧물이 왜 더러워요?"

사랑하지 않으니까 콧물도 더럽게 느껴지는 거야, 분명.

"더러운 건 더러운 거지."

"됐어요! 당신이랑 말 안 할 거예요! 배웅이고 나발이고 당장 가버려요! 꼴도 보기 싫어!"

"기껏 스케줄 빼고 왔는데. 지금 나보고 다시 가라고?"

"가요! 콧물 더러운 마누라 배웅은 뭐 하러 와요?"

3년 만의 재회. 그리고 또 2년 동안 보지 못할지도 모른다는 아쉬움.

애틋한 마음으로 배웅해줘도 모자랄 시간에 두 사람은 한참을 티격태격했다. 엉망진창이 되어버린 배웅이었다.

게이트 앞에서 두 사람은 어색하게 선 채 마주 보았다.

준희의 눈은 퉁퉁 부어 있었고, 이준의 코엔 화장지가 꽂혀 있었다.

"어떻게 된 게 배웅도 평범하지를 못해."

"계약 결혼 자체가 평범하진 않죠."

준희는 그를 쳐다보지도 않고 작게 톡 쏘아붙였다.

"아직 시간 남았으니까 평범하게 좀 가자, 밤톨."

그가 팔을 벌려 너른 품을 열었다. 어서 와 안기라고.

하지만 준희는 움직이지 않고 그를 물끄러미 바라보았다. 콧구멍에 화장지를 꽂고 있어도 잘생김이 풀풀 풍기는 이 남자를 사랑했다.

같이 있는 것만으로도 가슴이 터져버릴 것 같은 마음.

거 품에 안기비라면…… 신싸 고백해버릴시노 모르는데.

"아까 한 경고 그새 잊었어요? 나한테 손끝 하나……."

하지만 준희는 어느새 그의 품에 꼭 안겨 있었다.

"이러고 있으니 이제야 평범한 부부 같네."

귓가에 스며드는 웃음기 어린 나직한 음성마저 눈물이 날 만큼 감미로웠다.

가장 흔하고 흔한 게 평범한 건데, 그런데 왜 당신이랑 난 그게 어려운 거예요? 우리 그냥 평범하게 가면 안 되는 거예요?

평범한 사랑, 그거 한번 해보면 안 되는 거예요?

사랑이 마냥 좋은 건 아니었다.

용감무쌍하던 준희를 겁쟁이로 만들었다. 고작 낸 용기는 이런 거였다.

"한국 같이 가면 안 돼요? 일 때문에 당장 같이 가는 게 힘들면 늦게라도요."

그를 한 번 더 붙잡아보고 싶었다. 빈말이라도 노력해보겠다는 말을 듣길 원했다.

그럼 깨달아버린 이 마음을 외면하지 않아도 될 것 같은 희망이 생길 것 같았다.

"미안해."

그 용기에 돌아온 건 단호한 거절보다 잔인한 사과.

"내가 이렇게 부탁하는데도요?"

준희는 그의 옷자락을 살그머니 잡고 올려다보았다.

간절함을 가득 담아. 애틋함을 가득 담아. 두 눈에…… 사랑을 가득 담아.

"힘들 것 같아."

하지만 그것마저도 외면당했다.

"이대로 헤어지면 우리 2년 동안 또 못 보는 거죠?"

"……."

"마지막으로 다시 한 번만 더 물을게요. 나 이대로 보낼 거예요?"

"……."

"그럼 엄청 후회할지도 모르는데?"

이준은 대답 대신 먹먹한 눈빛으로 그녀를 바라볼 뿐이었다. 지금 이 순간 애틋하게 잡고 있던 옷깃은 둘의 유일한 연결점.

준희는 그걸 놔버렸다.

"안녕히 계세요, 강이준 씨."

힘겹게 낸 용기는 물거품이 되었고, 수줍게 피어난 마음은 빠른 속도로 얼어붙고 있었다.

Chapter 12

혼란스럽고, 신경 쓰이고, 자꾸 생각이 나

준희가 한국으로 돌아오자마자 인터뷰 요청과 스카우트 제의가 쇄도했다. 국내 대회와 달리 글로벌 국제 대회라 그런지 확실히 파급력이 남달랐다. 그것만으로도 준희의 하루는 바쁘게 시작되고 있었다.

한국에 온 지 3일째 되는 날, 준희는 가장 마음에 드는 기업의 회의실에서 미팅을 가졌다. 대기업은 아니지만 나름 탄탄한 회사였다. 순조롭게 미팅을 끝낸 후 준희가 향한 곳은 정윤의 묘였다.

모든 일들이 너무 잘 풀리고 있었다. 그런데도 가슴이 답답해서 하소연할 곳이 필요했다. 마음속 응어리를 풀어낼 곳 말이다.

준희는 기일 외에는 단 한 번도 와본 적 없는 묘 앞에 쭈그리고 앉았다.

"내가 갑자기 찾아와서 놀랐어요? 올 데가 여기밖에 없어서요."

우유를 마시면서 울리지 않는 휴대 전화를 만지작거려 보았다. 만진다고 울릴 휴대 전화도 아닌데.

"아무래도 내가 그 남잘 사랑하나 봐요."

임금님 귀는…….

"진짜 안 좋아하려고 했는데. 자신 있었는데."

……당나귀 귀.

"인정하기 싫었는데, 나 백정윤 씨 딸 맞나 봐요."

대답 없는 묘지는 고요할 뿐이었다.

"자존심이고 뭐고 다 버리고 올인하고 싶은 거 있죠."

무언가 하나에 빠지면 무섭게 그것만을 향해 달려가는 자신의 성격을 그녀도 잘 알고 있었다. 그래서 지금까지 이성을 멀리하고 단단히 바리케이드를 쳤었는데. 오로지 일에만 매달렸는데. 25년 동안 고이 세워놓았던 그 벽을 너무도 쉽게 뚫어버렸다.

강이준, 그 남자가.

남편, 그 나쁜 놈이.

"그래서 고백 비슷하게 했다가 차였어요."

그것도 아주 보기 좋게. 미련도 못 가질 정도로 깔끔하게.

"처음엔 하늘이 무너지는 것 같았는데 지금은 좀 참을 만해요. 고백하길 잘 한 것 같아."

그래서 더 포기할 수 있을 것 같았다.

"나, 이혼하려구요."

들고 온 백합을 묘지에 올려놓은 후 준희가 향한 곳은 석훈의 자택이었다.

준희가 한국으로 떠난 지 벌써 일주일이 지났지만 준희와 함께했던 이틀은 가슴에 낙인처럼 강렬하게 새겨져버렸다.

"하여간 맹랑해."

아직까지도 선득했다. 얼굴에 끼얹어졌던 싸한 알코올의 감촉이.

"귀엽기도 하고."

제 품에 안겨 곰 인형처럼 널브러져 잘 때는.

"꽤 감동이었는데, 그건."

센강을 걷다가 손수건을 요구하더니 느닷없이 살풀이춤을 추던 백준희.

그래놓고 발이 꼬여 품에 안겨 들어서는 부끄러움에 얼굴을 파묻질 않나.

센강의 야경에 취해버린 걸까.

아내에게 취해버린 걸까.

준희와의 키스는 그의 정신을 쏙 빼놓았다. 키스의 기교 따윈 없었다. 미친 듯이 아내의 입술을 탐닉하고 키스에 빠져들었던 것 같다.

준희와 키스를 한 곳이 침실이 아니었음을 다행으로 여겨야 했다. 만약 침실이었다면 준희에게 제가 무슨 짓을 했을지도 모를 만큼 이준은 고삐가 풀려버렸다. 키스가 끝나고 나서야 너무 몰아붙였나 하는 후회가 밀려들 만큼.

하지만 달콤했던 추억 뒤로 이어지는 건 공항에서 울음을 터뜨렸던 백준희였다. 어렸을 적 준희가 단 한 번도 우는 걸 못 봤다고 걱정했던 석훈의 말도 떠올랐다. 어린 게 오죽 마음의 상처가 곪았으면 우는 것도 잊을 만큼 저리 독해졌을까 했던.

"……왜 울었지."

준희는 센강에서 그가 키스를 너무 잘해서라고 했다. 너무 거칠게 몰아붙여서 걱정했는데 키스를 잘했다고 칭찬을 받았으니 기뻐해야 마땅했다.

하지만 준희의 눈물이 마음에 걸렸다. 키스를 잘하는 게 준희가 눈물을 흘리고 자신이 코피 나도록 맞을 일이 아니란 것도 잘 알고 있었다.

―마지막으로 다시 한 번만 더 물을게요. 나 이대로 보낼 거예요?

또렷한 밤색 눈동자는 준희가 주는 마지막 기회였다.

―그럼 엄청 후회할지도 모르는데?

후회할 걸 알면서도 거절했고 진짜 후회란 걸 하고 있는 중이었다.

"……보고 싶다."

그것도 많이.

백준희가 남기고 간 지독한 후유증은 이젠 꿈이 아니라 깨어 있는 현실에서도 그를 괴롭혔다. 하지만 그때로 다시 돌아간다고 해도 이준은 같은 결정을 내릴 것이다. 난 네 곁에 있어서는 안 되니까.

"잘 도착했냐고 묻는 정도는 괜찮겠지."

보러 가는 것도 아니고 목소리 한 번 잠깐 듣는 건데. 그 정도는 욕심내도 되겠지.

준희가 간 후 수십 번도 더 만지작거렸던 휴대 전화를 일주일 만에 집어 든 이준이었다.

하지만 전화를 받은 이는 백준희가 아니었다.

[네 녀석이 무슨 일로 전화를 했냐?]

"……아버지?"

[오냐, 네 애비다.]

"잘 지내셨습니까?"

[준희한테 전화해서 내 안부를 묻는 거냐?]

목소리에는 묘하게 날이 서 있었다.

"안부는 다시 전화해서 묻겠습니다. 그러니까 준희 좀 바꿔주세요."

[준희 지금 전화 받을 상황이 아니다.]

"바꿔주기 싫은 건 아니고요?"

[……수술 중이다.]

"수술이라니요."

[사고를 당했어. 수술 끝난 후 입원해야 하고 퇴원을 언제 할지도 불투명하구나.]

"……장난치지 마세요."

[이놈아! 내가 그런 걸로 장난칠 사람이냐!]

그렇다. 석훈은 그런 걸로 장난칠 사람이 아니었다. 그걸 깨닫자마자 그답지 않게 초조하게 말이 쏟아져 나왔다.

"왜 입원한 겁니까? 얼마나 다쳤는데요? 사고는 왜 난 거구요? 의식 불명은 아니죠?"

[곧 이혼당할 놈이 뭘 잘했다고 안부를 물어?]

"이혼이라니요? 그건 또 무슨 말입니까?"

[지금 이 순간부터 넌 준희한테서 관심 꺼라. 이젠 내가 너 대신 준희를 잘 돌볼 테니까. 며느리가 아니라 진짜 딸로.]

뚜뚜뚜―.

전화는 일방적으로 끊겨버렸다. 다시 전화를 했지만, 꺼져 있었다. 박 실장에게도 전화를 해보았지만 마찬가지였다. 다급하게 김 비서를 통해 어떻게 된 일인지 알아보라고 지시를 내린 후의 30분이 억겁처럼 느껴졌다. 속은 시꺼멓게 타들어가고 회로가 끊겨버린 뇌는 돌아가질 않았다.

……내가 여기 있는데, 도대체 왜지?

노크 소리와 함께 김 비서가 들어왔다.

"죄송합니다, 전무님. 알아낸 게 없습니다."

석훈이 모든 경로를 차단해버린 게 분명했다. 그렇다면 알아내는 데 며칠이라는 시간이 소요될 것이다. 하지만 그에겐 며칠을 기다릴 만한 인내심도 참을성도 없었다. 사고 소식을 접한 순간 바닥나버렸다.

"한국행 티켓 예매하세요."

결국 확인하는 방법은 한 가지뿐.

티켓이 준비되자마자 이준은 한국행 비행기에 올랐다. 하지만 장시간의 비행에도 눈 한 번 제대로 붙일 수가 없었다. 머릿속이 혼란스러웠다.

많이 다친 건 아니어야 할 텐데. 괜찮아야 할 텐데.

그리고 이혼은 또 무슨 소리란 말인가.

무서운 속도로 인천공항을 벗어난 이준에게 김 비서가 보고를 했다.

"박 실장님은 지금 회사에 있다고 합니다."

"회사로 갑시다."

시차 적응이 되지 않아 피곤할 법한데도 그는 해성 코리아로 바로 들이닥쳤다. 느닷없는 상사의 등장에 비서 팀과 회의를 하고 있던 박 실장이 놀란 얼굴로 그를 맞이했다.

"상사의 연락을 잘도 무시하더군요."

"부회장님께서 전무님이 한국에 오실 때까지 절대 연락을 받지 말라고 지시했습니다."

⋯⋯내가 한국에 올 때까지?

설마 아버지 농간에 내가 놀아났단 말인가?

"백준희 입원, 사실입니까?"

농간이라도 좋았다. 백준희가 무사하기만 하다면.

"어제 수술하셨고, 지금은 입원해서 회복 중이십니다. 더 이상은 묻지 말아주세요."

"박 실장은 본인 직속 상사가 누구인지 잊었나 봅니다."

"전무님, 저도 가운데 끼어서 죽을 맛입니다. 제발 이해 좀 해주세요."

참고 있던 설움이 폭발했는지 그녀답지 않게 박 실장이 울상을 지었다. 하긴, 그녀가 무슨 힘이 있겠는가. 고래 싸움에 등 터지는 새우일 뿐인데.

"병원으로 바로 안내해요. 설마 그것도 싫다고 할 겁니까?"

그의 눈빛이 경고하고 있었다. 이번에도 그의 말을 거역하면 당신은 해고라고. 박 실장이 그걸 모를 리가 없었다.

차는 40여 분 만에 병원 앞에 도착했다. 빠르게 차에서 내려 병원으로 들어가는 이준의 뒷모습에서 초조함이 잔뜩 묻어났다. 그가 보이지 않자 박 실장은 어디론가 전화를 걸었다.

"부회장님 말씀대로 공항에서 오시자마자 바로 병원으로 가 달라고 하셨습니다. 방금 들어가셨고요."

언제 울상이었느냐는 듯 박 실장의 입가에 희미한 미소가 어려 있었다.

누가 그랬던가. 요즘 의학 기술이 발달해서 맹장 수술은 수

솔도 아니나고. 그 발을 한 놈들을 다 잡아내서 가만 안 두리라. 수술은 마취 때문에 아프진 않았다. 문제는 수술 직후였다. 배의 통증도 통증이지만 마취가 깨어야 한다며 잠을 못 자게 했다.

그렇게 악몽 같은 시간을 버텨내며 겨우 잠에 들었다가 다시 눈을 뜨니 어느새 해가 진 오후.

잠에서 깨어나자마자 입술 사이로 비집고 나온 건 바로 마른 한숨이었다.

하필이면 석훈에게 이혼 허락을 받는 중요한 그 순간에 맹장의 신호가 올 건 또 뭐란 말인가.

눈꺼풀을 몇 번 깜빡이자 흐릿했던 시야가 또렷해지고 쾌적한 병실 내부가 눈에 들어왔다.

"……혼자네."

잔혹하지만 앞으로 익숙해져야만 하는 냉혹한 현실.

때마침 노크 소리와 함께 들어온 간호사가 이것저것 상태를 확인한 후 태연하게 물었다.

"방귀는요?"

여자 간호사인데도 부끄러움에 괜히 얼굴이 빨갛게 달아올랐다.

"아직이요."

"방귀 나온 후에 물도 마실 수 있으니 노력해봐요. 가만히 있는 것보다 살살 움직여야 더 빨리 나올 거예요. 알았죠?"

"……네."

"방귀, 꼭 성공하셔야 해요."

방귀를 재차 강조하며 간호사가 나간 후 메마른 입술처럼 입 안도 사막처럼 타들어갔다. 침대에서 살그머니 움직이자 배가 당겨왔다. 조심히 움직여 거울 앞에 서자 말도 아닌 몰골이 눈에 들어왔다.

"대박. 이 반창고는 또 뭐야."

넘어지면서 테이블에 얼굴을 부딪혔나 보다. 그녀가 자신의 얼굴을 살펴보던 그때 노크도 없이 문이 벌컥 열렸다. 누군지 확인할 새도 없이 빠르게 다가온 남자가 준희를 품에 와락 껴안았다.

"……!"

누구냐고 물을 필요도 없었다. 뺨을 통해 전달되는 강한 심장 소리, 코끝으로 진하게 밀려드는 섹슈얼한 체 향, 넓고 아늑한 품까지. 모두 익숙한 이것들은 남편인 이준의 것이었다.

한참 후에야 조심히 품에서 준희를 떼어낸 그가 새까만 눈동자로 그녀를 빤히 응시했다.

"꼴이…… 말이 아니네."

네네, 저도 압니다. 지금 제 몰골이 말이 아니라는 거.

"프랑스에 있어야 할 강이준 씨가 여긴 웬일이에요? 이렇게 한국에 올 거였으면서 왜 공항에선……."

"말해봐."

말을 가로챈 그의 나직한 목소리에선 웃음기라곤 전혀 찾아볼 수 없었다.

"무슨 사고를 당해서 이 꼴인지."

"사고라기보다는, 그러니까 음⋯⋯."

잠깐의 침묵도 못 참겠다는 듯 이준이 몸을 틀었다.

"의사를 만나봐야겠어."

"아니요! 내 입으로 내가 말할게요!"

그의 옷자락을 애처롭게 잡은 준희는 살그머니 손짓을 했다.

"얼굴 좀 내려주시면 안 될까요."

그냥 말하기엔 좀 창피해서요.

"맹장이에요."

그의 귀에 대고 참새처럼 작게 속삭였다. 그런데 목소리가
너무 작았는지 이준이 민망하게 되물었다.

"뭐?"

"맹장이⋯⋯ 터졌다구요."

내려왔던 얼굴이 서서히 다시 멀어지고 그의 눈빛이 부끄러
움에 빨개진 얼굴에 닿았다.

"얼굴의 상처는 뭐지?"

"기절할 때 테이블로 넘어져서요."

이준이 옆에 있던 소파에 털썩 앉았다. 그의 입술 사이로 비
집고 나온 깊은 한숨 소리에 놀란 건 준희였다.

"아버님이 미국 지사 건 승인 안 해준댔어요?"

"⋯⋯."

"한국에 들어왔는데도 아버님이 안 된다고 해서 속상해요?
그러다 우연히 내 입원 소식 들어서 달려온 거예요?"

410

"……."

"아버님이 내 허락 받아 오라고 했어요?"

갑자기 고개를 든 이준이 준희를 빤히 바라보았다. 알 수 없는 묘한 눈빛, 유독 검은 눈동자가 오늘따라 더 짙어 보였다.

"공항에서…… 바로 왔나 보네요."

그제야 보이지 않던 것들이 눈에 들어왔다. 핏발 선 눈, 그답지 않게 조금은 구겨진 슈트, 살짝 끌어내린 넥타이까지.

"오자마자 아버님 만나러 갔는데 이야기가 잘 안 됐나 보구나. 내가 부탁해볼 테니까 걱정하지 말고 가서 쉬어요. 지금 엄청 피곤해 보이는 거 알죠? 보기 안 좋을 정도예요."

거짓말이었다. 피곤이 가득한 그의 모습조차 멋있었다.

"……때문이야."

"뭐라고요?"

그답지 않은 중얼거림에 준희는 살그머니 허리를 기울였다. 그런데 이준이 확 손목을 잡아당겨 제 다리 위에 다시 앉게 했다. 그러고는 까만 눈동자로 그녀를 직시하며 나직하고 또렷하게 말을 했다.

"너 때문이라고. 네가 걱정되어서."

준희는 말도 안 된다는 듯 웃었다. 그는 웃지 않았다. 설마…….

"나 때문에 왔다고요? 한국에? 그것도 공항에서 바로?"

"……그래."

이걸 어떻게 받아들여야 하는 걸까. 기쁘기도 하고 묘하기도 하고 씁쓸하기도 하고 무섭기도 하고.

"입술이 다 텄네."

이준의 손끝이 그녀의 입술을 쓸었다. 쓸리는 건 입술인데 따끔거리는 건 심장이었다.

"이틀째 아무것도 못 먹었는데 당연히 입술이 트죠."

"왜지?"

"숙녀 프라이버시니까 묻지 말아줄래요?"

방귀를 못 뀌어서라고는 절대 말할 수 없었다.

"물도?"

"물도요."

"그럼 튼 입술은 어떻게 하고."

"입술 튼 게 뭐 대수예요? 목도 말라서 입 안이 더 바싹 말랐어요. 근데도 저 엄청 참고……."

민망함에 주절거리던 입술이 멈추었다.

"입 안도 말랐어?"

아랫입술을 쓸던 엄지가 검지와 만나 준희의 턱을 살며시 들어 올렸다.

"나한테 좋은 방법이 있는데."

눈앞에서 침범하듯이 파고드는 새까만 눈동자가 입술에 박히자 심장이 마구마구 두근거렸다.

설마, 아니죠? 그 방법으로 내 입술 적셔주려는 건.

"저, 저기! 그 방법은 좋지 않을 것 같아요!"

준희가 다가오는 이준의 얼굴을 손으로 밀어내버렸다.

순식간에 이상해진 분위기, 어색한 침묵.

"하루 동안 이를 안 닦아서 지금 키스는 좀……."

어설픈 핑계로 오해를 하게 하느니 차라리 솔직하게 말하는 게 나을 것 같았다.

"아쉽지만 키스는 다음 기회로 미뤄야 할 것 같아요."

솔직함이 통했는지 그가 순순히 대답을 했다.

"뭐 그러든지."

허리를 잡고 있던 손이 느슨해진 틈을 타 준희는 그의 다리 위에서 내려오려고 했다. 배가 아직 당기니까 살살, 그리고 천천히.

날다람쥐처럼 날렵하던 몸이 굼뜨게 움직이는 걸 지켜보던 이준이 물었다.

"아직도 아파?"

"그럼 안 아프겠어요?"

당연한 걸 묻느냐는 듯 작게 톡 쏘아붙이는 준희의 손과 허리를 그가 자연스럽게 잡아주었다.

"맞다, 아버님이랑 통화했어요?"

"프랑스에서 잠깐."

"혹시 무슨 말씀 안 하셨어요?"

"했지. 그러니까 내가 온 거잖아."

준희는 뜨끔했다. 벌써 이혼 이야기를 꺼내진 않으셨겠지?

"뭐라고요?"

"네가 사고 나서 수술 중이라고 했어."

"그리고요?"

"일방적으로 전화를 끊고 연락 두절. 그게 다였어."

이준은 아직 이혼에 대해서 모르는 것 같았다. 하긴 본인이 허락하지 않은 걸 아들에게 먼저 알릴 리가 없지.

"사람 돌아버리게 말이야."

"그게 왜 돌아버릴 일…… 으악!"

뽕―.

지나치게 고요한 병실에서, 하필이면 이준이 있을 때 그분이 오신 것이다. 준희는 벌게진 얼굴을 푹 숙였다. 창피해서 그의 얼굴을 볼 자신이 없었다. 하필 이때 나올 건 뭐람.

그가 모른 척 넘어가주길 간절히 바라던 그때…….

"축하해."

하지만 남편은 지독하게 이성적인 남자였다.

"그렇게 말해야 하는 거 맞지?"

"이럴 땐 아무것도 못 들었어, 라고 해줘야 하는 거예요."

적어도 당신이 날 조금이라도 여자로 생각한다면요.

준희의 조언에 이준은 한 방 얻어맞은 듯한 표정을 지었다.

"……미안."

그의 사과에 준희는 더 부끄럽고 민망해졌다.

이준이 왔다는 소식에 석훈은 옳거니 했다. 한국까지 들어

414

온 걸 보면 그래도 기대해볼 만하다는 생각이 든 것이다. 응접실에서 느긋하게 차를 즐기고 있던 석훈은 소파에 털썩 앉는 아들의 모습에 혀를 끌끌 찼다.

"제대로 씻지도 못하고 돌아다니는 꼴하고는. 그래, 준희는 기어이 만났냐?"

태연한 석훈의 태도에 이준은 기가 막혔다. 이게 다 누구 때문인데. 어떤 소식도 듣지 못했던 하루하루가 얼마나 지옥 같았는지 석훈은 모른다. 하지만 상대는 아버지였다. 게다가 지금은 화를 낼 체력조차 남아 있지 않았다. 준희가 무사한 걸 확인한 후 병원을 나오자마자 피곤함이 해일처럼 몰려든 것이다. 잠자고 싶다는 생각이 든 건 오랜만이었다.

하지만 석훈과 결판을 내기 전까지는 누워도 잠이 오지 않을 것 같았다.

"준희랑 제가 견우와 직녀입니까? 왜 말도 안 되는 거짓말로 방해를 하세요."

이제 확인할 건 준희에게는 차마 묻지 못했던 이혼. 차라리 이것도 석훈의 농간이었으면 좋겠다는 생각이 들었다. 그것만 확인하고 나면 그대로 돌아가서 준희를 안고 자고 싶은 마음이 간절했다.

"사고는 그냥 넘어간다 해도 이혼은 무슨 소리입니까?"

"왜, 준희에게 직접 물어보지."

석훈의 능청스러움을 지켜보는 아들의 눈빛은 상당히 거칠고 반항적이었다. 하지만 석훈은 그런 아들을 흥미롭게 지켜보는 중이었다.

아들의 성격상 돌리지 않고 준희에게 물어봐야 정상이었다. 하지만 아들은 뭐가 그리 급했는지 옷도 제대로 갈아입지 못하고 석훈에게로 왔다.

그뿐인가. 칼같이 완벽함을 자랑하던 아들 녀석이 이렇게 대책 없이 움직인 것도, 흐트러진 모습을 보인 것도 처음이었다.

"사고처럼 거짓말일지 누가 압니까?"

"아니면 마는 거지."

"아버지!"

"이놈아, 나 아직 귀 안 멀었어!"

"······하아."

"맹장이야 그렇다 쳐도 테이블에 머리 박은 건 엄연히 사고지!"

"······."

"그리고 네 녀석이 이혼당할 짓을 했으면서 왜 애꿏은 애비를 의심하는 거야?"

이준의 앞에 봉투가 한 장 던져졌다. 봉투 속에 든 사진을 확인한 그의 동공이 확장되었다.

첫 번째 사진에는 그의 뺨에 입을 맞추는 송화의 모습이 담겨 있었다. 각도를 얼마나 잘 잡았는지 마치 작별 인사를 나누는 애틋한 연인처럼 보였다.

두 번째 사진에는 준희와 송화가 나란히 찍혀 있었고, 세 번째 사진에는······.

이준은 차마 보지 못하고 사진을 뒤집어버렸다.

그의 앞에서 서럽게 울고 있는 준희의 모습이 선연하게 찍혀 있었던 것이다.

사진은 꽤 많았고 모두 파리 공항 VIP 라운지에서 찍힌 것들이었다.

"대리 찍사? 그놈들이 이 사진 팔아넘기려는 거 우리 쪽에서 웃돈 주고 사들인 거다. 기자들도 모자라 이젠 별것들이 다 설쳐, 아주."

모르는 사람들이 보면 충분히 오해를 하고도 남을 사진이었다. 유부남에게 입을 맞추는 여배우. 남편의 내연녀를 목격한 후 남편 앞에서 울음을 터뜨린 아내.

"그 아이 속이 오죽 뒤집어졌을까. 그런데도 준희는 나한테 프랑스에서 아무 일 없었다고 하더라. 네가 잘해줬다고 거짓말까지 했어!"

오히려 분노한 건 석훈이었다.

"너한테 실망했다. 아무리 준희가 여자로 안 느껴져도 처신은 똑바로 했어야지. 그 여배우를 프랑스에서 몰래 만나려고 홍보 대사까지 승인한 거였냐? 멀리서 만나면 내가 모를 줄 알았어? 이제 무대를 프랑스에서 미국으로 옮기려고 파견 신청한 거냐고!"

피곤함에 두통까지 더해지자 이준은 극도의 스트레스를 받았다.

"오해라는 건 준희가 더 잘 압니다."

"됐다. 나도 이제 더는 이 결혼 유시하라고 말 못 하겠구나. 어르신 뵐 면목도 없고 준희한테도 이건 못할 짓이야."

"우리 두 사람 일입니다. 준희랑 알아서 할게요."

"알아서 한다는 결과가 이거냐? 어린 그 아일 3년 동안 혼자 방치한 것도 모자라 또 버리고 가겠다고? 지난 3년도 모자라 3년을 더?"

석훈이 답답함에 언성을 높였다.

"그 아이한테도 너는 부적이었어! 그런데 그렇게 멀리 있을 거면 차라리 이혼하지 뭐하러 결혼을 유지해?"

처음 듣는 말에 이준의 귀가 번쩍했다.

"……부적이라니요? 그게 무슨 말입니까?"

"아무리 네 녀석이 잘났다고 해도 소문 흉흉한 놈한테 어르신이 귀한 손녀딸 줬을까 싶냐?"

이상하다고 생각한 적은 있었지만 사실 대수롭지 않게 넘겼던 부분이었다. 그런데 석훈이 그걸 다시 콕 집어낸 것이다.

"준희도 사주가 세서 빨리 결혼시키지 않으면 변을 당할 수 있다고 했어. 사주 세고 음기 양기 센 것들끼리 묶어놓으면 괜찮다는데 우리라고 별수 있나? 어르신과 나 모두 지푸라기라도 잡는 심정으로 너희 둘 결혼시킨 거야."

석훈이 버럭버럭 성질을 내는데도 들으면 들을수록 이준의 마음은 편안해지고 있었다. 머리는 맑아지고 피곤함이 사라지고 있었다.

"네 녀석은 인생이 편해지고 준희는 비명횡사 안 하고. 그래서 서로 부적 역할하면서 잘 살아보라고 붙여놨더니 네 녀석이 일을 이 꼴로 만들어놔?"

내가 백준희의 부적이라니. 그럼 그 빌어먹을 타이밍은 뭐란 말인가. 하아, 뭐가 뭔지 하나도 모르겠다. 빌어먹을 타이밍이 아니라 미신 같으니라고. 사람을 아주 들었다 놨다 한다.

복잡 미묘한 아들의 표정을 살피며 석훈은 차분하게 말을 이었다.

"잔말 말고 이혼해라."

너희 둘이 그렇게 어렵게 돌아가려 한다면 내가 도와주는 수밖에. 이게 바로 나다운 거다, 이놈아.

석훈은 속으로 쾌재를 부르며 야심 가득한 마지막 수를 던졌다.

"준희는 내가 며느리가 아니라 딸로 거둘 테니까."

"혹시 노망나셨습니까?"

"피 한 방울 안 섞인 남매가 파양해서 결혼하는 것도 가능한 세상이다. 못 할 거 뭐 있냐."

"뒷소문은 어떻게 감당하시려고요."

"우리가 언제부터 소문에 신경을 썼냐? 소문도 시간 흐르면 잠잠해지는 법이야. 그리고 네 녀석과 난 달라. 준희가 다치게 방치할 생각 조금도 없다."

"저 이혼 안 합니다. 그렇게 아세요."

일어나는 아들의 뒤통수에 대고 석훈이 얼른 말을 던졌다.

"네 녀석 의견은 필요 없다. 난 준희의 의견을 존중해줄 거야."

"……."

"이혼하기 싫으냐? 그럼 준희한테 매달려보든지."

"……."

"준희도 마음은 먹었는데 망설이긴 하는 것 같더구나. 내가 설득해서 이혼시킬 거다."

"아버지!"

참다 못한 이준이 다시 돌아섰다. 그러든 말든 석훈은 태연하게 말을 이었다.

"두고 보자꾸나. 내가 준희를 먼저 설득할지, 네 녀석이 먼저 설득할지."

부전자전, 이준의 불도저 같은 성격이 괜히 있는 게 아니었다. 석훈이 원조 불도저였다.

지금 이 상황에서 복병은 바로 준희였다. 이혼을 선택하는 것도, 누구에게 설득당할지도. 모든 게 준희의 몫이었다.

방귀를 뀐 덕분에 식사도 할 수 있게 되었고 몸을 움직이는 것도 훨씬 수월해졌다. 준희는 이준이 사다놓은 죽을 먹으면서 계속 중얼거렸다.

"그래도 소리는 작았어. 괜찮아. 뿡이 아니고 뽕이었잖아?"

하필 강이준이 있을 때 나올 건 뭐람. 생각할수록 더 부끄

럽고 창피하고 쪽팔렸다. 그의 얼굴을 볼 자신이 없어서라도
이혼을 해야 할 것 같았다.

"죽이 맛이 없어요?"

간병인의 말에 그제야 준희는 자신이 수저로 죽 그릇을 쑤
시고 있다는 걸 깨달았다.

"그만 먹을래요. 처음부터 많이 먹으면 속이 안 좋을 것 같
아요."

"그래도 조금만 더 먹어요. 신랑이 한 그릇 다 먹는 거 저한
테 꼭 지켜보라고 당부하고 갔는데."

"그런 말도 하고 갔어요?"

"얼마나 걱정하면서 갔는지 몰라요. 인물도 훤한데 자상하
기까지 하고. 전생에 나라를 구했나 봐요."

준희는 쓴웃음을 지었다. 자상하든 말든 이젠 상관없었다.
우린 곧, 이혼할 테니까.

이혼을 떠올리니 입맛을 완벽하게 잃어버렸다.

"아주머니, 샤워는 제가 할 테니 저 머리만 좀 감겨주세요."

"어머, 그래요. 며칠 못 씻어서 찝찝하겠어요."

욕실 안에 마련된 의자에 누워 고개를 젖히자 간병인이 얼
굴 위로 얇은 수건을 살짝 올려주었다. 샤워기에서 나온 물이
기분 좋게 두피를 적시는 그때, 노크 소리가 들려왔다.

"의사 양반 왔나 보네. 내가 나가서 좀 이따 다시 오라고 말
하고 올게요."

간병인이 나간 후에도 준희의 머릿속은 여러가지 생각들로

치열했다.

그에게 이혼하자는 말을 어떻게 전하지? 이혼하자고 하면 옳거니 덥석 받아들이겠지?

다시 들어온 간병인이 머리에 샴푸를 묻히고 거품을 내기 시작했다. 적당한 악력으로 두피 마사지를 해주자 기분이 느른하게 퍼졌다. 그 손이 뒷목까지 주물러주자 절로 신음이 흘러나왔다. 괜히 간병인이 아니었다. 손힘도 좋고 마사지도 잘하고⋯⋯?

"몸만 가는 줄 알았더니 목도 가늘군."

자, 잠깐! 얼굴 위에 올려진 수건을 치우자 제 머리를 감겨주고 있는 이준이 보였다.

"가, 강이준 씨?"

벌떡 일어나려는 준희의 어깨를 이준이 가만히 눌렀다.

"그냥 있어. 머리 덜 감았으니까."

이 남자는 왜 항상 서프라이즈로 사람 간 떨어지게 등장하는지 모르겠다.

"내가 감을게요."

"내가 감겨줄게. 나 꽤 잘해."

나긋나긋한 목소리로 설득을 하는 와중에도 그의 손은 제 역할을 충실히 하는 중이었다. 두피와 뒷목을 오가며 적당한 악력을 기분 좋게 흘리고 있었다.

"불편하단 말이에요. 그냥 간병인 아줌마 불러주세요."

"간병인보다 남편이 더 편해야 하는 거 아닌가."

"남편도 남편 나름이거든요?"

"도대체 이 작은 몸 어디에서 나오는지 모르겠군."

"……?"

"귀신도 이긴다는 강한 음기 말이야."

샤워기의 물이 다시 틀어지고 이준이 부드럽게 준희의 머리 칼에 묻은 거품을 씻어 내렸다.

"왜 말 안 해줬지? 나도 너한테 부적 같은 존재라는 거."

중요한 사항도 아니었지만 굳이 말할 필요성도 못 느꼈었다. 이준이 지금에서야 그 말을 왜 하는지 더 이해가 가지 않았다.

"진작 알았으면 꽉꽉 줬을 텐데."

"뭘요?"

이준이 갑자기 얼굴을 내렸다.

"네 비명횡사를 막아줄 내 기운."

이마에 와닿는 부드러운 숨결처럼 은밀한 속삭임이 귓가에 스며들었다.

"만물이 살아 움직이는, 활발한 기운."

머리를 타고 흘러내린 매끄러운 손끝이 입술에 닿았다.

비명횡사…… 만물, 활발한…….

"내 양기."

잠깐! 양…… 뭐요?

너무 민망해서 되묻지도 못할 단어였다. 준희는 누운 채로 눈만 껌뻑거리면서 곱씹고 또 곱씹다 참고 있던 숨을 훅, 내뱉었다. 그러나 정작 엄청난 말을 내뱉은 당사자는 아무 일 없다는 듯 수건으로 머리칼의 물기를 닦아주고 있었다.

"그만 나가줘요."

"혼자 일어나기 힘들지 않아?"

"샤워할 건데 샤워도 도와줄 거예요?"

"원한다면."

"본인 발로 좋게 나갈래요, 내 발에 차여서 흉하게 쫓겨날래요?"

마지못해 이준이 욕실에서 나가자마자 준희는 끙끙대며 일어나 욕실 바닥에 철퍼덕 주저앉았다.

"아니, 대체 뭘 믿고 양기를 운운해?"

하체에 문제가 있으면서 말이다. 그게 아니면 하체 문제가 해결이라도 된 걸까.

"아, 모르겠다!"

그게 나랑 무슨 상관이야. 어차피 이혼할 건데.

샤워를 하고 나오자 이준은 소파에 앉아 있었다. 촉촉한 머리칼과 편한 옷차림으로 보건대 씻자마자 다시 병원으로 달려온 게 분명했다.

"피곤할 텐데 푹 쉬지, 여긴 또 왜 왔어요?"

"물어볼 게 있어서."

맞은편 소파에 털썩 앉으면서 준희가 물었다.

"뭔데요?"

"나와 이혼하고 싶어?"

선수를 빼앗긴 기분이 좋진 않았다. 준희는 그를 차분하게 바라보며 입을 열었다.

"강이준 씨가 하고 싶은 건 아니구요?"

"아버지가 그러더군. 네가 나와 이혼하고 싶어 한다고."

"사실이에요."

누구 입에서 먼저 나오는 게 뭐가 중요할까. 하기만 하면 되는 거지.

"계약서에 명시된 결혼 기간은 5년이야."

"상황에 따라 합의하에 변경할 수 있다고 되어 있죠."

그녀가 지지 않고 반박하자 그의 눈이 흥미롭다는 듯 가늘어졌다.

"내가 합의를 못 하겠다면?"

"강이준 씨 나랑 결혼하기 싫어했잖아요. 나 귀찮아했잖아요. 어차피 또 프랑스 갈 거고 미국 갈 거잖아요. 그러면서 이 결혼 왜 유지하려고 하는 건데요?"

"글쎄, 왜일까."

혼잣말에 가까운 그의 말을 준희는 듣지 못했다.

"문서랑 양평 별장 때문에 그래요? 그거 다 주면 될 거 아니에요."

"그걸 조건 없이 주겠다고?"

"양평 별장은 원래 내 것이 아니었고 문서도 필요 없어요. 귀하게 관리해줄 분한테 넘기는 게 낫지. 그러니까 이혼해요."

"둘 다 너 가져. 양평 별장을 팔아넘기든 말든, 문서를 찢어발기든 말든 마음대로 해."

순희는 동그란 눈을 깜빡거렸다.

"당신······ 미쳤어요?"

"미치지 않았어. 멀쩡해."

"그런데요?"

"그 두 개보다 나한테 더 필요한 게 너니까."

"······예에!?"

"아내가 필요해."

너무 기가 막혀서 아무 말도 못하는 순희에게서 시선을 떼지 않은 채 이준은 느긋하게 소파에 등을 기대었다.

"아내가 내 여동생이 되는 것도 싫고."

"그건 또 무슨 소리예요?"

"너랑 이혼하면 아버지가 널 호적에 올리겠다는군. 아버지로서 널 보살피겠다고 했어."

이게 무슨······ 부전자전인가. 두 남자 모두 미쳤나 보다.

"이유가 그거예요? 아내가 여동생이 되는 꼴이 보기 싫어서? 강이준 씨가 물려받을 유산 내가 가져갈까 봐?"

"······."

"그건 걱정하지 마세요. 이혼만 해주면 아버님 제안은 내가 거절할 테니까. 더 이상 아저씨 도움 받으면서 살고 싶지도 않거든요. 그러니까 강이준 씬 그냥 이혼만 해주면 돼요."

"내가 그런 이유 때문에 이혼하기 싫어하는 것 같아?"

"그럼 하기 싫은 이유가 뭔데요?"

"너와 내가 천생연분이라잖아."

"철천지원수일 수도 있댔거든요?"

"남자와 여자로서 최고의 궁합이랬어. 그건 인정하지?"

망할 무당 같으니라고. 음기 양기 이야기는 왜 해서.

"서로에게 꼭 필요한 부적이기도 하고."

"그 부적 필요 없잖아요. 지금까지 3년간 떨어져 지내면서 서로 잘 지냈는데."

"난 잘 지내지 못했어."

"……?"

"네가 없어서 죽을 만큼 힘들었다고."

"……."

"그래서 지금부터 잘 지내볼까 해."

진지한 그의 눈빛이 다시 그녀의 심장을 잡고 흔들었다.

"3년 동안 투명 인간처럼 무시할 땐 언제고, 이제 와서 이러는 이유가 뭔데요."

"말했잖아. 네가 다치는 거 싫다고. 우린 붙어 있어야 해."

"우리 둘 다 미신 같은 거 안 믿잖아요."

"믿진 않아. 하지만 네가 신경이 쓰여."

그만 들어야 할 것 같았다.

"내가 생각했던 것보다 훨씬 더 많이, 상상할 수 없을 만큼."

더 들으면, 흔들릴 것 같아.

"네가 날 다시 돌아오게 만들었어."

"미안하지만 늦었어요."

파리 공항에서 냈던 마지막 용기, 마지막 기회. 그걸 거절한 건 바로 이준이었다.

"이대로 헤어져서 서로에게 무슨 일이 생기기라도 하면, 서로가 속이 편할 것 같아?"

"날 사랑하지 않잖아요."

"너도 날 사랑해서 결혼했던 거 아니잖아."

바보, 지금은 당신을 사랑한다구요. 내 눈을 봐도 모르겠어요?

준희야말로 그에게 묻고 싶었다. 정말 모르는 건지, 모르는 척하고 싶은 건지.

"나도 미신은 믿지 않지만 사람 목숨이 달린 일이면 말이 달라져. 그런 위험은 1%도 감수하고 싶지 않아."

"……."

"그동안 내가 마이너스 남편이었다는 거 인정해. 근데 나한테도 만회할 기회를 줬으면 해."

"……."

"난 너와의 결혼이 싫지 않아. 앞으로도 너만 좋다면 유지했으면 좋겠고."

"……."

"딱 3개월만 나랑 진짜 부부처럼 지내보자."

"……."

"그 후에도 네 생각이 변함없다면, 그땐 깔끔하게 이혼해줄게."

그의 눈빛이 마음을 흔들고 그의 목소리가 가슴을 물들인다. 결국 준희는 다시 흔들리고 말았다.

이래서 사랑은 나쁘다. 사람을 나약하게 만들고.

바보라고 해도 좋았다.

그에게 다시 한 번 기회를 주고 싶어졌다.

준희의 침묵에 이준이 깊게 한숨을 내쉬었다.

"솔직하게 말할게. 널 볼 때마다 미치겠어. 혼란스럽고 신경 쓰이고 자꾸 생각이 나."

그 말을 증명이라도 하는 것처럼, 그의 표정은 꽤 심란했다. 단연코 처음 보는 눈빛, 표정. 절대 드러내지 않으려던 진심을 그가 드러내고 있었다.

"널 향한 이 감정이 욕망인지, 사랑인지."

그가 일어나서 준희에게 다가와 허리를 숙였다. 짙은 숨결이 입술에 닿는 순간 본능적으로 눈이 감겼다. 허락을 구하듯이 조심스럽게 움직이는 입술을 향해 입을 열었다. 그러자 말캉한 혀가 입 안으로 밀려들어왔다. 키스로 설득이라도 하려는 건지 혀의 움직임은 아찔할 만큼 황홀했다.

점점 더 입이 벌어지고 서로의 타액이 서로의 입 안으로 넘나들었다. 그의 옷깃을 잡고 있는 준희의 손이 감당할 수 없는 아찔함으로 달달 떨렸다.

키스를 하는 건 입술인데 녹아드는 건 심장이었다.

이 남자, 키스를 잘해도 너무 잘한다. 달콤한 숨결이 섞인 키스가 속삭이는 것 같았다.

단순한 욕망이 아니라 사랑이라는 걸 네가 깨닫게 도와달라고, 나에게 기회를 달라고, 나를 사람처럼 살게 해달라고.

살랑살랑, 봄바람처럼 날아든 희망이 준희의 가슴을 간지럽혔다.

드르르르륵─.

테이블 위에 놓인 휴대 전화 진동에 화들짝 놀란 준희가 입술을 뗐다. 하마터면 홀라당 넘어가버릴 뻔했다. 그의 키스에. 붉어진 얼굴로 그의 눈을 피하며 준희는 자그맣게 대답했다.

"키스했다고 허락한 거 아니니까 착각하지 말아요."

마음의 결정은 이미 내렸지만 그의 손에 곱게 쥐여주고 싶은 생각은 추호도 없었다.

"대답은…… 나중에."

말을 끝낸 그녀가 도망치듯 병실을 나오자 로비에서 태성이 기다리고 있었다. 병실이 아닌 병원 뒤쪽 공원으로 안내하자 태성이 불만스럽게 말했다.

"VIP 병실 구경 좀 해볼랬더니. 왜 못 오게 해?"

"부잣집 도련님이 왜 이러실까. 병실이라도 여자 혼자 있는 곳인데 왜 굳이 보려고 해?"

"친구끼리 솔직해지자. 너 병실 개지저분하지?"

"아니거든!? 여기는 비싼 병실이라 알아서 청소해주거든?"

"그럼 왜 안 데리고 가는데?"

"손님 와 있어서 그래."

"손님이라. 병실에 도대체 누굴 숨겨놓은 거야?"

"동네 바보 오빠 숨겨놨다, 어쩔래?"

"어렸을 때 집안끼리 알고 지냈다는 동네 바보 형? 나 인사 시켜줘."

"……네가 왜?"

"알고 지내면 좋잖아."

두 남자를 만나게 하면 안 될 것 같다는 생각이 드는 건 왜일까. 준희는 얼른 대화 주제를 틀었다.

"그 꽃바구니 내 거야?"

그제야 태성이 자신이 들고 있던 꽃바구니를 준희에게 내밀었다.

"수상 축하 꽃바구니다. 국제 대회에서도 수상할 줄 누가 알았겠냐? 대단하다, 진짜."

씨익 웃고 있는 태성에게 지나가던 여자들의 시선이 종종 날아왔다. 이준만큼은 아니었지만 태성도 한 인물 하는 녀석이었다. 군바리인데도 그게 커버가 될 먼큼 멀끔하게 생겼다.

"한태성, 하나만 물어보자."

준희는 태성의 앞으로 얼굴을 불쑥 들이밀었다.

"네 눈에는 내가 어때 보여? 3년 전이랑 후랑. 그리고 머리 짧았을 때랑 길었을 때랑."

"무슨 뜻이야?"

"나 예뻐?"

"……."

"여자로서 매력 있냐구, 나."

준희가 얼굴을 가까이하자 태성의 얼굴에서 웃음기가 사라섰다.

"친구라고 봐주지 말고. 남자로서 솔직하고 객관적으로 대답해줘."

준희의 입장에선 물어볼 남자가 태성밖에 없었다.

절망감에 휩싸여 한국으로 돌아왔던 게 일주일 전이었다. 프랑스에서 느꼈던 감정은 혼자만의 착각이라고 생각했었다. 하지만 그게 착각이 아니라면.

이젠 내가 여자로 보이는 걸까? 피나게 노력한 만큼 결실이 맺어지는 걸까. 그렇다면 이제 희망이란 걸 가져도 되는 걸까?

"왜 대답이 없어? 나 안 예뻐? 여자로는 안 보여?"

태성에게 재차 물었지만 돌아오는 대답은 없었다.

"됐다. 물어볼 놈한테 물어봐야지, 내가."

작게 한숨을 내쉬며 물러나려는데 태성이 불쑥 얼굴을 들이밀었다.

"딱 1분만 이러고 있자."

웃음기 없는 진지한 눈동자.

그리고 너무 가까운, 조금만 움직여도 입술이 닿을 것만 같은 거리.

"이 거리, 좀 부담스럽다?"

슬쩍 뒤로 얼굴을 빼려는데 태성이 손으로 준희의 뺨을 감쌌다.

더 옴짝달싹할 수 없는 묘한 분위기.

"널 봐온 게 몇 년인데 잠깐 봐서 어떻게 아냐? 이 정도는 제대로 봐줘야 뭐가 다른지 알지."

듣고 보니 틀린 말도 아닌지라 준희는 잠자코 있었다. 사실 태성과는 이렇게 얼굴을 가까이하고 있어도 아무 느낌이 없었다. 떨리지도, 설레지도, 당황스럽지도 않았다. 강이준과는 확실히 달랐다. 그와는 눈빛만 얽혀도 심장이 터질 것처럼 쿵쾅거렸으니까.

"너 예뻐. 그것도 무지."

"3년 전과는 비교도 안 되게 예뻐지긴 했지?"

"3년 전도 예쁘고 지금도 예뻐."

태성은 준희의 뺨을 감쌌던 손으로 그녀의 머리를 다정하게 어루만졌다.

"머리 짧았을 때도 예쁘고, 머리가 긴 지금도 예뻐."

뭐야, 한태성이 이상하다.

"한눈에 반할 만큼. 고백하고 싶⋯⋯."

위험 수위에 다다라서 말을 막으려는 순간, 스스로 말을 멈춘 태성이 준희의 어깨 너머 어딘가를 빤히 바라보았다.

"준희야, 혹시 말이야."

"⋯⋯응?"

"동네 바보 형이란 사람. 키가 혹시 185센티 정도 되냐?"

강이준 씨 키? 그 정도 되는 것도 같다.

"그런 것 같아. 근데 갑자기 키는 왜?"

"서구적인 체형에 어깨는 엄청 넓어서 슈트발 죽이고?"

"어."

혼란스럽고, 신경 쓰이고, 자꾸 생각이 나 433

"피부는 엄청 하얀데 눈이랑 머리칼은 새까맣고?"

"그렇지!"

"남자가 봐도 좀 야하게 생긴 얼굴, 맞아?"

섹시하다고 생각은 했지만 그게 야하게 생긴 건가? 근데 한 태성이 어떻게 알지, 강이준을?

"네가 그걸 어떻게 알아? 혹시 만난 적 있어?"

"네가 말한 그 동네 바보 오빠."

"……?"

"아무래도 네 뒤에 서 있는 것 같다."

고개를 휙 돌리자마자 새까만 눈과 정면 충돌했다. 이준은 벤치에서 조금 떨어진 흡연 구역에서 담배를 피우고 있었다.

"고백 받는 중인 것 같은데."

대체…… 언제부터 지켜본 걸까.

"하던 거 계속해. 방해할 생각은 조금도 없으니."

공원의 흡연 구역에서 느긋하게 두 사람을 관망하던 이준은 기가 막힐 따름이었다. 그 녀석이야 그렇다 처도 그를 부글부글 끓어오르게 만든 건 바로 준희였다. 얼굴을 가까이하고 애교 있게 예쁘냐고 묻다니. 그건 남편인 제게 물어봐야 할 질문 아닌가?

딱 보니 애송이도 준희를 보는 눈빛이 심상치가 않았다.

"태성아, 미안. 나 먼저 들어가봐야겠다."

"야, 백준희."

"너 제대하면 진짜 크게 한턱 쏠게. 그러니까 이번 한 번만 봐줘, 응?"

황금 같은 말년 휴가에 문병을 와준 게 얼마나 큰일인지 잘 알기에, 준희는 두 손을 모아 태성에게 싹싹 빌었다.

"그게 아니라."

태성이 목소리를 잔뜩 낮추었다.

"저 남자가 어딜 봐서 동네 바보 오빠냐고."

마치 들으라는 듯 준희는 이준에게서 시선을 떼지 않은 채 말했다.

"허우대만 멀쩡하지 하는 짓은 딱 동네 바보 오빠야."

돌아서는 준희에게 태성이 꽃바구니를 내밀었다.

"이건 가져가. 너 주려고 사 온 거잖아."

아, 맞다. 꽃바구니!

"고마워."

하지만 그 꽃바구니는 이준에게 바로 빼앗겼다. 무거울 테니 들어주겠다더니, 이준은 병실에 들어서자마자 꽃바구니를 아무렇게나 내던졌다.

"그렇게 막 던지면 어떻게 해요? 꽃이 상하잖아요!"

"내가 이것보다 더 예쁘고 큰 걸로 사줄게."

"강이준 씨가 사준 꽃이랑 이 꽃이랑 같아요?"

"완전 똑같은 걸로 사다줘?"

요점 파악을 못하는 그의 대답에 준희는 한숨만 나왔다.

이러니까 내가 동네 바보 오빠라고 하지.

"미안하지만 어떤 꽃을 사다줘도 태성이가 사준 이 꽃이 난

혼란스럽고, 신경 쓰이고, 자꾸 생각이 나   435

더 좋아요."

나이만 35살이면 뭐하나. 이런 사소한 것 하나조차 잘 모르는데. 가르쳐줄 게 한두 개가 아니네, 정말.

준희는 호흡을 고르며 차분하게 설명해주었다.

"이 꽃바구니엔 축하의 의미가 있고 친구를 챙겨주는 소중한 마음이 담겨 있어요. 근데 강이준 씨가 사주려는 꽃엔 의미가 담겨 있지 않잖아요."

이준이 살며시 미간을 좁혔다. 그러든 말든 준희는 다다다 잔소리를 쏟아부었다.

"꽃을 선물하는 건 다 이유가 있어서라구요. 때론 한 송이 장미가 천 송이 장미보다 많고, 백 마디 말보다 한 마디 말이 더 의미 있을 수 있단 뜻이에요."

"신빙성 없는 이론이군."

이 남자가 이렇게 앞뒤 꽉 막힌 남자였나.

준희의 눈이 뾰족해졌다.

"강이준 씨가 연애한 여자들, 참 대단했을 것 같아요."

속이 터져도 수십 번 터지고 문드러졌을 것이다.

"연애해본 적 없는데."

"한 번도요?"

"한 번도."

"약혼했다면서요."

"사업적인 관계를 다지는 정략결혼의 한 절차였을 뿐이야."

"그래도 여자는 많이 만나봤을 거 아니에요."

"만나는 여자마다 다 연애해야 하나?"

"……아니요."

"내가 연애를 안 해봐서 너한테 문제 되는 건?"

"……없죠."

이 남자, 묘하게 할 말을 잃게 만든다.

"하나만 묻자."

반격에 나서는 그의 눈빛은 날카롭고 표정은 거칠었다. 마치 범인을 문책하는 형사처럼.

"나랑 이혼하고 싶어 하는 이유. 설마 저 애송이 때문은 아니지?"

죄 지은 것처럼 몰아붙이는 이준 때문에 준희는 화가 머리 끝까지 뻗쳤다.

"강이준 씬 뭐가 그렇게 당당해요? 이혼 요구하는 아내를 달래도 모자랄 판에 의심이나 하고."

"……"

"이혼 사유를 나한테서 찾지 말고 본인한테서 찾으라구요."

준희의 마지막 말에 이준의 한쪽 눈썹이 확 올라섰다.

"지금 내 대답 듣고 싶어 죽겠죠? 내가 뭐라고 대답할지도 궁금하고, 애도 좀 타고."

그냥 한 말인데 정말인가 보다. 그의 표정이 그렇다고 대답하고 있었다.

그건 좀 쌤통이다.

준희는 얄미울 만큼 생긋 웃어 보였다.

혼란스럽고, 신경 쓰이고, 자꾸 생각이 나　437

"오케이란 대답 듣고 싶으면 아내한테 예쁜 짓 한 번 해보든지요."

"너한테…… 내가?"

"그럼 내가 해요?"

"……."

"왜요? 너무 어려워요?"

"난해한 방정식 같아. 그냥 깔끔하게 객관식으로 가면 안 되나?"

"어디서 거저먹으려고 해요."

그의 제안을 받아들이는 순간 엄청난 후폭풍을 감당해야 하는 건 준희 자신이었다. 그와 달리 그녀는 자신의 감정을 정확히 알고 있었으니까.

그는 돌아서면 끝이지만, 준희는 아니었다. 멘탈이 너덜너덜 해질지도 모른다.

"그럼 힌트라도……."

"주관식이에요."

준희는 다짜고짜 그의 등을 마구 밀었다. 얼떨결에 병실 밖으로 밀려나는 이준의 표정은 꽤 볼 만했다.

대체 왜 이러냐고 눈으로 묻고 있었다. 모르겠다면 콕 집어 주는 수밖에.

"아직도 상황 파악이 안 돼요? 당신 지금 내소박 당한 건데."

"……내소박?"

한숨이 절로 나왔다. 난 왜 이런 남자를 사랑하게 되어서 이 고생을 사서 하는 걸까.

하지만 여기까지.

"똑똑한 머리에서 예쁜 짓 생각날 때까지 찾아오지 마세요. 그럼 안녕히 가세요."

쾅―.

그렇게 병실의 문이 닫혔다.

마음만 먹으면 열 수 있었지만 이준은 굳게 닫힌 그 문을 차마 열 수가 없었다. 그대로 선 채, 휴대 전화로 단어 검색을 할 뿐이었다. '내소박'이 뭔지 말이다.

Chapter 13

터치터치 계약서

이준은 오랜만에 지혁을 만났다. 때마침 병원과 지혁의 레스토랑이 가까워서 연애 전문가인 그에게 조언을 얻을 참이었다.

"내가 그랬지? 레이첼 보기랑 다르게 성격이 보통 아니라고."

"이름 부르니까 거슬려. 호칭 똑바로 해."

"알았다. 아무튼 제수씨 대단하네. 천하의 강이준을 고민하게 만들다니. 그러니까 잘 좀 하지 그랬냐. 3년 동안 나 몰라라 했으니 폭발할 만도 하다."

가뜩이나 심란해 죽겠는데.

주관식 답을 모르겠어서 머리가 터질 것 같은데.

그런데 지혁은 알려달라는 노하우 대신 쌤통이라는 듯 잔소리만 해댔다.

"잔소리할 거면 나 간다."

일어나려는 이준을 지혁이 만류했다.

"당연한 거지만, 제수씨는 너 좋아하는 거 맞지?"

"……모르겠어."

"그럼 넌?"

"……나도."

그걸 모르겠어서 3개월을 제안한 거였다.

"미친놈아, 먼저 네 감정을 확실히 해. 그러니까 제수씨가 그러는 거지!"

"좋아하는 것 같은데 사랑은 아닌 것 같고. 헷갈린다."

"제수씨를 여동생처럼 느끼는 건 아니고?"

이준이 인상을 확 썼다.

"넌 여동생이랑 키스하고 싶냐?"

"그럼 마지막 질문. 넌 왜 이혼하기가 싫은데."

"백준희 아니면 안 될 것 같아서."

"그러니까 왜."

"그걸 몰라서 이혼하기 싫다는 거야."

"뭔 개소리야."

답답함에 지혁이 얼굴을 찌푸렸다. 하지만 정말 답답한 건 이준이었다.

"나답지 않아서 이러는 거다, 지금. 뭔가 어긋나도 단단히 어긋나버려서."

백준희를 만난 순간부터, 하나부터 열까지 나다운 건 없었다. 그래서 미치겠다.

"그러니까 넌 제수씨랑 다시 좋게 시작하고 싶다는 거냐?"

"……뭐 그런 셈이지."

"그럼 어긋난 첫 단추부터 다시 끼워야지."

지혁의 말이 이준의 뒤통수를 세차게 후려쳤다. 정신이 번쩍 들면서 깨달았다. 둘의 관계가 너무 꼬이고 꼬여버렸음을 .

첫 만남, 10년 만에 재회했던 그 순간부터 어긋나 있었던 것이다. 로맨틱은 찾아볼 수도 없는 무례한 청혼부터 말이다.

퇴원할 때까지 잠수를 타던 이준에게서 드디어 만나자는 연락이 왔다. 준희는 약속 장소로 향하면서 구시렁거렸다.

"가만히 보면 융통성 진짜 없다니까?"

단단히 협박한 건 준희였지만 사람 마음이란 게 참 묘했다. 하루 종일 휴대 전화를 손에 쥔 채 그의 연락을 기다리고 있는 스스로가 한심스러웠다.

"근데 왜 하필 여기서 만나자고 한 거야?"

약속 장소는 10년 만에 두 사람이 재회했던 그 레스토랑이었다.

"백준희 양 되십니까?"

웨이터를 따라 안으로 들어가던 준희의 눈이 휘둥그레졌다. 룸이 아닌 야외 테라스로 향하고 있었다. 정확히는 두 사람이 처음 만났던 곳.

"들어가보십시오."

어리둥절한 표정으로 문을 밀고 나가자, 준희의 시야가 화려하게 물들었다. 코끝에는 진한 꽃향기가 강렬하게 휘감겼다. 흡연실이었던 공간이 화려한 꽃밭으로 변한 것이다. 가장 흔하게 볼 수 있는 장미부터 이름 모를 꽃들까지, 사방이 온통 꽃이었다. 그리고 그 꽃들의 아름다움에 조금도 밀리지 않는 남자가 그곳에 서 있었다.

강이준, 그녀의 남편.

준희는 어색하게 그에게로 다가갔다.

"대체 이게 무슨 일이에요?"

"꽃 싫어?"

반응을 보려는 듯 이준이 깊숙하게 눈을 마주쳐 왔다.

"아니 뭐, 싫은 건 아니구요."

싫기는커녕 저도 모르게 입꼬리가 살그머니 올라가고 있었다. 꽃 선물은 좋아하지 않았지만 그렇다고 꽃을 싫어하는 여자는 없으니까.

더 크고 예쁜 꽃바구니를 선물해준다고 하더니 꽃밭을 통째로 선물해줄 줄이야. 하여간 스케일 큰 건 알아줘야 했다.

"받아."

이준이 준희에게 불쑥 내민 건 꽃다발이었다.

"네 말대로 의미 가득한 꽃다발이니까."

하얀 안개꽃으로 가득한 꽃다발은 허술하게 포장되어 있었다. 이걸 돈 주고 샀다고 하면 쫓아가서 따지고 싶을 만큼.

"청혼의 의미가 담긴, 내가 직접 만든 꽃다발."

이렇다 할 반응은 보이지 않았지만 기분이 나쁘진 않았다.

꽃나빌의 향기를 맡으며 준희는 덤덤히 물었다.

"강이준 씨답지 않게 이렇게까지 하는 이유가 뭐예요?"

"너랑 나, 청혼부터 어긋나 있었던 것 같아서. 그래서 다시 바로잡으려고."

짙은 꽃향기 때문일까, 아니면 강이준 때문일까. 꽁꽁 얼어붙었던 마음이 사르르 녹기 시작했다.

"딱 3개월만 나한테 기회를 줘."

"……."

"난 뭐든지 한 번만 했으면 해. 연애도, 결혼도. 단 한 명의 여자와."

예쁜 짓 한 번 참, 로맨틱하면서도 무뚝뚝하게 하네. 진심이 느껴졌지만 냉정한 현실도 느껴졌다.

"약혼이랑 결혼은 해봤으니 이제 너랑 연애만 하면 될 것 같아."

묵묵하게 듣고 있었지만 머릿속에서는 수많은 의문점이 들었다. 날 사랑하지도 않으면서 인생에 있어 단 한 명의 여자가 왜 나여야 하는지.

"선 결혼, 후 연애. 처음부터 하나씩 풀어나가자. 차근차근. 넌 그냥 제자리에 있으면 돼. 이젠 내가 노력하고 다가갈게."

담담한 말투였지만 그의 진심이 절절하게 녹아 있었다.

"나 주관식 잘 풀었어?"

문제를 낸 그녀도 알 수 없었다. 답이 이게 맞는 건지.

"예쁜 짓이라고 인정 좀 해주지?"

정확한 건 3개월이란 시간과 기회를 그에게 주고 싶다는 마음이었다.

"……예쁜 짓으로 인정해줄게요."

사랑이 뭐라고. 또다시 져줄 수밖에 없었다.

"내 청혼도 오케이 하는 거고?"

"……네."

대답이 떨어지자마자 그가 준희를 와락 품에 안았다. 그러고는 정신을 못 차릴 만큼 달콤하게 웃으면서 얼굴을 가까이 내렸다. 당장이라도 키스를 퍼부을 것처럼.

"뭐 하려구요?"

"키스."

"키스에 환장했어요?"

준희가 앙칼지게 소리를 꽥 질렀다.

"청혼 승낙하고 난 후에는 대부분 키스하던데."

기승전 키스, 대체 누구한테 이걸 배워 온 거야?

괘씸한데도 또 키스를 받고 싶었다.

그녀의 남편은 정말 짜증이 날 정도로 키스를 잘했다. 그리고 그녀는 키스 잘하는 남편을 사랑했다.

그게 문제였다. 이대로라면 남편에게 넘어가는 건 시간문제. 브레이크가 필요했다. 강이준이 아닌 스스로를 제어할.

"그 대신 나도 조건이 있어요."

"설마 또 계약서를 쓰자고 하는 건 아니지?"

"싫어요? 싫음 말구요."

그녀가 그의 품에서 벗어나려 하자 짙은 한숨이 그녀의 정수리를 적셨다.

"말해봐. 이번엔 또 무슨 계약서를 쓰면 되는지."

"터치터치 계약서."

이준의 입술 사이로 헛웃음이 새어 나왔다. 그러건 말건 준희는 야무지게 말을 했다.

"부부간의 스킨십 계약서 작성해요, 우리."

그렇게 두 사람이 룸으로 돌아온 이후 이준의 인생에 천재지변이 일어나고 있었다. 그는 지금, 10살이나 어린 아내가 하는 말을 초등학생처럼 받아쓰기하듯이 적고 있었다.

"계약 사항을 어길 시엔 바로 합의 이혼에 오케이 한다."

심기가 불편한 이준과 달리 준희는 신이 났다.

"스킨십은 무조건 아내의 허락을 받은 후 해야 한다."

타악—.

테이블 위에 몽블랑 만년필이 거칠게 놓였다.

"우리가 남이야?"

군말 없이 얌전하게 받아 적던 이준이 드디어 첫 반격을 개시한 것이다.

"누가 남이래요?"

"연애도 아니고 결혼이야. 서류상으로도 진짜 부부고, 또 이 계약서를 작성하는 이유도 진짜 부부처럼 되기 위해서야."

어떻게 일일이 허락을 받으란 말인가. 그건 곧 이준에게 죽으라는 소리와도 같았다.

"사소한 스킨십까지 무조건 허락을 받으라는 건 과해."

"그건 여자를 배려하는 기본 매너이자 예의예요. 아내도 여자구요. 허락 없이 그러는 건 짐승이나 마찬가지예요."

준희 또한 쉽게 물러나지 않았다.

"하나만 묻자. 내가 너한테 터치하는 게 싫어?"

이준이 단도직입적으로 묻자, 준희의 얼굴이 발그레해졌다.

"싫지 않아요. 싫지 않으니까 허락받고 하라는 거잖아요."

진작 솔직하게 나올 것이지.

이준은 희미하게 입꼬리가 올라가는 걸 참으며 천천히 일어나 테이블 위로 상체를 기울였다.

"왜 그렇게 쳐다봐요. 사람 민망하게."

그가 말없이 빤히 쳐다보기만 하자 민망함에 준희가 참지 못하고 그에게 물었다.

"……강이준 씨?"

"내가 지금 뭘 하고 싶어하는 것 같아?"

내리깐 짙은 눈빛 끝에 노골적으로 걸려든 건 그녀의 입술. 그걸 준희가 모를 리 없었다.

"……키스?"

고개를 살짝 비틀어 입술을 내리며 느릿하게 말을 했다.

"분위기라는 게 있어."

물론 허락을 구하는 게 배려이고 매너라는 것 정도는 그도 잘 알고 있었지만 그걸 주체하지 못할 때가 있는 것이다.

"말로 하지 않아도, 너도 알 수 있는 분위기."

쪽—.

갑작스러운 버드 키스에 준희의 눈이 동그래졌다.

"아내에게 짐승 취급을 받더라도 스킨십하고 싶어지는 분위기."

그의 숨결이 입술을 간질거렸다. 유혹하듯이.

"싫다는 게 아니야. 50 대 50. 좀 너그럽게 양보해달라는 거지. 농도 짙은 스킨십만 허락 구하는 걸로."

낮게 가라앉은 허스키한 저음이 준희의 고막을 설득력 있게 자극했다.

"우린 부부잖아."

절대 거부할 수 없도록.

"……알았어요."

옅은 한숨과 함께 허락이 떨어졌다.

그제야 만족스러운 표정으로 다시 자리에 앉는 이준을 향해 준희가 눈을 흘겼다.

"방금 완전 치사했던 거 알아요? 그 외모로 육탄전하면 반칙이라구요."

"때론 한 송이 장미가 천 송이 장미보다 많고, 백 마디 말보다 한 마디 말이 더 의미가 있을 수 있다고 한 건 너야. 난 그 한 마디 말을 한 번의 행동으로 대신했을 뿐이지."

며칠 전에 제가 한 말을 토씨 하나 틀리지 않고 읊자 준희의 눈이 동그래졌다. 똑똑한 머리를 이렇게 소심하게 사용할 줄이야.

"지금 강이준 씨 보면 무슨 생각 드는지 알아요?"

"말하지 마."

"헐! 그러니까 더 말해주고 싶은데요?"

"……하지 마."

하나도 안 궁금했다. 지금 자신의 모습이 어떤지 말하지 않아도 스스로도 잘 알고 있었다. 쪽팔려 죽겠는데 행복했고, 민망했지만 기분은 좋았다.

"스킨십 못 해서 안달 난 남자 같아요."

"뭐 그럴지도."

그가 순순히 인정하자 준희의 눈이 동그래졌다.

"지금 이러는 거 조금도 강이준 씨답지 않아요."

"나다운 게 뭔데?"

"시크한 남자잖아요. 여자 아쉬울 것 없는."

"나도 신체 건강한 대한민국 남자야."

"알아요."

"안 한 지도…… 오래됐고."

"안 한 게 아니라 못 한 거 아니에요?"

천진난만한 준희의 말에 이준의 미간이 확 좁혔다.

"아니라고 몇 번을 말해. 지금 당장 확인시켜줘?"

"정중히 거절할게요. 아무튼 지금 강이준 씨 말은 오랫동안 참아왔던 성욕을 나한테 풀겠다는 거예요? 합법적으로?"

이준의 입에서 한숨이 새어 나왔다.

콕 집어서 말을 해줘야 하나. 찰떡같이 알아주면 어디 덧나

나. 진짜 이 말까지는 안 하려고 했는데.

"네 말대로 난 여자에 대해선 아쉬운 거 없어. 예전에도 그 랬고 지금도 마찬가지고."

어렸을 때부터 여자는 항상 넘쳐났다. 너무 넘쳐나서, 이성 에 눈을 뜨기도 전에 여자란 존재에 관심이 없어진 건지도.

"그런데도 왜 안 했을 것 같아? 네가 말한 나의 시크릿 때문 에?"

사랑 같은 거 못하는 놈이란 건 스스로가 진작 깨달았다. 그래서 그는 다짐했다. 결혼 같은 건 절대 하지 않겠다고. 그 런데도 꼭 부득이하게 결혼을 해야 한다면……

사랑은 못 주더라도 내 아내에게 최선을 다하는 좋은 남편 이 되자. 내 아내만은 어머니처럼 시들게 하지 말자.

그래서 윤은서에게도 좋은 남편이 되어주려고 했었다. 물론 약혼으로 끝이 나버렸지만 말이다.

"그 시크릿이 진짜라고 해도 스킨십 하는 건 지장이 없어."

그런데 처음으로 여자에게 관심이 갔다. 보고 싶고 안고 싶 고 키스하고 싶고 더한 것도 하고 싶었다. 본능적인 욕구라고 해도 상관없었다. 맹세컨대 여자에게 먼저 성욕을 느낀 적은 처음이었다. 그래서 그 이유를 알고 싶은 거다. 오로지 준희에 게만 처음 느낀 이 욕구가 단순한 성욕인 건지, 아니면 사랑인 건지.

"다른 여자는 싫어. 네가 내 아내니까. 내 아내가 백준희 너 니까."

백준희는 항상 그를 자극했다. 도발했다. 그래서 도망쳤고 방어막을 쌓았다. 뭐든지 한 번 꽂히면 뒤도 보지 않고 달려드는 성격임을 알기에 거리를 둔 거였다.

그런데 프랑스까지 쫓아와서 그걸 무너뜨린 건 백준희였다.

그럼 책임을 져야지.

이준은 말문이 막혀버린 준희를 모른 척하며 다시 계약서를 작성하기 시작했다.

"스킨십의 농도는 스킨십을 하는 이가 결정한다. 단, 스킨십이 과하다 싶을 땐 스킨십을 받는 자가 거부 의사를 표현하고, 스킨십을 한 이는 그 거부 의사를 존중한다."

태연하게 그리고 덤덤하게.

"3개월의 계약 기간 동안 한 침대에서 동침한다."

가만히 듣고 있던 준희가 드디어 이의를 제기했다.

"강이준 씨가 잘못해서 내가 화났을 땐 동침을 거부할 권리를 주세요."

화나게 하지 않으면 되는 일이기에 이준 또한 그걸 받아들였다.

"잠결에 일어난 상황에 대해선 책임을 묻지 않기로 한다."

"동의해요."

"스킨십을 원하거나 부적의 기운이 필요할 땐, 때와 장소를 가리지 않고 이행한다."

"서로 합의하에 이행한다고 적어줄래요?"

준희는 마지막까지 호락호락하지 않았다. 그렇게 터치터치 계약서가 작성되었다.

이준이 자필로 적은 종이를 준희가 뿌듯하게 바라보는 동안 그는 차 한 잔의 여유를 즐기고 있었다.

"미리 말해두지만 강이준 씨랑 섹스할 일은 없을 거예요."

"푸읍."

준희의 입에서 나온 '섹스'라는 단어에 놀란 이준이 찻물을 뿜어냈다. 그러건 말건 준희는 할 말을 차분하게 이어갔다.

"어떤 상황에서도 말이에요."

"그렇게 내가 싫다는 건가?"

"그 반대예요."

준희가 작게 한숨을 내쉬었다.

"내가 밝히는 건지 강이준 씨가 키스를 잘하는 건지, 강이준 씨랑 키스하다 보면 더한 것도 하고 싶어져요. 그래서 미리 말해두는 거예요."

백준희는 자신뿐만 아니라 이준까지 정확히 꿰뚫고 있었다.

"혹시라도 내가 매달리면 당신이 멈추게 해주세요. 나보다 강이준 씨가 어른이잖아요."

목에 칼이 들어와도 제가 한 말과 약속은 지키고야 마는 무시무시한 그의 책임감을 알고 있었다.

다른 사람들이 보면 이런 대화를 꼭 나누어야 하냐고 할지도 모른다. 하지만 부부에게 잠자리라는 주제는 현실이고 피해갈 수 없는 주제였다.

"내가 너랑 자고 싶어서, 그래서 멈추기 싫다면?"

준희는 한참을 아무 말 없이 이준을 빤히 바라보았다. 그는 참을성 있게 기다렸다. 준희가 생각을 정리하고 대답해줄 때까지.

"나랑 자고 싶어요?"

"솔직히 지금은 그래. 내가 어디까지 참을 수 있을지도 모르겠고."

이준의 솔직함이 준희의 마음을 건드렸다.

"그럼 나한테 마법 주문을 외워요. 백 마디 말도 필요 없어요. 딱 한 마디면 돼요."

자리에서 일어난 준희가 이준에게로 다가왔다. 그러고는 그의 귓가에 입술을 바짝 붙이고 숨결 같은 속삭임을 건넸다.

"……라고요."

두 사람의 진짜 부부 생활을 위한, 세 번째 계약서가 작성되었다.

집으로 향하는 내내 준희는 알 수 없는 기분에 사로잡혀 있었다. 입사하기로 한 회사에서 임원진들과 대화를 나누면서도 집중을 할 수가 없었다. 사랑보다 일이 먼저라고 그렇게 큰소리쳐놓고선 말이다.

레스토랑 룸에서 나누었던 발칙한 대화들을 떠올리자 얼굴이 붉어졌다. 그가 자신과 섹스까지 하고 싶어할 줄은 몰랐다. 그 성노도 내기 배꼈거인가.

"잠깐, 그럼 그 시크릿은 거짓인 거야? 아, 모르겠다!"

시크릿을 확인할 상황이 없을지도 모르는데, 지금 그걸 생각할 때가 아니었다. 그러기에는 너무 피곤했다. 이른 시간부터 이준을 상대했고, 그 후엔 밥도 제대로 먹지 못하고 회사에서 시간을 보냈다.

지금 간절한 생각은 단 하나, 어디든 누워서 푹 자고 싶다는 것뿐이었다.

고장 난 센서 등은 불이 들어오지 않아 집 안이 어두웠다. 현관문의 전구를 갈아야 했지만 그런 일에 젬병이었고, 그렇다고 외부인을 집에 들이기도 싫었다.

유일하게 드나드는 메이드와 박 실장님 모두 여자인지라 부탁할 수도 없는 노릇이었다.

처음엔 불편했지만 집 안 구조에 익숙해지고 나니 어둠이 문제 될 건 없었다.

타닥타닥―.

부드러운 재질의 슬리퍼가 대리석 바닥과 가볍게 마찰하는 소리가 났다.

익숙하게 거실까지 들어가 버릇처럼 소파에 털썩, 주저앉는 순간 준희의 입에서 비명이 터져 나왔다.

"꺄아아악!"

엉덩이에 와 닿은 건 탄탄한 남자의 허벅지였다. 너무 놀라 자빠지려는 준희를 향해 남자가 몸을 날렸다. 순식간에 몸이

454

뒤집어졌고, 준희는 딱딱한 대리석 바닥 대신 탄탄한 남자의 몸 위에 널브러져 있었다.

어디에서 리모컨을 찾았는지 거실에 환하게 불이 들어왔다.

쏟아지는 불빛 아래 드러난 존재는 바로 이준이었다.

"당신이 왜 여기 있어요?"

"내가 와선 안 될 곳에 온 거야?"

준희는 잠자코 고개를 가로저었다.

"할 일이 산더미라 미처 여기로 온다는 연락을 못 했어. 집에 도착해선 피곤해서 잠시 눈 좀 붙이고 있었고."

그의 말을 증명이라도 하듯이 내리뜬 검은 눈동자가 어둡고 흐렸다. 항상 완벽하게 매어져 있던 넥타이는 느슨하게 풀어져 있었다.

"내가 온 게 불편하면 호텔로 갈까?"

스킨십 계약서를 작성할 땐 그렇게 공격적이고 단호하더니, 지금의 그는 부드러운 솜사탕 같았다. 조심스러운 그의 배려가 느껴졌다.

"가긴 어딜 가요. 3개월 동안은…… 내 집이 아닌 우리 집이 잖아요."

허락이 떨어지자마자 준희를 번쩍 안고 일어난 이준이 향한 곳은 침실이었다. 준희는 침대에 앉은 채로 멍하니 이준을 바라보았다. 그의 존재만으로도 넓은 침실이 꽉 찬 것 같았다.

"밤톨."

이름을 부른 것뿐인데도 가녀린 어깨가 흠칫, 솟아올랐다.

별것도 아닌데 왜 이렇게 야릇하지?

섹시한 저 남자가 문제인 걸까, 엉큼한 내가 문제인 걸까.

"네가 먼저 샤워할래, 내가 먼저 샤워할까?"

"샤, 샤워요?"

당황하는 준희를 보는 이준의 눈이 가늘어졌다.

"아니면 진짜 부부된 기념으로 같이 샤워할까? 어차피 볼 거 다 본 사이 같은데, 우리."

그는 안 그래도 느슨한 넥타이를 더 나른하게 풀어내리며 더 낮고 허스키한 음성으로 은밀하게 물어왔다.

"시, 싫거든요!"

"싫음 말고."

덤덤히 대답한 이준은 넥타이를 침대 위로 툭 던졌다.

"나 먼저 샤워한다."

셔츠의 단추를 하나하나 풀며 욕실로 향하는 뒷모습은 잠시도 눈을 뗄 수 없게 만들었다. 얇고 하얀 와이셔츠 너머로 감질나게 꿈틀거리는 끝내주는 등의 잔 근육들이.

탁―.

문이 닫히는 소리에 입술 사이로 나온 건 한숨이었다.

"나 대체…… 뭘 오케이 한 거지?"

오늘 오전에 이준에게 받아낸 자필 계약서.

그 계약서를 손에 든 채 최후의 미소를 지은 건 준희 자신이었다. 그런데 그 계약서가 갑자기 위험하게 느껴졌다.

샤워를 하고 침실로 들어가자 막 욕실에서 나오는 이준과 마주쳤다.

"무슨 남자가 샤워를 그렇게 오래 해요?"

"네가 여자치고 빨리한 건 아니고?"

"전 뭐든지 평균이거든요?"

드라이까지 마치고 나왔는지 부드러운 흑발이 그의 이마에서 찰랑거려 정갈해 보였다. 그에 반해 준희는 흠뻑 젖어 있는 수준. 그것마저 놓치지 않고 이준이 콕 집어냈다.

"그래도 물기는 좀 제대로 닦고 나오지 그래?"

"닦았는데요?"

"물이 뚝뚝 흐르잖아. 따라와."

이준은 준희를 데리고 욕실 앞에 마련된 파우더룸으로 향했다.

"머리 말려줄게."

"안 말려줘도 괜찮아요!"

탈출하려고 했지만 거대한 그의 몸이 이미 문을 막고 있는 상황. 아, 머리 말리고 나올걸. 후회해봤자 이미 늦었다.

"진짜 괜찮은데. 머리칼이 얇아서 금방 마르는데."

"내가 안 괜찮아."

이준이 드라이어로 준희의 머리를 말려주었다. 매번 느끼는 거지만 그는 손을 참 잘 이용했다.

마사지를 해주는 것도 아닌데 머리를 말려주는 단순한 손길에도 몸이 나른하게 풀어졌다.

타고난 걸까, 아니면 무수히 많은 경험으로 쌓아 올린 노하

우인 걸까? 나 말고 다른 여자들도…… 이렇게 말려줬을까?

"여자 머리 많이 말려줬나 봐요?"

생각만 한다는 게 입 밖으로 툭, 튀어나와버렸다. 질투하는 여자처럼 속 좁게.

"연애도 안 해본 내가 다른 여자 머리를 말려줄 만큼 친절한 남자라고 생각해?"

"……아니요."

"매너야."

"강이준 씨는 가만히 보면 진짜 바람둥이 같아요. 본인이야 기본 매너라지만 그 매너를 받는 여자들은 얼마나 심장이 떨리는지 알아요?"

"누가 기본 매너라고 했어. 한 사람만을 위한 특별한 맞춤형 매너인데."

욕실을 울리던 드라이어 소리가 멈추었다. 따스한 바람에 내리깔고 있던 눈을 들자 정면으로 딱 마주쳤다. 거울 속, 준희를 빤히 바라보고 있는 그의 눈과.

"그래서. 밤톨 너도 심장이 떨려?"

준희는 대답을 할 수 없었다. 차라리 쿵쾅거리는 게 낫지, 간질거리듯 떨리는 심장의 느낌이 묘했기 때문이었다.

"절대 말 안 해줄 거거든요?"

가까스로 행사한 묵비권에 그가 희미하게 웃었다.

"떨려야지."

부우우웅―.

다시 드라이어 소리가 들려오고, 그 소리에 나직한 음성도 같이 울렸다.

"내 아내에게만 해주는 남편의 서비스인데."

간질거리던 심장이 결국 쿵쾅쿵쾅, 터질 듯이 뛰고 말았다.

준희가 그를 향해 홱 돌아서자 다시 드라이어 소리가 멈추었다.

"그 서비스 좀 자제해주실래요? 제가 무게 중심이란 걸 유지해야 해서요."

"무슨 무게 중심?"

"내 감정이요. 강이준 씨한테 지나치게 빠지지도 않고, 지나치게 냉정하지도 않게."

"한쪽으로 쏠리면 어때서?"

쏠린다면 어느 방향으로 쏠릴지 잘 안다는 듯 자신 있는 그의 미소가 얄미웠다.

"나한테 알려준 그 주문. 네가 나한테 할까 봐 겁이 나서?"

겁이 나는 게 당연한 거 아닌가? 이준은 아직 깨닫지 못한 마음이었지만, 준희는 이미 자신의 마음을 깨닫고 진행 중이었다.

"죽는 한이 있어도, 내가 먼저 당신한테 외울 일은 없어요."

너무 잘 알고 있으니까. 그래서 더 말해주지 않을 것이다.

"머리 말려주셔서 감사합니다."

준희는 그를 홱 지나쳐서 욕실을 나와버렸다.

2차 신경전은 침대 위에서 발발했다. 안고 자겠다는 남편과 손잡는 것부터 시작하자는 아내.

"이미 잡은 물고기라 이거예요? 아내라고 쉽게 보면 안 되죠."

이준은 준희의 말을 도저히 이해할 수가 없었다. 아내라서 안고 자겠다는데. 그리고 좋아서 안고 자겠다는데 왜 쉽게 본다고 생각하는 건지. 우린 부부인데. 그것도 스킨십 팍팍 하면서 서로의 기운을 팍팍 전해줘야 하는 서로의 부적인데.

"아무 짓도 안 해. 안고만 자겠다니까?"

"자꾸 이러면 변태 짐승 취급합니다? 나한테 점수 따기 싫어요?"

결국 이준이 항복을 했다.

"그래, 천천히 시작하자…… 손부터 다시."

곧이어 침실의 불이 꺼졌다. 어둠 속, 오랜만에 나란히 눕는 게 어색한지 준희가 자꾸만 뒤척이는 소리가 들려왔다.

하지만 그것도 잠시뿐, 이내 쌔근거리는 아내의 숨소리가 어둠을 타고 흘러들었다.

반듯하게 누워 있던 이준은 그제야 천천히 몸을 일으킨 후 무드 등을 켰다. 은은한 불빛이 아이처럼 잠이 든 준희의 얼굴 위로 일렁였다.

"……잘 자네."

지금 준희는 그에게 묘한 감정을 이입해주고 있었다. 단 한 번도 해보지 않았던, 학창 시절 때 연애를 했다면 이러지 않았을까 하는 생각이 들 만큼 준희와 나누는 작은 것 하나하나가

풋풋했다.

처음엔 불만이었지만 이렇게 차근차근 시작하는 것도 나쁘지 않을 것 같았다. 물론 오늘 같은 밤이 반복되면 차근차근함은 곧 사라지겠지만.

막 샤워를 마친 백준희는 테일라 호텔 수영장에서 마주쳤던 그때를 떠올리게 만들었다.

앳되어 보이는 외모와는 전혀 다른 반전의 몸매.

또르륵, 머리칼에서 느릿하게 흘러내리는 투명한 물방울이 그녀의 작은 얼굴을 훑고 목덜미를 훑었다. 그래도 그건 참을 만했다.

머리칼의 물기 때문에 젖은 흰 티셔츠 너머로 속옷이 비치는 건 좀⋯⋯.

강렬한 색도 아닌 밋밋한 흰색의 속옷이었다. 그런데도 제대로 자극당해버렸다.

이준은 곤히 잠든 준희의 목까지 이불을 끌어 올려주었다.

"내가 할 수 있는 약속은 한 달이야."

나에게서 널 지켜줄 수 있는 기간.

"그 후는 나도 장담 못 해."

그의 손끝이 3년 사이 길게 자란 그녀의 머리칼을 조심스럽게 넘겨주었다.

"그러니까 인식 좀 해주라."

10살 많은 어른이고 남편이기 전에, 나도 남자라는 걸. 한 달은 무조건 참을 테지만 그 후는 모르겠다. 언제 본능이 이성을 앞질러버릴지는.

"너라도 잘 자라, 밤톨."

이준은 침실을 조용히 벗어났다. 남자들이 왜 애꿎은 달밤에 체조를 하는지 알 것 같았다.

눈을 떴을 때 준희는 침대 위에 덩그러니 혼자 있었다. 이준과 같이 침대에 누울 때까지만 해도 오늘 밤 잠자긴 다 틀렸다고 생각했었는데 머리만 대면 자버리는 버릇은 어젯밤도 여전했다.

"코 골진 않았겠지? 고약한 잠버릇은?"

뒤늦게 밀려오는 이런저런 걱정들. 그것보다 더 거슬리는 건 누운 자국이 전혀 없는 옆자리였다.

"그래도 그렇지, 말도 없이 출근해?"

잠깐이라도 깨워서 인사를 하든지, 그것도 아니면 메시지라도 한 통 남겨놓든지.

휴대 전화를 확인했지만 이준에게서 온 연락은 없었다. 진짜 부부처럼 산다는 것엔 수많은 것들이 존재한다.

결혼이 처음인 준희도 그 정도는 알고 있었다. 스킨십이 아니더라도 서로 공유하고 나누어야만 하는 것들. 이래서 아내들이 피곤한가 보다. 나이만 어른이지 철부지 애처럼 하나도 모르는 남편에게 하나부터 열까지 차근차근 알려줘야 하니 말이다.

부스스 일어나던 준희의 눈이 협탁 위로 향했다.

바빠서 먼저 나가. 저녁에 보자.

메모지에 새겨진 정갈한 글씨체는 어젯밤 이준이 자필로 작성한 세 번째 계약서와 동일했다.

"그래도 뭐, 안 한 것보단 나으니까."

물을 마시러 주방으로 가던 준희의 걸음이 멈추었다.

주방으로 이어진 다이닝룸 식탁 위, 닭 가슴살 샐러드와 유기농 주스 한 병이 덩그러니 놓여 있었다.

그리고 또다시 간결한 메시지가 한 줄 적힌 메모지.

아침 챙겨 먹어.

따지고 보면 별거 아니었다. 제 것을 주문하면서 하나 더 주문하면 되는 거니까. 그런데도 이게 뭐라고.

준희의 입꼬리가 슬그머니 승천했다.

"이건 뭐 인정해줄게요."

남편의 예쁜 짓으로. 물론 강이준은 꿈에도 모르겠지만.

샤워를 한 준희는 세라를 만나기 위해 집을 나섰다.

지금까지는 대회 준비로 바빴고, 다음 주부터는 출근 때문에 바빠질 것이다. 그래서 오늘은 세라를 만나서 점심을 먹기로 했다. 하지만 그녀의 머릿속은 강이준으로 가득 차 있었다. 계약서를 쓸 때까지만 해도 신이 난 건 준희였다. 하지만 그 후부터 상황이 역전되었다. 이준은 차분했고, 준희는 안절부절못했다.

준희는 디저트로 나온 셔벗을 열심히 떠먹는 세라를 가만히 바라보았다. 나름 연애 고수이자 자칭 남자 박사라고 외치는 친구였다.

"박세라, 남자를 애태울 방법 없니?"

"애태울 남자도 없는 유부녀가 그딴 걸 왜 물어보실까?"

"없긴 왜 없어? 있거든요?"

"오호라, 너의 그 잘나신 남편님이 돌아왔구나? 맞지?"

"며칠 됐어."

이준을 떠올릴수록 승천하는 입꼬리는 준희도 어찌할 수가 없었다.

"대박! 그럼 드디어 3년 독수공방 끝나는 거야?"

"침대에서 같이 자긴 하는데."

말을 끝내기도 전에 세라의 입에서 고성이 터져 나왔다.

"꺄악! 난 몰라! 어땠어? 응? 침대에선 어떠냐구?"

"뭐가?"

"네 남편 침대에서까지 완벽하단 소리는 제발 하지 마. 그럼 나 진짜 우울해질 거 같으니까."

세라가 왜 흥분하는지 알 것 같았다.

하긴 내 남편이 좀 많이 잘생기긴 했지. 체격도 보통이 아니

464

고. 하지만 침대에선…….

오빠로서, 오너로서, 아들로서의 강이준이 어떤지는 보았다.

하지만 남편으로서의 강이준은…… 글쎄, 모르겠다. 시크릿의 진실 여부도 모르겠고.

"그냥 손만 잡고 자서 모르겠는데."

"너 미쳤어? 그게 아니면 남편이 미친 거야?"

"둘 다 멀쩡한데?"

"둘 중 하나가 미쳤겠지. 3년 만에 만났으면 활화산처럼 불타올라야 하는데 손만 잡고 자다니!"

"부부들이 꼭 그렇게 불순해야 해?"

"불순해야지! 남녀가 결혼한 건데! 그것도 파릇파릇한 신혼에! 혹시 네 남편 그쪽에 이상 있는 거 아니야? 그게 아니면 널 여자로 안 보던가?"

"무슨 소리! 완전 여자로 보거든요? 그것도 엄청!"

"너 혼자만의 착각일지도 모르지. 네 남편한텐 너도 평범한 오징어일지 누가 알아?"

"나 오징어 아니거든? 나 인기 많다고!"

"우리 수준에서 너랑 내가 오징어는 아니지. 근데 네 남편 수준에선 오징어일지도 모른다는 생각 안 해봤어? 주변에 쭉쭉빵빵 미녀들이 널렸을 거 아냐."

준희의 어깨가 축 처졌다.

채송화와 마리 테일러.

그의 주변에 있는 여자는 딱 두 명 보았지만 그것만으로도 충분했다. 정말 내가 오징어로 보이면 어쩌지?

하지만 그 불안함은 이내 사그라들었다.

"오빠가 나만 예뻐 보인다고 했어. 그리고 나랑 자고 싶다고도 했고."

"근데 왜 너랑 안 자는데?"

하지만 만만치 않은 박세라, 속 뒤집는 데는 아주 선수였다.

"여자로 보였으면 절대 가만 안 뒀겠지. 특히 다른 여자도 아닌 내 아내가 예뻐 보이는데. 어떻게든 너랑 잤겠지. 그게 아니면 자면 안 될 이유라도 있어?"

준희의 눈이 번뜩했다.

잠깐, 설마 이거…… 날 자극해서 시크릿을 지키려고? 그렇다면 난 바보처럼 그가 던진 미끼를 덥석 문 꼴이었다. 나 또 당한 건가? 그것도 모르고 마법 주문 같은 절대 방패를 손에 쥐어준 것도 모자라 손잡고 자자는 말이나 하다니.

하지만 만약 시크릿이 가짜라면?

그는 정말 준희에게 흔들리고 있는 거다.

생각이 거기까지 흐르자 준희는 다급해졌다. 시크릿의 진실 여부도 확인하고 그의 마음도 확인할 방법이 생각난 것이다.

"박세라, 나 먼저 간다!"

준희가 세운 오늘 저녁의 계획은 이러했다. 진짜 부부 노릇은 스킨십부터 시작한다. 그러기 위해선 스킨십을 자연스럽게 유도해야 한다.

가만히 생각해보니 이준은 스킨십을 자주 하는 편은 아니었다. 그럴싸한 상황이 되어야만 하는데.

준희는 난생처음으로 이준에게 전화를 걸었다.

"저 준희요."

[……어.]

"오늘 몇 시에 퇴근해요?"

[7시 정도.]

어색한 건 처음 전화를 건 준희나, 처음 전화를 받은 이준이나 마찬가지였다.

"혹시 마지막 스케줄에 저녁 약속 있어요?"

같이 저녁 먹자는 그 말이, 집에 빨리 들어오라는 그 한마디가 왜 이렇게 어려운 걸까. 그래도 말뜻을 용케 알아차린 그가 흔쾌히 대답해주었다.

[없어. 퇴근하면 데리러 갈 테니까 저녁 먹자.]

"저 지금 집이에요. 오늘 저녁은 집에서 간단히 먹게 집으로 바로 올래요?"

이게 뭐라고. 그의 대답을 기다리는 몇 초 동안 심장이 미친 듯이 널뛰기를 했다.

[먹고 싶은 거 있으면 말해. 내가 들어가면서 사 갈게.]

"내가 이미 사 왔으니까 강이준 씬 몸만 들어오세요."

이준과 통화를 끊은 준희의 입에서 참고 있던 숨이 터져 나왔다.

"후아, 이게 뭐라고 이렇게 어려워."

시간을 확인하자 2시간의 여유가 있었다. 준희는 음악을 크게 든 후 야무지게 밑시미트 들렀다. 3년 동안 요리 학원을 다니면서 갈고 닦은 실력을 발휘할 때가 온 것이다.

7시.

준희에게 예고한 시간에 정확히, 신혼집 현관문을 열고 들어서는 이준은 이상한 기분을 느꼈다. 느닷없이 걸려온 아내의 첫 전화가 그렇게 만든 것이다.

길고 긴 현관 복도를 지나 거실에 도착했는데도 날다람쥐처럼 나와야 할 아내가 보이지 않았다.

환하게 불이 들어온 넓은 집과 따스한 온기가 감도는 공기.

사람이 있는 건 분명한데…….

"백준희?"

대답 대신 어디에선가 흘러나오는 신나는 댄스 음악.

그의 미간이 서서히 좁혀졌다.

집 안에 음식 냄새가 진동하고 있었다.

설마, 요리를 하고 있는 건 아니겠지.

계란 프라이도 못하던 백준희가 떠올랐다. 흉측한 모양의 프라이를 먹는 게 문제가 아니었다. 요리에 익숙하지 않은 준희가 다칠 수도 있다는 걱정에 그의 걸음이 빨라졌다. 집에서 먹자고 했을 때 눈치챘어야 했는데.

주방에 도착한 이준을 맞이한 건 지극히 생소한 광경이었다.

넓은 주방은 눈살이 찌푸려질 만큼 그야말로 난장판, 초토화가 되어 있었다. 이거, 웃어야 하나 말아야 하나.

"……."

잘록한 허리에 질끈 매고 있는 저건 앞치마가 분명했다. 그녀는 정말 요리를 하고 있었다. 그것도 댄스 음악에 맞추어 살짝살짝 엉덩이까지 씰룩이면서. 진짜 왜 이렇게 귀엽냐.

뒤로 바짝 다가섰는데도 음악에 취한 건지 요리에 취한 건지 아내는 아직까지도 그의 존재를 눈치채지 못했다.

어깨 너머로 가장 먼저 스캔한 건 준희의 손가락이었다. 해물탕 국물을 맛본 준희가 감탄사를 연발했다.

"대박. 끝내줘요, 국물이!"

가늘고 새하얀 손에 반창고가 없는 걸 보니 다치진 않은 것 같았다.

"국물이 그렇게 끝내줘?"

넌지시 한마디를 던지자 돌아선 준희가 그를 발견하곤 인상을 확 썼다.

"제발 기척 좀 내고 오면 안 돼요?"

"기척 냈어. 네가 몰랐던 거지. 근데 이 요리들 네가 다 한 건 아니지?"

"내가 다 했는데요?"

"프라이도 못하던 백준희가?"

과거를 들추자 준희의 눈꼬리가 앙칼지게 올라갔다.

"나, 옛날의 백준희가 아니거든요? 3년 동안 요리 학원도 거의 신 빼끼고 디뎠어요."

"꽤 감동인걸?"

"감동할 필요 없어요. 아침에 강이준 씨가 아침 차려줬잖아
요. 그래서 뭐 나도 겸사겸사. 그리고 진짜 부부들은, 그러니
까 진짜 아내는 퇴근한 남편을 위해서 저녁 준비도 직접 하고
그런다니까, 뭐 그래서……."

'진짜 부부'라는 말이 가슴에 가시처럼 박혀버렸다. 스킨십
에만 초점을 맞추는 그와 백준희는 달라도 너무 달랐다. 이래
서 여자보다 남자의 정신 연령이 낮다고 하는 걸까.

내가 이렇게…… 수준이 낮은 남자였던가.

"그럼 나도 진짜 남편 노릇 해줘야겠군."

부끄러우면서도 미안했다. 그런데도 가슴은 묵직하게 울렸
다. 그녀는 끝도 없이 그를 놀라게 하고 감동시켰다. 허락받아
야 한다는 것조차 잊어버리고, 이준은 한 줌밖에 되지 않는
그녀의 허리를 제 품에 끌어안았다. 품에 안겨드는 작고 가는
몸은 뒤에서 안아도 여전히 그의 품에 딱 들어맞았다.

"다녀왔어, 밤톨."

순수한 백허그였다. 어린 아내인 준희가 너무 사랑스러워서.

정말 오랜만에 맛보는 정성 가득한 가정식에 이준은 감탄할
수밖에 없었다. 보글보글 끓고 있는 해물탕부터 불고기, 산적,
더덕전 등등. 음식의 가짓수도 가짓수지만 대부분이 손이 많
이 가는 어려운 요리들이었다.

"굉장한데?"

470

"저 3년 동안 신부 수업 열심히 받았어요. 그래야 아버님도 우리 둘 사이 의심 안 할 것 같고. 요리는 배워서 나쁠 것 없잖아요."

비주얼도 좋았고 맛도 괜찮은 편이었다. 아주 사사로운 문제점을 꼽자면 뒷수습.

"강이준 씬 오늘 가만히 있어요. 내가 완벽하고 깨끗하게 치울 테니까."

말과 달리 난장판이 된 주방을 치우는 모습은 영 어설펐다. 어디서부터 뭘 어떻게 치워야 할지 모르는 기색이 역력했다. 우왕좌왕하는 준희를 보다 못한 이준이 식탁 의자에서 일어났다.

"치우는 건 내가 할게."

"어후, 됐어요! 이 정도는 식은 죽 먹기예요! 강이준 씨는 그냥 앉아…… 꺄악!"

와장창창─.

준희의 손에 기어이 결국 접시 하나가 박살이 나고야 말았다. 그는 당황한 나머지 맨손으로 깨진 접시를 잡으려는 준희를 안아서 식탁 위에 앉혔다.

"여기 앉아 있어. 유리 조각에 베일지도 모르니까."

"제가 치울게요!"

"내가 치울 테니까 넌 그냥 가만히 있어."

이준은 태연하게 와이셔츠를 팔뚝까지 걷어 올렸다.

"맛있게 먹은 밥값도 할 겸."

"대가를 바라고 저녁 한 거 아니에요. 아내 노릇 해주고 싶어서 한 거란 말이에요."

스타트는 좋았는데 마지막에 실수를 하다니 억울한 마음이 목소리에 역력히 묻어났다.

"나도 마찬가지야. 남편 노릇 해주고 싶어서 그래."

"그럼 같이 치워요."

넌 가만히 있는 게 도와주는 거라고 직설적으로 말하면, 이 좋은 분위기가 다 깨질 게 분명했다. 그럼 또 바로 눈꼬리를 올리고 노려보겠지.

"서로 잘하는 걸 하면 되는 거야."

좋은 게 좋은 거라고, 이준은 설득력 있게 돌려 말하기로 했다.

"넌 요리, 난 치우는 거."

그걸 증명이라도 하듯 이준은 차분하게 움직이며 접시를 치우기 시작했다. 작은 행동까지도 군더더기 없이 간결하게 딱딱 떨어졌다.

순식간에 깨진 접시가 치워지고 바닥이 정리되었다. 그때까지도 미안해하는 눈빛으로 그걸 지켜보는 준희에게 이준은 덤덤히 말을 했다.

"내가 말했잖아. 너 다치는 거 싫다고."

"……."

"너 다치면 내 탓 같아서."

"미안해서요. 사고는 내가 치고 수습은 항상 강이준 씨가 하는 것 같아서."

"미안하면 또 해주든지."

"뭐를요?"

준희는 알면서 묻는 게 분명했다. 어느새 시무룩한 표정은 사라지고 무언가를 기대하듯이 눈이 반짝반짝 빛이 났다.

"요리 말이야."

"먹을 만했어요?"

"먹을 만한 정도가 아니라 맛있었어."

요리를 한 아내에게 남편이 해줄 수 있는 최고의 한마디였다. 정확히는 요리보다 요리를 하는 준희의 모습이 더 보고 싶었다. 요리하는 아내의 모습이 그렇게 사랑스러운지 이전에는 몰랐으니까.

"뭐, 남편님 하는 거 봐서요."

좋아하는 게 얼굴에 뻔히 드러나는데도 발그레한 얼굴로 뾰로통하게 대답하는 준희였다.

Chapter 14

사랑해요

주상 복합 아파트 지하 피트니스 센터.

저녁이 되자 날씬한 스포츠웨어 차림으로 들어선 한 여자가 귀에 헤드셋을 낀 채 러닝머신 위로 올라갔다. 그녀의 등장에 하는 일 없이 앉아 있던 젊은 남자 몇몇이 갑자기 열심히 운동하는 척을 했다.

그때 여자가 고개를 틀어 남자들 쪽을 보더니 눈이 마주치자 생긋 웃어주었다. 그녀의 미소에 남자들의 가슴에 용기가 가득 차올랐다.

"야, 오늘 기분 엄청 좋아 보이는데?"

여자는 운동할 때 절대 웃지도, 다른 곳으로 시선을 주지도 않았다.

완벽한 철벽. 그런데 오늘은 웬일로 웃어주는 건가.

이건 하늘이 주신 기회였다.

"나 오늘은 기필코 말 건다, 말리지 마라."

"안 넘어올 것 같은데."

"눈웃음 흘리는 게 바로 말 걸어도 된다고 신호 보내는 거야, 인마."

자신만만하게 여자에게 다가가던 남자의 발걸음에 어느 순간 브레이크가 걸렸다. 여자에게 다가서고 있는 남자를 본 순간 저도 모르게 주눅이 든 것이다.

"백준희."

훤칠한 키에 잘생긴 외모도 눈에 띄었지만 그보다 압도적인 포스를 풍기고 있었다. 매서운 눈빛으로 남자들 쪽을 쏘아보자, 저절로 남자의 걸음이 후진을 할 수밖에 없었다.

"운동 다 끝났어?"

굳이 대화를 나누지 않아도 전달된다.

'내 여자한테 관심 꺼.'

남자의 무시무시한 눈빛이 그렇게 경고하고 있었다.

"이제 막 끝났어요. 근데 설마 나 데리러 온 거예요?"

러닝머신에서 내려오는 준희의 온몸이 땀에 젖어 있었다.

"밤이라서 여자 혼자 다니기 위험해."

준희가 웃음을 터뜨렸다.

"같은 건물에 있는 헬스장인데 뭐가 위험해요? 밖에 나가는 것도 아닌데."

하지만 이준은 웃을 수가 없었다. 그는 아침 일찍 운동했지만 준희는 퇴근 후 저녁에 운동했다. 아파트 지하에 위치한 피트니스 클럽이라 별다른 걱정은 하지 않았는데, 이렇게 음흉한 늑대들이 준희를 탐내고 있을 줄은 몰랐다.

이준은 피트니스 클럽을 나서면서 준희 모르게 눈빛으로 다시 한 번 경고를 날렸다. 아내를 탐내는 음흉한 늑대들에게. 엘리베이터에 오른 이준은 준희를 물끄러미 바라보았다. 그녀는 키가 작았지만 몸매 비율이 완벽했다. 마르긴 했지만 운동 덕에 유연한 몸매는 탄력이 넘치고 몸 선이 무척 고왔다. 하지만 몸매보다 얼굴이 더 매력적이었다. 작고 갸름한 얼굴에 오밀조밀 자리잡은 이목구비가 고우면서도 앳되었다.

어딜 봐도 유부녀 티는 나지 않았다. 성형 미인이 난무하는 시대에 보기 드문 천연 미인이었고, 생동감과 활기가 넘치는 건강 미인이었다. 이러니 늑대들이 주변에 득실거리지.

"여기서 운동하지 마."

"왜요?"

"쓸데없는 놈들이 자꾸 집적거리잖아."

"집적거리는 놈들 없었는데요?"

"말로 집적거리는 게 다가 아니야. 눈빛으로 집적거리잖아."

"헐, 저도 할 말 많거든요? 여자들이 더 강이준 씨한테 집적거리잖아요. 그리고 운동을 해야 건강하죠. 삶에 활력도 되고."

"그럼 같이 하면 되겠네. 아침 일찍 나랑 같이 말이야."

이준의 통보에 준희가 눈살을 찌푸렸다.

"왜 그래야 하는데요?"

너한테 집적이는 놈들이 신경 쓰여서, 라고는 죽어도 말 못하겠고.

"네가 몰라서 그러는데 진짜 부부는 운동도 같이하고 그래."

스스로가 생각해도 궁색한 변명이었다. 하지만 그런 건 또 기가 막히게 넘어와준다. 엘리베이터에서 내려 집 안으로 들어가면서 준희가 말을 했다.

"그럼 이렇게 해요. 스케줄 맞추어서 아침이나 밤에 같이 운동. 어때요?"

"뭐, 그러던지."

"그럼 스케줄 맞추어야 하니까 출근은 몇 시에 하고 퇴근은 언제 하는지 나한테 알려줘요."

준희가 동그란 눈으로 예쁘게도 웃으며 그를 올려다봤다.

"비서 통해서 하지 말고 강이준 씨가 직접 전화로, 날마다."

"……내가?"

"하루 일상이 뻔한 나보다 스케줄이 불규칙한 강이준 씨가 하는 게 낫지 않을까요?"

"……그래."

이준은 무언가에 홀린듯이 얼떨결에 대답하고 말았다.

"그럼 나 샤워하러 들어가요."

가뿐한 걸음으로 욕실로 들어가는 준희를 보고 있자니 뭔가 제대로 휘둘린 기분이었다.

날마다 이준이 직접 전화를 한다. 생각만으로도 너무 좋아서 샤워하는 내내 준희의 입가에서 미소가 사라지지 않았다.

"전화는 이렇게 쇼부를 쳤고. 오늘 밤은 강이준 씨 시크릿 한번 확인해봐?"

며칠 전에 쇼핑을 한 슬립을 입고 거울 앞에 선 준희는 흠칫했다. 마네킹이 입었을 때는 노출이 심해 보이지 않았는데 입어보니, 생각보다 야했다.

"가슴이 너무 파여서 그런가? 아니면 색깔?"

블랙 컬러가 준희의 하얀 피부를 더욱 도드라지게 하고 있었다.

"아니야! 이 정도는 되어야 남자의 본능을 자극하지!"

이 정도 노출이면 무난한 거다. 디자인도 심플하고. 그렇게 용기를 내어 욕실 문의 손잡이를 잡는 순간…….

"으악!"

준희가 열기도 전에 욕실 문이 벌컥 열렸다. 그 힘에 밀려 물기 있는 바닥에 맨발이 미끄러져버렸다.

중심을 잃고 뒤로 기우뚱하는 준희의 허리를 이준이 번개처럼 낚아챘다. 중심을 잡은 발이 바닥을 딛고 있는데도 그의 손은 여전히 준희의 허리를 감싸고 있었다.

"욕실에서 노크가 필수인 거 몰라요?"

그런데 이준은 대답이 없었다.

"강이준 씨!"

뜨겁고 짙은 눈동자를 느릿하고 천천히, 아래로 내릴 뿐이었다. 젖은 머리칼에서 뽀얀 얼굴로, 길게 뻗은 목에서 가녀린 어깨선으로, 봉긋하게 솟아오른 가슴의 능선으로. 시선만으로도 애무를 받는 느낌이 이런 건가. 그의 눈빛이 닿는 피부가 화끈거려왔다.

뭔가 분위기가 이상했다. 지나치게 파인 가슴골이 신경 쓰여 죽겠지만, 그걸 드러내면 분위기가 더 이상해질 것 같았다. 침을 꿀꺽 삼키며 고개를 들자 이준과 눈이 딱 마주쳤다.

"조심 좀 하지?"

그는 언제 뜨거웠느냐는 듯 서늘한 눈동자와 차분한 목소리로 준희의 허리를 놔주었다.

"노크 없이 문 연 게 누군데요?"

"노크도 하기 전에 손잡이가 돌아가서 대신 열어준 거야."

그런 거였어?

"그럼 욕실까진 왜 쫓아온 건데요."

"10분 만에 샤워하던 아내가 30분 가까이 안 나오니까."

샤워는 빨리 끝냈다. 거울 앞에서 고민하느라 시간을 좀 허비했을 뿐.

"난 또 욕조에서 줄리아 로버츠 흉내 내다 빠졌나 했지."

"……!"

"그럼 또 남편으로서 건져줘야 하니."

그가 창피한 과거를 끄집어내자 준희의 얼굴이 확 붉어졌다.

"그때 일은 기억에서 지워주면 안 돼요?"

"신혼여행에서 가장 기억에 남는 건데, 왜?"

"악! 그만!"

작게 소리를 지르자 그가 픽 웃으며 촘촘한 눈빛으로 준희를 바라봤다.

"머리는 제대로 말렸고, 옷만 다른 걸로 갈아입으면 되겠네."

"이 옷이 뭐 어때서요?"

"설마 그 차림으로 자려는 건 아니지?"

"이거 내 잠옷이거든요?"

"언제부터?"

……오늘부터요, 라고는 차마 못 하겠고.

"이 옷 엄청 편하거든요? 입은 듯 안 입은 듯 가볍고. 엄청 부들거려서 잠을 막 불러와요. 강이준 씨 때문에 못 입고 있었지, 저 원래 이거 입고 잤어요."

어색한 변명에 이준의 눈이 가늘어졌다.

"가슴은 너무 파였고, 치마는 너무 짧아."

헐. 대놓고 말할 줄은 몰랐다.

"그래도 괜찮으면 입고 나오든지."

"……!"

"진짜 잠옷 용도라면, 말이야."

묘한 미소를 흘리듯이 남긴 이준은 그대로 욕실을 나갔다. 혼자 덩그러니 남은 준희는 콧잔등을 찡긋, 하며 뒤늦게 발끈했다.

"잠옷 용도가 아닌 걸 알면 반응 좀 해주든지!"

분명 눈빛은 뜨거웠던 것 같은데. 아니, 그렇게 느꼈었는데 지금은 또 모르겠다.

뜨거웠던 것도 같고 아닌 것도 같고. 너무 순식간에 지나가서 헷갈렸다.

"더 과감한 디자인을 고를 걸 그랬나?"

미련 없이 나가는 걸 보니 실패한 게 분명했다. 슬립을 다시 벗어 던진 준희는 원래 잠옷을 주워 입으며 구시렁거렸다.

"하체에 문제가 있는 게 분명해!"

그렇지 않고서야 제 눈에도 야해 보이는 이 슬립을 보고도 아무렇지 않을 순 없는 것이다. 하지만 준희가 모르는 게 있었다. 남편인 이준이 제대로 자극당했다는 것을.

침실로 돌아온 이준은 가만히 침대에 앉아 있었다. 그런데도 자꾸만 아른거렸다. 방금 전 욕실에서 보았던 백준희의 모습이.

"슬립은 왜 입은 거야."

아찔한 슬립은 유혹임이 분명했다. 하지만 그녀는 섹스에 있어서 정확히 선을 그었다.

그럼 도대체 뭐지? 날 괴롭히려는 의도인가?

의도가 뭐든 준희는 성공했다. 제대로 자극 당했고 유혹에 넘어가버렸다. 흥분해버린 걸 들킬까 봐 얼른 욕실에서 벗어났지만 괴로움은 여전했다.

흰 우유를 많이 먹어서 그런지 얼굴처럼 몸의 피부도 투명할 정도로 하얘 보였다. 그래서인지 검은 슬립이 더 자극적으로 느껴졌다. 크진 않지만 예쁘게 솟은 뽀얀 가슴골이 미치게 그를 괴롭히고 있었다. 보기에도 부드러워 보이는데 만지면 얼미나 부드러울까. 생각만으로도 하체가 뜨거워졌다.

"하아, 미치겠네."

차라리 일을 하자. 침대 헤드에 몸을 기대고 노트북을 여는 찰나, 준희가 침실에 들어왔다. 헐렁한 티셔츠에 반바지 차림으로.

"잠옷은?"

"저 잠옷 여러 벌이거든요?"

톡 쏘아붙이는 말투에 쿵쿵 내딛는 걸음. 불만을 온몸으로 표출하며 침대로 오는 준희를 보며 이준은 웃음이 나오려는 걸 가까스로 참았다. 왜 이렇게 귀엽냐, 백준희.

"그러니까 입었던 잠옷을 왜 굳이 갈아입었는지 묻는 거야."

"이건 수면용, 아까 그건 뭐…… 확인용이라고 할게요."

유혹용이 아니라 확인용이라……. 무엇을 위한 확인?

노트북을 내려놓은 이준은 일부러 침대 끝에 자리 잡은 준희에게로 다가갔다.

"확인하고 싶은 게 뭔데."

준희는 새침하게 눈을 내리깔고 있었다. 하얀 티셔츠를 입고 있는데도 욕실에서 보았던 실루엣이 그 위로 겹쳐지자 그의 목울대가 거칠게 움직였다.

"나한테 확인하고 싶은 거 맞지?"

이준은 다시 한 번 물었다, 부드럽게. 뭐든지 대답해줄 의향이 있으니 눈 좀 맞춰달라고 어르듯이.

"말해봐. 성의껏 대답해줄 생각 있으니까."

조심히 뻗은 손끝으로 보드라운 뺨에 흘러내린 머리칼을 쓸어올리자, 그제야 준희가 고개를 들었다.

"사실은요."

말해야 하나, 말아야 하나. 머뭇거리던 붉은 입술이 조심히 움직였다.

"강이준 씨 시크릿. 그게 궁금해서요."

하마터면 포커페이스가 무너질 뻔했다. 가까스로 유지하며 이준은 태연히 물었다.

"지금껏 관심 없었으면서 갑자기 왜?"

"관심 많았거든요?"

"미처 몰랐군. 내 시크릿에 관심이 있을 줄은."

"아, 아니 그 뜻은 아니고요."

당황한 듯 준희의 눈이 동그래졌다.

"진짜 부부처럼 지내기로 했잖아요. 걱정도 되고 궁금하기도 하고."

"……"

"진짜 아내로서 알아야 할 의무도 있고 보듬어 주기도 해야 하니까. 대놓고 물어보면 강이준 씨 자존심이 상할 것도 같아서요."

보듬어줄 것도 없는 걸 뭘 보듬어준단 말인가. 차라리 안 듣느니만 못한 대답이었다.

이준은 한숨을 내쉬었다.

"그래서 확인은 했고?"

"……못 했어요."

"몇 번을 말해. 아니라고."

"강이준 씨가 하는 말은 다 믿어요. 근데 그 시크릿은 완벽하게 믿기에는 좀……."

"채송화 씨랑 마리 씨 같은 미녀들 보고도 꿈쩍도 안 하고, 남자가 몇 년이나 혼자 지냈다는 것도 믿기 힘들고."

"그리고?"

"아버님이 괜한 소리를 하실 분이 아니잖아요."

이준은 지금처럼 석훈이 원망스러웠던 적이 없었다. 애한테 왜 말도 안 되는 소리를 해서는.

아니, 석훈이 아닌 스스로를 탓해야 했다. 결혼을 강요받지 않기 위해 침묵한 건 그였으니까.

"그거 안 들키려고 강이준 씨가 나한테 연기하는 것 같기도 해서."

긴 속눈썹 사이로 이준을 조심스럽게 올려보며 준희가 속삭였다.

"그냥 솔직하게 말해줘요. 진짜 아내라면 그런 것도 당연히 보듬어줄…… 꺄악!"

순식간에 침대에 눕혀진 준희가 동그란 눈으로 그를 올려다보며 꽥 소리를 질렀다.

"노, 놀랐잖아요!"

지나치게 가까운 거리였다.

"백준희."

탁해진 검은 눈빛처럼 허스키한 음성마저 바닥을 긁듯이 지독히도 어둡고 낮았다.

"나랑 지금 잘래?"

"……!"

"그럼 알 거 아냐. 내 시크릿."

순간적인 침묵이 억겁처럼 흘러갔다. 침실 내부 공기가 뜨거워지고 무거워졌다. 시간이 얼마나 흘렀을까.

"그럴 마음 없으면 함부로 유혹하지 마."

지금도 널 안지 못해서 내 몸이 이렇게 괴로운데.

"나도 남자야. 때론 이성보다 본능에 충실하고 싶은."

마법 주문이고 뭐고 준희를 유혹할 자신은 있었지만 그러고 싶지 않았다. 상체를 세우는 이준의 얼굴을 조심스럽게 감싸 끌어당긴 준희가 그의 눈을 마주하고 차분하게 말을 했다.

"그 시크릿이 진짜라고 해도 난 상관없어요. 나 그런 걸로 변심하지 않아요. 강이준 씨 버리지도 않고. 그러니까 급하게 서두르지도 말고 연기 같은 거 하지도 마요."

심장이 쿵쾅거리고, 아드레날린이 폭주하듯 혈류를 타고 온몸으로 퍼져나갔다.

"플라토닉한 사랑도 할 수 있어요, 난."

누구 마음대로 플라토닉한 사랑이란 말인가. 그는 지금 못하는 게 아니라 하지 않는 거였다. 참고 있는 거였다.

백준희는 바보였다.

내가 지금 너를 얼마나 안고 싶은데. 너한테 얼마나 야한 짓을 하고 싶은데.

"내 마음이 그렇다고요. 이제 우리 불 끄고 자요."

아직도 몸은 뜨겁고 본능은 무섭게 아우성쳤다. 그런데도 이준은 묵묵히 불을 껐다.

"그래, 자자."

몸은 폭발할 것 같았지만 이성은 그를 다독이고 있었다. 준희에게 마법의 주문을 외울 게 아니라면 참으라고. 그게 준희에 대한 매너이고 예의였다. 순간적인 욕망을 착각해 사랑한다는 말을 내뱉고 싶지 않았다. 몸의 고통을 참고 준희를 지켜주는 만큼 아내에 대한 감정이 깊다는 의미였다.

그래서 이준은 참을 만큼 참아보려는 거다. 이것도 사랑에 대한 정의를 내리는 단계의 일부분이라고 생각하면서. 그래서 더 애타고 더 간절해지는…….

어둠 속에서 사부작거리는 이불 소리가 들리더니 바로 옆에서 준희의 목소리가 들려왔다.

"팔 좀 이리 줘봐요."

얼떨결에 내민 팔을 베개 삼아 준희가 떼구르르 품으로 굴러들어왔다.

"……뭐 하는 거야."

"서로 부적 역할은 제대로 해야죠. 손잡는 건 너무 약한 것 같아서."

가까스로 끓어오르는 가슴을 가라앉혔는데. 그녀는 사람을 아주 들었다 놨다 했다.

"강이준 씨 품, 진짜 편한 거 알아요? 안겨 있으면 잠 진짜 잘 와요."

널 안으면 내가 못 잔다고.

"역시 남편 품이 최고예요."

……나도 네가 최고다, 백준희.

"잘 자요, 강이준 씨."

그래, 보내줄 사람은 쿨하게 보내주는 거다. 꿈나라로.

그렇게 준희는 서서히 잠에 빠져들었다.

3개월 중 두 번째 밤이 그렇게 지나가고 있었다. 백준희는 편하게, 강이준은 전혀 편하지 못하게.

눈을 뜨자마자 준희는 얼른 손으로 제 입을 틀어막았다.

"이거, 꿈은 아니지?"

잠이 든 이준이 눈앞에 있었다. 그의 자는 모습은 아내라서 볼 수 있는 특권이었다.

고요함이 내려앉은 촘촘한 속눈썹을 손끝으로 톡 건드려보 았지만 반응이 없었다. 정말 부적 효과가 있는 걸까.

"진짜 깊이 잠들었나 봐."

그제야 준희는 손끝으로 조심스럽게 얼굴 여기저기를 만져 보았다. 피부가 왜 이렇게 좋아. 하지만 턱은 의외로 까칠까칠 했다. 날카롭고 강렬한 얼굴선이 잠에 취해서인지 부드러워 보였다.

"이봐요, 남편 씨. 사랑한다고 말하는 게 그렇게 어려워요?"

어젯밤 단단한 몸으로 준희를 누르며 집어삼킬 듯 짙은 눈빛을 한 이준이 물었다.

─나랑 지금 잘래?

똑똑한 이준이 잊을 리가 없었다. 대놓고 알려준 마법의 주문을.

그 한마디면 되는데 그는 절대 하지 않았다. 아니, 할 수가 없었을 것이다. 그 주문을 외우는 순간 시크릿의 진실이 밝혀질 테니까.

"나 진짜 마음으로만 사랑해줄 수 있는데."

준희가 그에게 요구한 마법 주문은 '사랑해.'였다. 그와 자는 게 무서워서 조건을 내건 게 아니었다.

내가 당신을 사랑하니까. 당신도 나를 사랑하길 바라는 마음에. 그걸 깨달았으면 하는 마음에.

이렇게라도 하지 않으면 진짜 사랑이라고 해도 죽을 때까지 인정 안 할 것 같아서.

우리 관계가 진짜 흐지부지 끝나버릴 것 같아서.

제발 심각하게 자각 좀 하라고 '사랑해.'라는 마법 주문을 정해준 것이다.

당신이란 남자, 너무 어려워요. 당신을 사랑하는 것도 어렵지만, 사랑을 알려주는 건 더 어렵네요.

"많이 안아줘도 충분히 사랑받는다고 느끼는데."

그녀는 잠이 든 그의 귓가에 입술을 바짝 대고 속삭였다.

"내가 좀 더 믿음을 줄게요."

당신이 확신을 할 수 있도록.

"그러니까 나한테 고백해요, 얼른."

사랑한다고.

"당신이랑 나, 사랑하고 행복해질 자격 충분히 있잖아요."

지독한 사주 때문에 서로밖에 감당할 수 없다는 우리.

철천지원수이거나 천생연분이거나.

하지만 우리가 철천지원수가 될 사이는 아니잖아요.

어쩌면 우리, 진짜 천생연분일지도 모르잖아요.

준희는 샤워를 마친 후 아침 대신 해독 주스를 준비하려고 했다.

그런데 침실 문이 벌컥 열리더니 이준이 성큼성큼 걸어 나왔다. 입고 있던 옷은 어디다 던져버렸는지 반라의 모습으로. 허리에 느슨하게 두른 타월 때문에 아찔한 치골이 그대로 드러나 있었다.

"오, 옷 좀 입고 나와요!"

정말 오랜만에 보는 그의 몸은 여전히 근사했다. 저런 몸을 보지 않는 건 양쪽 시력 2.0을 가진 눈에 대한 예의가 아니었다.

얼굴을 가린 손가락이 살그머니 벌어졌다. 준희가 훔쳐보든 말든 그는 통화를 하며 드레스 룸으로 향했다.

"네, 어르신. 듣 /깠습니니."

잠깐, 어르신? 그가 어르신이라고 부를 사람은 한 명밖에 없는데?

문이 쾅, 닫히는 소리에 정신이 번쩍 들었다.

"할아버지?"

치매에 걸린 이후로 서로에게 전화 한 통 하기가 조심스러운 두 사람이었다. 그런데 이른 아침부터 손녀사위에게 전화를 했다고?

준희는 그의 뒤를 쫓아 드레스 룸의 문을 벌컥 열었다. 이준은 휴대 전화를 귀에 댄 채 드레스 셔츠에 오른팔을 막 밀어넣고 있었다.

"40분 안에 도착합니다."

후다닥 그의 앞까지 달려가 발뒤꿈치를 들었지만 그가 몸을 휙 틀어버렸다. 어떻게든 통화 내용을 들어보려 몇 번을 시도했지만 결과는 같았다. 폴짝폴짝 뛰어봐도 그의 턱에 겨우 닿는 정도였다.

"심려 끼쳐드려 죄송합니다."

전화를 끊은 그가 능숙한 손짓으로 빠르게 셔츠의 단추를 채워나갔다. 빨래판처럼 쫙쫙 벌어진 자잘한 복근들이 안타까울 만큼 빠르게 사라졌다.

"할아버지가 왜 갑자기 강이준 씨한테 전화를 한 거예요? 무슨 일인데 죄송하다고 말한 건데요?"

입 아프게 물어봐도 굳게 다물린 입술로 보아 대답해줄 생각이 1%도 없는 게 분명했다.

"진짜 부부처럼 지내자고 한 건 강이준 씨예요."

"……."

"그럼 서로 비밀이 없어야죠. 특히 우리 두 사람 일이면."

오호라, 이래도 말을 안 하시겠다?

"말 안 해주면 지금 이 순간부터 나도 비밀 엄청 많이 만들 거예요. 강이준 씨가 궁금해서 죽을 만큼."

진지한 표정으로 협박하는 준희가 귀여웠는지 결국 그가 입을 열었다.

"나도 가봐야 알아."

대화 내용은 알아듣지 못했지만 근석이 호통을 쳤다는 것 정도는 알 수 있었다. 왜 화가 났는지는 모르지만 혹시라도 부쩍 약해진 근석의 건강에 악영향이 있을까 걱정도 되었다.

준희의 안색이 급격히 어두워지자 그가 손을 뻗어 그녀의 머리를 부드럽게 어루만졌다.

"넌 아무 걱정하지 마. 내가 다 알아서 할 테니까."

"어떻게 걱정을 안 해요. 우리 할아버지 성격 장난 아닌데."

웬만해선 화를 내지 않지만 한 번 화가 났다 하면 대화가 전혀 통하지 않을 만큼 완고한 할아버지였다. 예뻐 죽는 이준에게 아침 일찍부터 전화해서 화를 낼 정도면 엄청 화가 났다는 건데.

"남편 못 믿어?"

"……믿어요."

그님 믿고 가니디."

믿고 싶었지만 뭔가 느낌이 싸한 준희였다.

"나도 데려가요. 진짜 얌전하게 있겠다고 약속할게요."

"백준희."

"3개월 동안 부부는 일심동체. 몰라요?"

그녀는 살그머니 까치발을 들어 이준의 목에 팔을 감고 눈을 마주쳤다.

"죽어도 같이 죽고 살아도 같이 살아야죠."

안 데려가고는 못 배길 만큼 애절한 눈빛을 팍팍 보냈다. 날 놔두고 가면 십 리도 못 가서 발병 날 거라고. 그러니 가려거든 날 사뿐히 즈려밟고 가시라고. 이준이 데려가지 않고는 못 배기게 말이다.

그렇게 도착한 석훈의 자택. 현관문을 열고 나란히 들어서자마자 준희에게도 근석의 불똥이 떨어졌다.

"준희 넌 잠자코 있지 왜 따라온 게냐?"

"왜 따라오긴요. 할아버지 보고 싶어서 졸라서 따라왔죠."

얼른 달려가 팔짱을 낀 후 애교스럽게 웃어 보였지만 도무지 먹히질 않았다.

"못난 녀석 같으니라고."

내 어디가 못났다구요. 눈에 넣어도 안 아픈 손녀딸이라고 할 땐 언제고.

영문을 몰라 눈을 깜빡거리는 손녀딸을 보며 근석이 혀를 쯧쯧, 찼다.

"야무진 척은 다 하고 다니더니 영 헛똑똑이였어, 네 녀석도. 자넨 날 따라 들어오게!"

서릿발 같은 음성이 이준에게 떨어졌다. 준희는 군말 없이 따라 들어가는 이준의 옆에 재빨리 찰싹 달라붙었지만 이내 근석에게서 축객령이 떨어졌다.

"넌 여기 있어!"

그가 서재로 들어간 후 불안한 표정으로 돌아서자, 조용히 서 있던 석훈이 보였다. 유일하게 그녀가 비빌 수 있는 듬직한 언덕.

"아버님은 아시죠? 할아버지가 왜 저렇게 화나셨는지."

"다 내 실수다."

"……네?"

"어차피 이준이가 감당해야 하는 거니 준희 넌 잠자코 있어라."

근석은 차디찬 눈빛으로 눈에 넣어도 아프지 않을 만큼 예뻐했던 손녀사위를 보았다.

"이쯤에서 그만하는 게 나을 듯싶네."

"……."

"우리 준희랑 이혼해주게."

순간 믿을 수 없는 일이 벌어졌다. 천하의 강이준이, 제 애비에게도 굴하지 않던 두둑한 녀석이 근석 앞에 무릎을 꿇은 것이다.

"죄송합니다, 어르신. 저 준희랑 이혼 못 합니다."

이준의 단호한 대답에 의자에 앉은 근석이 무거운 한숨을 내쉬었다. 발단은 프랑스 공항에서 찍힌 사진이었다. 우연히 석훈의 집에 왔다가 그걸 보고 만 것이다.

"자네가 외도할 사람이 아니란 건 나도 아네. 하지만 이건 어떤 것도 변명이 안 되지."

근석이 이준 앞에 내민 사진. 그 사진 속에서 준희는 서럽게 울고 있었다.

"다른 건 몰라도 이건 분명해. 내 손녀딸이 자네 때문에 울었다는 것, 이게 행복해서 흘린 눈물이 아니라는 것도. 내 말이 틀렸나."

"죄송합니다, 어르신."

"석훈과 내가 너무 생각이 짧았던 듯싶네. 자네들이 우리처럼 옛사람이 아니란 걸 잠시 잊었어."

이준은 조용히 고개를 숙인 채 근석의 말을 듣고 있었다.

"미신은 어쩌면 핑계일지도 모르지. 자네 같은 손녀사위가 탐이 나서 자네 아버지의 제안을 덥석 받아들인 것도 일부분 인정하고."

근석과 석훈의 시대엔 그랬다.

집안에서, 그리고 부모들이 짝지어준 배필과 선 한 번 보고 평생을 같이했다. 그렇게 나름 서로에게 정 붙이며 살아왔다.

494

"성격이야 살면서 맞추면 되고 사랑은 아니어도 정들면 잘 살겠거니 믿어 의심치 않았지."

손녀딸이 마음 아파할 걸 알면서도 치매라는 무리수까지 두며 결혼을 밀어붙였다. 하지만 행복은 잠시뿐, 그게 그렇게 후회되고 가슴에 못 박히듯이 아픔이 되어버린 근석이었다.

3년 동안 혼자 지내는 준희를 지켜보는 내내 마음이 편치 못했다. 이런 모습 보려고 결혼을 시킨 게 아닌데. 그런데도 제대로 전화 한 통 못 해주고 만나는 것조차 못 했다.

거짓말이란 그렇게 무서운 거였다. 뒤끝이 길고 후유증이 길었다. 그리고 처음 보았다. 대회에서 수상을 한 사진 속에서 손녀딸이 세상을 다 가진 것처럼 행복한 미소를 짓는 걸. 그리고 공항의 사진 속에서 어렸을 적에도 독할 만큼 눈물 한 방울 안 보이던 손녀딸이 서럽게 우는 걸.

손녀딸의 미소에 눈물이 났고, 손녀딸의 눈물 때문에 가슴이 아프게 미어졌다.

"우리 시대와 자네 시대 사람들은 가치관이 다르다는 걸 노인의 고지식함 때문에 몰랐어. 결혼이 다가 아닌데도 어린것한테 결혼을 강요했지."

근석은 깊은 한숨을 내쉬었다. 과하게 부린 욕심이 손녀딸을 불행하게 만든 것 같았다. 지금이라도 늦지 않았다면 되돌리고 싶었다.

"나한테 사과할 건 없네. 그러니 얼른 일어나게."

"자격 없는 거 알지만 무례한 말씀 좀 올리겠습니다."

"……."

"이혼은 저희 두 사람이 결정할 일입니다. 그리고 좀 더 믿고 지켜봐달란 말씀을 드리고 싶습니다."

이준이 괜한 말을 할 성격이 아니란 걸 알기에 근석은 조용히 물었다.

"자네, 우리 준희를 사랑하나?"

"……모르겠습니다."

"허허, 참."

빈말이라도 사랑한다고 하면 덧나나? 연기할 생각도 없는지 이준은 지나치게 솔직했다. 요즘 사람이 저렇게 꼿꼿해서야.

"그건 내가 결정할 일이 아니네."

"준희와는 이미 이야기를 끝냈습니다."

"우리 준희랑?"

이준도 알고 있었다. 3개월 후 어떤 일이 벌어지건 그건 오로지 스스로의 책임이라는 것을.

준희를 향한 감정이 사랑이든 아니든 이거 하나는 정확했다.

백준희는 그에게 특별했다. 그래서 놓치고 싶지 않았다. 무슨 수를 써서라도 곁에 두고 싶었다. 이기적이란 걸 알면서도.

"너무 늦은 거 알지만 한국으로 돌아왔고, 준희에게 최선을 다해 남편 노릇을 해보려고 합니다."

준희가 대놓고 알려준 정답, 마법 주문.

그건 바로 '사랑해.'였다. 단순하면서도 복잡하고 쉬우면서도 어려운 말.

하지만 이준에게 사랑이란 건 어차피 시간이 흐르면 변질되는 감정의 일부분일 뿐이었다.

일시적으로 달아오른 그 뜨거움은 그만큼 빨리 식고 유효 기간이 짧았다.

목숨처럼 사랑한다 해놓고 변해버리는 걸, 평생을 함께하고 싶다고 약속해놓고 배신하고 돌아서는 걸, 그래서 남보다 못한 사이가 되는 걸 수도 없이 보았다.

사랑이라는 말을 함부로 입에 담고 싶지 않았다. 확인하고 확신하고 난 후에 하고 싶었다. 그랬기에 이준은 이 상황을 모면해보겠다고 그런 말을 쉽게 내뱉고 싶지 않았다.

"제가 최선을 다하겠습니다."

사랑보다는 최선의 노력과 책임감이 먼저였다. 사랑과 달리 감정의 변화 없는 노력과 책임감은 영원토록 유지할 자신이 있었다.

"자넨 그만 나가고 준희 좀 들어오라 해주게. 손녀딸과 대화 좀 해야겠어."

준희는 서재에서 근석과 10분을 같이 있었다. 그 후 서재에서 나온 준희는 정원으로 나왔다.

졸졸졸 흐르는 돌 수로 안, 한가로이 수영을 하고 있는 잉어들을 보고 있으니 실없는 웃음이 흘러나왔다.

"잉어가 부럽긴 처음이네."

쭈그리고 앉아 무릎을 감싸 안은 준희의 눈에 눈물이 그렁 그렁 맺혔다.

"할아버지 진짜 나빴어. 아버님도."

결혼을 시키기 위해 치매라는 거짓말을 했다고 했다. 어떻게 그런 엄청난 일을 꾸밀 수가 있는 건지. 내가 얼마나 가슴을 졸였는데. 하늘이 무너지는 것만 같았는데.

하지만 근석에게 화를 낼 수 없었다. 속았다는 분노보다 할아버지가 괜찮아서 다행이라는 안도감이 더 컸다.

─미안하다, 준희야. 내가 정말 죽을죄를 지었구나.

근엄하기만 했던 할아버지가 처음으로 손녀딸에게 머리를 숙이고 사과란 걸 했다. 그런데 어떻게 화를 낸단 말인가.

─괜히 할아비 때문에 참지 말고 지금이라도 이혼해라.
─저 이혼 안 해요.
─준희야.
─오빠 말대로 처음이자 마지막으로 노력 중이에요. 할 만큼 해보고 그 후에 결정할게요. 그때 제 의견 존중해주시면 돼요.

이왕 이렇게 된 거 좋게 생각하기로 했다. 엄청난 거짓말을 했다는 게 화가 났지만 할아버지가 건강하시면 된 거다. 사랑한다고는 못 했어도 천하의 강이준이 그녀를 위해 무릎을 꿇었으면 된 거다. 비 맞은 강아지처럼 축 처져 있어야 할 이유가 없었다.

"백준희, 아자아자 파이팅! 힘내자!"

집 안으로 들어가자 어느새 점심이 준비되어 있었다. 집사의 말에 다이닝 룸으로 향하자 세 남자가 모두 긴장한 눈빛으로 그녀를 일제히 바라보았다. 나이 불문, 촌수 불문. 세 남자가 준희의 눈치를 보고 있는 것이다.

다른 건 몰라도 한 가지는 분명했다. 세 남자 모두 각자 다른 이유로 그녀를 소중히 여긴다는 것.

그걸 깨닫자 마음 한구석이 따스해졌다. 시작은 계약 결혼으로, 치매라는 거짓말로 꼬여버렸지만, 결과는 생각보다 나쁘지 않다는 생각이 들었다.

"제가 너무 늦었죠?"

준희가 생긋 웃으며 자리에 앉자 식사가 이어졌다. 소소한 대화가 오고 갔다.

이혼 이야기가 매듭지어진 건 근석과 준희뿐이었나 보다. 석훈 부자는 그걸로 지금도 티격태격했다.

"준희랑 이혼해라."

"저한테 이혼을 요구할 수 있는 자격은 준희에게만 있습니다."

"네 녀석이 준희를 놔줘야 내 딸로 삼을 거 아니냐!"

"그럴 거면 처음부터 딸로 삼지 왜 저랑 결혼시키셨어요?"

"뭐, 뭐라고?"

"그리고 탐낼 게 없어서 아들의 아내를 탐을 냅니까? 정 딸이 갖고 싶으시면 지금이라도 늦지 않았으니 재취를 얻으세요."

"이놈의 자식! 아비한테 못 하는 말이 없어! 준희야, 네가 말해라. 저 녀석한테 당장 이혼하자고!"

화살은 느닷없이 준희에게로 돌아왔다. 잠시 당황하긴 했지만 준희는 생긋 웃으면서 이준의 편을 들었다.

"죄송해요, 아버님. 저도 지금은 오빠랑 이혼하기 싫어요."

······거 보세요.

최후의 승리의 미소는 이준의 차지였다. 아무 일도 없다는 듯 일상생활로 다시 돌아온 것이다.

석훈의 자택을 나오자 바깥에는 어느새 땅거미가 내려앉아 있었다. 준희는 차에 오르자마자 이준에게 말을 했다.

"한강 들렀다 가면 안 돼요?"

"한강은 갑자기 왜?"

"그냥 한강이 보고 싶어서요."

30여 분을 달린 이준의 차가 한강 둔치에 다다랐다. 김 기사가 내리고 두 사람만 남자, 차 안은 묘한 침묵에 젖어들었다.

"한강 참 예뻐요, 그죠?"

"······예쁘긴 하네."

한강이 아닌 네가 말이야. 지금 이준에겐 한강을 넋 놓고 보는 준희가 더 예뻐 보였다.

"왜 연인들이 한강 데이트 코스가 필수라고 하는지 알 것 같아요."

"……."

"감성이 막 돋아나요."

"……."

"우리는 이런 데이트를 한 번도 못 해봤지만요."

괜히 미안해지는 이준이었다. 이런 소소한 것들조차 준희에게 보여주지 못했다는 게. 그는 빵점이 아니라 마이너스 남편이었다. 이혼 요구를 당해도 할 말 없을 만큼. 다시 한 번 기회를 준 아내에게 넙죽 엎드려서 절이라도 해야 할 판이었다.

"어? 그 표정 뭐예요? 설마 미안해서 후회 같은 거 하는 거 아니죠?"

서당 개 삼 년이면 풍월을 읊는다 했던가. 언제부터 이렇게 백준희에게 감정을 읽혔던가.

"그런 생각 하지 말아요 그 전에 강이준 씨가 나한테 데이트 하자고 했으면 내가 더 이상하게 쳐다봤을걸요?"

"……."

"우리 너무 뱅뱅 돌아왔잖아요. 그건 내 탓도 있구요."

이준의 마음을 또 귀신처럼 눈치채곤 그를 다독여주었다. 어른스럽게. 자신은 괜찮으니 미안해하지도 말고 후회하지도 말라고.

"네 탓 아니야. 전부 내 탓이야."

이준은 나직하게 말을 했다.

전 약혼녀 윤은서와는 데이트 비슷한 걸 많이 했다. 항상 다정한 매너를 보여주었고, 미소를 보여주었다. 그런데 너에겐 왜 그랬을까. 왜 사소한 것마저 신경 써주지 못했던 걸까. 윤은서보다 네가 더 소중하고 특별한데.

첫 만남부터 그랬던 것 같다. 네가 더 반갑고 좋았는데도 막상 부딪치면 짓궂고 냉정해졌다. 하긴 윤은서는 손 한 번 제대로 잡아준 적 없었다. 하다못해 팔짱을 끼려고 하면 그 팔을 정중히 거절했었다.

변명은 단순했다. 우린 아직 약혼하지 않았습니다.

하지만 백준희는 옆에 있는 것만으로도 그를 자극했다.

"백준희."

"……네?"

불 하나 켜지지 않은 옅은 어둠 속에서 두 사람의 눈이 마주쳤다.

"이 상황에서 이런 말 하면 내가 진짜 짐승처럼 보일 거 아는데."

그런데 이준이 말을 하기도 전에 준희가 생긋, 웃었다.

"키스해도 되냐고 물으려고 했죠?"

"어떻게 알았어?"

"강이준 씨가 그랬잖아요. 말하지 않아도 알 수 있는 분위기가 있다고."

말로는 어떻게 표현해야 할지 알 수가 없었다. 그냥 지금의 준희가 미치게 사랑스러웠다. 안아주고 싶고 키스해주고 싶을 만큼.

내가 이렇게 짐승 같은 놈이었던가.

본능을 좇는 놈이었던가.

말을 할 줄 아는 사람인데 왜 자꾸 스킨십으로만 감정을 표현하려는 거냐고.

그런데도 멈출 수가 없었다. 백준희가 그를 그렇게 만들었다.

"척하면 척. 마누라가 이 정도 눈치는 있어야죠. 안 그래요?"

살며시 옆으로 다가온 준희가 두 손으로 그의 뺨을 감싸 조심히 끌어당겼다.

"키스는 남자만 먼저 하라는 법 없잖아요."

입술을 아슬아슬하게 맞닿은 채 준희가 속삭였다.

"나 이제 꽤 잘해요. 유일한 스승님이 키스의 고수라서."

아내의 촉촉한 입술이 조심스럽게 닿았다. 살짝 입을 벌려주자 수줍은 듯 과감하게 치고 들어오는 앙증맞은 혀를 이준은 능숙하게 빨아들였다. 준희의 입 안에서 넘쳐나는 타액이 미치게 달았다.

키스가 깊어질수록 갈증이 났다. 허리를 안고 번쩍 들어 그녀를 다리 위에 앉힌 후 꽉 끌어안고 입술을 더욱더 깊게 겹쳤다.

온갖 음심이 들끓어서 온몸을 요동치게 했지만 손만큼은 정중함을 잃지 않았다. 오로지 아내의 입술에만 지독할 만큼 집착하고 탐닉했다. 입 천장을 훑고 가지런한 치아를 허로 훑자 신음이 흘러나왔다. 그 소리가 고막을 아찔하게 자극했다. 지금 당장이라도 시트에 눕히고 싶은 걸 가까스로 참으면서 키스에 취해가던 그때……

똑똑―.

노크 소리가 들려왔다. 창문 선팅이 짙은 게 다행이었다. 준희가 발그레한 얼굴로 후다닥 이준의 다리에서 내려왔다. 기가 막힌 타이밍으로 운전석의 문이 열리고 김 기사가 차에 올랐다.

……벌써 30분이 되었던가.

차 안의 분위기를 읽었는지 김 기사가 헛기침을 했다.

"좀 더 밖에 있다 오겠습니다."

"됐습니다. 집으로 바로 가요."

차가 부드럽게 한강을 벗어났다.

그는 부끄러움에 두 손으로 얼굴을 가리고 있는 준희의 어깨를 팔로 감싸 제게 바짝 밀착시켰다. 아내의 손끝이 그러지 말라고 옆구리를 찌르는데도 요지부동. 이런 건 또 귀엽게 부끄러움을 타네.

집에 도착한 두 사람은 각각 다른 욕실에서 샤워를 했다. 침실에 들어가자 먼저 샤워를 끝낸 준희가 침대에 앉아 있었다. 어제 한 번 침대에서 겁을 줘서 그런지 편한 티셔츠에 반바지 차림이었다. 대충 물기를 닦고 나왔는지 촉촉하게 젖어 있는 건 그대로였다.

504

그가 들어온 줄도 모른 채 준희는 무언가를 열심히 보고 있었다. 침대에 올라 준희의 뒤에 자리잡은 이준은 그녀를 뒤에서 살며시 안았다.

"왜 내 뒤에 앉아요?"

힐긋 뒤를 쳐다보는 눈빛이 마치 늑대를 경계하는 눈빛 같았다.

"뒤에 앉으면 안 되는 이유라도 있어?"

"자세가 묘하니까 의심되잖아요. 또 엉큼한 짓 하려는 거 아니죠?"

내가 뭐 얼마나 엉큼한 짓을 했다고 그런 오해를. 이준은 조금 억울했다. 지금은 지극히 순수한 의도로 앉은 건데.

"머리 좀 잘 말리고 나오랬지."

"······?"

"물이 뚝뚝 떨어져서 옷이 젖고 있잖아."

속옷이 비친다는 말까지는 안 하기로 했다. 이준은 머리를 감고 있던 타월을 풀어 준희의 머리칼을 만져주며 어깨 너머를 내려다보았다.

"뭘 그렇게 열심히 보고 있었어?"

"우리가 작성한 계약서가 세 개인 거 알아요?"

"모를 리가 없잖아. 그건 갑자기 왜?"

갑자기 몸을 튼 준희가 이준을 마주 보며 양반다리를 했다.

"찢어버리려구요."

뭔가 느낌이 이상했다.

"어차피 3개월이 지나면 필요 없는 것들이잖아요. 아니에요?"

"후회 안 할 자신 있어?"

"후회할 게 뭐 있어요? 근데 나 강이준 씨한테 할 말 있어요."

백준희, 제발……. 또 이혼하자는 말은 하지 말자.

그의 가슴에서 불안감이 증폭했다.

"마법 주문도 요구 안 할게요. 그러니까 3개월 동안 계약서에 얽매이지 말고 마음 가는 대로 나한테 최선을 다해줘요."

또다시 백준희가 한 발 양보하며 물러선 것이다. 늘 그보다 또 한 발 앞서 나간다.

"왜 자꾸 기회를 주지? 이 정도면 질려서 도망갈 법한데."

준희는 그에게 항상 기회를 주었다.

돌아선 준희가 그의 앞에 양반다리를 하고 야무지게 앉아 맑은 눈동자를 맞추며 생긋 웃었다.

"강이준 씨, 완전 헛똑똑인 거 알아요?"

이준은 살며시 미간을 좁혔다.

"아직도 모르겠어요?"

인정하기 싫지만 정말 모르겠다. 백준희가 왜 이러는지, 무슨 말을 하려는 건지.

"결혼식 올릴 때 고백까지 했었는데."

고백이라……. 결혼식의 기억을 떠올리던 그때 준희가 예고도 없이 그에게 마법 주문을 외웠다.

"사랑해요."

내가 지금, 뭘 들은 거지?

"다시 말해줘요?"

준희가 더 깊숙하게 눈을 마주쳐왔다.

"사랑한다구요."

생긋 웃으며 장난스럽게 흘린 준희의 한마디가.

"내 첫사랑인 강이준 씨를."

그의 심장을 제대로 관통해버렸다.

사랑해, 사랑해, 사랑해.

이준의 머릿속에서 마법 주문이 홍수가 되어 머리에서 넘쳐 나서 가슴까지 흠뻑 적셔버렸다.

준희의 고백은 거기서 끝이 아니었다.

"강이준 씨는 내 사랑만 받아도 상관없어요."

눈이 마주치자 수줍게 웃는다. 그런데도 눈은 절대 피하지 않았다.

"그 대신 3개월 후에 솔직하게 나한테 말해줘요."

"……."

"'나도 널 사랑해.'라고."

"……."

"그 한마디면 돼요."

이준의 침묵에 준희는 얼른 한마디를 덧붙였다.

"뭐, 아님 말구요."

죽음 직전의 윤은서는 거짓말이라도 '사랑해.'라는 말을 듣고 싶어 했다.

그런데 넌 왜지? 왜 조르지 않고 항상 쿨하지?

"어찌 되었든 계약서는 모두 파기예요."

준희는 그의 앞에서 계약서를 쫙쫙 찢어버렸다.

"강이준 씬 자유예요. 그리고 나도 자유고."

아무렇지 않은 척 미소 짓는 입꼬리가 희미하게 떨리는 게 보였다. 준희도 긴장하고 있다는 신호였다.

"유효기간이 3개월이란 건 변함이 없어요."

한 발 물러나주긴 했지만 오래 기다리지는 않겠다는 선언이었다.

13년 전이나 지금이나 제 마음을 솔직하게 털어놓는 백준희는 눈이 부실 만큼 당당했다.

지금껏 수도 없이 들어왔던 사랑 고백인데도, 백준희의 사랑 고백은 남달랐다. 그를 항상 자극하고 도발하고 흔들었다.

"내가 너한테 최선을 다해도, 그 말을 하지 않으면 이혼하겠다는 뜻이야?"

"네."

"백 마디 말보다 한 번의 행동이 중요하다고 한 건 너야. 왜 그 말에 집착을 하는 거지?"

나도 널 사랑해, 그 말이 목구멍까지 치밀어 올랐지만 다시 집어삼켰다.

제대로 흔들려버린 이 순간에도 가까스로 살아남은 이성이 꼿꼿하게 고개를 들고 있었다.

강이준, 너 그 약속 지킬 자신 있어? 평생 변하지 않을 사랑을 자신하면 지금 고백해.

"사랑 고백에 목맬 만큼 나 그렇게 순진하지 않거든요?"

"그런데?"

"근데 강이준 씨한테는 꼭 들어야 할 것 같아서요."

"……."

"때론 백 번의 행동보다 한 마디 말이 더 와 닿을 때가 있거든요."

……어렵다. '사랑해.'란 말보다 백준희 네가.

"저는요, 일방통행 사랑할 생각 조금도 없어요."

"……."

"차라리 이혼하고 내 갈 길 가고 말지. 사랑이 밥 먹여주는 거 아니잖아요?"

고백한 건 준희인데 이준 자신이 고백을 한 기분이었다. 그가 더 가슴을 졸였고 그의 심장이 더 떨렸다. 백준희가 아니면 절대 경험해보지 못할 일들이었다.

"고백 끝! 우리 이제 자요!"

부끄러웠는지 침대에 등을 지고 누운 준희의 귓불이 빨갰다. 하지만 이준은 절대 이대로 잘 수가 없었다.

"백준희."

"……."

"준희야."

"……."

"부인."

"왜 자꾸 불러요. 부끄러워 죽겠는데."

끝까지 얼굴을 보여주지 않는 준희가 너무 사랑스러웠다. 그는 그녀의 뒤에 몸을 붙이며 드러난 뽀얀 목덜미에 입술을 가만히 댔다. 빠르게 뛰는 맥박만큼 준희의 호흡이 흐트러지는 게 느껴졌다.

"키스해도 돼?"

그의 말에 준희가 드디어 얼굴을 보여주었다. 원망스럽다는 듯 밉다는 듯. 감정을 고스란히 드러낸 눈동자로 그를 바라보며 쏘아붙였다.

"진짜 끝까지 이러기예요?"

"하지 마?"

"이럴 땐 안 묻고 그냥 하면 안 돼요?"

싫지 않다는 대답이었다.

"이럴 땐 꼭 네 허락 받아야 할 것 같아서."

"강이준, 읍!"

또다시 발끈하려는 입술을 막아버렸다. 오늘따라 아내의 입술이 유난히 달콤했다. 그에게 사랑한다고 마법 주문을 외워줘서 그런 건지도 모른다. 혀로 건드렸다가 뒤로 빠지기를 반복하자 적극적인 아내는 빠르게 배워서 그에게 되돌려주었다. 아랫입술을 빨아들였다가 이 사이를 훑었다가 그의 혀를 건드리곤 얼른 다시 후퇴를 했다. 하지만 숨기도 전에 이준이 잡아채서 힘껏 빨아들이자 신음이 절로 새어 나왔다.

키스가 깊어질수록 그동안 모호했던 감정의 선이 분명해지고 있었다.

이건 사랑일지도 모른다.

사랑인 것도 같다. 적어도 지금 이 순간만큼은.

입 밖으로 뱉어내지 못한 고백을 다시 집어삼키며 이준은 더욱더 준희를 제 품에 끌어안았다.

준희가 그에게 마지막으로 준 3개월 동안 그는 확신을 가져야 한다. 사랑이라고 정의를 내린 감정의 유효기간을 말이다.

〈2권에 계속〉

터치터치 그대 1

초판 1쇄 인쇄 2019년 12월 10일
초판 1쇄 발행 2019년 12월 24일

지은이 이달아 | 펴낸이 강성욱 | 책임 기획 전주예 | 일러스트 김송이 | 로고 김미현
디자인 장지은 | 기획 편집 송진아 강가비 최예림 정종건 장현호 | 교정 서진영 류혜선
펴낸곳 테라스북 | 등록 제25100-2013-000012호
주소 (04019) 서울특별시 마포구 희우정로 5길 29 2층 202호
전화 070-4794-5826 | 팩스 0505-911-5826
블로그 http://terracebook.blog.me | 전자우편 terracebook@naver.com
ISBN 978-89-94300-97-9 (04810)
ISBN 978-89-94300-93-1 (SET)

이 도서의 국립중앙도서관 출판시도서목록(CIP)은 서지정보유통지원시스템 홈페이지(http://www.seoji.nl.go.kr)와
국가자료공동목록시스템(http://www.nl.go.kr/kolisnet)에서 이용하실 수 있습니다. (CIP제어번호: CIP2019043065)